U0857071

寻找唯一的真相

海湾城蓝调

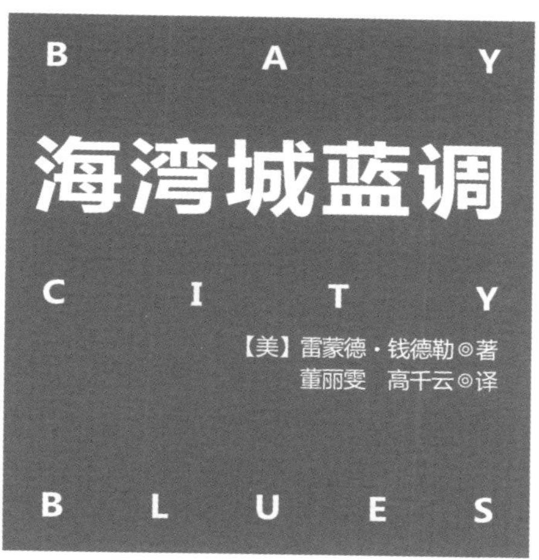

私人侦探马洛系列
NO.10

中国出版集团
现代出版社

目 录

芳心难测 1

海湾城蓝调 49

湖底女人 117

我在等待 173

线人 193

雨中杀手 251

中国玉 299

自作聪明的杀手 357

芳心难测

那个大个头男子从来与我毫无关联，当时如此，后来亦然，但在当时最是毫无瓜葛。

那天我待在中心区，也就是洛杉矶街区上的哈莱姆区。这个街区鱼龙混杂，居住着白种人和有色人种。我要寻找一个来自希腊，名叫汤姆·阿雷迪斯的年轻理发师，他的妻子愿意花一点钱雇我，希望我能找到他，让他回家。汤姆·阿雷迪斯不是坏人，所以这个任务不会费太大事儿。

我看一个壮汉正站在沙眉酒吧门口。这个酒吧二楼供应各色饮品，还能赌博玩色子，但格局欠缺品位。他抬头看亮灯招牌上破掉的钢板，脸上的表情好像来自中欧的移民长途跋涉到达美国后，仰望自由女神像一样专注。

他不光体形健硕，个头也足足有七英尺高，简直算个巨人。他是我有史以来见过穿着最浮夸的男人：栗色打褶裤，灰色粗呢子，呢子上的纽扣由台球大小的白色小球做成，棕色麂皮鞋的鞋头是白色小羊皮，黄色领带搭配褐色衬衫，胸前佩戴一朵硕大的红色康乃馨，康乃馨下压着一条爱尔兰国旗花色的手帕，整整齐齐地叠成三角形。在中央大道，这条奇装异服并不鲜见的街道上，这位体形健硕，如此装扮的男人四周环视，好像垂涎于一片白蛋糕，时刻待命的狼蛛一样，无法掩人耳目。

他来回走动，关上沙眉酒吧的门，但旋转门一直转动不停，直到再次推开才停止摆动。有个人从门里飞出来，掉在臭水沟里，声音高亢地恸哭，仿佛一只受伤的老鼠。这个人毛发光泽，是个穿皱背西装的有色小年轻。颜色是“棕色”的，咖啡加点奶精后的颜色。当然了，我说的是他的肤色，这仍与我一点关系都没有。我看到这个棕色男孩沿墙爬走了，除此之外没别的事发生，于是我犯了个错，沿人行道走，走到旋转门后停下来，想看看门里是什么样的，谁知道我推得太用力，把门给推开了。

一只强壮到我可以坐上去的手抓住了我的肩膀，在我感到疼痛后便把我扔进门，接着又把我提上三层台阶。

耳边轻轻传来一阵深邃温柔的声音，“朋友，这里的人都吸大麻，你能忍吗？”

我往旁边挪了挪，想恢复气力。可惜我没带枪，以为寻找希腊理发师的小茬儿花不了什么工夫。

他再次抓住我的肩膀。

“这里不就是那种地方吗？”我迅速说。

“你可别这么说，伙计。比尤莱以前在这里工作。小比尤莱。”

“不信你自己上去看。”

他把我又往上扔了三层台阶。

“我心情很好。”他说，“不想任何人打扰我。我们上楼吧，可以的话一起喝一杯。”

“他们不会招待你的。”我说。

“我有八年没见到比尤莱了，兄弟。”他轻轻说道，快要捏碎我的肩膀，却浑然不觉，“她甚至有六年没有跟我写信了，但她至少得有不联系的理由吧。她以前在这里工作，我们俩一块儿上去看看。”

“行吧。”我说，“我陪你上去，但你得让我自己走，别提我起来，我自己能走。我叫卡麦迪，不折不扣的成年人，一个人洗澡，所有事都能自己做，千万不要拎我起来。”

“小比尤莱以前在这里工作。”他温柔地说道，并没有听我说话。

我们上了楼，他也没有再把我提起来。

酒吧里较远的一个角落中有一个掷色子的赌桌，其余的桌子和顾客都散落分布，随处可见。围绕赌桌的牢骚声在一瞬间停止了，所有人都看向我们这两个其他种族的人，陷入死一样的沉寂。

一个大个头黑人倚靠吧台，衬衣袖子上缠绕粉色吊袜带。他曾经是个拳击手，经历过风风雨雨，就差没有被混凝土桥砸过了。他离开吧台边走向我们，好像进入斗争状态一样蹲伏身体。

黑人把自己棕色的大手掌贴在男人花哨的胸前，看上去好像一个大头钉。

“兄弟，这里不招待白种人，只招待我们这些有色人种，不好意思了。”

“比尤莱在哪里？”男人面孔白皙，眼神深邃，与他低沉轻柔的声音很配。

黑人没什么笑容，“没有比尤莱，兄弟，这儿没有烈酒，没有女人，你想滚的话，快滚吧。”

“把你的脏手拿开。”大个子男人说。

黑人也犯了个错误——他要打大个子。我看大个子肩膀向下，身体随拳头向后倾倒，甚至完全没有挡这一拳。一拳之后，毫发无伤。

他晃晃脑袋，一把掐住黑人的喉咙，这一动作相较于他的体形来说足够敏捷。黑人努力想用膝盖撞他，但大个头把黑人身子一转，他就这样屈服倒地，被大个子从后背用腰带擒住了。腰带断了，于是大个子用厚实的大手掌贴紧黑人脊椎，一把抓来后又用力往外扔。黑人就这样穿过一个狭窄的房间，撞到远处的墙，发出一声巨响后才缓缓落地，躺在地上一动不动。那声巨响恐怕在丹佛都能听见。

“好了。”大个子说，“我们俩去喝一杯吧。”

我们又走向酒吧，店主满面慌张地拖地，顾客们接二连三地仓皇逃脱，踮脚安静地穿过空荡的房间，又安静地走下没有铺地毯的潮湿楼梯，努力克制自己离开的脚步声。

“威士忌酸酒。”大个子说。

说完，酒就上桌了。

“你知道比尤莱在哪儿吗？”大个子冷淡地问店主，从厚玻璃杯边缘抿酒。

“您是说，比尤莱？”店主略带哭腔，“我最近都没有见到她，没有看到。”

“你在这儿工作多久了？”

“我算算，差不多一年。”他说，“是的，差不多一年。差不多……”

“这儿什么时候成黑人窝了？”

“你说什么？”

大个子握紧水桶一样大小的拳头，用力捶桌子。

“不管怎样有五年了。”我插了一句话，“这个伙计不会知道比尤莱，这个白人女孩的任何事儿的。”

大个子看着我，好像我刚出现一样。他的脾气倒没有因为喝了威士忌酸酒缓和下来。

“谁他妈让你觍着脸插话了？”

我夸张又友好地笑了笑，“我可是跟你一起进来的兄弟，你忘了？”

他咧开嘴，回了一个平淡的笑容，露出洁白的牙齿。“威士忌酸酒。”大个子说，“快去倒酒，快滚，别磨磨蹭蹭的。”

店主慌忙逃离，翻了个白眼以示对我们的厌恶。

此刻店里很清净，只有我们俩，店主，还有远处墙边的那个黑人。

黑人拳手一边呻吟一边移动，翻了个身子后，轻轻沿护壁板匍匐向前，好似少了一只翅膀的蚊子。大个子并没有注意他。

“那里没剩下一点大麻。”大个子抱怨，“以前，那里有一个舞台，一支乐队，还有一些袖珍的房间给你们娱乐。比尤莱以前就在那儿唱歌，她一头红发，可爱极了。那时我们都快结婚了，却有人要陷害我。”

我们面前又多了两杯威士忌酸酒。“怎么陷害？”我问。

“你觉得，我说的那八年里，我去了哪儿？”

“坐牢吗？”我问。

“是的。”他用棒球拍大小的拇指戳了一下自己的胸口，“我是史蒂夫·斯卡拉，独自一人在堪萨斯州的大本德工作，薪酬四万美元。就是在这里，我被抓进监狱，我就是——喂！”

黑人拳手打开后面的一扇门，从门后摔了进来。门锁咔嗒响了一声。

“这扇门通往哪里？”大个子问。

“这、这是米斯塔赫·蒙哥马利的办公室。他是老板，这是、这是他的办公室后门。”

“他应该知道。”大个子用爱尔兰国旗花色的手帕擦干净自己的嘴，又把它叠好放入自己的口袋，说，“他最好别说什么俏皮话。再来两杯威士忌酸酒。”

他穿过房间，走到赌桌后的大门，准备进门却发现打不开；又捣鼓了一下门锁，没过多久，一块嵌板就掉落在地。他走进房间，关紧大门。

此刻的沙眉酒吧寂静无比，我看向店主。

“这个男人很强硬。”我迅速说，“他容易走极端，这你能看出来。他现在在找一个曾在这里工作的白色甜心，那时这家店还是供白人娱乐的。后面有大炮什么的吗？”

“我还以为你们是一伙的。”店主满面狐疑地说。

“我控制不了，是他拽我上来的，我可不想被他扔到任何屋子里。”

“也是，我有一把散弹猎枪。”店主说，依旧一脸不信任。

他顿住身子，开始弯腰在吧台后寻觅，眼珠随着转动。

一大声闷响从关上的大门后传来，听上去应该是摔门的声音，也有可能是枪声。这一声后，再无下文。

我和店主等了很久，想知道刚才听到的是什么声音，却又不敢想太多。

后门打开，大个头飞速穿过，口径 0.45 英寸的柯尔特军用枪在他手里像个玩具一样。他快速扫视，彻查房间，笑容紧绷，的确有单枪匹马从大本德银行拿过四万美元的风采。

他快步走向我们，尽管体形魁梧，却几乎没有脚步声。

“起立，黑鬼！”

店主缓缓起身，高举空空的双手，一脸阴郁。

大个头搜遍我全身，然后离开了我们。

“蒙哥马利先生也不知道比尤莱在哪里。”他语气柔和，“他还想告诉我——用这个告诉我。”他摇摇手里的手枪，“再见了，年轻人。别忘了你的保险套。”

他离开了，步履矫健，悄然无声。

我跳上吧台，拿起躺在架子上，断掉的散弹枪。我不会把它用在史蒂夫·斯卡拉身上，这并不是我的工作；所以，店主也不会把它用在我身上。我原路返回，穿过房间，走过那扇门。

黑人拳手躺在大厅地板上，手握一把匕首。

他已不省人事，我把刀从他手中攥出来，跨过他的身子，走进标有“办公室”的门。

蒙哥马利先生就在房间里。他在那张伤痕累累的小桌子后面，离那个用木条半封的窗户很近，身体呈折叠状，像一块折叠的手帕和铰链。他右手边的抽屉是打开的，枪应该是从那里面拿出来的，抽屉里的纸上遗留着手枪的油迹。

这可真不是个好主意。不过现在，他再也无法想出更好的主意了。

在我等警察来的过程中，没有发生其他事情。

警察来后，黑人拳手和店主都离开了。我把自己和蒙哥马利先生，还有那把枪一起锁在房间里，以免万一。

海纳负责这个案子。他是副刑警，下巴瘦削，爱抱怨，进度缓慢。他在警局总部的一个小隔间里同我说话，说话时把他两只黄色的长手撑在自己的膝盖上。他古板老旧的衬衫领下面有缝补过的痕迹，看上去真是既穷又酸臭，还老实巴交的。

经过约一小时的记录后，他们完全了解了史蒂夫·斯卡拉的情况，甚至找到一张有十年历史的照片。照片上的他眉毛稀疏，看上去好像法式面包一样。所有人都不知道的是，他现在身在何方。

“6.65 英尺。”海纳说，“264 磅。这个男人穿的衣服这么复杂，还如此体形，不可能走远了；他这么匆忙，也没可能买东西。你为什么不抓住他？”

我把照片还回去，笑了笑。

海纳伸出自己的一根黄色手指，怨恨地指着我说：“卡麦迪，你堂堂一个硬汉侦探，六尺个头，下巴硬得可以击破岩石。你为什么不抓住他？”

“我现在两鬓斑白。”我说，“并且他有枪，我没枪，我在那儿的工作也没有持枪这一要求。斯卡拉还把我拎起来了，想想我当时还是挺可爱的。”

海纳向我怒视。

“好啦。”我说，“吵什么呢？反正我见到他了，他强壮到可以把一只大象装进自己的口袋。我也不知道他杀人没有，总之你们会找到他的。”

“是啊。”海纳说，“这很简单。但我不喜欢把时间浪费在这种直观的凶杀案上，没有照片刊登，占不了多大版面，能在广告板块占三行字都不错了——见鬼，夕阳西下，在哈莱姆区的东八十四街上，五个大麻瘾君子大打出手，全死了，尸肉已寒。这样的新闻，就连记者都懒得去现场。”

“把他客客气气地接回来。”我说，“不然到时候他杀的人太多了，有的是版面给你上。”

“我当然不会让事情发展成这样。”他揶揄道，“好吧，去他妈的。我在广播上发了寻人启事，现在也没别的事能做了，只能坐等。”

“可以从这个女孩下手。”我说，“比尤莱，斯卡拉会注意到的。这个女孩就是他要找的人，也是一切事情的开端。你试试看。”

“你去试试。”海纳说，“我有二十年没有去过妓院了。”

“我倒觉得自己能在妓院里头如鱼得水，你愿意花多少钱雇我？”

“哎呀，小伙子，警察可不雇私家侦探，侦探能干吗呢？”他从烟草罐里捏出一些烟草，卷成一根烟。可惜没卷好，燃起烟边缘的一瞬间，好像起了一场森林火灾。男人生气地朝另一个房间里的电话吼了几句，小心翼翼地又卷了一根，叼在嘴边并点燃。他再次把自己嶙峋的双手撑在膝盖上。

“想想你的版面吧。”我说，“我跟你赌二十五块，我能在你找到斯卡拉之前找到比尤莱。”

他吞云吐雾，思考片刻，好像在算自己的银行存款。

“至多十块。”他说，“并且她将完全任我处置——侦探先生。”

我凝视着他。

“我不为了钱做这种事。”我说，“但如果你不打扰我，我一天内就能找到她的话，那我，不要分文。只为了证明给你看，为什么屈屈一个副官你都当了二十年。”

他不喜欢我这样直白的言论，一如我不喜欢他对妓院的鄙夷，但我们还是就这件事达成了共识。

我把自己的老式克莱斯勒敞篷车开出停车场，开回中央大道街区。

不出所料，沙眉酒吧打烊了。酒吧前停着一辆车，一个人坐在车里，假装在用一只眼睛读报纸，一看就是便衣警察。我不知道他为什么要来这里，这里没人知道斯卡拉的任何事。

我把车停在角落处，走进斜角处的酒店大厅。这家黑人酒店名叫桑苏西酒店，大厅里，两排空荡的硬座椅子相对摆放在纤维地毯上。一个秃头男人坐在椅子后边，双眼紧闭，双手紧扣放在桌子上。他在打瞌睡，胸前的领巾状领带约是1880年的产品，领带夹上的绿石和垃圾桶差不多大小。他松垮的大脸轻轻垂到领带上，棕色的双手柔软干净，看上去很安宁。

他肘部有一个金属浮雕标志——国际联合机构有限公司保护此酒店安全。男人睁开一只眼，我指着标志说：“H.P.D. 正在检查，这里有什么麻烦事吗？”

H.P.D 是酒店保安部门，这个大机构的一个组成部分，负责查获开空头支票者，还有不给房费就从楼梯后面逃走，留下装满砖头的二手行李箱的人。

“是有麻烦，兄弟。”他声音高昂亢奋，“麻烦就是我们刚把钱用完了。”他声音低了几个度，又说，“不是支票，我们不收。”

他双手交叉放置在柜台上，我倚靠柜台另一边，在空无一物，痕迹斑斑的木柜台上旋转手中的二十五美分硬币。

“你听说今早发生在沙眉酒吧的事儿了吗？”

“兄弟，我不记得了。”此刻，他睁开双眼，盯着对面跳动的硬币投来的模糊光斑。

“老板被干掉了。”我说，“蒙哥马利死了，有人掐断了他的脖子。”

“哦，兄弟，愿上帝保他安宁。”他又压低声音说，“你是警察？”

“我是私家侦探，这件事需要保密。而且我只用看一眼，就知道谁能保守秘密。”

他上下打量我，再次闭上双眼。我一直旋转手中的硬币，他忍不住看过来。

“谁干的？”他轻声问道，“谁修理的山姆？”

“一个从监狱里放出来的硬汉。这里不再是白人窝了，让他很恼火；这儿以前很多白人的，记得吗？”

他一言不发。硬币旋转，发出微弱的呼呼声，接着落到桌子上，一动不动。

“你选吧，”我说，“要听我给你朗读一章《圣经》吗？还是要我请你喝一杯？”

“兄弟，”他声音响亮，“我更喜欢身旁只有家人时读《圣经》。”

说罢，他又赶紧用工作的口吻说道，“到桌子这边来。”

我走过去，从后裤口袋拿出一品脱保税波本威士忌，从桌子底下传给他。他匆忙倒了两小杯酒，鼻子凑到自己的酒杯边嗅，动作娴熟，一气呵成，颇有品酒师风采；接着拿起酒杯，一饮而尽。

“你想知道些什么？”他说，“除了人行道上的裂痕，其他的我都知道。尽管我刚没有跟你说，这时候我必须告诉你，这酒可真好喝。”

“有色人种来之前，是谁在经营沙眉酒吧？”

他惊讶地盯着我，说：“老兄，当然是那可怜的家伙，沙眉啊。”

我埋怨自己：“真是的，我怎么不长脑子？”

“兄弟，他听从上帝的召唤，死了。死于1923年，饮酒过度；生意也从此没落了。”他提高音量，“而且兄弟，在同一年里，富人都没了生活用品和动产。”说罢声音再次变轻，“但我分文没少。”

“我相信你一分钱都没少，再倒一点酒。他还有亲朋好友在附近吗？”

他只倒了一小杯酒，就把酒瓶塞紧了。“午餐前只喝两杯。”他说，“谢谢你，兄弟，你的处世之道让人感觉很自在。”他清了清嗓子，“他有一个老婆，你在电话簿上找找看。”

他不肯拿走这瓶酒，我便把酒拿回来放进裤子口袋。他与我握手，握完便收回，交叉放置在桌上，再次闭上双眼。

对他而言，这件事再无下文。

电话簿里只有一个“沙眉”——维奥莱·卢·沙眉，住在西54区，1644号。我站在电话厅里，投了五美分硬币。

经过漫长的等待，终于听到一声迟钝的回答：“啊，嗯。谁，谁啊？”

“您是沙眉夫人吗？您的丈夫以前在中央大道经营一家娱乐场所，是吗？”

“什——什么？天哪！我的丈夫七年前就去世了。你刚说你是谁？”

“我是卡麦迪侦探。我就来找你，有重要的事情需要告诉你。”

“你——你是谁？”她的声音厚重低沉，好像嗓子堵住了一样。

没过多久，我便找到了沙眉夫人的家。在这所棕色的脏房子前，是一块同样肮脏并已荒芜了的草坪。一块硕大贫瘠的土地围绕着一棵狰狞的棕榈树，门廊上仅有的一把摇椅略显孤独。

午后微风习习，吹过一品红未修剪的枝丫，一阵阵地拍打前门，好似留下敲门声。侧院里，一列僵硬发黄的衣服半干不干地晾在生了锈的电线上，上下抖动。

我继续往前开了一点，把车子停在街对面，然后朝房子走去。

门铃坏了，所以我敲了敲门。一位女士擤着鼻涕打开大门，她如杂草般的头发搭在自己黄色的长脸两边，身上套着松松垮垮的法兰绒浴袍，很不显身材，颜色和设计都十分过时。她脚上穿着一双坏掉的男士拖鞋，露出自己肥大的脚趾。

我问她：“您是沙眉夫人？”

“你是——？”

“是我，我刚给你打过电话。”

她虚弱地示意我进门。“我刚才没有时间打扫。”她发了一下牢骚。

我们坐在两把脏兮兮的摇椅上望着彼此，对面的客厅里四处堆满废物，唯有一台小收音机有点用处，在亮起微暗灯光的嵌板后低吟。

“这些是我所拥有的一切。”她嗤笑着说道，“伯特还算做了点事儿吧？平日没什么警察来拜访我。”

“伯特？”

“伯特·沙眉，我的丈夫。先生。”

她又窃笑起来，抬起自己的腿又扑通一声放下。她的笑声里藏着一丝闲散的醉意，看来今天我是逃不过了。

“先生，我说个玩笑话。”她说，“他死了，我希望他在天堂被一大堆廉价的金发女郎包围，反正他永远吃不腻。”

“我想得更多的是一个红发女郎。”我说。

“我猜他以前也试过。”她双眼看向我，眼神不再那么散漫，“我记不起来了，她有什么特别的吗？”

“是的，她叫比尤莱。我不知道她姓什么，只知道她在中央大街的俱乐部工作。我正替她的亲人朋友找她。可惜现在俱乐部成了有色人种聚集地，里面的人自然都没有听说过她。”

“我从没去过那里。”女人的声音出乎意料地暴躁，“我不会知道她的！”

“她是一个艺人，”我说，“一个歌手，你的确没机会认识她，嗯？”

她又擤了擤鼻涕，拿出一块我有史以来见过的最脏的手帕，说：“我感冒了。”

“你知道怎样好得快。”我说。

她飞快地瞟了我一眼，“酒喝完了。”

“我没喝完。”

“上帝。”她说，“你不是警察，警察才不会带酒。”

我拿出我的波本威士忌放在膝盖上。酒瓶看上去还是满的，桑苏西酒店里的店员几乎没怎么喝。女人瞪着海藻色的眼珠看酒瓶，用舌头舔了一圈自己的嘴唇。

“先生，这是烈酒。”她叹了口气，“我不在意你是谁，但是，控制一下。”

她起身，蹒跚走出房间，带回两个污迹斑斑的厚玻璃杯。

“没有配菜，”她说，“只有你带来的酒。”她伸手把杯子递给我。

我给她倒了一大杯，就连我喝了都会晕糊糊的；给自己只倒了一小杯。她一饮而尽，好像在吞阿司匹林。喝罢，她看了一眼酒瓶，于是我又给她倒了一杯。她拿着酒杯坐回自己的座位，瞳孔颜色稍微变深了一点。

“每次喝完酒，我都会感觉身体舒服一点。”她说，“我也不知道它有什么特殊成分。我们刚说到哪儿了？”

“说到一个名叫比尤莱的红发女孩，她以前在酒吧工作，记起一些了吗？”

“嗯。”她开始饮第二杯酒。我走过去把酒瓶放在她身旁，她又往杯子里倒了一些。

“坐好，别慌，”她说，“我有办法了。”

她站起来打了个喷嚏，浴袍差点松了，于是她赶紧用浴袍裹住自己，护好自己的胃，冷冷地瞟了我一眼。

“别偷看。”她对我摇了摇手指说道，接着又走出房间，走时不小心撞到了门框。屋后传来频率不一的吵声：打翻椅子的声音，拉衣柜抽屉太用力而抽屉掉落地板的声音；女人支支吾吾却骂骂咧咧的言语。没过多久，又传来缓慢的开锁声，拖箱子发出的尖锐声响，翻箱倒柜声和东西掉落摔碎的声音，听上去应该是一个盘子掉在地上了。

女人满足地咯咯笑。

她回到房间，手拿一个包裹，褪了色的粉色胶带包装着外面。她把包裹丢到我腿上。

“看看这些照片，还有报纸。她们不光上过警局记事簿，报纸上都常能看到她们的影子。她们都是那个地方的女人，哦天啊，她们是——我想想该怎么形容。哦，她们是他穿过的旧衣服！”

她坐下了，又要伸手拿威士忌。

我解开粉色胶带，眼前是一摞反着光的照片，照片上的男人女人摆着专业的造型。其中男人脸上施着妆容，面容狡黠，身穿骑马装。大多数舞蹈家和喜剧演员来自汽车加油站巡演团，他们中没有几个在主街西边表演过。女人则露出自己性感的美腿，尺度之大，应该过不了威尔·海斯的审查；不过，她们的脸和簿记员的外套一样褴褛，沧桑。

所有人都是如此，除了那个女人。

那个女人的上半身穿着哑剧戏服，高高的圆锥形白帽下露出毛绒绒的头发，看上去好像是红色的。她的眼睛里盈满了笑意。我不擅长描述，不想承认她的脸看上去很纯净，但她的确和其他人不一样。她的脸看上去没有受过摧残，而是受过某人精致的照顾，这个人可能就是和史蒂夫·斯卡拉一样的硬汉，他以前也是个温和的人吧。女孩笑盈盈的眼里蕴含着无尽的希望。

女人面无表情地躺在椅子上舒展四肢，我丢开其他照片，挑出这一张凑到女人眼前，指着照片给她看。

“这一位。”我问，“她是谁？她遭遇了什么事？”

她眯着眼，认真看了一眼后便轻声笑起来。

“她是史蒂夫·斯卡拉的女人。见鬼，我不记得她名字了。”

“比尤莱，”我说，“她叫比尤莱。”

她看着我，皱了一下黄褐色的、断了节的眉毛。她并没有太醉。

“是吗？”她又说，“是这样吗？”

“史蒂夫·斯卡拉是谁？”我马上问道。

“酒吧里的保镖。”她哧哧地笑，“他现在在监狱里待着呢。”

“哦，不，他不在监狱。”我说，“他就在镇上，我认识他。他以前在监狱待过一段时间，现在放出来了。”

她看上去好像被我捉弄了似的，表情近乎崩溃。我顿时懂了，就是她把斯卡拉送入监狱的。我笑了笑，自己的猜想一定没错。因为她知道内幕。她如果不知道这一切，就不会如此大费周章，对比尤莱的事儿闪烁其词。她不可能不记得比尤莱，任何人都不可能忘了比尤莱。她回过神来，我们就这样盯着彼此的脸。接着她夺过那张照片。

我又走回座位，把照片藏进内荷包。

“再来一杯。”我把酒瓶递给她说道。

她接过酒瓶，犹豫片刻后便咕噜咕噜地吞下，眼睛望着褪了色的地毯。

“没错，”她轻声说，“是我告发的他，但他不知道。而且我就是因为银行里的钱告发他的。”

“说点女孩的事儿给我听。”我说，“这样我就对斯卡拉只字不提。”

“她还在这里。”女人说，“她现在在电台工作，我有一次在KLBL频道听到她说话了。她改名字了，不过我不知道她现在叫什么。”

我突然灵光乍现。“你明明知道，”我说，“你还是在压榨她。沙眉什么都没留给你，你靠什么生活？就因为她现在自力更生了，因为她和你，还有斯卡拉这样的人不是一个阶层的了，你就要榨干她。是这样没错吧？”

“银行里有钱，”她发牢骚，“一个月有一百美元的租金。”

她又把酒瓶放在地上。没人碰酒瓶，但它突然倒了，酒就这样汩汩地流出来。她看到了，却没有起身捡酒瓶。

“她在哪里？”我穷追不舍，“她叫什么名字？”

“我不知道。作为交易，你得拿支票去找出纳员，拿些现金给我。我真的不知道她名字，这是实话。”

“他妈的，你不可能不知道！”我咆哮道，“斯卡拉——！”

她噌的一声站起来，朝我尖叫：“滚出去！你给我滚出去！不然我叫警察了！滚吧，你这个……”

“好，好。”我镇静地伸出一只手，“放轻松，我不会告诉斯卡拉的，放轻松一点。”

她缓缓坐下，拾回几乎空了的酒瓶。

毕竟，此刻我没必要同别人大吵大闹，大可以想想别的法子。

我离开的时候，她都没有看我一眼。我漫步在细碎的秋日阳光下，走上自己的车。我是个好男孩，想与人为善。是的，我还是个帅小伙。我很喜欢认识自我，我就是这样一个小伙子，愿意为了十美元的赌，挖掘一个失去健康的老妪的生活，探寻她不为人知的秘密。

我将车开到临近的药店，走进电话亭给海纳打电话。

“听着。”我说，“以前斯卡拉工作的地方是沙眉酒吧，酒吧老板的寡妇还活着。如果他不怕，他可以打电话给她，约着见一面。”

我告诉他沙眉夫人的地址，他酸溜溜地说：“我们就要抓到斯卡拉了。警车刚经过第七大道尾端，和管理人说过话了。管理人提到了一个差不多体形和着装的男人，说他在第三大道和亚历山德里亚市大道之间下了车。管理人还说了，接下来他应该会闯进无人的大房子，知道这些，我们就可以大获全胜了。”

我跟他说这个方法不错。

城市西边的边缘处与比弗利山庄相融合，KLBL 电台就在这个融合的区域里。电台就坐落在朴实无华的灰泥平房中，角落处还有一个加油站。加油站有着荷兰风车的外形，呼号在风车扇叶上发着光。

我走进一家地下接待室，房间里有一面玻璃，透过玻璃可以看到空荡的演播室里有一个舞台，和供观众坐的几列椅子。很多人围坐在接待室里，努力表现得让自己看上去更有吸引力。一个金发女接待手拿大盒子分发巧克力，她的手指涂满了高贵的紫色指甲油。等了半小时后，我见到了演播室经理——戴夫・马里诺先生。站长和日间节目经理都太忙了，没时间见我。接待室后面是马里诺先生的小型隔音办公室，办公室的墙上贴了一些签名照。

马里诺先生高大英俊，有几分地中海东部的气息：过于饱满的红唇，柔滑的小胡子，清澈的棕色大眼睛，富有光泽的黑发好像烫过，又好像没有烫过，还有他修长苍白，略带烟草味道的手指。

我看向贴有照片的墙，想找出那个穿哑剧戏服的女孩，但没有找到。他趁这个空当看了我的名片。

“私家侦探。嗯？有什么能为您效劳的吗？”

我拿出那张女孩穿戏服的照片，放在他精美的棕色记事簿上。他盯着照片看的样子可真有趣，他的脸上涌现出所有微表情，拼命想隐藏却欲盖弥彰。看着他如此丰富的表情，我就知道了，他认识这张脸，而且这张脸对他而言有特殊的意义。他抬起头，讨价还价地看着我。

“这张照片不太新，”他说，“不过拍得不错。我不知道我们会不会用这张图。但能看美腿嘛，是吧？”

“这照片至少有八个年头了。”我说，“你会用作什么用途？”

“当然是宣传了，我们差不多每两个月都会从这些女孩中挑一个做电台专栏。现在我们依旧只是一家小电台。”

“为什么？”

“你是说你不知道她是谁？”

“我只知道她曾经是谁。”我说。

“她是薇薇安·巴兰啊，我们‘大糖果棒’节目的头号甜心。你难道不知道这个节目？一周三期，每期半小时。”

“从没听说过，”我说，“我觉得电台节目归根结底没什么意义。”

他背靠着椅子，又点燃一根香烟，尽管有一根还没有抽完就被他扔进涂瓷釉的烟灰缸里。

“好吧，”他挖苦道，“别在这里讨人厌了，言归正传，你想干什么？”

“我想要她的地址。”

“这我肯定不能给你。而且抱歉，你在电话簿、姓名地址录里，都找不到的。”他开始整理文件，一眼又瞥见一根香烟，顿时来了精神，再次背靠椅子坐下。

“我现在遇到麻烦了。”我说，“我一定要找到这个女孩，速度要快，而且我不希望自己看上去像个勒索犯。”

他舔了舔自己饱满的红唇。很奇怪，我能感觉到他正在因为某件事儿心花怒放。

他温和地说道：“你的意思是，你知道一些可能会伤害巴兰小姐，顺便还会影响这个节目的事儿？”

“电台里的任何明星你都可以随时换掉，你说对吗？”

他舔了几下嘴唇，努力把语气变强硬了些。

“我好像嗅到了一丝阴险的味道。”他说道。

“是你胡子烧了的味道。”我说。

这并不是最能调节气氛的话，但总算是打破僵局。他面带笑意，身体前倾，双手撑在桌子上，活像一个情报贩子一般神秘。

“我们这样做是不对的。”他说，“你看上去很可靠，很明显，你可能本身就是个可靠的人。那么，让我出马吧。”他抓过皮革包边的便笺簿，潦草写上一行字后便撕下来传给我。

上面写着：弗洛雷斯北街1737号。

“这是她的住址，”他说道，“不经过她同意，我是不会给你她的电话号码的。现在可以对我绅士些了吧，毕竟事关电台利益，马虎不得。”

我卷起他写的字条放进口袋，仔细思考，才发现他刚才为了照顾我些许残存的面子，小小地骗了我一把。我犯了个错误。

“节目进展得如何？”

“我们的节目已通过审核。节目氛围很轻松，讲的是日常生活的点点滴滴，不过制作精良，名字叫‘我们镇上的街道’。过不了多久，它就会在全国大红大紫的。”他用手蹭了蹭自己精致的白色眉毛，“而且碰巧，巴兰小姐都是自己写的剧本。”

“哈，”我说，“好吧，说个丑闻给你听。她以前有个男朋友，坐过一段时间的牢，不过现在给放出来了。他们是在她工作的地方，中央大街的一个酒吧里认识的。现在他出了监狱，正四处找寻她。他已经杀了一个男人了——”

“等等——”他的脸色虽然没有变得惨白如纸，毕竟他不是白种人。但不得不说，他的脸色看上去糟透了。

“你听我说完，”我继续说，“他杀人的事儿当然与这个女孩无关，这你应该明白。你看看她的脸就知道，她不是什么坏女孩。如果这事儿弄得人尽皆知了，多少要采取公关措施。不过这只是小事一桩，看看好莱坞的人都是怎么粉饰太平的。”

“这需要花钱，”他说，“我们只是个穷酸的电台，说不定还要因为这件事停掉节目。”他看上去好像对我有所欺骗和隐瞒，这令我困惑不已。

“胡说！”我身体靠前，重重敲了几下桌子，“真正要重视的问题是怎么保护她。那个硬汉——史蒂夫·斯卡拉深爱着她，他徒手就能干掉别人。虽然他不会伤害她，但如果她现在有了男朋友，或者已经结婚了——”

“她没有结婚。”马里诺看着我上下捶动的手，迅速插了一句。

“如果她结婚了，他会拧断那个男人的脖子，到时候巴兰可吃不了兜着走。斯卡拉现在不知道她在哪里，居无定所地逃离大家的注意力，这种状态下，他很难找到她。如果报社的人拼命想报道这些事儿，你最好去找警察。”

“尼克斯，”他说，“尼克斯是警察。你想当警察，对吧？”

“你什么时候要巴兰回来？”

“明天晚上，她今晚没有节目。”

“如果你需要的话，明晚之前，我会把她藏起来。”我说，“毕竟我也只能帮你这么多了。”

他再次拿起我的名片，看了一眼后，扔进抽屉里。

“出去吧，快去解救她。”他厉声喝道，“要是她不在家，就守在家门口等她回来。我先上楼开个会，其他的以后再说。你快走吧。”

我起身要走，他又喝道：“要预付定金吗？”

“这个不用慌。”

他点头，挥手示意我离开后便拿起电话。

从门牌号的数字来看，她的家在弗洛雷斯北街，应该离日落塔很近，我需要穿过一个镇才能到达。交通十分拥堵，才经过不到十二个街区我就发现，那辆紧随我一同离开电台停车场的蓝色轿车，依旧开在我的车后。

我不慌不忙地转了个弯，十分确定这辆车在跟踪我。车里有一个男人，但并不是斯卡拉，他的头只高过方向盘一英尺左右。

我又飞快地转了个更大的弯，让它追不上我。我不知道谁在那辆车上，当时也懒得去弄清楚。

到达弗洛雷斯大道后，我把车停在路边。

青铜色大门敞开，映入眼帘的是一个美丽的平房庭院和两排平房，平房屋顶由块块木瓦砌成，造型陡峭，与老式英国体育版画里的茅草屋有些神似，不过也只是一点点罢了。

草地是精心修剪过的，沿着草地有一条宽阔的走道，两旁还有用彩色瓷砖堆砌的椭圆形水池和石凳。晚霞洒在草坪上，留下令人玩味的影子。若不是摩托车的喇叭声太刺耳，落日林荫大道上，车来人往的声音，和蜜蜂的低声嗡叫没什么两样。

我跟着纸片上的数字，找到最左边的平房。我按了门铃，但无人应门。门铃处在大门正中间，样式十分可爱，令我不禁好奇声音会怎么传进去。我不厌其烦地按门铃，却依旧没人开门，无奈之下走回池子旁边的石凳，边坐边等。

一个女人从我身边走过，她走得很快，但看上去并不匆忙，可能平时就是这样的速度。她身形瘦削，肤色较深，身穿土黄色花呢服装，头戴一顶黑帽，很像男花童会戴的帽子。这身打扮让她看上去好像一个穿土黄色毛呢的恶魔。她的鼻子很尖，双唇紧闭，钥匙环拿在手里转来转去。

她走到我去过的那扇门前，打开门便进去了。她看上去不像比尤莱。

我走上前，再次按响门铃，门立马打开了。这位深色皮肤，轮廓锋利的女士上下打量了我一番，说道："什么事？"

"巴兰小姐？你是薇薇安·巴兰小姐吗？"

"谁？"她用尖厉的声音问道。

"KLBL 电台的——薇薇安·巴兰小姐，"我说，"我听说——"

她的脸唰地一下就红了，嘴唇紧闭，咬紧牙关。她说："如果你想插科打诨，我并不喜欢这样。”说完就准备关门。

我赶紧解释：“马里诺先生派我来的。”

听到这句话，她停下了关门的动作，又把门大敞开。她的嘴唇很薄，薄过卷烟纸。

“我，”她一字一顿地说，“恰好是马里诺先生的妻子，这儿又正好是马里诺先生的家，我不知道……”

“薇薇安·巴兰小姐。”我说道。但她不再说话，并不是因为对这个名字不确定，而是因为潜伏心底的愤怒。

“我不知道这个巴兰小姐，”她继续说道，全然不顾我说过的话，“搬到这里住了，马里诺先生肯定觉得今天有趣极了。”

“听着，女士。这不是——”

她用力把门关上，恐怕连走道边的池塘都要溅起水花来。我站在门口看了一会儿，然后又看了看其他的平房。如果刚才有人目睹了这一切，应该已经躲得远远的了。我再次按响门铃。

门突然打开，女人面色铁青。“滚出我的走廊！”她大喊大叫，“在我把你扔出去之前，赶紧滚！”

“您听我说，”我咆哮道，“他或许觉得有趣，但警察不会觉得有趣的。”

这句话明显吸引了她的注意力。她的神情突然柔和了下来，饶有兴致地看着我。

“警察？”她轻轻地问。

“对，这是件严肃的事，牵扯到谋杀案。我必须找到巴兰小姐，找不到的话，你懂的——”

女人把我拖进屋子里，关紧大门，气喘吁吁地靠在门背后。

我用手捂住她的嘴巴。“放轻松！”我向她请求，“和你的戴夫无关，这不关戴夫的事，女士。”

“噢。”她挣脱我的手，长吁一口气，看上去很滑稽。

“当然不关他的事了。那么……是谁杀了人？”

“你不认识，这件事我不能随便说。不管怎样，我需要巴兰小姐的住址，你有吗？”

我也不知道自己为什么觉得她会有巴兰的地址。更确切地说，我可能要使劲转动大脑，才会想出相应的理由。

“有。”她说，“没错，我确实有她的住址。自作聪明的先生并不知道我有她的地址，他总以为自己知道得多，但实际上他知道得并不多，难道不是这样吗？他——”

“我现在能用到的只有她的住址，”我大喊，“而且我现在有点赶时间。马里诺夫人，稍后——”我意味深长地看了她一眼，“我肯定会与你交谈的。”

“她住希瑟街，”女人说道，“我不知道门牌号码，但我去过那儿，曾经路过那里。那只是一条很短的街道，路边有四五个房子，其中只有一个在山脚下。”她停了片刻，继续说，“我想那个房子没有门牌号码。希瑟街在卑池伍德道的最顶端。”

“她有电话吗？”

“当然了，不过她的号码应该会限制使用，她们都是这样的。像那些人——我不知道怎么形容。”

“是的，”我说，“他们会跟她打电话，唠唠叨叨个没完。好的，非常感谢您，马里诺夫人。当然，我们的谈话内容都是机密，请务必保密。”

“噢，当然可以！”

她还想再和我聊会儿，但我从她身边挤过，走出屋门，又踏上了石板路。我能感觉到她一直盯着我，所以我憋住了笑容。

那饱满红唇、焦躁不安地摆动双手的家伙可真能耐，给了我他脑海中蹦出的第一个地址，他自己的地址。可能他以为自己的妻子不在家吧。我也不清楚。无论我怎么想，都觉得这主意真是傻透了——除非他是在争取时间。

等等，他为什么要争取时间？思考这个问题时，我疏忽了，没有注意到那辆和我的车并排停放在大门前的蓝色轿车，直到我看到一个男人从后面走出来。

他手里有一把枪。

他身材魁梧，但和斯卡拉比相形见绌。他吹了一声口哨，伸出自己的左手，手掌里有东西发着光，可能是一片锡，也有可能是警察徽章。

弗洛雷斯街两侧停着一些车，按理说应该可以看到一些人，但这里除了我和这个手拿一把枪的男人，再无其他人。

他向我靠近，嘴里的口哨声婉转温柔。

“站好了，”他说，“上我的车，开车，规矩一点。”他的声音轻柔沙哑，好像一只劳累过度的公鸡在咕咕叫。

“你一个人？”

“是的，不过我有枪。”他叹了口气，“好好表现，这样你就能像退伍大军里那些长胡子的女人们一样安全。还可以比她们更安全。”

他缓缓地，小心翼翼地围着我转了一圈，露出了那个金属物品。

“这徽章很特别，”我说，“你没有权利折磨我，我也没有必要折磨你。”

“快上车。老实点，不然你就等着惨死街头吧。我是奉命行事。”他开始轻拍我的身子，“该死，你怎么没有带枪？”

“闭嘴！”我咆哮道，“你觉得我带枪了你就能逮捕我了吗？”

我往他的蓝色轿车走去，坐到驾驶座上，车子的发动机还在运行。他上车后坐在我身旁，举起手中的枪抵住我的身子，我们就这样开下山了。

“沿圣塔莫尼卡大道上向西行驶，”他嘶哑着嗓子说道，“再往上开，到峡谷车道了再往日落塔走，骑马专用道就在那里。”

我把车开上圣塔莫尼卡大道，穿过霍洛威谷底，一排垃圾场和商铺映入眼帘。驶过黑尼大道，街道变宽。我放慢车速，想用心感受逐渐进入的林荫大道，但他要我加快速度。我摇摇摆摆地开车，一会儿往北开向日落塔，一会儿往西边开。斜坡上的大房子亮起盏盏明灯，夜幕将至，满耳都是电台音乐声。我放松身心，趁着天没有太黑，端详了他片刻。在弗洛雷斯大道上时，尽管男人的帽檐压得很低，我还是看见了他的眉毛；但我想更确定一点，于是又看了看他。没错，是同一个人的眉毛，眉毛漆黑浓密，差不多左右平直，好像半英寸黑色毛绒地毯一样嵌在那张大脸的眼睛和鼻子上方。眉毛中间没有间隙，鼻子大而粗糙，可能是因为他以前喝了太多啤酒吧。

“巴德·麦克德，”我说道，“你以前是警察，怎么现在干起绑架这一行了？这次你要进的可是福尔松监狱，宝贝儿。”

“噢！怎么可能。”他看上去像受了伤似的，往车窗边的角落倒去。巴德·麦克德曾因贪污罪在昆廷监狱待了三年，他要是再犯罪，就要待惯犯监狱，我们州的福尔松监狱了。他把枪别在左大腿上，用自己强壮的后背抵住车门。我任车漂移，他也并不在意。这时候正好处于过渡时间段，下班的人已经回到家里，夜晚散步娱乐的人还未出门。

“这不是绑架，”他抱怨道，“我们只是不想惹麻烦。你想要点小手段后全身而退？这种方式对抗 KLBL 这样的组织，根本行不通。”他往窗外吐了一口痰，头也不回地说，“继续开车，呵！”

“你们想要什么？”

“你不会知道的，对吗？你只知道把头贴在钥匙孔偷窥别人，哈？你就是这副模样，和他说的一样天真。”

“所以你是马里诺的手下呗？我只想知道这件事。当然，在街上时，我甩掉你后没多久，你又出现在我眼前，那个时候我就已经知道答案了。”

“干得漂亮，呵——继续开车。我得打电话，告诉他逮到你了。”

“我们这时候是要去哪儿？”

“九点半之前由我看管你，之后我们一起去一个地方。”

“什么地方？”

“这时候还不到九点半。嘿，我说，别开着开着睡着了。”

“觉得我开得不好，那你自己来开。”

他用枪使劲抵着我，真痛。我使劲踩了一把油门，他因此摔到了车子的角落处，然而依旧握紧手中的枪。有人见此场景，在草坪前戏弄地大声叫唤。

紧接着，我看见前方红灯亮了，一辆轿车正好开到红灯下。透过后车窗，我看见车里并排坐着两个戴平檐帽的人。

“拿这把枪，你一定累坏了，”我对麦克德说，“反正你也不敢用。你是个心软的警察，谁会比一个被炒的警察更心软？你不过是个子大，胆子小。”

我们离那辆车不近，但我想吸引车里的人的注意力，于是想出一个法子。他大手一挥打到我的头顶，抓住方向盘，猛拉了一把手刹。车轮摩擦地面，碾动停到一个车站前。我昏沉无力地摇了摇自己的脑袋。等到我下车的时候，发现他还待在车角落里，和我之间的距离又变远了些。

“下次你再这样，”他的声音很嘶哑，但还是勉强地说着，“我会让你醒不过来。不信你试试，再试试啊，呵，有胆量你再试试。现在，滚回来——把你的俏皮话吞进肚子里。”

我继续往前开车，车子一侧是骑马道边的篱笆，一侧是边石外的驾车专用道。前方轿车里的警察昏昏欲睡地开着车子，漫不经心地听收音机，有一搭没一搭地聊天。我几乎可以听到他们的谈话内容。

“而且，”麦克德怒吼道，“我就算不用枪也能处置你。我还没遇到过谁能赢过徒手搏斗的我。”

“我今天早上就见到了一个，”说罢，我开始和他聊起史蒂夫·斯卡拉。

红灯又亮了，前方轿车里的人看上去并不想离开。麦克德左手点燃一根香烟，略微低了低头。

我一直同他说斯卡拉和沙眉酒吧的拳手的事儿。

然后，时机正好，我猛踩了一把油门。

车子飞速向前，没有一点颠簸。麦克德朝我挥舞手中的枪，我握紧方向盘往右转，大声喊道：“抓紧了！车祸！”

我们差不多撞到了巡逻车的左后方挡泥板。巡逻车以其中一个车轮为中心旋转，引得车里的人爆了几句粗口。车子猛地转弯，车轮摩擦地面发出尖锐的声响，还有金属零件碰撞的刺耳声音。巡逻车左侧尾灯碎裂了，油箱也可能撞变了形。

我们的车翘了起来，重心落到后面两个轮子上，好像受了伤的兔子似的瑟瑟发抖。

麦克德本可以干掉我，他的枪口离我的肋骨仅有数英寸的距离，但他没有。他真的不是一个冷酷无情的人。他只是一个坐过牢，破了产的警察；出狱后找了一份便宜活儿干干，也不知道自己的任务到底是什么。

他推开右边车门后跳出了车。

这时，其中一个警察向我身旁走来。我俯下身子躲到方向盘下，感受到帽子顶部飞快掠过一道寒光。

但他还是发现了我。脚步声渐渐逼近，那道寒光直逼我的脸。

“出来啊，”我听到一声怒吼，“你他妈把这儿当成什么地方了？赛车场？”

我怯怯走下车。麦克德蹲在轿车后，某个脱离大众视野范围的地方。

他说：“哈口气，给我闻闻。”

我便吐了一口气。

“威士忌，我觉得是威士忌的味道。宝贝儿，走几步，走。”他一边用手电筒戳我，一边对我说。

我便走了几步。

另一个警察用力拉他们的车，试图和我们的车分开。尽管他咒骂不断，却还是忙着推车。

“你看上去不像醉了的样子，”警察问道，“那是出了什么问题？没有刹车？”另一个警察已经把保险杠弄松，爬进车子坐上了驾驶座。

我脱下帽子，鞠躬说道：“只是吵架而已，他打了我一下，被打后我头晕了一会儿。”

麦克德犯了个错。他听我这么一说，马上就跑了起来，跨过车道，跳过围墙后蜷伏身子，又继续在骑马场上狂奔，落下重重的脚步声。

我开始暗示。“抢劫！”我朝审问我的警察大喊道，“我必须告诉你，那边！有人抢劫！”

“哎呀！见鬼——”他大叫着，将手枪从皮套里扯出来，“你怎么不早说？”他跳上墙，向警车上的人说道，“围住那辆破车！我们要把那小子捉拿归案！”

他咕哝着越过围墙，一群人跟着他一起狂奔在草坪上。半街区外停着一辆车，有一个男人从车上下来，站在跑道上。车头灯太暗，我看不清他的脸。

警察坐在警车里，猛地冲向马道边的篱笆，车子猛地向后反冲后，又转了个圈。最终，车里传来一阵警报声。

我跳上麦克德的车发动车子。远处传来一声枪响、两声枪响和一声尖叫。角落处的警笛声停止了一会儿又继续叫嚣起来。

我把油门踩到底，离开了这块住房区。在遥远的北方，警笛声不知疲倦地叫唤，一声声，寂寞地回荡在山间。

车子被我遗弃在距威尔夏路半个街区的地方。在比弗利 - 威尔夏酒店前，我搭上一辆出租车。我知道他们可能跟得上我，但是这并不重要。重要的是在这之前，我还剩多少时间。

我去了一家好莱坞的鸡尾酒酒吧，给海纳打了电话。他还在工作，说话的语气依旧让人厌恶。

“斯卡拉那边有什么新进展吗？”

“听着，”他不耐烦地说，“你去找沙眉酒吧那娘儿们说话了？你现在在哪儿？”

“我的确去了，”我说，“我现在在芝加哥。”

“你最好回来。你去那儿干什么？”

“我想她可能认识比尤莱，当然，她的确认识她。要不要加赌注？”

“开什么玩笑。她死了。”

“斯卡拉——”我开始说我想说的话。

“可真有趣。”他咕哝着，“他在现场。一些好管闲事的老家伙——隔壁邻居看到他了。不过她身上没有受伤的痕迹，看上去是自然死亡。我那时候脱不了身，就没有去看她。”

“我知道你很忙，”我用自认为冷漠的语气对他说。

“嗯，是的。见鬼，医生目前还不知道她死因是什么。”

“恐惧。”我说，“八年前，是她把斯卡拉送进监狱的。她喝了些威士忌后，说了一些秘密。”

“真的是这样？”海纳说道，“好，好。无论如何我们现在知道他在哪里了。我们把他逼到吉拉德后，他坐上一辆出租车向北逃了。我们已经通知了州局和郡局要彻查此人。如果他下车逃到里奇去了，我们会在卡斯泰科逮捕他。是那个女人让他入狱的，对吧？你最好来警局一趟，卡麦迪。”

“别。”我对他说，“在贝弗利山庄时，我肇事逃逸了。现在我是一个犯人。”

我匆匆吃了几口快餐，喝了几口咖啡，然后乘计程车去拉斯莫尔斯和圣塔莫尼卡，找到了我停车的地方。周围没有什么事儿发生，只有一个小孩在车后座随意地弹乌克丽丽。

我把车开到希瑟街。

希瑟街在卑池伍德道顶部，深深嵌进陡峭的山坡里。大道回环曲折，哪怕白天在这条路上行驶，你看到的也不过是半个街区。

我要找的那个房子低调地依偎在山坡下方。房子的前门在街平面以下，房顶有窗台，地下室里有一两个卧室，还有个车库，像在橄榄油瓶里一样通畅无阻，可以自由地开进开出。

车库很空，但一辆光滑明亮的大轿车停在路边，车的右半部分架在路肩上，两个轮子呈悬空状态。

我沿路开车，停车后走回那条平滑、少人经过的水泥路，按下钢笔手电筒的开关，灯光照进大轿车里。车主是戴夫·马里诺，登记于加利福尼亚州好莱坞，弗洛雷斯北街 1737 号。看到这，我回到自己的破车里，从锁好的口袋里掏出一把枪。

我再次经过大轿车，走下三层糙石阶。眼前狭窄的门上方是拱形尖顶状，门旁有一个门铃。

我只是盯着门铃看，但并没有按它。门没有完全关紧。

昏暗的光线从大敞开的门缝里溢出来。我先将门推开一英寸，接着继续推门，直至我能看清屋内。

然后，我张着耳朵聆听，不由跟随屋内的声音往里面走。

那是一场爆炸后遗留下的无法言喻的，死一般的沉静。也可能是因为我没怎么吃晚饭，幻听了吧。不管怎样，我都走进去了。

客厅很长，一直往房子里延伸。不过这是个小房子，客厅算不上太大。客厅后面有几扇落地窗，透过窗玻璃可以看到外边阳台上的金属扶手。阳台的位置高出山坡一大截，整个房子也一样建在高处。

屋子里的灯具桌椅都很别致，椅子有高高的扶手；地上铺着杏色的厚地毯；还有两张小而舒适的沙发床，一张正对着我，另一张与壁炉垂直。象牙色的壁炉上方还摆放着一个胜利女神像的小模型，青铜网后有一个火炉，不过没有点燃。

屋子里寂静而温暖，好像有人刻意营造出如此舒适的氛围。低矮的桌子上放着一瓶VAT69苏格兰威士忌，旁边还有几个玻璃杯，钳子，还有一个铜制的桶。

我把门带上，恢复它之前的样子，静静伫立着。

落地式收音机上的电钟发出无力的呼呼声；行驶于半里之外的卑池任德道上的汽车，从远方发出阵阵鸣笛；远处飞机滑过夜空的轰鸣声，好似大黄蜂在嗡嗡叫；房子下，蟋蟀一刻不停地呼哧作响。时间就在这些声音的陪伴下，缓缓流逝。

然后，我便不再是一个人了。

马里诺夫人从房间另一端，落地窗旁边的门溜进屋子里。她动作轻盈，没有发出任何声响，还是穿的那件土黄色呢子，戴的那顶黑帽子，看上去很违和。她手里有一只小手套，用它包围枪头。我不知道她为什么要这样做，之后也完全没弄明白。

她没有立马发现我。等到她发现我时，也没太大意义了。她微微举起手枪，沿着地毯滑到我身前，紧闭嘴唇，牙关紧锁。

然而我也拿出一把枪。我们俩一人一把枪，就这样对峙着。她可能认出了我，但我读不懂她的神情。

我说："你见到他们了，嗯？"

她微微点头说道："只有他。"

"把枪放下，你已经顺利到这里了。"

她好像没有注意到我那把柯尔特手枪还指着她，于是把枪放低了一点。我也跟着放低了一些。

她说："她不在这里。"声音干涩，平淡，没有激情，没有人情味。

"巴兰小姐不在这里？"我问。

"不在。"

"还记得我吗？"

她认真看了我一眼，依旧没有笑容。

"我就是要找巴兰小姐的那个人，"我说，"你告诉我去哪里找她的，还记得吗？只是戴夫派了一个木头脑袋来找我，他一出现就带着我到处跑，还惹了些事。我也弄不明白。”

这个深色皮肤的女人说：“你不是警察。戴夫说你是个冒牌货。”

我做了一个热情又夸张的姿势，悄悄朝她靠近了一点点。“我不是都市刑警，”我承认，“但我的确是一个警察，尽管这是很多年前的事了。在那之后发生了一些事，这也正常，不是吗？”

“是的。”她说，“戴夫的变化更多，呵呵。”

那并不是笑声，更像是一丝蒸气飘出安全阀的声音。她也无心发笑。

“呵呵。”我说道。我们看着彼此，好像拿破仑和约瑟芬在一起的状态，疯癫可笑。

我离她还有一些距离，心想着要再靠近她一点，才能拿走她的枪。

“除了你之外，还有人和你一起吗？”我问。

“只有戴夫。”

“我也料到他会在这里。”我这样说或许不够精明，但很容易伺机而动。

“哦，戴夫在这里。”她说道，“是的，你要见见他吗？”

“可以——如果不是太麻烦的话。”

“呵呵。一点儿也不麻烦的，就像这样。”

她蓦地举起手枪指着我，扣动扳机，面部没有一点表情变化。

然而枪没有任何动静，这令她很困惑。她的动作呆滞迟缓，好像没发现此刻情况紧急一样。趁着她没注意我，我逃离了现场。她举起枪，依然小心翼翼地用儿童手套包裹枪头，眼睛盯着枪口看，不过还是没得出什么结论。她又摇了摇枪，突然意识到还有我在屋子里。我一动不动地站着，此刻的确也没有动的必要。

“我猜枪里面没有装子弹。”她说。

“可能是用完了。”我说道，“真遗憾，这把小枪只能装七颗子弹，我的子弹又放不进去。把枪给我，让我看看能不能帮上忙？”

她把枪放在我手上，拂去自己手上的灰尘。我看不清她的瞳孔，不确定她是怎样的表情。

枪没有上膛，弹仓空空如也。我嗅了嗅枪口，发现它自从上次清理干净后就再没有开过火。

这可难倒我了。在这一刻之前，只要我不再见到其他血案，一切事情会简单地发展。但如此一来，我不知道此刻我们俩分别在说什么。

我将她的枪扔进我裤子的侧边口袋，又把自己的枪丢进后侧口袋，若有所思地沉默了几分钟。想看看会发生什么事，但什么都没有发生。

轮廓锋利的马里诺夫人只是静静伫立在我身前，神色恍惚地看着我两眼间，好像一个游客见到惠特尼山上美妙绝伦的夕阳时流露出的神情，有些不省人事。

“好吧，”我最后说道，“我们来仔细看看这间房子里有些什么。”

“你是说戴夫吗？”

“对，也可以算上他。”

“他在卧室里。”她嗤笑着说道，“他在这房子的卧室里。”

我扶住她的手臂把她转了一圈。她一脸的不情愿，像一个叛逆的小孩。

“不过卧室要成为他在这个家待的最后一个地方了，呵呵。”她说道。

“哦，当然。”我轻言轻语地回答她。

戴夫·马里诺已经死了，似乎已成定局。

大床边的白色碗状灯上有图案凸起，它洒下的灯光给卧室镀上了一层银绿色。这是房间里的唯一一盏灯，灯光穿过这一片肃杀，在马里诺先生脸上留下掠影。他才死亡不久，看上去不像一具尸体。

他随意地瘫在床上，手脚张开，身体略微侧躺着。一只手如一缕海藻向外伸出，另一只手放在身后，好像他被枪击的时候正站在床前一样。他明亮的眼睛直直地看着前面，脸上的表情近乎自鸣得意；嘴唇微张，在这盏灯的映照下，微微露出的上排牙齿边缘反着亮光。

起初我没有看到他的伤口。伤口位置很高，在他头部右侧，太阳穴往后的后脑勺处。枪伤颇深，仿佛要透过坚硬的头骨，穿过他的大脑。伤口是被火药灼伤的痕迹，暗红色的血液晕染在周围，一股血液从其中流淌过他的脸庞，越到底下血迹越细，颜色也越深。

“该死，那是接触枪创，”我厉声说道，“他是自杀。”

她站在床头，双眼凝视他头朝向的墙壁。可能她对墙边的什么东西感兴趣，但她没有表现出来。

我抬起他软弱无力的右手，嗅了嗅他大拇指根部和手掌交合的地方，似乎闻到线状无烟火药的味道，但过了一会儿味道好像消失了似的。到最后，我也不确定这种味道是否存在。无所谓了，石蜡测试可以测出结果，不管怎样总会有办法解决的。

我拖起他的手，小心翼翼放回原处，好像在对待一个易碎又贵重的宝物。我趴在床上观察他身体四周，又走下床半跪着看，咒骂几句后又站起来，把尸体滚到一边，这才看清楚他身下的东西——一颗明亮的黄铜弹壳，但旁边没有枪。

这样看来，倒又像是一起谋杀案了。我兴趣大增。就是嘛，他不是那种会自杀的类型。

“你看到枪没有？”我问道。

“没有。”她的表情空洞茫然。

“那个叫巴兰的女孩呢？你来这里是准备干什么的？”

她咬了一口自己左手小拇指的末端：“我还是坦白吧，我来这儿是要杀了他们俩的。”

“你继续说。”我说道。

“这里没人。我跟他打电话时，他告诉我你其实不是警察，没有发生你所说的谋杀案，你只是一个勒索犯罢了，吓唬我就为了套出她的地址——”她说着说着停下了，小小地啜泣了一瞬间，轻轻吸了口气，然后将目光转移到天花板的某个角落。

她轻描淡写地说着自己未能得逞的计划："我来这里就是想杀了他们俩，这点我不否认。"

"就凭一把没有子弹的枪？"

"两天前里面还有子弹，我检查了的。一定是戴夫清空了枪膛。他发现后肯定吓得魂飞魄散了。"

"听上去没错，"我回答道，"你继续说。"

"所以我来到了这里。他派你去我家找我，让我告诉你巴兰的地址。这是他对我最后的羞辱，这超出了我的——"

"这类故事我自己在言情杂志里看到过，"我说，"我理解你的心情。"

"他告诉我，巴兰小姐可能会出事，他必须照顾她。他还说，之所以这样做只是为了电台利益，丝毫不掺杂个人情感，以前从没有暧昧过，今后也永不会。"她说道。

"我的天哪，"我说，"这我也知道。我知道他花言巧语地骗过你，可他现在这么大一个死人躺在这里，我们还是得把他处理一下，尽管他是你的丈夫。"

"你——"她说。

"嗯，"我说，"请您继续，别说那些荒唐的承诺了。"

"门是开着的，我就走进来了。事情就是这样，我这时候要走了，你可别想阻止我。你知道我住哪里，你——"她还是不记得我的名字，只能用"你"代替。

"我们先走法律途径。"说罢，我走过去，关上门，拔出插在钥匙孔里的钥匙后，走到落地窗前。女人轻声地说话，看了我一眼，但此刻我听不到她是怎样称呼我的。

在客厅外的阳台上，离床较远的几扇落地窗都敞开着。电话安放在床边墙上的壁龛里，你可以一大早打着哈欠，伸手拿过电话，订购一盒钻石项链，等别人送到门口后试戴。

我坐在床边，拿过电话。一阵低沉的声音穿过玻璃窗："拿着，兄弟！拿好了！"

尽管玻璃隔绝了部分声音，我依旧确定，这低沉温柔的嗓音是我曾听到过的，斯卡拉的声音。

那盏灯在我正后方，我从床上跳下地面，挠了挠自己的臀部。

一声枪响划破宁静，窗户玻璃四处飞撒，溅到我脖子后面。在这之前我看了窗外，斯卡拉并不在阳台上。我没弄明白到底发生了什么。

我在地面上翻滚，静悄悄地匍匐着，准备从落地窗周围逃走。要想逃走，我必须，也只能滚到那盏灯的位置。

马里诺夫人做了一件正事——她在床的另一边，突然操起一只拖鞋，鞋底对着我往我身上打。我便扑向她的踝关节，和她扭打一团。我的脑袋都要被她拍碎了。

我把她撂倒在地上，尽管没多久她就站起来了。我正准备站起来时，斯卡拉已经出现在房间里，微笑地看着我。他手里依旧握着那把口径 0.45 英寸的手枪，似乎永远不会舍弃它。此刻的落地窗和外面紧锁的纱门，看上去好像刚刚惨遭了凶恶大象的蹂躏。

"好吧，"我说，"我投降。"

"这妞儿是谁？兄弟，她肯定喜欢你。"

我站了起来。女人待在一个角落里，我都没有看她一眼。

"转个圈，伙计，让我搜搜身。"

我没来得及把枪卸下，就被他拿走了；我丝毫没有提到门钥匙，但他也搜走了。他刚才一定在某个地方目睹了一切。他把我的车钥匙留下了，看了看这把空空如也的手枪，又放回我的口袋。

"你怎么进来的？"我问道。

"简单。爬阳台，挂在栏杆外面，透过栏杆看到你了。这对一个老杂技演员来说，小菜一碟。你最近怎么样，兄弟？"

头顶的鲜血淌过我的脸，我拿出一块手帕擦了擦脸，没有回答他。

“哎呀，你身后躺着一具尸体，你还敢坐在床上拿电话，可真滑稽透了。”

“我就是这么滑稽！”我愤愤地说道，“悠着些，那是她丈夫。”

他看着她问我：“她是他的妻子？”

我点了点头，随后便后悔了。

“那可真让人难过，如果我早些知道的话——我还是无法控制自己，一切都是这家伙自找的。”

“你——”我瞪着他，准备继续说话时听见身后传来女人克制的呜咽声。

“这里还有谁？兄弟，还有谁在这儿？我好像看到客厅里有一瓶不错的烈酒，我们一块儿过去吧。你的头也要清理清理。”

“在这里转悠，你疯了。”我朝他大吼，“现在警察到处找你，要想离开这个峡谷，唯一的办法就是沿卑池伍德道下坡，或者徒步走过山峰。”

斯卡拉看着我，轻轻地说道：“这里还没人报警呢，兄弟。”

我走进浴室，斯卡拉就看着我清理包扎头上的伤口，然后和我一起回到客厅。马里诺夫人蜷缩在一张长沙发上，两眼无光地看着未点燃的炉火，一言不发。

她没有逃走，因为斯卡拉每时每刻都盯着她。而她已逆来顺受，冷眼旁观一切，毫不在乎这时候发生了什么。

我倒了三杯 VAT69 威士忌，递给女人一杯。她伸手接过杯子，似笑非笑地看着我，从沙发上跌下落在了地板上，脸上依旧挂着笑容。我放下杯子将她扶起来，又把她送回沙发上。她耷拉着头，面白如纸，看上去很冷。

斯卡拉盯了她一会儿，拿起自己的酒杯，在另一张沙发上坐下，那把口径 0.45 英寸的手枪被他放在身旁。他一边饮酒，一边观察那个女人，苍白的大脸上浮现出异乎寻常的表情。

“难过，”他说道，“真令人难过。不过再怎么说，都是这卑鄙小人出轨了。去他妈的。”他又倒了一杯酒，一口吞下，走到女人躺着的沙发边，在女人身边坐下。

“那么，你是个侦探？”他说。

“你怎么看出来的？”

“卢·沙眉告诉我一个男人到这里来了，我感觉他说的是你。我在这周围逛了一圈，发现你的破车在外面，于是悄悄过来了。”

“那——现在要干什么？”我问道。

他穿着一身运动装，看上去异常高大。衣服像那种自以为是的毛头小子穿的，略微浮夸。我想知道他是在哪儿找的这身行头。肯定不是才买的，因为这套衣服不合他高大的身材。

他双脚分开踏在杏色地毯上，忧愁地盯着自己白色的羊皮鞋头。我从没见过这么难看的鞋。

“你在这里干什么？”他粗声粗气地问我。

“找比尤莱。我觉得她可能遇到麻烦了。之前我和一个警察打了赌，我说我一定能在他找到你之前找到比尤莱，而我现在还没找到她。”

“你没有看到她吧，嗯？”

我谨小慎微，慢慢地摇了摇头。

他轻声对我说：“我也没有，兄弟。我在这里晃了几个小时，一直没等到她回来，只看到了卧室里的那个家伙。沙眉酒吧的那个黑人经理呢？”

“这就是警察抓你的原因。”

“好吧，像他那样的男人死了，警察肯定会来找我的。我该走了，这具尸体我也带走了，总不能留在这儿吓到比尤莱吧。不过我猜再怎样做都是无济于事，那个黑人的死亡把事情复杂化了。”他看着坐在沙发上，靠近他手肘边的女人说道。

女人闭着眼睛，脸上呈青白色的光，胸口上下起伏。

“要不是她在这里，我应该会马上清理现场，让你闭嘴。”他摸了摸身旁的手枪，说道，“她不会感到痛苦的，这也是为了比尤莱。不过都是有规矩的——真见鬼，我不能杀女人。”

“太糟糕了。”我怒斥道，还感到一阵头痛。

他咧嘴对我笑，说：“我应该会用上你的车。不会走多远的，钥匙丢给我。”

我把钥匙扔给他，他拾起来后放在自己的手枪旁边。他向前坐了一点，然后从自己衣服上的口袋里，掏出一把口径0.25英寸，把手上镶有珍珠的手枪，放在手掌心。

“它就是我杀死他的工具。”他说，“我弃了那辆从下面街道租来的车，去了银行，又来到这个房子周围。在我听到门铃响时，发现这家伙在前门。我刻意保持了距离，他没有看到我，也没有人应他的门。然后，你猜怎么着？他有一把钥匙，能打开比尤莱家门的钥匙。”

他的脸上布满愁云，在沙发上休息的女人深深吸了一口气。我好像看到她的眼睑抽动了一下。

“真见鬼，”我说，“他有很多方法能拿到这把钥匙啊。他是比尤莱的老板，可能从她包里拿走后配了一把一样的钥匙。见鬼，他想拿到钥匙，完全不需要她亲自递给他。”

“没错，兄弟。”他笑盈盈地说，“她当然没有必要把钥匙给这么个——后来，他走进屋子，我紧跟他的步伐想要进门。门关上了，但我用自己的方法打开了，进门后只把门带了一下，想必你也注意到了。他在屋子正中间，靠一张桌子站着。他之前一定来过这里。”他的脸上又布满了阴霾，不过没有那么狰狞——“因为他悄悄把手伸进桌子的抽屉，拿出了这个。”他用硕大的手掌旋转这把珍珠把手的枪，说道。

此刻的马里诺夫人神色仓皇。

“我朝他走过去，他就开了一枪，不过没有打到我。他害怕地跑进卧室，我也跟着他进卧室。他又开了一枪，还是没有打到我。你可以看到墙上留有枪印。”

“我会留意的。”我说。

“然后我就抓住他了。哈，这么容易，原来只是个外强中干的废物啊。如果她想和我断交，可以，但她一定要亲自告诉我，我不想见到这个油光满面的家伙。但这家伙胆大包天，让我怒火中烧。”他摩挲着自己的下巴说道，我有点不明白最后一句话是什么意思。

“我问他：‘我的女人住在这里。伙计，你是怎么回事？’他说：‘你明天再过来，今晚是我的逍遥夜。’”

斯卡拉舒展自己的左手，动作幅度很大，说道：“你知道的，这话有多激怒人。我任由自己的本性操控自己，蹂躏拉扯他的四肢。撕扯的过程中，这该死的手枪突然就走了火，他，他就瘫得——”他望向马里诺夫人，没有说完整句话，“是的，他死了。”

女人的眼睑又抖了一下。我问：“然后呢？”

“然后我逃走了。是个人都会这样做的。但我还是回来了。想到这具尸体躺在比尤莱的床上，她会吓坏的，于是我就想回来搬走尸体，搬到没有人的地方去，自己可以避一段时间。可接下来这个女人出现了，打乱了我的计划。”

这个女人肯定一直在装睡。她一边蹭着沙发靠背，一边一点点地调整自己身体的位置，一点点地挪动自己的腿脚。

她慢慢靠近斯卡拉，斯卡拉手里依旧拿着那把珍珠把手的手枪。突然，她扑通一声猛地跳下沙发，像一个杂技演员。她擦擦膝盖，从斯卡拉手中抢过手枪，动作行云流水，好像一只正在吃坚果的花栗鼠。

她滚到他腿边，这时斯卡拉站了起来咒骂她。柯尔特手枪就在斯卡拉身边，但他没有要拿枪的意思，只是停下来，徒手抓住女人。

她哈哈大笑一声，向他开枪。

她朝他的下腹部开了四枪，枪的击锤咔嗒一响，弹仓空了。然后，她把枪往他脸上一扔，翻身从他身边滚过。

他跨过女人的身体，没有碰到她。这张没有血色的大脸在某一瞬间怔住了，然后露出痛苦折磨的表情，这种表情似乎一直伴随着他。

他踏在地毯上，径直向前门走去。我纵身一跃，伸手抓过柯尔特枪，远离那个女人。他走到第四步时，鲜血滴在了地毯淡黄色的细毛上，接下来的每一步都伴随着鲜血。

他走到门口，手撑木门，停下来靠了一会儿后又摇摇头返回。他捂过肚子的手撑在门上时，留下一些血斑。

他走到离他最近的椅子前坐下，身体往前倾，双手用力抱紧自己。鲜血缓缓流出他的手指缝，有如水从溢满了水的盆子中冒出来。

“这些小子弹，”他说，“和大子弹一样折磨人，还好只打到了下腹部。”

这个深色皮肤的女人僵硬地朝他走来，好像一只牵线木偶。他眼皮沉重地耷拉着，目不转睛地看着她。

她靠近斯卡拉后倚在椅子上，往他脸上吐了一口口水。

斯卡拉一动不动，眼神一如刚才。我上前把女人拉走，使劲摔到椅子上。我这样做可真粗鲁。

“别管她了，”他对我嘟嘟囔囔地说道，“也许她爱这个家伙。”

此时此刻，没有人能再阻止我报警了。

几小时后，我去了第五大道和西大道交叉处的卢卡餐厅。我坐在一张红凳子上，一边呷着手中的马提尼，一边在想调酒师整天调酒，却顾不上喝一口会是什么滋味。

我举起第二杯马提尼喝下，点了一份餐点，差不多吃完了。不早了，已经一点多钟。此刻，斯卡拉待在总医院的监狱病房里。巴兰小姐仍然没有出现，但他们都知道，她若对斯卡拉已受人监管，不再有攻击力的事有所耳闻，她定会在第一时间出现。KLBL 电台起初还对这件事一无所知，了解情况后便做好了保密工作。现在他们有二十四小时的时间决定如何公布这件事。

中午的卢卡餐厅近乎满座，我等了一会儿，一个意大利深肤色女人向我走来。她的鼻子和眼睛都很大，看上去不好糊弄。她对我说："现在有座位了。"

我幻想着斯卡拉正坐在我的对面，他黯淡无光的黑眼珠诉说的不仅仅是疼痛，他还有事情希望我能完成。他一边试图告诉我他内心的渴望是什么，一边按压住自己的腹部，再次对我说："别管她了，也许她爱这个家伙。"

我离开餐厅往北开车，开过富兰克林大道，经过卑池伍德道后又继续往上开到希瑟街。街道没有封锁，他们是如此信任她。

我驱车行驶在下面的街道上，抬头仰望树丛繁盛的斜坡。月光洒在斜坡上，后面的那间房子看上去有三层楼高，我能看到支撑门廊的金属支架。支架看上去很高，恐怕要搭热气球才能到达。但斯卡拉就是那样爬上去的，他总是挑这种困难的办法。

他本可以逃之夭夭，努力赚钱，甚至买套房子安度时光。这起勾当牵扯了太多人，他们又不会跟他一人过不去。但他还是回来了，如罗密欧一般，攀上她的阳台，留下一肚子枪弹，依旧是为了这个不值得的女人。

我绕着弯曲，如月光般洁白的马路开车，停下车后徒步走完剩下的山路。我拿着一个手电筒，但就算不用它，我也能看到没有人在门口等牛奶送来。我没有再往前走，山上指不定哪里会有人用夜视望远镜窥视。

我悄悄从后面爬上银行，银行处在房子和空荡的车库之间。我看到一扇离我比较近的窗户，用藏在帽子里的手枪打碎了它，没发出太大声响。蟋蟀和树蛙停止叫唤了片刻，除此之外，再无其他事情发生。

我拉低房子外的窗帘，溜进卧室后拉下窗帘，小心翼翼地打开手电筒，四处徘徊。灯光洒落在乱七八糟的床上，印粉留下的污渍上，窗台留下的烟蒂上，还有留在地毯的鞋印上。一瓶银绿色的化妆品放在梳妆台上，三个小提箱装在衣柜里。衣柜中还有一个嵌入式的柜子，柜子外上了一把锁，看来有什么秘密。我手握手电筒和一把起子，撬开了柜子。

里面的珠宝价值不到一千美元，甚至可能连五百美元都不到。但这些珠宝对于一个有表演事业的女孩来说也算意义重大。我把它们放回原位。

客厅窗户紧闭，弥漫着一股古怪难闻，压抑得难以忍受的味道。执法机关重点关注那一瓶 VAT69 威士忌，这样一来更方便取证指纹。我只能喝自己的酒，在角落处找到一把没有沾染血迹的椅子坐下，咽下一口酒，在黑暗中等待。

一副窗帘拍打着地下室，也可能是其他地方。我又喝了口酒。突然听到有人从一个屋子里跑出来，大声叫喊。房子距离我所在的地方有五六个街区。一扇门“砰”地关上。沉寂。树蛙又开始叫唤，蟋蟀也紧随其后。接着，收音机上的电子钟声音大了起来，盖住了所有声音。

随后我便睡着了。

等我醒来时发现，前窗已看不到月亮。一辆车停在某处，一阵轻悄悄，细碎小心的脚步声在夜晚听得十分清楚。一个人待在前门，摸索地把钥匙插进门锁。

门一打开，一个没戴帽子的人出现在昏暗的天空下。外面实在太黑，山坡的轮廓都已不复存在。门合上了。

脚步声在地毯上沙沙作响。我已把灯绳握在手里，绳子一拉，灯亮了。

女孩没有任何耳语。她只是举起枪对准我。

我说：“你好，比尤莱。”

她值得被等待。

不太高也不太矮，这样一个女孩：她有能让自己款款玉步，翩翩起舞的长腿；头发在灯光照射下，显得像夜晚的丛火一样显眼。因为爱笑，她的眼角留下了眼纹；她嘴角的弧度也显示出她很爱笑。

这些面部特征有些背光，但由于看上去更柔和而显得越发美丽。我看不清她的眼睛，但我想它们应该蓝得像一汪海洋，让你忍不住想跳进去。

这把手枪的口径看上去是0.32英寸，但枪柄和毛瑟枪一样是直角的。

过了一会儿，她轻声说道："我猜，你是警察。"

她的声音也很动听，现在我都会时不时想起来。

我说："我们坐下聊聊吧，就我们俩。要不要来点酒？"

她没有回答我，只是低头看她手中的枪，似笑非笑地摇了摇头。

"你不会连着犯两次错的，"我说，"像你这样聪明的女孩。"

她把枪藏进衣服侧口袋。她的外套很像长款阿尔斯特大衣，领子是军领。

"你是谁？"

"你们口中的私家侦探。我叫卡麦迪，要喝一杯精神一下吗？"

我拿出酒瓶，用手握住。

"我不喝酒。你替谁做事？"

"KLBL，我要保护你不受史蒂夫·斯卡拉的伤害。"

"那么他们知道了，"她说，"他们都知道斯卡拉了。"

我思考这句话的意思，没有回答她。

"刚才谁来过这儿了？"她声音尖厉地继续问我。此刻她仍站在房间中央，双手插在口袋里，没戴帽子。

"除了水管工，所有人都来过了。"我说，"和往常一样，他迟到了一会儿。"

"你和那些人是一伙的。"她稍稍翘起自己的鼻子，"这个笑话真俗。"

"不，"我说，"不完全是这样。我只是用这种方式去和我必须进行交流的人说话。斯卡拉又来这里时遇到了麻烦，有人向他开枪，之后他被逮捕了。现在他正在医院里，情况很糟糕。”

她一动不动：“有多糟？”

“做手术的话或许还有一线生机，不做手术必死无疑。肠子中弹三次，肝脏中弹一次。”

听完，她终于要坐下了。

“不要坐那个椅子，”我迅速说道，“到这边来。”

她走上前来，坐在我身旁的沙发上。我看到她眼中闪烁的光，忽闪忽闪，好像轮转烟火一样明亮。

她问我：“他为什么回来？”

“他觉得他应该打扫干净，把尸体拖走，善后。斯卡拉是个好人。”

“你这么认为吗？”

“小姐，就算全世界的人都不信，我信。”

“我要喝杯酒。”她说。

我把酒瓶递给她，又立即抢回酒瓶。“天哪，”我说，“你还是学学怎么拿酒瓶吧。”

她望了望我身后通向卧室的侧门。

“停尸房，”我对她说，“你可以进去看看。”

她立马起身，走向那个房间，然后立马回来了。

“他们凭什么抓史蒂夫？”她问道，“如果他身体恢复了的话。”

“今天早上，他在中央大道上杀了一个黑人。或多或少是自我防卫吧，我也不知道。要是他没有杀马里诺先生的话，他还有可能被释放。”

“马里诺？”她问道。

“是的，你知道斯卡拉杀了马里诺吧。”

“别犯傻了。”她说，“是我杀的戴夫·马里诺。”

“好吧，”我说，“这不是史蒂夫想要的结果。”

她盯着我说道：“你是说，史蒂夫专程回来替我顶罪？”

“我想是这样，他的确准备把马里诺拖到荒无人烟的地方后再逃走的。谁知道一个女人出现了——马里诺夫人。”

“没错，”她沉闷地说，“她以为我是马里诺的情妇，那个谄媚滑头的笨蛋。”

“那你是情妇吗？”

“别再这样羞辱我，”她说，“就算我以前在中央大街表演工作过。”说罢，她又走出客厅。

客厅传来拉手提箱的声音，我上前追她。她正打包收拾几件薄纱衣服，认认真真地叠好放置，好像很享受这细致地收拾好看物品的过程。

“你在牢里可穿不了这种东西。”我靠在门上对她说。

她更加无视我的存在，说道：“我准备先去墨西哥，再到南美洲。我不是故意向他开枪的。他对我动粗，试图胁迫我做什么事情，我跑开后拿了把枪。我们再次扭打起来时，枪走火了。然后我赶紧逃走了。”

“斯卡拉也是这样解释的，”我说，“见鬼，也有可能你是——有预谋地开枪啊？”

“怎么可能，”她说，“你，还有警察都会这么想，但我不会这样做。我以前因为扒窃一个醉汉，在得克萨斯州的哈德特坐过牢；这个马里诺夫人又四处散播谣言，骂我勾引她的丈夫后厌烦了他。这种情况下，我不会再惹牢狱之祸的。”

“她会有很多说辞的，”我咕哝道，“如果我说她往中了四枪的斯卡拉脸上吐口水的话。”

她不寒而栗，脸色惨白，继续从箱子里拿出衣服，叠好后又放进去。

“你真的扒窃了一个醉汉？”

她抬头看了我一眼后又埋下头，轻轻说道：“是的。”

我走上前，又靠近了她一点，问道：“有外伤或者衣服撕扯坏的痕迹可以证明吗？”

“没有。”

“真糟糕。”我握住她说道。

她的眼睛先燃起了片刻光芒，之后便立刻黯淡下去。我开始撕扯她的外套，用力把衣服往外扯，手指使劲掐她的手臂和脖子，还用指关节磕她的嘴巴。然后，我放她走了。她跌跌撞撞地从我身边走过，不过没有摔倒。

“我们先等这些瘀伤出现，再等它们的颜色变深。”我说，“然后，我们去市区。”

她大笑起来，走到镜子前。看到镜子中的自己后，她哭了。

“你滚开，我要换衣服。”她吼道，“你的好意我心领了。但是如果这样做，会影响到史蒂夫判刑轻重的话——我会去说出真相的。”

“噢，闭嘴！快去换你的衣服。”我说。

说罢我走出房子，关上了门。

本来，我最起码是可以吻她的，但我没有这样做。在我对她那样殴打之后，她不会再介意其他的事情。

接下来的时间里，我们在黑暗中前行。

我们先各开各的车，到我的车库后把她的车子藏了起来，然后都坐上我的车。我们沿海岸线往北行驶，到达马里布后时停下来喝咖啡，吃三明治，然后继续往前开车。我们到达山脊公路的底端，圣费尔南多北部后，吃了早餐。

她的脸，好像捕手手套经过了一个艰难赛季的磨炼，那般沧桑。她的下嘴唇肿得像香蕉一样，手臂和脖子上的瘀伤，热得都可以在上面烤牛排了。

伴随着第一缕强烈的阳光，我们到了市政厅。

他们甚至没有想到要抓到她，或者搜查她。口供几乎是由他们写的，她心里记挂着其他事情，看都没看就签了名字。然后，一个来自 KLBL 的男人和他的妻子走了下来，把她接走。

于是，我没有再将她送去酒店，她当时也没去见斯卡拉。那时斯卡拉处于昏迷状态。

当天下午两点三十分，斯卡拉死了。那一刻，她紧握斯卡拉硕大却无力的手指，而他永远都不会知道，生命的最后一刻，有她陪在身旁。

海湾城蓝调

1. 灰姑娘自杀

那天一定是星期五，因为从隔壁大厦咖啡厅里传出的鱼腥味很重，重到可以在上面盖垃圾场。此时已至下午尾声，忽略掉臭味，这一天算得上阳光明媚的阳春日，这一周也十分清闲。电话响起时，我的脚后跟正翘在桌子的凹槽上，踝关节放在楔子里，沐浴在阳光下。我摘下帽子，懒洋洋地对电话话筒打了个哈欠。

听筒那边说道："我可听到你打哈欠了。你真该感到羞愧，约翰尼·达马斯。听说过奥斯特瑞恩的案子没有？"

电话那头是"紫罗兰"米克吉，警长办公室里负责杀人案的侦探，为人相当不错，就是有个坏习惯——他总丢些案子给我，让我忙得找不着北，可我挣到的钱还不足以买一件二手紧身外套。

"没有。"

"这种事，在海湾城的海滩上见怪不怪。我听说，上次那里的人选举市长时，又出了娄子。但是警长就住在下面，我们不想声张，就没有插手。他们说这些赌博的男子提供了三万美元的比赛金，所以现在经济餐馆里吃饭，顾客会收到一份菜谱，还有一份赛马消息报。"

我又打了一次哈欠。

"我又听到了，"米克吉厉声喝道，"如果你不感兴趣，那我坐以待毙得了。这小伙子有点小钱，他自己说的。"

"谁？"

"马特森，发现尸体的那个人。"

"什么尸体？"

"你对奥斯特瑞恩的案子，还真是一无所知啊？"

"我不是说了不知道吗？"

“你除了打哈欠，问‘什么’，其他什么事都没做。行，我们放着这个可怜虫不管，等他死吧。城市凶杀组有的忙了，他现在在城里。”

“谁会干掉这个马特森？”

“如果他知道有人会干掉他，他会雇一个私家侦探查明的，不是吗？他以前和你一样的职业，只不过后来被逮捕了一阵子，现在他身边总有带枪的人骚扰他，几乎出不了门了。”

“你来找我吧，”我说道，“电话举得我左臂都累了。”

“我在值班。”

“我刚下楼去杂货店买了一夸脱苏格兰威士忌。”

“等下听到敲门声了给我开门。”米克吉说道。

不到半小时他就到了——他的大脸上露出愉快的神情，银灰发色，下巴上有酒窝，小小的嘴巴，亲小孩子再合适不过了。

他穿着熨烫平整的蓝色西装，光滑锃亮的方头鞋，腰上挂一条镶一颗麋鹿牙齿的金链子。他用胖子惯用的方法小心翼翼地坐下，旋开威士忌的酒盖，使用在酒吧惯用的辨酒方法细细嗅着，生怕我给他兑了九十八美分就能买到的私酒。然后，他给自己倒了一大杯，抿了一口，目光灼灼地打量我的办公室。

“难怪你成天无所事事，没有工作劲头，”他说，“这些天你得有所表现啊。”

“你还是放过我吧，”我说，“说说马特森和奥斯特瑞恩的案子。”

米克吉喝完一杯，又倒了一杯不太满的酒，看我玩弄手中的卷烟。

“一个女的，一氧化碳中毒，”他说道，“死者是奥斯特瑞恩，一个金发娘儿们，海湾城里一个医生的老婆。这医生很忙，经常要医治彻夜不归、喝得烂醉如泥的三流电影明星。于是某个晚上，这个女人自寻乐子。那一晚，她去了海湾城北边断崖的万斯·康里德俱乐部。你知道那个俱乐部吗？”

“知道。那里以前是一个海滩俱乐部，底下有个很美的私人海滩，更衣室前那么多双好莱坞美腿，让人大饱眼福。她去那里玩轮盘机了？”

“嗯，要说这个县有什么地方是聚众赌博点，”他说道，“我觉得会是康里德俱乐部，而且那里一定会有轮盘。如果她是玩轮盘，当然会去康里德。他们告诉我，她和康里德关系很不一般。她偷偷摸摸玩轮盘，结果输了。当然，玩轮盘输掉再正常不过。那晚她输了个精光，火冒三丈，就在房间里喝酒撒泼。康里德把她带进自己的私人房间，拨通了医师交流中心，结果接通的是她丈夫。然后这个医生……”

“等等，”我说道，“有人目击了这一切？就算我们国家有赌博窝点，也不会是这样的吧。”

米克吉怜悯地看了我一眼，“我妻子的一个小弟弟在底下一家低廉报社工作，他们稍稍调查了一下。那个医生冲到康里德俱乐部，在他妻子的手臂上扎了一针，让她镇定下来。但是他不能带她回家，因为他要去布伦特伍德高地给一个婴儿看病。于是万斯·康里德自己开车送她回家了。医生还安排了一个护士去他家，帮忙照看他的妻子。这一切办妥之后，康里德回到自己的俱乐部，护士把她送上床后便离开，女佣也去睡觉了。那个时候可能是午夜，或者更迟一点。”

“差不多凌晨两点的时候，亨利·马特森碰巧经过。当晚他在底下值夜班，在路边停留，突然听到汽车引擎发动的声音，从奥斯特瑞恩所在街道的一个黑暗车库中传来，便走过去想一探究竟。走到后，他发现金发女人身穿网眼睡衣和舞鞋，面部朝上地躺在地板上，废气烟灰在她的头顶上飘。”

米克吉顿了一会儿，又抿了一小口威士忌，重新打量一番我的办公室。我放眼望去，最后一缕阳光偷偷钻过窗沿，洒向少有日光沐浴的小巷缝隙。

“那么这个笨蛋做了什么呢？”米克吉用丝质手帕擦了擦嘴，继续说道，“他断定这个女人死了，的确她有可能死了，但是煤气中毒了的人不一定完全没救了，因为现在的新技术，亚甲蓝光化学法……”

“天哪，”我问道，“他到底做了什么？”

“他报了警，”米克吉严厉地说道，“然后匆忙地发动马达，关上手毛筒，赶到几个街区外才找到医生，不久后，他们俩就赶回那个车库里。然而医生说她已经死了。医生站在自己家的侧门，要马特森给当地的警长打电话。马特森打完电话，没多久警长就带着一些手下开着警车过来了。又过了一会儿，殡仪馆抬担架的人也来了，那一周正好归他们当代理验尸官。他们把尸体运走，一个男人抽取了一份血液样本，说血液里充满一氧化碳。验尸官宣布结果后，这位女士的尸体就被火化了，案子也就此了结。”

“好吧，这其中有什么猫腻吗？”我问道。

米克吉喝完第二杯酒，想着是不是还要再来一杯。

他决定先抽根烟。不过我没有雪茄，这让他有点小不满。于是他点燃自己的雪茄。

“我只是个警察，”他透过烟雾看我，平静地向我眨眼说道，“我不知道。我只知道，马特森的执照被吊销，还被赶出了海湾城，现在他可吓坏了。”

“他妈的，就这么点小事。”我说道，“上次我使出浑身解数进入某个小城组织，头骨都挫伤了。我要怎么联系马特森？”

“我把你的电话号码给他，他会联系你的。”

“你有多了解他？”

“了解到能放心地告诉他你的名字，”米克吉说道，“当然，若有任何事情发生，我会调查……”

“一定，”我说，“有情况一定让你知道。波旁威士忌还是啤酒？”

“妈的，这你都忘了？苏格兰威士忌。”米克吉回答。

“马特森长什么样？”

“中等身材，身高一百七十公分；头发灰白。”

他又倒了一小杯酒，喝完后迅速离开。

我在原地坐了一小时，吸了不少烟。天色已晚，我的喉咙有些干涩。没有人给我打电话。我开灯，洗手，小酌一杯酒后关上酒瓶。该吃饭了。

我戴上帽子，正要穿过房门时，看到身着绿衣的邮递男孩沿着走廊，一户户地找门牌号。他是来找我的。我签收了一个形状古怪的小快件，外面裹着洗衣店常用的浅黄色薄包装纸。我把快件放在桌子上，剪开绳子。快件里有一个包装纸和一个信封，信封里装的是一张纸片和一把公寓钥匙。纸片上的文字语无伦次：

一个警长办公室里工作的朋友告诉了我你的名字，说你很可靠。现在我深陷窘境，一直在潜逃，一心只想脱身。天黑后，请来第六大道旁的哈佛大道，到坦尼森·阿姆斯公寓 524 号找我，如果我不在，用这把钥匙开门。要提防那里的经理——帕特·雷艾尔，因为我不信任他。请将这只舞鞋放置在一个安全的地方并保持干净。附：他们叫他“紫罗兰”，我一直不知道原因。

我知道原因。因为他喜欢咀嚼紫罗兰香味的口香糖。

这段话下面没有署名，我能感受到他的惶恐不安。我又散开包装纸，里面有一只绿色的天鹅绒舞鞋，鞋码约 4A，内衬是白色小羊皮。白色小羊皮鞋垫上印压着镏金字体——弗斯科勒；原本应该标鞋码的地方用擦不掉的墨水印了一行字——S465。我知道这不是鞋码，因为弗斯科勒股份有限公司坐落于好莱坞的彻罗基大街，只替人定制鞋子，品种从独特的鞋楦，到演戏穿的鞋子，还有马靴。

我背靠着点燃一根香烟，沉思片刻。最后，伸手去拿电话簿，找到弗斯科勒公司的号码后拨了过去。电话响了几下，一个热情的声音传来：“您好，什么事？”

“我找弗斯科勒——让他亲自接电话，”我说，“我是鉴证科的彼得斯。”我没有提自己是什么鉴证科的。

“哦，弗斯科勒先生回家了。您知道的，我们关门了，下班时间是王点半。我是普林格尔，簿记员。有什么可以为您……”

“当然，我们在一堆被盗物品里看到了一双你们店的鞋子，标记是 S-4-6-5，这串字符有什么寓意吗？”

“嗯，当然，这是最后标码。需要我给您查一查吗？”

“务必查查。”我说。

他几乎只去了几秒钟就回来了。“噢，没错，那是利兰·奥斯特瑞恩夫人的号码，7-30-6，海湾城，河鼓街。她的所有鞋都是我们定制的。很遗憾，两个月前，我们刚为她做了两双翠绿色天鹅绒舞鞋。”

“你什么意思，遗憾？”

“嗯，你知道的，她死了，自杀身亡。”

“你在说什么鬼话。两双舞鞋？”

“对，两双一模一样的舞鞋。这样精致的颜色人们常会定制两双。你知道的，鞋子上如果有斑点或者其他元素……只能用来配特定的裙子……”

“好的，十分感谢，愿您保重。”说完，我挂掉电话。

我又一次捧起这只舞鞋，细细观察了一番。这只鞋子没有穿过，鞋底薄薄的抛光皮面上没有任何摩擦过的痕迹。我想知道哈里·马特森要怎么处置它。我把鞋锁在办公室里，便出去吃晚饭了。

2. 突然的谋杀

坦尼森·阿姆斯是一幢装修过时的建筑，八层楼高，外面的墙壁上砌着深红色的砖。建筑外宽广的中心庭院里种有棕榈树，还有一个混凝土修筑的喷泉，和羞答答地绽放着花儿的花坛。灯笼挂在哥特式的门外，大厅里面铺着红色长毛绒地毯。一只百无聊赖的金丝雀被关在木桶大小的镀金笼子里，除此之外，大厅大而空，没什么别的东西。

这里看上去好像那种靠人身保险生活的寡妇会住的地方——而且是年长的寡妇。电梯是全自动的，每次停下都会自动打开双门。

我踏着狭长的栗色地毯，沿它漫步在第五层楼的大厅里。这地方见不着人影，听不到人声，嗅不到佳肴，像牧师的书房一样安静。524 号公寓一定朝向中心庭院，因为有一扇彩色玻璃嵌在门旁边。我轻轻叩门，无人应答，于是我用了那把钥匙，进门后把门带上。

壁床上的镜子闪闪发光，光亮穿过了房间，门所在的那面墙上有两扇紧闭的窗户，黑色的窗帘盖住窗户的一半；庭院里充裕的阳光透过窗户照射进公寓里，洒在笨重拥挤、过时已久的深色家具上，两个黄铜门把手也反着光。我走到窗前，关上窗帘，然后拿出手电筒，摸索着走回房门。一按下灯开关，天花板的吊灯就绽放了光彩；一簇亮如火焰的烛形灯围绕四周，整个屋子看上去好像举办葬礼的教堂。我按下红色落地灯的开关，熄灭吊灯，开始环视这个地方。

壁床后的狭小更衣室里，有一个嵌入式梳妆台，上面摆着一个黑刷子和一把梳子，梳子里缠了几根灰发。抽屉里有一罐爽身粉，一个手电筒，一块褶皱的男士手帕，一叠信纸，一支钢笔，记事簿上还有一瓶墨水——记事簿里列举了应该放在抽屉里手提箱中的物品。有几件衬衫购买于海湾城的一家男装店。一件深灰色衬衫挂在衣架上，地上放着一双黑色粗革皮鞋。浴室的玻璃杯里放了一把安全剃刀，一管无刷剃须膏、几个刀片和三把竹牙刷，杯子外还摆放了零星物品。瓷质洗手池上摆着一本红布包裹的书——多尔西的《为什么我们表现得像人类》，书的一百一十六页用皮筋做了记号。客厅的电话响起时，我正翻开书的这一页，读到“地球，生命与性的演变”。

我关掉浴室灯，趿拉着鞋，踩地毯走到沙发边。电话就在那一端的架子上叫唤不断，房子外的大街上传来车喇叭嘟嘟叫的声音，好像在回应电话声。差不多响了八声后，我耸耸肩，接起电话。

“帕特？帕特·雷艾尔？”电话那头说道。

我不知道帕特・雷艾尔是怎么说话的，就咕哝了几句；与此同时，那头传来强硬又嘶哑的声音，我感觉说话人是个不好惹的家伙。

“帕特？”

“没错。”我回答道。

一阵沉默。过了片刻，这个声音又说道，“我是哈里・马特森，很抱歉今晚赶不回来了，还是那些事情。麻烦到你了吗？”

“当然。”我说。

“什么？”

“当然。”

“你只会说这个吗？天啊。”

“我是希腊人。”

电话里传来一阵笑声，听上去很开心。

我说：“你用什么样的牙刷？哈里。”

“嗯？”他的语气中迸发出一丝诧异——有些不悦。

“牙刷……有些人拿来刷牙齿的新玩意儿，你用的哪种？”

“噢，去死吧！”

“楼梯上见。”

那人的声音已经变得抓狂。“听好了，滑头！你想做点什么，对吗？我们已经知道你的名字和电话，如果你多管闲事，我们知道该去哪里抓你。懂了吗？哈里再也不住在那里了。哈哈。”

“你干掉他了？”

“是我们干掉他了。你想要我们怎么做？拍张照片给你看？”

“这可不妙，”我说道，“老板会不高兴的。”说罢，我“啪”地一声丢下电话，把电话放回到沙发那头的架子上，挠挠自己脖子后的皮肤。我从口袋里掏出那把钥匙，用自己的手帕擦过后，小心翼翼地摆放在桌子上。我站起来走到窗前，将窗帘拉得足够开，放眼望向外面的庭院。棕榈树围成一个椭圆形种植，穿过棕榈树，和我在同一水平线上的地方，有一个秃顶男人坐在房间中间，纹丝不动，头上顶着刺目的光。他看上去不像一个侦探。

我又拉下窗帘，戴好帽子，走到开关边关了灯。我把小手电筒放在地上，用手帕覆好门把手，轻轻地打开门。

一个男人用八根手指弯曲地抠着门框，除了一根颜色正常，其余的全都白如蜡纸。

他的眼睛深深凹陷，色泽青蓝，目瞪口呆地望着我这边，眼神却没有聚焦在我身上。他粗糙灰发上的斑斑血迹看上去成了紫色；一个酒窝已经血肉模糊，鲜血顺着流向他的下巴。那只不是白色，扭伤变形的手指，早就被捣得稀烂，手指接合处能看到一些锋利的骨头碎片，它们挣脱出撕裂的皮肉，显露在外面。有的应该是手指甲，但现在看上去像参差不齐的碎玻璃碴。

他身穿棕色衬衣，外面有三个补丁口袋。口袋被撕烂了，显露的角度很奇怪，可以看到深色羊驼毛内衬。

他的呼吸声微弱而细碎，带一丝空灵，好像一只足球从枯叶上滚过的声音。他勉强地张开嘴，像一只鱼一样，鲜血从嘴里汩汩流出。他身后的大厅空荡寂寥，如新掘的坟墓。

突然，有人从大厅后逃跑，在这空旷的木地板上，橡胶鞋跟的声音格外刺耳。男人变形的手指滑落门框，身体蜷成一团。他控制不了自己的腿，双腿交叉，身子往前一扎，好像在海浪中游泳一样，朝我扑来。

我咬紧牙关，腾出一只脚放他身前，在他的身体转了半个弯后，从身后接住了他。他的体重足够两个人之和，我后退一步，差点儿摔倒，于是又退了两步，拖着他离开门口。我尽量放慢速度，扶他坐下，自己气喘吁吁地蹲在一旁。过了几秒钟后，我直起身子，走到门边，关上门并锁好，然后按下吊灯开关，准备拨打电话。

我还没有拿起电话，他就死了。他先是喋喋不休，接着精疲力竭地叹气，最后只剩沉寂。那只没怎么受伤的手向外挥动，抽搐了一下，然后所有手指都慢慢舒展开，形成一道自然的曲线，一动不动。我回他身边，使劲掐他的颈动脉和动脉，发现他已没有一丝生命的迹象。我从线包里拿出一块小钢镜子，往他张开的嘴里照了照；拿出镜子时，也没发现上面留有雾气。哈里·马特森真的死了。

听到门外响起钥匙碰撞的声音，我匆忙逃离。大门打开时，我躲在浴室中，手握一把枪，盯着浴室的门缝。

那个闯入者步履匆匆，像一只狡猾的猫咪在穿越回转门。他抬眼，目光落到头顶的吊灯上，又低头看向地面，眼神再也没有挪开过，纹丝不动地站在那儿细细观察。

他身上的外套没有扣好纽扣，好像刚进门准备脱掉；要么就是准备出门，衣服还未穿好；乳白色的头发后面戴着一顶灰色毡帽；眉毛又粗又黑，面色红润，颇有大领导风范；嘴巴弧度看上去常笑——虽然此刻没笑。他的脸瘦骨嶙峋，嘴里叼一根抽了一半的雪茄，发出吮吸声。

他把一串钥匙放回自己的口袋。“上帝啊！”他翻来覆去地轻声说道，向前走了一步，蹲到那个男人身旁，动作缓慢笨拙。他粗大的手指按在男人脖子上又拿走，摇晃男人的脑袋，环视这个屋子。他看向浴室门的方向，我正躲在后面，但他的眼神没有丝毫变化。

“才死不久，”他说道，声音变大了一些，“血肉模糊。”

他缓缓起身站直，摇摇摆摆地走了起来。他和我一样不喜欢这盏吊灯，于是打开落地灯，关上吊灯，走路越发大摇大摆。我看到他的影子攀上侧墙，串到天花板后停顿片刻，接着又退了回去。他的嘴里还是叼着那根雪茄，手伸进口袋中抽出一根火柴，小心翼翼地想点燃烟屁股。火柴划了一道又一道，终于点燃；接着，他灭掉火，把火柴放回口袋。做这些动作时，他的眼神没有一刻离开地上的这具尸体。

他向旁边的沙发挪步，坐到沙发边上。沙发弹簧发出沉闷的吱吱声。他目不转睛地盯着尸体，伸手拿过电话。

他正要拿起电话时，电话再次响起，吓得他眼珠直转，尽管他穿着厚重外套，还是能看出肘关节猛地抽了一下。然后，他小心翼翼地咧开嘴，抄起烛台上的电话，用圆润饱满的声音说道："你好，是的，我是帕特。"

我听到电话那头传来冷冰冰、嘶哑不清的噪声。只见帕特·雷艾尔的脸慢慢充血，颜色红似新鲜的牛肝。他的大手掌使劲地晃动电话。

"那么你就是大下巴！"他大喊道，"好，你听着，蠢蛋。你知道吗？你杀的人，现在躺在我的地毯上……他怎么到这里来的？我他妈怎么会知道？你在这里把他弄死了，还来问我？我告诉你，你会付出代价的，惨重的代价。我的房子里，不允许杀人。我帮你监视他，你居然在我的地盘把他杀了？去你妈的！带一千美元过来，把尸体带走。记住，我说的是'带走'。一千美元，少一分钱有你好看。懂了吗？"

电话那头又传来一阵沙哑的声音，帕特·雷艾尔听完，眼神呆滞，因激动而爬上他脸颊的紫色也顿时消逝了。他的语气平和了些，"好，好的。我刚才只是在开玩笑……半小时后在楼下给我打电话。"

他挂掉电话，站了起来，没有往浴室门这边看，也没有看别处。他开始吹口哨，挠下巴，往大门走了一步后停下脚步，继续挠起来。他不知道公寓里还有没有其他人——而且他也没有枪。他又往门口走了一步。看来这个大下巴告诉了他一些事，他想着要出门。但他再迈出一步后，又改变了主意。

"哦！妈的，"他大声说道，"那个精神病。"他快速扫视了周围一眼，"想耍我，哈！"

他伸手碰到链条开关后，走到尸体旁跪下，一点点挪，一点点滚动瘫在地毯上的尸体，毫无障碍。他的脸贴在一旁，斜着眼睛看那具尸体的头所躺的位置。帕特·雷艾尔不悦地摇了摇头，站起身来，双手放在尸体的腋窝下。回头看了一眼黑灯瞎火的浴室后，便背朝我把尸体往浴室拖，嘴里咕咕哝哝，紧紧咬着烟蒂。他乳白色的头发在灯光下闪着清亮的光。

我走出浴室时，他依旧张开双腿，俯着身子。他可能在最后一秒钟听到了动静，但为时已晚。我已经左手握枪，右手拿出小型警棍。我将警棍贴在他脑袋边上右耳的正后方，似乎很享受这个过程。

帕特·雷艾尔突然向前跌倒，直直地躺到他刚才拖动的尸体上，头正好摔在尸体两腿之间，帽子轻轻滚到一旁。他一动不动地躺在那儿．我经过他身旁，走到门口后离开了。

3．出版社的绅士

我发现西边大道上有一个电话亭，便走进去给警长办公室打电话。米克吉还在办公室，正准备回家。

我说："你那个在海湾城的廉价出版社工作的妹夫，他叫什么名字？"

"金凯德。他们叫他多利·金凯德，是个小伙子。"

"他现在在哪里？"

"他在市政厅周围转悠，可能要采访警察。怎么了？"

"我刚看到马特森了，"我说，"你知道他现在待在哪里吗？"

"不知道。他刚给我打过电话了，你觉得他在哪里？"

"我会为他做点什么的。你今晚在家吗？"

"当然在啊，问这个干吗？"

我没有告诉他原因，直接驱车前往海湾城，大概九点钟时下了车。警局部门有六七间房间在市政厅，处在鱼龙混杂的地段。我穿过拥挤的人群，挤进门后，看到房间里的柜台还亮着灯，角落处有一块专用分组交换机，交换机后有一个身穿制服的男子。

我一只手臂撑在柜台上，一位身穿便衣的男子脱掉外套，腋下的手枪皮套显得十分巨大，好像一条木腿戳在自己的肋骨上。他的一只眼睛从报纸上移开，用余光瞟了我一眼后说，“什么事？”然后往痰盂里吐了一下，几乎没抬头。

我说：“我来找一个叫多利·金凯德的小伙子。”

“他出去吃饭了，我还在帮他写稿子。”他严肃又冷漠地说道。

“谢谢你，这里有会议室吗？”

“有呢，还有厕所呢，你要看看吗？”

“放轻松，”我说，“我没有想要打趣你们城镇的意思。”他又朝痰盂吐了一口痰，说道：“打印室在大厅下面，里面没人。多利马上就要回来了，如果他没有酩酊大醉的话。”

一个小骨架、面容精致、肤色粉嫩、双眼无邪的小男孩慢步进房间，左手拿着一个吃了一半的汉堡和三明治。他的帽子在电影里常见记者戴，反扣在他的金发小脑袋上。他没有扣衬衫领到脖子之间的纽扣，领带也拉向一旁，末端还露到了外套外面。对于他这个电影新闻记者而言，最重要的事就是不能喝醉。他随意地说道：“有什么劲爆消息吗？伙计们。”

那个大个子的黑发便衣男子再次朝自己的痰盂吐了口痰，说道：“我听说市长换了内裤，不过这只是个谣言。”

这个小男孩呆呆地笑了一下便要离开，警察说：“这家伙想见你，多利。”

金凯德嚼着手中的汉堡，一脸期待地看着我。我说：“我是维奥莱的一个朋友，哪里说话比较方便？”

“去会议室吧，”他说。我们便离开了，那个黑发警察细细打量了我片刻。从他的眼神中，我好像看出他想挑衅谁，他也认为我会挑衅别人。

我们走到大厅后面，进入一个房间。房间里有一张空荡且伤痕累累的长桌，三四把木椅，地上还有很多张报纸。桌子一端有两台电话，每面墙中心都挂有一幅弄脏了但装裱好的画作，画上有华盛顿、林肯、贺拉斯·格里历，还有一些我不认识的人。金凯德关上门，坐在桌子的一端上摇晃双腿，吃掉最后一口三明治。

我说："我是约翰尼·达马斯，一个洛杉矶的私家侦探。一起坐车去河鼓街7306号如何？还有，告诉我奥斯特瑞恩的案子是怎么回事。你最好给米克吉打个电话，他会让我们稍微熟络一点。"我递给他自己的名片。

这个粉红肌肤的小男孩迅速滑下桌子，看都没看就把名片装进钱包，凑到我耳朵边上对我说："我留着。"

然后，他轻声走到贺拉斯·格里历的那张画作前，举起墙上的画作，按下画作后边、涂在画布上的一个彩色方块。金凯德看着我，挑了挑眉。我摇摇头，他把画挂好后走回我身边。"监听器，"他悄声说道，"当然，我也不知道是谁要监听，不知道是什么时候放进来的，就连这鬼玩意儿坏没有我都不清楚。"

"贺拉斯·格里历以前可能会这样做。"我说。

"是的，今晚的报道真是无趣透了。我觉得我应该出去走走，反正有阿尔·大·斯卑恩替我完成任务。"他这时候的说话声大了些。

"大个子的黑发警察？"

"没错。"

"他为什么那么生气？"

"他现在降级成了代理巡警，今天晚上连工作都没有，只用四处转悠。他太强硬了，想把他赶出去恐怕要靠整个警察机关出马。"

我看向麦克风，挑起眉毛。

"这样看来，"金凯德说，"我必须跟他们说点事儿，让他们好好想想。"

他走到角落里一个脏兮兮的洗脸盆前，抹了一把肥皂用来洗手，然后用口袋里的手帕擦干净。他刚放下手帕，门就打开了。一个灰发的中年人走了进来，面无表情地看我们俩。

多利·金凯德说："晚上好，警长，有什么能为您效劳的？"

这位警长沉默着，不悦地看了我一眼。他的瞳孔是海绿色的，嘴巴紧闭，看上去有些倔强；鼻子像雪貂的鼻子，肤色不健康。从体形来看，警察这个职业似乎让他力不胜任。他轻轻点头，问道："谁是你的朋友？"

"他是我老婆哥哥的朋友，洛杉矶的私家侦探。他叫……"他连我名字都没记住，匆忙地在口袋里搜寻刚才我递给他的名片。

他的警长劈头盖脸来了一句："什么？私家侦探？你来这儿有何贵干？"

"我没说来这里是因为出差。"我告诉他。

"那就好，"他说，"非常好。晚安。"他打开门便迅速离开，随手关上了门。

"安德斯警长——了不起的家伙，"金凯德大声说道，"没有比他更好的人了。"他看着我，像一只惶恐的兔子。

"海湾城里，无可匹敌。"我高声叫唤道。

我以为他就要兴奋地晕过去了，不过他并没有晕。我们走出会议室，在市政厅前上了我的车，随后便开车离开。开到河鼓街后，我把车停在利兰·奥斯特瑞恩医生的房子对面。这是一个无风的夜，稀疏雾气弥散在月亮周围。微咸的海水和海藻散发出淡淡清香，从海滩边的断崖飘来，小小的锚灯点亮了游艇港和三个码头的航线。远处，一艘大桅杆渔船行驶在大海上，从桅杆到桅顶，从船头到船尾都捆了灯。看上去不像是捕鱼，可能有别的事儿要发生。

河鼓街在那个街区是个死胡同，一道具有装饰性的高大的铁栅栏防护一个住房区，将其与河鼓街隔开。这些房子都只建在街道内部地段，有八十个到一百个区，格局规整。海边有一条狭窄的人行道和一道低墙，上面是那座陡立直下的断崖。

多利·金凯德挤回自己的座位，嘴里的香烟时不时燃着红光，在他的小脸前忽闪忽闪。奥斯特瑞恩的房子前门点了一盏小灯，除此之外，这个房子在黑夜里基本上看不见。房子由灰泥筑成，一面墙横穿过前面的庭院和铁门，墙外修有一个停车场，停车场的侧门外和房子的侧门之间有水泥人行道衔接。门边有一副青铜门牌，我知道上面写的是利兰·M. 奥斯特瑞恩医生。

“好了，现在可以告诉我，奥斯特瑞恩的案子到底有什么问题？”我问他。

“没有什么问题，”金凯德缓缓说道，“除非你想给我惹麻烦。”

“什么意思？”

“一定有人用窃听器，偷听到你说的奥斯特瑞恩的地址了。因为这，警长才走了进来，看看你长什么样子。”

“大·斯卑恩可能一看到我的样子，就猜出我是个侦探了，然后跟别人透露了消息。”

“不，大·斯卑恩对警长恨入骨髓。管他呢，他一个星期前还是侦查副官呢，安德斯不会随意处理这起奥斯特瑞恩的案子，也不准我们详细报道这件事情。”

“你们的报社在海湾城真是数一数二。”

“我们还有一流的风气呢……报社不过一帮傀儡。”

“好吧，”我说，“你的姐夫是警长办公室的谋杀案负责人，洛杉矶的每一家报社都站在警长办公室这一边，只有一家报社例外。尽管他住在这个小城上，但和其他的大多数人一样，他自己也参与一些不干净的勾当。那么你怕了吗，嗯？”

多利·金凯德把烟头扔出窗外，我看到它划了一个红色的小弧线，坠落到狭窄的人行道上，微微闪烁粉色的光。

我身体前倾，按了一下启动按钮，说道：“不好意思，我不会再麻烦你了。”

说罢我就踩下油门，没等金凯德弯下身子，我又把车子往前开了几码，接着猛拉了一把刹车。“我不怕！”金凯德厉声说道，“你想知道什么？”

我又关掉发动机，双手放回方向盘。

“首先，马特森为什么被吊销了执照。他是雇我的人。”

“噢……马特森，他们说他想讹奥斯特瑞恩医生。他们不仅吊销了他的执照，还把他赶出了海湾城。一天夜里，一群带枪的家伙把他逼到车上，要他滚出海湾城，否则吃不了兜着走。他给警局总部报告了这件事，几个街区外都可以听到他们嘲笑他。不过我觉得那些人不是警察。”

“你知道谁叫‘大下巴’吗？”

多利·金凯德想了想。“不知道。市长的呆瓜司机名叫莫斯·洛伦兹，他的下巴大到可以在上面放一架钢琴，但我从来没有听谁叫他‘大下巴’。他以前在万斯·康里德手下做事。你知道康里德是谁吗？”

“我脑子里全是这个人，”我说，“这样说来，如果康里德想干掉某个让他烦心的人，特别是在海湾城惹了小事的人的话，很可能会找洛伦兹。因为有市长这座靠山——不管如何，一定程度上来说是这样。”

多利·金凯德的声音突然变得沉重又紧张，“干掉谁？”

“他们不光赶走了马特森，”我告诉他，“还追踪他到洛杉矶的一家公寓。一个外号叫‘大下巴’的人了结了他的性命。不管马特森以前做了什么事，他当时一定还在继续做一样的事。”

“天啊，”多利·金凯德窃窃说道，“我完全没有听说这件事。”

“我离开那里的时候，洛杉矶的警察也不知道这件事。你了解马特森吗？”

“不太熟。”

“你觉得他算老实人吗？”

“这样说吧，老实得像……我觉得他这个人没问题啊。天啊，他被杀了？”

“老实得像一个私家侦探？”我问道。

他咯咯地傻笑，笑声是缘于突如其来的紧张、不安还有震惊——与逗乐无太大关系。一辆车驶入街道末端，在路边停住，车灯熄了，但是没有人出来。

“奥斯特瑞恩医生呢？他的妻子被谋杀时，他在哪里？”我问他。

多利·金凯德身子一跃，喘着粗气说道：“天呀，谁说她是被谋杀的？”

“我觉得这就是马特森想昭告天下的。但是比起说出这些话，他更想拿到封口费。他无论是说出来，还是讹封口费，怎样做都会让人厌恶；但他选择的方法让他最后成了枪管下的尸体。我有预感，是康里德谋划的谋杀，他虽然可能会贿赂别人，但他不喜欢被任何人讹诈。从另一方面来看，对康里德而言，让奥斯特瑞恩医生亲手杀掉妻子，比这位妻子在康里德俱乐部输得精光后自杀强那么一点儿。虽然强不了多少，但总比在自己的俱乐部里发生命案要好一点。所以我想不通，为什么康里德会在马特森提到谋杀后杀了他。我还在想，他有没有可能还提到了一些别的事情。”

“你夜以继日地思考这些问题后，得出什么结论了吗？”多利·金凯德客气地问我。

“没有，我只是每天晚上搽雪花膏的时候会思考一下。现在聊聊抽取血液样本的那个男人。他是谁？”

金凯德又点燃一根烟，俯视停在街区尾端房子前的那辆车。车子又亮起了灯，缓缓向前行驶。

他回答道：“他叫格雷布，在内外科大楼里有一间小办公室，是医生们的手下。”

“非正式员工吧？哈。”

“嗯，不正式。而且他们不会派专业化验员去现场，倒是殡仪馆的人每周轮流当验尸官，这都算什么？警长只按照自己喜欢的方式处理。”

“他到底为什么想掌管这件事？”

“我猜，市长可能听那些曾在万斯·康里德俱乐部工作过、好赌博的男孩暗示了些什么，也有可能是万斯·康里德直接告诉了他一些事，于是市长给康里德下了命令。康里德应该不想让自己的股东们知道自己和这个女人的死亡有些干系，从而引发他们对俱乐部的撤资。”

“没错，”我说，“街区上的那个家伙不知道他住在哪里。”那辆车仍然沿着路边缓慢前行，车灯再次熄灭了，但车子仍在行驶。

“在我身体还很健康的时候，”多利·金凯德说道，“你应该也知道，奥斯特瑞恩医生的办公室护士是马特森的前妻。一头红发，脸不是太好看，但那魔鬼身材，让人魂不守舍。”

“我也喜欢美腿。”我说道，“快从旁边的门下车，再从后门上车，上车后躺下来。速度快一点。”

“喂……”

“按我说的做！”我厉声喊道，“快！”

右侧门咔嗒一声打开后，这个小个子男人如一缕轻烟溜了出去，并关上车门。我听到后门打开的声音，偷偷往后看了一眼，见一个黑影落到车后座下躲起来。我悄悄挪到右座，再次打开车门，下车后走在断崖边狭窄的人行道上。

此时，那辆车开近了一些，车灯再次亮起后，我藏了起来。车子往旁边转了个弯，车灯一打，光扫到我的车子上后，又扫了回去。那辆车停在我的车对面后，便静静地隐入了黑夜。那是一辆黑色的小轿车，短时间内什么都没有发生。接着，车子左侧门打开了，一个矮胖的男人走下车，朝我这边的街道走来。我抽出腋下的手枪，别在自己的腰间，扣好外套下的纽扣，然后从我车子后面走出来转悠，迎面碰到他。

他一见我，突然就停下了脚步。他两手空空，嘴里叼一根雪茄。“警察，”他言简意赅地说道，右手缓缓背到身后，叉在臀部右侧，“夜色真美，你说是吗？”

“美极了，”我回答道，“雾气朦胧，不过我喜欢雾，让上空的空气都变得温和柔软……”

他无礼地打断了我：“另一个家伙在哪儿？”

“什么？”

“别耍我，外地人。我明明看到你车子右边有香烟。”

“是我抽的，”我说，“我还不知道在车子右边抽烟是违法的。”

“哦，你可真滑头。你是谁？你在这里干什么？”

他肥硕油腻的脸在氤氲的雾气下反射稀疏的光。

“我叫欧·布赖恩，”我说，“刚刚结束愉快的圣马特奥市短途旅行。”

此刻，他的手离自己的臀部很近，对我说道：“我要查看你的驾照。”他走近我，我们之间仅有两臂的距离。

“我倒要看看你有什么权利。”我说。

他的右手突然动起来，我迅速用手拂出腰间的枪，瞄准他的胃部。忽然间，他停下了右手的动作，好像在一块冰里冻僵了一样。

“说不定你是要打劫呢，”我说，“这花招还是有一些假警察在用。”

他一动不动地站在那里，呼吸困难，口齿不清地说道：“有持枪执照吗？”

“每天都随身携带，”我说，“给我看看你的警徽，我就收好这把枪；你总不会把它放在屁股上吧？”

他仍旧纹丝不动地站着，放眼望向街区，好像在期待另一辆车的到来。在我身后，车后座传来一阵轻柔的丝丝呼吸声。我不知道这个矮胖男人听到没有，他自己的呼吸声都重到可以熨衬衫了。

“噢！别开玩笑了！”他突然恶狠狠地向我怒吼，“你只不过是一个洛杉矶来的、微不足道又廉价的二流侦探！”

“我涨价了，”我说，“现在是三十美分了。”

“去死吧。我们不想要你在这里四处窥探打听，懂吗？这次我只是口头警告你。”

他转身离去，走回自己的轿车边，一只脚踏上脚踏板。他缓缓转过自己的粗脖子，又露出自己油腻的脸对我说：“在我们把你打包送回去之前，赶紧滚。”

“再见，肥猫。很高兴见过你出丑的样子。”

他使劲打开车门后挤进车，迅速踩了一把油门后，车子便左右摇摆地驶开了。

他立刻离开了这个街区。

我跳上自己的车子，在他开到阿奎罗林荫大道并停下车时，我不过落后于他一个街区。他右转，我左拐。这时，多利·金凯德出现了，下巴撑在座位后面，我肩膀边上。

“你知道刚才那人是谁吗？”他哑着嗓子说道，“特里杰·威姆斯，警长的左膀右臂，他刚才可能杀了你的。”

“芬妮·布莱斯还有个翘鼻子呢，”我说，“你信吗？”

我驱车行驶过几个街区后让他坐到我旁边来。

“你的车呢？”我问他。

他摘下头上皱巴巴的帽子，在自己的膝盖上摔平整后又戴了回去。“问这个干什么？在市政厅底下，警察停车站里。”

“太糟糕了，”我说，“那你得乘公交车去洛杉矶，时不时还得去你姐姐家过夜，尤其是今晚。”

4. 红发女人

道路回环曲折，有时下坡不断，有时奔腾上行在山脚侧；灯火阑珊在西北边闪耀，万家灯火在南边燃烧。从这个地方看，三个码头隔得甚远。薄薄的灯光覆在如黑色天鹅绒般的地面上。峡谷里雾气弥散，还有野花野草的味道；但在地势高的地方，还有峡谷之间见不着雾。我摇摇摆摆驶过一家灯光昏暗、已经打烊的小型加油站，驶入另一座大峡谷后往上开，经过了半里多路的铁丝网墙，看不到里面的房子。越往山上走，分布稀疏的房子越发松散，海水咸咸的味道也愈加厚重。我左转后经过一个有白色圆角楼的房子，行驶在吊灯架和大灰泥建筑之间。吊灯架长达几英里，灰泥建筑在耸立于海滨高速公路上的某个地方。光透过窗帘，洒进窗内，倾泻到拱形的灰泥水沟里；昏暗的光芒还欲点亮那一大片停留在椭圆形草坪上，对角位置区域的车。

这里是康里德俱乐部。我不知道自己来这里具体是要做什么，但是于我而言，这个地方非来不可。奥斯特瑞恩仍然穿行在这个小城里，看望素未谋面的病人。医师交流中心的人说，奥斯特瑞恩一般十一点钟去那儿。此时差不多十点十五分。

我将车停在一个空旷的区域里，沿着拱形水沟走。

一个身穿南美洲陆军元帅喜剧戏服、身高六尺六的黑人站在门内。他半敞开一扇大格子门对我说："请出示门卡。"

我掏出一美元纸币，塞到他淡紫色的手掌里。他黑不溜秋的关节紧紧攥住这一美元，好像一条拉锁封住一大桶碎石。他的另一只手在我衣服的左肩膀上挑出一根线头，又在我夹克衫的胸口外荷包里，雪白手帕后面的地方留下一个金属标签。

"刚上任的大厅首领有点难对付，"他轻声对我说，"谢谢你。"

"你的意思是他很好骗咯。"说完，我从他身旁经过，走了进去。

这个大厅也被称作休息室，看上去像1980年创作夜店里百老汇歌舞的米高梅公司。人造灯让这里看上去花销不菲，至少花了一百万美元，占地足有一个马球场大。只是这里的地毯没有太合我心意。大厅后是一个铬筑通道，很像船上通往餐厅入口的通道，通道顶部站着一位来自意大利的胖乎乎的餐厅领班。他例行公事地微笑着，裤子上有一道两英寸长的锦缎条纹，手臂下夹着一沓镀金菜单。

这里有一道笔直平滑的阶梯，通向二楼的赌博厅，旁边的栏杆像漆白的雪橇护栏。星星装饰物在天花板上闪闪发光。酒吧里面很暗，是微微的紫光，如同一场似曾相识的梦魇；酒吧门旁有一个大大的圆形镜子，一条埃及头巾装饰镜子顶部，镜子就设置在那条白色通道后面。一位身着绿色晚礼服的女子站在镜子前，梳理自己金黄色的头发。她的礼服是露背装，后背开得很低，在腰部贴了一块黑色的美丽贴；如果她穿了裤子的话，那块美丽贴差不多会出现在裤子下一英寸的地方。

一个负责检查的女孩朝我走来，取下我的帽子后否认了我的着装。她身穿桃花花色的睡衣，睡衣上还印有一些小黑龙；她的眼睛黑亮却呆板，活像漆皮舞鞋的鞋尖。我给了她二十五美分，取回自己的帽子。一个卖香烟的女孩走下走道，手拿一个和五英镑糖果罐一样大的托盘；头发里插些羽毛，一枚三美分的邮票都能盖住她身上少得可怜的衣服；两条修长的美腿裸露在外，一条镀上金色，一条镀上银色。她脸上的表情像老妇人一样冷酷不屑，看上去特别世故，若一位大君臂上携一桶红宝石讨她欢心，她可能还要考虑自己是否需要委曲求全。

我走进这家淡紫色灯光的酒吧，听到玻璃杯碰撞发出清脆的声响。这里的人轻言细语，角落处传来美妙的钢琴和弦声，穿着女性化的男人在演唱“我的小牛仔”。一切都隐秘地进行着，如同酒保调制混麻醉剂的酒一样神秘。我慢慢适应了紫色的灯光，渐渐看清酒吧里的情况：酒吧是满的，但是并不拥挤。一个男人发出不合时宜的笑声，钢琴师用大拇指指甲在键盘上奏起艾迪·达钦的歌曲，以示自己的不满。

我注意到一张没有人的桌子，便走上前，坐在桌子后边，靠墙的垫子前面。于我而言，灯光更刺眼了些，此刻亮得我都见不着那个牛仔歌手了。他头发卷曲，棕红色泽；坐我旁边桌的女孩也是一头红发，头发中分，从后面扎起来，好像嫌麻烦。她的眼睛又大又黑，眼神很饥渴，面部特征有些怪异，没有化妆，只有嘴巴上涂了口红，像霓虹灯一样发出耀眼的光芒。她身穿街头套装，衣服的肩膀特别宽，翻领处特别花哨，橙色打底衫的领子护住她的脖子，黑橙相间的罗宾汉帽子里插一根羽毛，弯曲地搭在她脑袋后面。她朝我微笑，露出细而尖的牙齿。我没有回应这个笑容。

她喝光杯子里的酒，在桌面上晃动自己的杯子。一位身穿整洁晚礼服的侍者不知从哪里冒出来，站到我身前。

“威士忌和苏打。”女孩大声嚷道，声音粗犷生硬，带一丝醉意。

侍者几乎没有看她，只是扫了她一眼便看向我。我说：“巴卡第和石榴汁。”

侍者离开后，女孩对我说：“喝完你会恶心的，大人物。”我没有看她。

“所以你并不想快活快活。”她用慵懒的声音说道。

我点燃一根香烟，往柔紫色的空气里抛出一枚戒指。“那你一边玩儿去吧，”女孩继续说道，“我在好莱坞林大街的任何一个街区里，都可以找到一打像你这样的大猩猩。那儿是我的据点，很多失业的演员和金发女郎在这里酩酊大醉。”

“谁提到好莱坞大街了？”我问她。

“你啊，好莱坞大街的男人不会和客气地羞辱过他的女人说话。”

旁边桌上的一男一女转过头看我们，那个男人对我露出一个短暂又同情的笑容。

“这句话对你也适用。”那个女孩对他说道。

“你还没有羞辱我呢。”

“本性使然，帅哥。”她又说道。

侍者托酒而来，先将我的饮料递给我。女孩高声叫唤：“我猜你不习惯服侍女性啊。”侍者递上她的威士忌和苏打，冷冷地说道：“不好意思，女士。”

“没事儿，有空去我那儿看看，我借到指甲剪的话，会给你修剪下指甲的。这杯酒算在我男朋友账上。”

侍者转过来看我，我耸了耸右肩，掏出现金。他只收了小费，给我找了些钱后便离开。女孩端起酒杯，走到我桌边，手肘撑在桌面上，托起自己的下巴。“哟，挥金如土，”她说，“我不知道现在谁还会这样做。你觉得我怎么样？”

“我得考虑考虑，”我说，“你小声点说话，不然等会儿被扔出去了。”

“我不信，只要我不再打碎镜子，我就不会被丢出去。而且，我和他们的老板的关系就像这样。”她抬起两只手指，紧紧扣在一起，“如果我再见到他，我们就会和这两只手指一样。”她轻声一笑，喝了一小口酒，“我在哪里见过你？”

“任何地方都有可能。”

“你在哪里见过我？”

“很多地方。”

“对，一个女孩就是像这样随波逐流，失去自我的。”

“不摆脱酒精，是找不回自我的。”

“瞧瞧你说的鬼话，”她说，“我可以列举一大堆名人出来反驳，他们睡觉时一只手抱一瓶酒，醒来时还会大嚷大叫，要在手臂上注射药品才会缓和。”

“是吗？”我问她，“就像电影里演的那样？”

“是的，我是一个人的手下，他给那些人在手臂上打针——十美元一针，有时候二十五美元或者五十美元一针。”

“听上去很赚啊。”我说道。

“如果可以一直做下去，的确很赚。但你觉得这行业能长久吗？”

“如果他们把你从那里赶走，你随时都能去棕榈泉。”

“谁？从什么地方离开？”

“我也不知道。”我说，“我们在讨论什么？”

她一头红发，长相一般，但很有曲线，而且在一个给人打针的人手下工作。我舔舔自己的嘴唇。一个高个黑人穿过入口门，在门口站定，眼睛适应了一下光线后，从容地环视了一周。他的目光穿过我所在的桌子，前倾高大的身子，看了一下后便离开了。

“哦，哦，”女孩说道，“这个保安，你打得过吗？”

我没有回答她，她用惨白却大力的手轻抚自己没有血色的脸颊，朝我抛了个媚眼。钢琴边的那个男人奏起和弦，开始悲鸣：“我们仍有梦，难道不是吗？”

那个高个黑人一手撑在我桌子对面的椅子上，停下脚步。他的目光从女孩移到我身上来，微笑地看着我。他刚才一直在看的人是她，她也是他走下房间想要靠近的人。但即刻起，他开始认真盯住我。他的头发柔顺，乌黑光泽；瞳孔灰色，眼神冷酷，眉毛看上去画过；嘴型好看到可以当演员，鼻子被打破了，但能看见原本精致的轮廓。他的开场白有些冒昧。

“有段时间没见到你了……还是我记性不好？”

“我不知道，”我说，“你在努力回忆什么？”

“你的名字，医生。”

“放弃吧，我们压根没见过面。”我拿出胸口口袋里的金属标签，扔在桌上，“这是我的入场券，从售票窗的乐队指挥手中弄到的。”我从钱包里掏出一张名片，也丢在桌上，“这里有我的姓名，年龄，身高，体重，伤疤——如果有的话，还有判刑的次数。我到这儿是来见康里德的。”

他没有看金属标签，看了两次名片的正面后，把名片翻过来看背后，接着又翻回去看了看正面，胳膊撑在椅背上，拐弯抹角地冲着我笑。他没有再看那个女孩一眼，拿名片边缘摩擦桌面，名片轻轻地吱吱叫，声音像一只小老鼠。女孩望向天花板，佯装打了个哈欠。

他冷淡地对我说："看来你是其中一员。抱歉，康里德先生在北边有商务旅行，乘了一架早班飞机离开了。"

女孩说道："这么说来，今天下午，我在日落藤蔓街见到的一辆灰色科德轿车里，坐的是康里德的替身。"

他没有看她，依旧浅浅笑着。"康里德先生没有灰色的科德轿车。"

女孩对我说："别被他骗了，我打赌，康里德现在就在楼上用轮盘骗钱。"

男人依旧没用正眼看她。他对她的漠视远比扇她耳光奏效。我看到女孩的脸慢慢变惨白，之后便一直维持这种状态。

我说："他不在这里，他不在这儿。谢谢你，我下次再来。"

"哦，当然。不过不好意思，我们这里不需要私家侦探。"

"你再说'不好意思'，我就大喊大叫了。来吧，说啊。"红发女孩对他说道。

黑发男人将我的名片放进自己晚宴外套的休闲外荷包里，放回椅子，起身对我说："你知道情况的，所以……"

女孩暴怒，抄起手里的酒杯就往他脸上泼。

这个黑人震惊地往后退，从口袋里抽出自己干净的白手帕。他迅速擦干自己的脸，摇了摇脑袋。当他放下手帕时，发现酒在衬衫上留下了一个硕大的斑点，湿漉漉地留在黑色珍珠扣子上。他的衣领被毁掉了。

"非常抱歉，"女孩说，"我还以为你是痰盂呢。"

他垂下手，咬牙切齿地说道："让她滚。"含混不清地低声喊着"快把她赶走"。

他转身离开，穿过一张张桌子，拿出手帕捂住嘴巴。两个外套脏兮兮的侍者靠近我们，站着打量我们俩。屋子里所有人都看了过来。

"第一回合，"女孩说，"进程太慢。双方过于拘谨了。"

"你再这样冒险，我就不愿意和你一起了。"我说。

她猛地抬头，惨白的脸色在这片诡异的紫色灯光下跃入我眼帘。

她的嘴巴虽涂了口红，却也干燥了。她伸出手，僵硬地抓挠自己的嘴唇，好像患了肺病似的，干巴巴地咳嗽，伸手拿走我的酒杯，咕噜几下，就吞咽完杯中的巴卡第和石榴汁，喝完身体就晃悠起来。她伸手拿自己的手包，不小心把它推到桌子边沿。包掉在地上，里面的东西撒了一地。一个镀金金属香烟盒掉落在我椅子底下，我只得站起来，移开椅子后拿出来。一个侍者站在我后面。

"我能帮忙吗？"他温柔地问我。

我正弯着腰，女孩喝过的酒杯就从桌边掉在了地上，落在我身旁。我拾起香烟盒瞟了一眼，看见盒子前面是一张手工着色的照片，照片上是一个大块头黑种男人。我把盒子装回她的手包，握住女人的一只手臂，刚才同我说过话的男人凑上前来，抓住她的另一只手臂。她眼神空洞地望着我们，头左右摇摆，好像在活动自己的脖子。

"老娘快没知觉了。"她对我们发着牢骚说道，我们扶着她准备离开这个房间。她疯狂地向外甩腿，重心左右摇摆毫不消停，仿佛在故意惹我们生气。侍者声音没有起伏，暗暗地低声咒骂。我们离开了这一片紫色的区域，走进明亮的休息室。

"女厕所，"侍者咕哝道，抬着下巴示意那一扇厕所门，看上去像泰姬陵侧门一样，"里面有一个无所不能的暗色皮肤拳手。"

"傻子才去女厕所，"她骂了一句，"放开我，打杂的。我只要我的男朋友。"

"小姐，他不是你男朋友。他都不认识你。"

"闭嘴，黑鬼。你是不是管得太宽了点？还是你不够懂礼貌？在我丢掉素养，一枪崩了你之前，赶紧打住！"

"好，"我对侍者说，"我送她出去清醒一下，她是一个人来的吧？"

"我想不到她和别人一起来的理由。"说完，他踱步离开。

餐厅领班走在通道上，走到一半后止步怒视。衣帽寄放处的美女看上去百无聊赖，神似经过四轮开场赛后，倍感乏味的裁判员。

我把这位新朋友推到空气湿润凉爽的门外，陪她走在柱廊旁。她的身体不听使唤，重重倒在我的手臂上。“你是个好人，”她闷声说道，“这次我太张狂，太鲁莽了。先生，你是个好人。我从没想过能从那里活着逃出来。”

“为什么？”

“为了赚钱，我有过不正当的想法。别提了，让它同我这一生所有的坏想法，一起沉睡吧。可以送我一程吗？我刚才坐计程车过来的。”

“当然可以。你告诉过我你的名字吗？”

“海伦·马特森。”她说。

听到这，我并没有很激动，因为我一早就猜到了。

我们沿路边行走，经过停泊的汽车，她还是轻轻靠在我身上。走到我的车旁后，我帮她打开车门，她便爬进车子，躺在角落里，头搁在枕头上休息。

我关上车门，顿了一会儿又打开门，对她说：“你能告诉我一些别的事儿吗？你香烟盒上的那个家伙是谁？我好像在哪里见过他。”

她睁开眼睛。“我的老相好，”她说，“已经分开了。他……”

刹那间，她瞳孔大张，张大嘴巴。我隐约间听到有人在我身后，坚硬的胸膛摩擦我后背的声音。还有一个含混不清的声音说道：“别动，伙计。这是打劫。”

然后，我听到舰炮声在我耳边炸开，我的脑袋就像一大团粉色焰火，在穹顶之下爆裂，缓缓朝四面八方散落，黯淡，最后落入潮湿的浪花中。黑暗，将我吞噬。

5. 我死去的邻居

我身上全是杜松子酒的味道。那味道，不是随意小酌了几杯杜松子洒后沾上的，而是穿着衣服，在只有杜松子酒的太平洋里游了一遭的味道。这味道遍布我的头发，眉毛，脸，以及衬衫。我脱下外套，平躺在不知是谁的地毯上，抬头看到摆放在一边壁炉架上的裱框照片。裱框材质是有纹路的木头，照片上突出表现了一张细长的脸——又细又长，愁眉紧锁，有种附庸风雅的意味。不过这个亮点很明显，让这张长在稀疏白发下的脸，显得又瘦又长。这白发好像画在干枯的头骨上一样。玻璃后的那张照片，角落处留有笔迹，但是我看不清写的什么。

我抬手碰脑袋的另一边，感到脚底传来一阵刺痛。我呻吟着，又因为自己的职业自尊心，只能轻声咕哝。我小心翼翼，缓缓翻动身体，盯着其中一个向下拉的壁床床腿，另外一张壁床还在墙边，涂了漆的木头上画着一些设计过的图案。在我翻动身体的过程中，一个杜松子酒瓶碾过我的胸膛，摔在地板上。酒瓶是透明的，里面已经空了。我觉得，区区这么一个小瓶子，里面是不可能有那么多杜松子酒的。

我双手撑在地上跪了一会儿，拼命地嗅，像只没有吃完食物、又不想浪费的狗一样。我转了转脖子，真痛；我转的幅度又大了些，还是很痛。然后我站起身来，才发现自己没有穿鞋。

这个公寓看上去还不错，不太廉价也不算昂贵——平常家具，平常筒灯，平常耐磨的地毯。下面的床上躺着一个女孩，腿上穿的是一双黄褐色丝质长袜。她的身体被划伤，流过血后留下深深的划痕；一条厚浴巾将她从腰间裹成一团。她的眼睛是睁开的，之前被她嫌弃的头发，还是从中间分开，拨到后面。但是，她再也嫌弃不了了。

她死了。

她的左胸上有一个烧焦的痕迹，差不多一个男人的手掌大小；鲜血从左胸中间沿身体往下流，不过已经干了，只留下少量鲜红的痕迹。

我看到沙发床上的衣服，大部分是她的，但我的外套也在其中。地上有我和她的鞋子。我踮起脚尖轻轻走过去，如履薄冰，捡起外套，检查了一下口袋，发现我有印象的东西都还放在口袋里面。当然，别在我腰间的手枪皮套仍然是空的。我穿上鞋子和外套，把空荡荡的皮套夹在胳膊下面，走到窗前，抬起厚重的浴巾。一杆手枪掉了出来——正是我的那把。我擦去枪管上的血迹，毫无缘由地嗅了嗅枪口，然后静静地把它放回我胳膊下的皮套里。

公寓门外的走廊里传来一阵沉重的脚步声，走到门口便顿住了。门外的人咕咕哝哝地在交谈，然后有人开始急促而不耐烦，用力地拍打大门。我看着门口，心里揣测他们还有多久会闯进来：如果弹簧锁没锁，他们可以直接走进来；如果锁上了，经理又不在，他们会花多长时间去找经理，拿一把万能钥匙上来。我想着想着，只听见大门外有一只手试图推开门，却发现门锁了。

这可真有趣，我差点大笑出来。

我走到另一扇门前，往浴室里面看。浴室的地面上有两块毯子，一块防滑垫整齐地放在浴缸边，上面还有鹅卵石玻璃窗。我静静关上浴室门，站在浴缸边，推开稍微低一点的浴室窗，把头伸出窗外，从所在的第六楼往下看，黑漆漆的一片，隐约能见到栽种在街道两侧的树木。为了看得清楚些，我不得不透过两堵空矮墙之间的狭槽观察，其中的间距还不如一口通风井。窗户都是成双成对的，在狭槽开口端对面的墙上。我的身子又往外伸了一些，发现如果用力跳，是可以跳到那边的窗户去的。但我不确定窗户是开是关，跳过去是否是个好的选择，来不来得及在他们打开门之前跳过去。

从我身后紧闭的浴室门外传来的捶门声越来越大，一个声音向我咆哮道："快开门，不然我们闯进来了。"

这话没什么杀伤力，不过是警察惯用的伎俩。他们就算拿到钥匙了也不该闯进来，而且没有消防斧，还想闯这扇门的话，要费不少气力。

我把低窗关了一半，推开上面的半块窗户，从架子上拿下一条毛巾，再次打开浴室门，直勾勾地盯住壁炉架上的相框。我必须读懂照片上的笔迹才能离开。门外的重击声丝毫没有缓和，我走到壁炉架前，仔细观察那张照片。上面写的是——“给你我全部的爱——利兰。”

奥斯特瑞恩医生可真是披心相付。我夺过这张相片，又一次走回浴室，关上门。我把相片放在浴室衣柜下的小柜子里，压在脏毛巾和亚麻布的下面。如果外面的人是训练有素的警察，要找到这张照片也要一会儿时间。这要是在海湾城，他们应该完全找不到。除了海伦·马特森非常有可能住在这里，浴室窗户外的空气和海滩边的很像这两个原因以外，我完全想不到我们此刻为什么会在海湾城。

我手拿毛巾，身子往上半块窗户外挤，摇摇晃晃走到隔壁的窗户，牢牢抓紧刚才那块窗户的窗格。如果旁边的窗户没有锁，我的手足以撑开它。但它锁了起来。我抬起一只脚，朝窗钩上的玻璃窗上踹，发出的巨大声响恐怕一英里之外都能听见。远处传来一成不变的捶门声。

我用毛巾裹住自己的左手，用尽全力伸手穿过破碎的玻璃窗，打开窗钩。然后，我转到另一个窗台上待着，伸手关上刚才逃离出的窗户。上面可能留有我的指纹，我也没有指望能让他们相信我没有待过海伦·马特森的公寓，我只需要一个机会来证明自己是怎么进来的。

我看着楼下的街道，发现一名男子走进一辆汽车，他甚至没有抬头看我。我正闯入的公寓房间里没有灯光。我打开窗户，爬进屋子里。浴缸里有很多碎玻璃。我走在地板上，打开灯，捡起浴缸里的玻璃渣，用手里的毛巾包起来后藏好。又拿来别人的毛巾，把窗台和我站在里面的浴缸边沿擦干净。然后，我拿出手枪，打开浴室门。

这间公寓比那一间更大。我看到的那个卧室里有两张盖着粉色防尘罩的床，床上是空的，但是整理得干干净净。卧室边是一个客厅，所有窗户都紧闭着，一股幽闭和尘灰覆盖的气息弥漫在空气中。我点燃一盏落地灯，手指滑过沙发臂，看了看留在上面的灰尘。客厅里，有一个扶手椅收音机、一架形似煤斗的书架、一个上面摆满小说的书柜，小说封皮都还没拆；一个潮湿的木高脚柜。一个放在柜子上，盛酒的玻璃瓶里插了根红吸管；柜子上还有四个条纹玻璃杯倒置放着。我闻闻瓶里的酒，发现是威士忌；啜饮了一小口后，头更晕了，但我反倒觉得更舒服。

我留着灯，回到卧室里，打开衣柜和抽屉。衣柜里有一些手工定制的男装，标签上有裁缝留下的主人名字——乔治·塔尔博特。我看了看乔治的衣服，觉得对我而言小了些。于是我又看看抽屉，从里面拿出一套我可能穿得下的睡衣，然后脱得一丝不挂。

洗完澡后，身上只残留一丁点杜松子酒味儿。此时周围不再有人声和撞门声，于是我知道了，他们此刻正拿着粉笔和绳子，在海伦·马特森的公寓里比画。我穿上塔尔博特先生的睡裤、浴袍和拖鞋，在头发上抹了些他的发油，用他的刷子和梳子打理头发。我希望塔尔博特先生和他的夫人正在外面逍遥自在，在哪里玩都好，只要不急着回来。

我走回客厅，又喝了些塔尔博特先生的威士忌，点燃一根他的雪茄，打开屋子的大门。一个男人的咳嗽声从墙外传来，声音隔得很近。我打开门，靠在门侧向外张望。一个身穿警服、金色头发、眼神犀利的小个男子靠在对面的墙上。他穿的蓝裤子的裤边很锋利，整个人看上去衣冠楚楚，能干又好管闲事。

我打着哈欠问道："怎么了，警官？"

他眼神犀利地盯着我看，红棕色眼睛上有些金色斑点，和我平时见到的金发的人不太一样。"隔壁出了点小事儿。你听到什么声音了没有？"他的声音既平静又嘲讽。

"那红发妞？"我说，"哈，例常'捕猎'去了吧。要喝酒吗？"

警察还是用审慎的目光打量着我，然后朝走廊里叫道："喂，阿尔！"

一个男人从一扇敞开的门里走出来。他差不多六英尺高，体重两百磅，黑发粗糙，眼睛深凹进去，眼神呆板。他是阿尔·大·斯卑恩，那一晚，我在海湾城总部见过他。

他慢慢悠悠地走在走廊上。穿警服的男子说：“这家伙是邻居。”

大·斯卑恩走近我，与我对视。他的眼睛如黑色板岩一样空洞，没什么表情，几近温柔地问我：“名字？”

“乔治·塔尔博特。”我故作镇静地说道。

“听到什么声音了吗？我是问在我们来这儿之前。”

“哦，我想我听到了争吵声，差不多在午夜的时候吧。这并不新鲜。”我的大拇指指着死去的女孩所住的公寓，说道。

“仅此而已？你和那位夫人熟吗？”

“不熟，我都不太想认识她。”

“你不必认识，”大·斯卑恩说，“她死了。”

他一只硕大有力的手掌贴在我的胸口，轻轻把我推进公寓门。他的手还留在我的胸口上，眼神陡然落在我的浴袍侧口袋里，然后又看向我的脸。他将我推到离门八英尺的地方，转身说道：“进来，关门。肖蒂！”

肖蒂打开黑色的手枪皮套，飞速掏出手枪握在手上。“哦，天啊。”他舔舔自己的嘴唇，温柔地说道，“哦，天啊。”他把手铐柄摇开一半，“你怎么知道？阿尔。”

“知道什么？”大·斯卑恩盯着我问他，又轻轻问我，“你准备去干什么？下楼买报纸？”

“呀，”肖蒂说，“他一定是凶手。他从浴室窗户溜进来，身上穿的是房子主人的衣服。户主本人不在家，你看看这里的灰尘，没有一扇窗户打开，整个房间都不透气，死气沉沉的。”

大·斯卑恩柔声说道：“肖蒂是个严格娴熟的警察，别被吓到，总有一天他会出错的。”

我说：“既然他这么热，为什么穿警服？”

肖蒂脸红了，大·斯卑恩说道："把他的衣服找过来，肖蒂，还有他的枪。速度快一点，说不定是我们立功的好机会。速度快一点。"

"没有人要你负责这个案子。"肖蒂说。

"负责了又怎样？又不会少块肉。"

"我怕我会丢掉饭碗。"

"小孩子，试试吧。隔壁的傻瓜康里德连鞋盒里的蛾子都捉不到。"

肖蒂冲进卧室里。我和大·斯卑恩一动不动地站着，他收回放在我胸口上的手。

"别告诉我，"他慢悠悠地吐出这句话，"让我猜猜。"

我们听到肖蒂忙着开门，随后一声狗吠传来，听上去像一只小狗闻到老鼠窝后发出的叫声。肖蒂右手拿枪，左手拿我的钱包，回到我们所在的房间。他的手上盖着手帕，靠前瞄准器拿起手枪。"这把枪开过火了，"他说，"而且，这家伙不是塔尔博特。"

大·斯卑恩的表情变了，他没有回头，只是皮笑肉不笑，微微抽动了一下自己异常狂野的嘴角。

"真的吗，"他说，"真的吗？"他伸出如钢铁一般的手，一把将我推开，"亲爱的，穿好衣服……不用整理领带了，我们去别的地方。"

6. 我拿回自己的手枪

我们离开公寓，行走在走廊上。海伦·马特森的公寓的前门还亮着灯，外面站着两个抽烟的男人。死去的女人屋子里传来一阵争吵声。

我们走过弯曲的走廊，然后一层一层地下楼，最后抵达休息室。有六个人站在休息室里，瞪大眼睛看我们——三个穿浴袍的女人，一个戴绿色遮光眼罩，看上去像新闻编辑的秃顶男人，还有两个人在他们影子后面。

另外一个身穿制服的男人在前门里面来来回回地走，神色冷淡，漫不经心地吹着口哨。外面的人行道上挤满了一群人。

大·斯卑恩说："今晚可是我们这个小城的难忘之夜。"

我们走上一辆没有警徽的黑色轿车，大·斯卑恩溜到驾驶座上，示意我坐在他旁边。肖蒂坐上车后座，早已经把枪放回皮套里，但是没有扣紧皮套，手放在一旁随时待命。大·斯卑恩猛地一发车，我因为惯性被摔在了车靠垫上。我们的车朝东边开时，突然来了个急转弯，车子的重心陡然间落到两个轮子上。一辆有一对红色反光灯的黑色汽车离我们仅有半个街区的距离，在我们的车正转弯时，它开了过来。

大·斯卑恩往车窗外吐了一口痰，慢悠悠地说："那是警长，恐怕日后连他自己的葬礼都会迟到。兄弟，我们是不是惹到他了？"

肖蒂在后座不满地说了一句："是啊……都休息三十天了。"

大·斯卑恩说："别丧气，说不定你还能回到重案组呢。"

肖蒂说道："那我宁愿继续干现在这个活，守住饭碗。"

大·斯卑恩加速开过十个街区后，稍稍减了下速。

肖蒂说："总部不是这么走的。"

"别傻了。"大·斯卑恩答道。

他缓缓驱车前行，左转进入一条安静、潮湿的居民街道。街边的松树，整齐的小房子，和房子前精心修葺的小草坪都井然有序地排列着。他轻踩刹车，把车停在路边，关上发动机。然后，他把一只胳膊搭在车靠背上，转过身看那个身穿制服、"眼神犀利"的小个子男人。

"你觉得是这个家伙杀了她？肖蒂。"

"他的枪发射过。"

"把大手电筒从口袋里拿出来，照照这家伙的后脑勺。"

肖蒂轻蔑地哼了一声，忙着在车后座上找电筒，接着，随着金属发出的"咔嗒"声响，一缕耀眼的白光从一个顶部呈钟形的硕大手电筒里冒出来，照射在我的头顶。我惊叫了一声。

电筒关上后，大街的黑暗再次映入我眼帘。

肖蒂说："我猜他是被人打晕了。"

大·斯卑恩面无表情地说道："那个女人也一样，虽然伤痕不明显，但还是存在的。她先是被人打晕了，别人才有机会扒了她的衣服，抓她的身子留下伤痕。于是，就有了我们看到的流血的伤痕。在留下伤痕后，凶手用浴巾裹住手枪后才开枪，这样一来，就没有人能听到枪声了。谁去报告？肖蒂。"

"他妈的我怎么知道？你走进大厅之前的两三分钟，有人来过电话，那时候康里德还在找摄影师呢。接线员说打电话的那个人声音很粗。"

"好吧。肖蒂，换作是你，你会怎么逃离现场？"

"我会走出去，"肖蒂说，"怎么？不可以？嘿。"他朝着我喊道，"你为什么不走出去啊？"

我说："我有我的小秘密。"

大·斯卑恩闷声闷气地说："肖蒂，你不会穿过通风井的，对吗？你不会闯进旁边的公寓，伪装成主人，对吗？你不会报警，告诉他们去楼上抓人，他们就能抓到凶手了，对吗？"

"去你的，"肖蒂说，"这家伙报了警？对，这几件事我一样都不会做。"

"凶手也不会这么做的，"大·斯卑恩说，"但是最后一个人不一样，他报了警。"

"性伴侣会做的事儿真让人匪夷所思。"肖蒂说，"这家伙可能想解围，结果另一个家伙打晕他之后，把他丢在了房子里。"

大·斯卑恩哈哈大笑起来。"你好啊，性伴侣，"他用像枪筒一样坚硬的手指戳着我的肋骨，调侃我说，"瞧瞧我们这几个傻瓜，就坐在这儿，工作都抛到九霄云外去了……我们中有人有工作，但是你啊，你明知道所有答案，就是不肯告诉我们一个答案，让我们在这里争论不休。我们甚至不认识这个女人。"

“我在康里德酒吧挑的，红发女人，”我说，“不，是她挑的我。”

“没有名字？别的信息呢？”

“没有。她那时候有麻烦，我带她出了酒吧。我送她上我的车后，她要我送她一程，就在那时，有人拿警棍击我。醒来时，我已经躺在公寓的地板上。女孩死了。”

大·斯卑恩问：“你在康里德酒吧里干什么？”

“理发。”我说，“你在酒吧里会干什么？这个红发女孩当时很紧张，看上去在担心什么事儿，直接往基层首领脸上泼酒。我有点为她感到遗憾。”

“我也一直很心疼红发女郎。”大·斯卑恩说，“如果那个将你电击在地的男子，活生生把你抬到公寓里去，那他一定身壮如牛。”

我问他：“你被电棒击过吗？”

“没有，”大·斯卑恩说道，“你呢？肖蒂。”

肖蒂说他也没有过，看上去不太开心。

“好吧，”我说，“感觉像喝醉酒了一样。我可能随他走进了一辆车，他可能拿枪逼的我，所以我才安安静静的。他，那个女孩，还有我一起去了公寓。女孩可能以前就认识他了。上楼后，他应该又用电棒击了我一次，两次电击之间发生的其他事我真是一点儿也想不起来了。”

“我听说过，”大·斯卑恩说，“但我从来没有相信过。”

“好吧，这是真的，”我说，“一定是真的，因为我不记得他把我抬起来过，而且没有人协助他的话，他不可能抬得起我。”

“我就抬得起来，”大·斯卑恩说，“我抬过比你还重的人。”

“好，”我说道，“就当是他抬了我吧。我们现在要怎么办？”

肖蒂说：“我不明白他为什么如此大费周章。”

“电击一个男人才不麻烦呢，”大·斯卑恩说道，“把钱包和手枪递给他。”

肖蒂犹豫片刻后把它们递了过来。大·斯卑恩嗅嗅手枪，随意地扔到靠近我这边的侧荷包里。

他弹开钱包，在仪表板灯下拿了一会儿后放在一旁，启动车子，开到街区中间后停下，又向上开回阿奎罗林荫大道，朝东边转弯，然后在一家有挂红色霓虹灯招牌的贩酒店前停车。哪怕已经这么晚了，店门仍然大开着。

大·斯卑恩转过身说道："肖蒂，快跑进去给警局打个电话，告诉警官我们有一个重要线索，现在正在前往布雷顿林荫大道，准备去抓那里的嫌疑杀人犯。让警官告诉警长，他不用负责这个案子了。"

肖蒂下了车，砰地关上后门，快速穿过人行道，走进贩酒店。

大·斯卑恩猛地开动车子，在第一个街区时以四十码的速度前行。他笑到弯下身子，又在下一个街区时加速到五十码，接着在街道上左转右弯，最后停在校园宿舍外、一棵胡椒树下的车站前。

他伸手想要拉手刹时，我拿了他的手枪。他冷不丁地笑了笑，向窗户外吐了口痰。

"行，"他说，"这就是我把枪放在那儿的原因。我跟'紫罗兰'米克吉聊过，那个年轻的记者在洛杉矶给我打过电话，他们发现了马特森，现在正拷问公寓里的一个家伙。"

我隔他远了些，回到自己的副驾驶角落里，把枪放松地放在两膝盖间。"我们现在可不在海湾城，警察先生，"我对他说，"米克吉说了些什么？"

"他说他指示你去找马特森，不过不知道你有没有联系马特森。一对酒鬼往公寓里的那小子身上扑时，他正往小巷里扔尸体——我没听清他的名字。米克吉说，要是你之前联系了马特森，听了他的故事，你就麻烦了。很可能等你昏睡醒来后，发现自己躺在一具尸体旁边。"

"我没有联系他。"我说。

我能感觉到，大·斯卑恩正皱着自己黑黑的眉毛看我。

"但你还是遇到麻烦了。"他说。

我左手从口袋里抽出一根香烟，划火柴将它点燃。我右手放在枪上，说道："我知道了，你来的时候，根本不归你负责这个杀人案，现在你却带着一个嫌犯离开城市，这样做你成什么了？"

"一堆烂泥呗，除非我能找到合理的说辞为自己辩解。"

"这就是我存在的意义，"我说，"我想我们可以合作起来，破掉这三个案子。"

"三个？"

"没错。海伦·马特森，哈里·马特森，还有奥斯特瑞恩医生的妻子都死了。"

"我故意丢下肖蒂了，"大·斯卑恩悄悄对我说，"因为他是个小家伙，警长又喜欢小家伙，肖蒂可能会把错误推到我身上。我们应该如何开始？"

"先从一个叫格雷布的家伙入手，他在内外科大楼里管理一间实验室。我觉得就奥斯特瑞恩的案子而言，他上交的是虚假报告。他们提醒你了吧？"

"他们使用的是洛杉矶广播，不会通过这种方式拘留自己人的。"

他朝前靠了靠，再次启动汽车。

"要不把钱包给我，"我说，"这样我就把枪拿开。"

他笑出声来，声音很刺耳，把钱包还给了我。

7. 大下巴

那个管理实验室的男子住在第九大街上，离海湾城有些远。他的房子是一层形状难看的框架平房，路边一大丛落满灰尘的绣球花，还有些许营养不良的小植株，看上去像一个无为自化的人穷极一生的作品。

待我们的车开上去后，大·斯卑恩熄灭车灯，对我说："如果需要支援，就吹口哨；如果警察围堵我们，溜到第十大街去，我会包围那个街区把你接走，虽然我觉得他们不会这样做。今晚他们一心只会想着布雷顿大道上的那个女人。”

我上下扫视这个安静的街区，在朦胧的月色下穿过街道，走到那个房子前。前门在夜色下与街道构成一个角，它的影子看上去好像后来才衔接到房子上似的。

我按了门铃，听到门后响起门铃声。没有人应门。

我又按了两次，想要推开门，但门是锁的。

我走下这个小门廊，绕到房子北边，往后院的小停车场走去。一个挂锁挂在停车场紧闭的门上，要使出浑身解数才能打破。我弯下身子，拿手电筒朝门缝里照，看到里面一辆车的轮子。我回到房子前门，继续敲门——这次声音大了很多。

前面房间上的窗户嘎吱一声响，从上往下缓缓打开了一半。窗户后面垂着窗帘，窗帘后面有个黑影。一个浑厚、嘶哑的声音说道：“什么事？”

“格雷布先生吗？”

“是的。”

“我有很重要的事，要跟你说。”

“先生，我得睡觉了。明天再来吧。”

他的声音不像一个实验室技术员会有的声音。

倒是像我很久以前，在坦尼森·阿姆斯公寓的那个夜晚，在电话里听到过的声音。

我说：“好吧，我下次去你办公室，格雷布先生。再问一下，您的地址是什么？”

那人迟疑了片刻后才说道：“噢，别问了，小心我出来揍你一顿。”

“这可不是谈正经事的好方法，格雷布先生，”我说，“你都起来了，确定不能给我点时间吗？”

“闭嘴，你会吵醒我老婆的。她病了，如果我这时候出来……”

“晚安，格雷布先生。”我说。

我又遁入朦胧柔软的月色中去了。我走过街道，朝停在街对面的车子说：“这事儿得两个人才能搞定。房子里有个硬汉，我觉得就是我之前在洛杉矶时，给我打电话的‘大下巴’。”

“天啊，杀死马特森的那个家伙，是吗？”大·斯卑恩把车开到我边上，探出头来，利索地朝外面吐了口痰，越过了八尺之外的消防栓。我什么都没说。

大·斯卑恩说：“如果你说的这个‘大下巴’是莫斯·洛伦兹，那我就知道是谁了。或许我们能找到更劲爆的线索。”

“和电台里说的那些警察一样？”我问。

“你怕了？”

“我？”我说，“我当然怕了。车子在车库里，他可能把格雷布关在里面了，正努力下决心要把他怎么样呢……”

“如果他是莫斯·洛伦兹，那他不需要下决心，”大·斯卑恩道，“他这个人精神错乱，只有拿枪和开车的时候是头脑清醒的。”

“拿铅管时也是一样，”我说，“我想表明的是，格雷布出门时可能没有开车，这个‘大下巴’……”

大·斯卑恩弯腰看仪表盘上的时间。“我猜他已经逃走了，现在应该都到家了。他可能听到了消息，要摆脱麻烦。”

“你到底去还是不去？”我厉声问道，“谁又会给他通风报信？”

“如果他是受人指使，那便是一开始就指使他的人报的信。”大·斯卑恩打开门，溜了出去，站在车外看街道对面。他敞开外套，松下肩带上的手枪。“或许我们可以跟他玩玩儿，”他说，“在他面前摊开你的双手，让他看到你什么都没拿。这是我们的最佳时机。”

我们回到街道对面，走在走道上，走上门廊。

大·斯卑恩倚在门铃上不动。

半开的窗户，磨损的阴湿绿色窗帘后面再次传来对我们的怒吼声。

“干什么？”

“你好，莫斯。”大·斯卑恩说。

“哼？”

“我是阿尔·大·斯卑恩。莫斯，我加入这场游戏。”

沉寂，漫长的死寂。然后，那个粗犷嘶哑的声音说道：“和你一起来的是谁？”

“一个洛杉矶来的朋友，人挺不错的。”更久的沉默蔓延开后，那个声音又传来，“有何贵干？”

“你一个人在里面吗？”

“还有一个妇人，她听不见你说话。”

“格雷布呢？”

“嗯……他在哪里？你想怎么样，警察？赶紧闭嘴！”

大·斯卑恩还是像躺在家中扶手椅上休息一样，淡定地说道：“我们是同一个人的手下，莫斯。”

“哈，哈！”“大下巴”说。

“有人发现马特森死在洛杉矶了，那些城里的私家侦探已经把他和奥斯特瑞恩的案子联系了起来，我们必须快点逃走。大人物已经去了北边要为自己开脱，这样一来我们能怎么办？”

窗后的人说道：“噢！胡扯。”但声音里又似乎有一丝疑虑。

“这可能是一桩丑闻，”大·斯卑恩说，“来嘛，开门啊。你可以看看，我们没有拿东西害你。”

“等到我走到门边时你们就会拿了。”“大下巴”说。

“你不会这么㞞吧？”大·斯卑恩戏谑道。

窗户后的窗帘沙沙作响，好像有一只手放下了窗帘，关上了窗格。我的手已做好准备。

大·斯卑恩怒气冲冲地对我说：“别犯傻，我们需要这个家伙，我们得保证他平安无事。”

屋子里传来轻微的脚步声，门锁转动，前门打开，一个人影站在那里，手拿一柄大柯尔特手枪。“大下巴”这个名字再适合他不过了，他的下巴宽又大，像一个排障器似的向脸颊外延伸。他的身形健硕，比大·斯卑恩要壮得多。

“有话快说。”他说完便开始往回退。

大·斯卑恩两手空空，手掌朝外，闲散地垂在身前，抬起左脚身手敏捷地往“大下巴”的腹股沟踢了一下，就是这样果断，哪怕有枪指着他，也没有一丁点儿犹豫。

我们拿出手枪时，“大下巴”的内心仍在挣扎。他的右手努力想要扣下扳机，抬起手枪，感受到的疼痛虽令他苦不堪言，却依旧压制不了他想对抗我们两人还有咆哮的欲望。他内心的风起云涌令他错失了重要的时机，我们突袭了他，他既没来得及开枪，也没来得及叫喊。大·斯卑恩打他的头，我则打他的右手腕。我想袭击他的下巴——这个地方很吸引我，然而他的手腕离枪最近。枪掉落在地，“大下巴”也身子一倒，近乎是在陡然间，他向我们俩扑来。我们擒住了他，他呼出来的热气直往我们脸上喷，然后膝盖一软，身子一垮，我们就这样倒在了他头顶的走廊上。

大·斯卑恩咕咕哝哝地努力站起身，关上门，接着滚动这个意识模糊、呻吟不断的大块头，托起他的双手，在手腕上铐上手铐。

我们走下走廊，左边房间里，一盏小台灯在报纸下亮着昏暗的光。大·斯卑恩把报纸掀开，我们便看到了躺在床上的女人。至少他没有杀掉她。女人身穿肮脏的睡衣，双眼睁开，眼神中既愤怒又害怕。嘴唇、手腕、踝关节、膝盖都被绑了起来，厚厚的棉花塞在她的耳朵里面，一块两英寸的厚板牢牢粘住她闭紧的嘴巴，厚板后传出微弱的气泡声。大·斯卑恩稍稍拉动灯罩，看到了女人脸上的斑驳印记。她的头发染过色，发根已经长出黑色；脸很瘦削，颧骨部分留有刮痕。

大·斯卑恩说："我是警察，你是格雷布夫人吗？"

女人猛地抽搐，痛苦地望向他。我取出塞在她耳朵里的棉花，对大·斯卑恩说："你再问一次。"

"你是格雷布夫人吗？"

她点了点头。

大·斯卑恩的手拉住她嘴巴上的胶带，女人的眼睛畏惧地抽搐着。他用力撕掉胶带，立马用手捂住女人的嘴巴。他站在那儿，俯下身来，用左手拿着那条胶带。他是个头大、肤色黝黑、神情淡漠的警察，像水泥搅拌机一样没有情感。

"你保证不尖叫？"他说。

女人勉强点了点头，他才拿开盖在她嘴上的手。"格雷布在哪儿？"他问道。

他把她身上其他地方的胶带也都撕掉了。

她咽了口气，用涂了红色指甲油的手抱住自己的头，边摇头边说："我不知道，他没有回家。"

"那个大猩猩进来跟你说了些什么？"

"没说什么，"她闷声说道，"门铃响后，我去开门。这个粗鲁的壮汉一进门就抓住了我，把我绑起来后问我的丈夫在哪里，我说我不知道，他就扇了我几耳光。但过了一会儿，他好像又相信我了，问我我丈夫为什么没有开车，我说他常常走去上班，从来不开车。然后他就坐在角落里，一动不动，也不说话，烟都没有抽。"

"他用了这个电话吗？"大·斯卑恩问道。

"没有。"

"你以前见过他吗？"

"没有。"

"穿衣服，"大·斯卑恩说，"你得联系一些朋友，后半夜去投靠他们。"

她盯着他，缓缓坐起来，揉揉自己的头发。

然后，她张开嘴巴，大·斯卑恩再次用力捂住她的嘴。“别喊，”他严厉地说道，“他不会有事的，但我猜如果他真的出事了，你也不会过于惊讶。”

女人推开他的手，起身离开床铺，走到柜子旁，拿出一品脱威士忌。她扭开瓶盖，直接喝起酒来。“没错，”她用自己中气十足的声音粗鲁地说道，“如果为了他妈的，一丁点儿工资，不得不整日给一大堆医生拍马屁，而且到头来几乎赚不了钱，你会怎么做？”

大·斯卑恩说：“我可能会调换血液样本。”

女人眼神空洞地看向他。他则看向我，耸了耸肩膀。“他可能会去卖毒品，”他继续说道，“不会卖很多，只会卖一点点，够过日子就行。”他轻蔑地环视着房间，“穿好衣服，女士。”

我们离开了房间，关上门。大·斯卑恩弯腰看“大下巴”，“大下巴”侧身子躺在地上，一直张着嘴呻吟，没完全失去知觉，但也不清楚周围是什么情况。大·斯卑恩仍然在大厅里，黯淡的灯光下弯着腰，看手掌里黏合剂结下的小块，突然笑起来。他骤然间把胶带贴在“大下巴”的嘴上。

“你觉得我们能让他走动吗？”他问我，“我他妈的才不想背他。”

“我不知道，”我说，“我只是你的帮手。要走去哪里？”

“去能听见鸟叫声，安静的山上。”他冷冷说道。

我坐在汽车脚踏板上，硕大的钟形手电筒挂在两膝盖间。电筒灯不太亮，但对大·斯卑恩而言，这样的灯光足够应付“大下巴”了。我们上方有一个带屋顶的蓄水池，地面就从那里延伸至一个深山峡谷。山顶上的两个房子距我们约半英里远，都是漆黑一片，唯有那天上的月光落在灰泥墙面上。山上很冷，但是空气清新，空中的星星好似一块块抛过光的铬。海湾城上轻轻的薄雾貌似隔得很远，好像在另一个小县一样，但实际上开车十分钟就可以到了。

大·斯卑恩脱下外套，卷起袖口，露出手腕。他毛发稀疏的臂膀在模糊的强光下显得很粗壮。

他的外套放在他和“大下巴”之间的地面上，枪装在皮套里，丢到外套上，枪柄对着“大下巴”。这件外套不在正中间，因此，他们两人之间有一小块空地，细碎的月光照在沙砾上。枪放在“大下巴”的右边，大·斯卑恩的左边。

在一阵漫长、只闻呼吸声的沉默过后，大·斯卑恩说道：“再试试。”他说得很随意，好像正在同玩弹球的人说话。

“大下巴”的脸上有一大片血，我看不清是不是红色的，但是我之前把手电筒的光打在他脸上几次，知道上面有血迹。他的手没有被绑起来，大·斯卑恩之前踹在他腹股沟上的一脚也是很久之前发生的了，疼痛感理应退去不少。他发出聒噪的声音，陡然间翘起左髋骨，重心落在右膝盖上，迅速去抢那把手枪。

大·斯卑恩一脚踢在了他脸上。

“大下巴”滚回到沙砾上，用两只手抓自己的脸，隔着手指失声恸哭。大·斯卑恩走到他身边，踢了踢他的踝关节，“大下巴”便又号叫起来。大·斯卑恩走回放外套和手枪的位置边。“大下巴”稍稍滚动了一下，跪在地上摇了摇头。他的脸上落下几颗硕大的东西，砸到碎石地面。接着，他慢慢站起来，有一点驼背。

大·斯卑恩说道：“站直啊，你很了不起啊，有万斯·康里德给你撑腰，他有财团撑腰，说不定安德斯警长都给你撑腰。我只是个讨厌的警察，没有靠山。来啊，我们来演一出戏吧。”

“大下巴”一个猛冲，要去抢那把枪。他的手碰到了枪柄，然而碰到后枪转了一圈。大·斯卑恩走过去，脚后跟用力踩在他手上碾轧。“大下巴”大声嚷嚷。大·斯卑恩往后一跳，懒洋洋地说道：“你根本不是我的对手啊，你说是吗？甜心。”

我粗声粗气地说：“天啊，你为什么不给他说话的机会？”

“他不想说话，”大·斯卑恩说，“他不是那种话多的人，他可是个硬汉。”

“好吧，不如直接杀了这个可怜的魔头。”

“想都别想，我又不是那种警察。嘿，莫斯，这家伙觉得我是个虐待狂，经常用铅管揍人，缓解神经性的情绪起伏。你不会让他这么想的，对吗？这是一场公平的格斗，我比你轻二十磅。看，枪在那边。”

“大下巴”喃喃道：“如果我拿了枪，你的朋友会一枪崩了我的。”

“不可能。来吧，大家伙，再比一轮，你还留了几手吧。”

“大下巴”摇摆着身子再次站起来，速度慢得跟爬墙似的，一手抹掉捡上的血。我感到头痛，胃里一阵恶心。

“大下巴”忽地踢出右脚，风驰电掣间，大·斯卑恩抓住空中向他袭来的脚，后退几步。他把“大下巴”的腿拉直后，被拉的这位彪形大汉晃动起另一只腿以保持平衡。

大·斯卑恩健谈地说道：“我刚才的反应没什么不妥。你手套里多半是手枪，我一把都没有。没想到我会这样冒险吧，看看你在这场较量中落到什么境地了。”

他用两手扭转“大下巴”的双腿，眼看大下巴似乎要腾空而起，跌到一旁的身体，眼看“大下巴”的肩膀和脸摔到地上，他却紧抓“大下巴”的腿不放，继续转动。“大下巴”开始拍打地面，发出如动物般刺耳的叫声，头磕在沙砾上，人都快要窒息。他猛地拧了一把“大下巴”的腿，“大下巴”大声尖叫，声音如同床单被撕碎了一般。

大·斯卑恩身子向前，踩在“大下巴”另一只脚的踝关节上，使出浑身力气挤压他握在手中的那只脚，拉扯手中的腿。“大下巴”喘着粗气，同时大声号叫，像一只魁梧年老的大狗在狂吠。

大·斯卑恩说：“别人要是像我这样做，可是有钱拿的。不是几分钱，而是真正的大钱。我应该调查调查。”

“大下巴”喊道：“让我起来！我说！我说话！”

他把“大下巴”的腿又拉开了一些，动了一下“大下巴”的脚，“大下巴”便瞬间瘫软下去，如一只不省人事的海狮。这让大·斯卑恩的步履变得蹒跚起来，“大下巴”的另一只腿瘫在地上后，大·斯卑恩眩晕着走到一旁，然后，从口袋里掏出一块手帕，缓缓擦拭自己的脸和手。

“绣花枕头，”他说道，“他喝太多啤酒了。可能因为经常开车吧，这家伙，看上去倒挺健康。”

“他可以拿枪。”我说。

“这是个办法，”大·斯卑恩说，“我们得让他保有自尊。”

他走上前，往他的肋骨上踢。踢了三下后，“大下巴”开始哼叫起来，原本黯淡的眼睛泛起光亮。

“起来，”大·斯卑恩说，“我不会再伤害你了。”

“大下巴”花了整整一分钟才站起来。在饱受一番摧残后，他的嘴卖力张开，这使我想起另一个男人的嘴，于是，我对他的同情立刻烟消云散了。他双手在空中挥舞，想找东西倚靠。

大·斯卑恩说：“我的这位朋友说，没有枪，你就是个软蛋。我可不希望你这样强壮的男人只是个纸老虎。那么，随意使用我的枪吧。”他把皮套轻轻一踢，皮套便滑到外套边，“大下巴”的脚下。“大下巴”弓着肩膀往手枪那儿看。他的脖子再也弯不了了。

“我会说话的。”他咕哝道。

“没有人要你说话，我命令你把手里的枪拿稳。别逼我撂倒你了才肯听话。看，你手里的枪。”

“大下巴”蹒跚地跪下，两手轻轻叠放在枪柄处。大·斯卑恩面不改色地看着他。

“好啊。你现在有枪，又成了个硬汉，能干掉更多女人了。把枪从里面拿出来。”

“大下巴”艰难又缓慢地把枪从皮套里抽出来，跪在地上，双手悬在两腿之间。

“什么？你一个人都不杀？”他嘲弄道。

“大下巴”丢掉枪，啜泣起来。

“嘿，你！”大·斯卑恩朝他吼道，“把枪干干净净地放回原处，就像我自己平时保存的那样。”

“大下巴”的手探了探枪的位置，拿到后慢慢推进皮护套里。这个动作耗费了他仅剩的力气，随后，他直直倒向前方，脸栽到皮套上。

大·斯卑恩用胳膊将他提起，踢他的背，拾起地面上的皮套。他用手摩挲枪柄，把皮套捆上自己的胸膛，接着捡起外套穿上。

“现在，我们要让他和盘托出，”他说，“我不相信我们能让一个不想开口的人说话。有香烟吗？”

我左手伸进口袋，掏出烟盒，抖出一根烟，把烟盒递给他。我按下大手电筒的开关，照亮香烟，还有他伸过来拿烟的粗手指。

“我不需要光，”他说。他摸索着找出一根火柴，划亮火柴，点燃香烟，细细品味。我又熄掉手电筒，大·斯卑恩往山下看，看向大海，海滨的曲线，亮着光的码头都一览无余，“上面的风景比较好。”他又说了一句。

“冷。”我说，“哪怕在夏天也是如此。我想喝一杯。”

“我也是。”大·斯卑恩说，“一喝酒我就不想工作了。”

8. 打针人

大·斯卑恩在内外科大楼前停了车，抬头仰望六楼亮着灯的窗户。这幢楼房设计了一连串散热翼，因此每个办公室都有部分空间向外突出。

“天哪，”大·斯卑恩说，“他现在正在楼上，我猜他从来不休息吧。你看看街道边停的汽车。”

我走下车，步行到大楼的大厅入口旁，漆黑的药店前面。一辆黑色长轿车正好停在停车处的对角线位置，好像不是在凌晨三点停过来的，而是大中午就到这里了。

轿车前面的牌照边上有一个医生的徽章，徽章上刻有希波克拉底的手杖和缠绕在上面的蛇。我把电筒探进车子里，照亮证件，看到车主姓名的一部分，又关上手电筒，走回去找大·斯卑恩。

“核对无误，”我说，“你怎么知道那是他办公室的窗户？这么晚了，他会在这儿干什么？”

“摆弄他的小针头，”他说，“我监视过他，所以我知道。”

“为什么监视他？”

他看着我，什么也没说，转过头看车子的后座。“你还好吗，伙计？”

我听到一个厚重的声音，似乎是从汽车里的地毯下传出的一样。“他喜欢开车，”大·斯卑恩说，“这些狂野的家伙都喜欢开车四处转悠。好吧，我先把这辆车藏到小巷子里，然后再一起上去。”

他没有开车灯，直接开车转到大楼的角落处，汽车发出的声响也消失在月色和黑暗中。街道对面是一排高大的桉树，周围有一大块公用网球场。海藻的味道沿着林荫大道，从海边飘来。

大·斯卑恩回到大楼的角落里，我们俩一起走回这个紧锁的大厅门前，敲了敲厚厚的玻璃窗。在一个大青铜邮箱后有一台运营的电梯，远远地发着光。一个老男人从电梯里走出来，走在门前的走廊上，手里拿着钥匙，站着看我们。大·斯卑恩举起他的警徽，男人斜眼看了一眼，一言不发地打开门，等我们进门后又关上。他往回走在走廊上，走到电梯门前，重新调整椅子上的手工坐垫，调整口中的假牙问我们：“你们想干什么？”

他的脸形长，面部阴郁，即使什么话都不说，看上去也满是怨气。

他的裤子翻边处磨损了，脚上的黑鞋子也磨坏了后跟，能清楚地看到他患了拇囊炎。他穿的蓝色制服有些大，看上去像待在马厩里的一匹马。

大·斯卑恩问：“奥斯特瑞恩医生在楼上，难道不是吗？”

“这可吓不到我。”

“我没有吓你，”我说，“想吓你的话我就穿粉色紧身裤袜了。”

“对，他在楼上。”老人坏心眼地说道。

“你上次见到格雷布是什么时候？那个四楼实验室的男人。”

“我没有看到他。”

“你什么时候过来的？波普。”

“七点。”

“好吧，带我们去六楼。”

这位老男人飞快地关上电梯门，电梯慢慢升到六楼，他又小心翼翼地火速打开门，像一块灰色的浮木一样坐在那儿。

大·斯卑恩抬手接过老男人挂在脖子上的钥匙。

“嘿，你不能这样做。”老男人说道。

“谁说我不能了？”

老男人愤怒地摇头，一言不发。

“你几岁了？波普。”

“快满六十了。”

“六十才怪。你现在都到多汁的七十岁了吧？你到底怎么拿到电梯许可证的？”

老男人没有任何回应，咬了咬自己的假牙。“这样更好，”大·斯卑恩说，“还是像这样一言不发吧，所有事儿就都不会泄露出去了。下楼，波普。”

我们走出电梯，电梯在密闭的竖井里静静地下落。大·斯卑恩看着走廊，摇了摇挂在钥匙环上的万能钥匙。“现在听好了，”他说，

“他的套房在最后面，有四个房间，其中一个会客室是由一个办公室一分为二后改装而成的，另一个会客室属于临近的住户。除了接待室，在大厅墙内有一道狭窄的走廊、两个小房间和医生的卧室。明白了吗？”

“明白。”我说，“你打算怎么做？盗窃？”

“在他妻子死后，我派人监视他一段时间了。”

“真遗憾，你怎么没派人监视办公室里的红发护士。”我说，“她就是今晚被杀害的那个女人。”

他面无表情，睁着自己深邃的黑眼睛，缓缓看向我。

“或许我会这样做，”他说，“如果我有机会的话。”

“见鬼，你连她的名字都不知道，”我说着，盯着他的脸，“这还得我告诉你。”

他仔细思考了我说的话，“好吧，我估摸着我看她穿白色的护士服，和看她死后一丝不挂地躺在床上的样子，没反应过来是同一个人。”

“当然。”我说着，依旧盯着他看。

“好的，你现在去敲医生办公室的门，从末端往旁边数，第三扇门。他一开门，我就潜入会客室，进去后就能把他说的话听得一清二楚了。”

“听上去是可行的，”我说，“但我有种不祥的预感。”

我们走在走廊上。实木材质的门都安装得很严实，透不出一点光来。我把耳朵贴在大·斯卑恩刚才说过的那扇门上，听到里面传出细微的响动。我向走廊末端的大·斯卑恩点了点头。他缓缓把万能钥匙塞进锁里，我用力拍门，看着他进门。他完全消失在我的视野后，在他身后的门紧接着关上了。我又继续拍打我身前的门，突然间，门开了，一个高大的男人站在距离我一英尺的地方，吊灯的光洒在他惨淡的沙色头发上。他身着衬衣，手里提着一个扁平的皮箱。他身形十分瘦削，暗褐色的眉毛，心事重重的眼睛，修长漂亮的双手，悉心修剪打磨过的指甲，指尖不锐也不长。

我说：“你是奥斯特瑞恩医生吗？”

他点点头，喉结在自己精瘦的喉咙里缓慢游离。

“我这个时间前来拜访有些滑稽，”我说，“但要在平时遇到你很困难。我来自洛杉矶，一个私家侦探，受哈里·马特森委托。”

他要么真的毫不意外，要么太擅长掩藏自己的情绪，这句话对他一点影响都没有。他的喉结又转了一会儿，拿着皮箱的手移动了一下，有些茫然地看了眼皮箱后便往回走。

“我现在没空和你聊天，”他说，“你明天再来。”

“格雷布也这样跟我说。”我说。

听到这句话，他大吃一惊。他既没有尖叫，也没有瘫软在地上，但我能看到这句话刺激到了他。“进来。”他声音浑厚地说道。

我走进屋子，他关上门。屋子里有一张黑玻璃桌。铬制的椅子上铺有粗羊毛垫。旁边房间的门半开着，里面漆黑一片。我看到铺在检查台上的白色床单，还有检查台底部类似马镫的东西。我没有察觉到那个方向有什么动静。

黑色玻璃桌上有一块干净的毛巾，毛巾上面有一打皮下注射器，墙边有一个正在工作的电动消毒柜，里面一定还有一些针头和注射器。我走上前，观察这个消毒柜；这位身材高大、指甲细长的男人走到自己桌子后坐下。

“来这里打针的人可真多。”我说，抽出一张离桌子最近的椅子。

“你来这里干什么？”他的声音依旧沉重。

“关于你妻子被谋杀的事儿，我能帮上忙。”我说。

“你真善良，”他淡定地说道，“帮什么忙？”

“或许我可以告诉你凶手是谁。”我说。

他的神情古怪失常，似笑非笑地露出自己的牙齿。然后，他耸耸肩，说话的语气平淡无奇，就好像我们在讨论天气一样。“你人真好。

我以为她是自杀，验尸官和警察也似乎都和我想法一样。不过当然，一个私家侦探……”

“格雷布可不这样想，”我没有刻意说出真相，“这个化验员把你妻子的血液样本换成了沾染一氧化碳的样本。”

他暗褐色眉毛下的双眼遥远，深邃而哀伤，他不动声色地看着我。“你没有见到格雷布，”他说，声音中似乎饱含窃喜，“我碰巧知道他中午去了东边，他的父亲在俄亥俄州去世了。”他站起身来，走向电动消毒柜，切掉电源，又走回椅子边，打开扁平的烟盒，抽出一根叼在嘴里，把烟盒推到我面前。我也抽出一根烟，斜眼看向那边漆黑的检验室，但和上次一样，什么都没有看到。

“真有趣，”我说，“他的妻子都不知道这回事，“大下巴”也不知道。“大下巴”今晚把她绑在床上，和她一起等格雷布回家，想等他回来后干掉他。”

奥斯特瑞恩医生此刻茫然地看着我，手在桌子里面摸索火柴，接着打开侧边抽屉，抽出一把白色手柄自动小手枪，握在手中拿好。然后，他用另一只手把火柴盒扔给我。

“你不需要这把枪，”我说，“我们只是做一笔交易，你不会吃亏的。”

他拿走嘴里的烟，扔在桌子上。“我不抽烟，”他说，“只是保持一下必要的姿态。我很高兴听你说不用掏枪，但我宁愿拿在手里用不上，也不要在该用的时候拿不到。现在可以说了，“大下巴”是谁？在我报警之前，你还有什么其他重要的事要对我说？”

“我来告诉你，”我说，“我来这儿就是想告诉你，你的妻子在万斯·康里德俱乐部玩了很多次轮盘，你靠那么多小针头赚的钱，都快被她输光了。还有传言她和康里德的关系非比寻常。你整晚不在家，忙得尽不到她丈夫的责任，可能不在意这件事。但是你应该很喜欢钱，不然不会为了钱做这么冒险的事儿。我等会儿再说这个话题。”

“你妻子死亡的那个晚上，在康里德俱乐部里变得歇斯底里，有人派你过去，你给她的胳膊打了一针让她安静下来。康里德送她回家后，给你办公室的护士，海伦·马特森——马特森的前妻打了电话，让她云你家确保妻子的状态。之后，马特森在车库发现她死在车下，他联系了你，你联系了警长。然后，人们便对这件事绝口不提，如一个善于表达的南方议员突然间保持缄默，不再要求属于自己的权利。但是第一目击者，马特森的手里有些把柄。不过他没能幸运地把这个把柄兜售给你，毕竟你低调行事，胆量惊人，而且你的朋友，安德斯警长可能告诉过你，他的所见所闻构不成证据。所以马特森想着法子要敲康里德的竹杠，因为他揣测，如果这个案子在严苛的大陪审团加入之前就公开审理的话，康里德的赌窝铁定脱不了干系，如此一来，康里德的店只能关门大吉，他身后的股东们也会痛恨他并且撤资。”

“所以康里德不喜欢马特森的如意算盘，要一个名叫莫斯·洛伦兹的家伙提防马特森。他是市长现在的司机，也是康里德曾经的左膀右臂，我叫他‘大下巴’。马特森丢了执照，被赶出海湾城。不过他也有自己的脾气和贪婪，抢劫了一家洛杉矶的公寓后，还是没有放弃尝试。然而公寓里的经理知道了他的来头——我不明白他是怎么知道的，但洛杉矶的警察会查明这一切，将他一军。今天晚上“大下巴”云了城里，杀害了马特森。”

我没再说下去，看着这个高瘦的男人。他的表情波澜不惊，眼睛眨了数次，翻转手中的手枪。办公室里十分安静，我用心聆听隔壁房间的呼吸声，但什么也听不到。

“马特森死了？”奥斯特瑞恩慢条斯理地问我，“我希望你一定不要把我和这件事儿联系起来。”他脸上泛起微弱的光。

“嗯，我不知道。”我说，“格雷布是你整个部署中最弱的一环，有人派他今天出城——要足够快，赶在马特森被杀之前，可能就是在中午吧。也许有人给了他钱，因为我看过他住的地方，环境不怎么好。”

奥斯特瑞恩医生迅速说道：“康里德，去他妈的！他今早给我打电话，告诉我格雷布出城了。钱是我给的，但是……”他停止了说话，看上去在生自己的气，然后又往下看手里的枪。

“但你不知道发生了什么事情。我相信你，医生，我真的相信你。把枪放下，可以吗？放下一会儿就好。”

“你继续，”他紧张地说道，“继续说你的故事。”

“好吧。”我说，“还有更多呢。首先，洛杉矶的警察发现马特森的尸体，但他们在明天之前是赶不到这儿的，原因有两个：一、天色已晚；二、当他们把所有故事串在一起后，就不再想破这个案了。康里德俱乐部在洛杉矶市内，大陪审团平常爱去那儿玩。他们会抓住莫斯·洛伦兹，莫斯将避重就轻地认罪，在昆廷监狱坐几年牢。法律要有约束力，就会以这种方式惩罚过错。其次，我要说的是，我怎么知道是“大下巴”所为的。是他告诉我的。我和一个朋友去找格雷布，发现“大下巴”蹲坐在黑暗中，把格雷布夫人严严实实地用胶带束缚在床上。我们把他带上了山，踢了他几脚后他就道出了真相。我挺为这个穷小子遗憾的，杀了两个人，一分钱都没得到。”

“两个人？”奥斯特瑞恩先生不可思议地问我。

“我过会儿再跟你说这个。现在你知道我的立场了，马上就归你告诉我，是谁杀害了你的妻子。有趣的是，我会相信你说的话。”

“我的天啊！”他轻声说道，“我的天！”他拿起枪对准我，但我还没来得及躲开，他就在顷刻间丢掉了手枪。

“我是个奇迹，”我说，“我是著名的美国侦探——不收钱的那种。我从没有跟马特森交谈过，尽管他想雇我。现在我将告诉你他有你的什么把柄，你妻子怎么死的，你为什么没有杀了她。像维也纳警察一样，从细枝末节开始交代。”

他并不诧异，静止的嘴里发出一声叹息。他的脸惨白苍老，黯淡的沙色头发盖在自己瘦弱的头骨上。

“马特森有一只你名下的绿色天鹅绒舞鞋，”我说，“是你妻子在好莱坞的弗斯科勒专门定制的，鞋子上有她的电话号码尾数。鞋子全新，没有丝毫磨损痕迹，他们给她做了两双一模一样的鞋。马特森发现她时，她的脚上穿了一只绿色舞鞋。你知道他是在哪里发现她的——车库的地面。要从那里去房子的侧门，必经一条混凝土小道。所以她不可能是穿那双鞋子走过去的，而是被别人抬过去，被人谋杀。不管是谁给她穿的舞鞋，他拿到的都是一只新鞋和一只旧鞋。马特森发现后偷走了其中一只。当你派他进屋给警长打电话时，你偷偷溜到车库，拿出另一只她已经穿过的舞鞋，穿在她的脚上。你知道马特森一定偷走了一只鞋，我不清楚这件事你有没有告诉过任何人。对吧？”

他把头埋低了半英寸，身体轻微地颤抖起来，但握住骨柄自动手枪的手并没有颤抖。

“下面说说她是怎么被谋杀的。格雷布是某人的心腹之患，这证明了你的妻子不是死于一氧化碳中毒。她被放在车子底下的时候，就已经死了。我猜她死于吗啡，我承认这是一个大胆的假设，因为唯有这个死亡原因会迫使你包庇凶手。对于手头有吗啡，且有机会用到吗啡的人而言，置她于死地毫不费力。他们只需要在你给她注射吗啡的当晚，当场再注射一次致命的剂量就可以了。然后你回到家里，发现她已经死了。你必须为凶手做掩护，因为你做的就是吗啡生意。”

他此刻朝我微笑，嘴角泛起的笑意有如挂在天花板上的蜘蛛网一样微弱，他甚至不知道自己笑了出来。“我对你所说的很感兴趣，”他说，“我想我会杀了你，不过你的确吸引了我的注意力。”

我用手指着电动消毒柜：“在好莱坞有二十来个像你这样给人打针的医生，每晚提着皮箱四处奔波，皮箱里装满上了药水的注射器，用来给瘾君子和醉汉打针，让他们暂时摆脱疯癫。他们中偶尔有人变成瘾君子，就会有麻烦出现。如果你没有照看好他们，也许你注射过的大多数人都会坐牢，或者进精神病院；如果他们有工作，也必然会失去工作，他们中有部分人从事的还是体面的好工作。但这些后果对你而言也有危险，因为但凡有人落魄，他都可以赖着联邦政府来调查你，一旦他们开始调查你的病人，发现谁愿意揭露你，你就完了。你努力想要自保，但是部分麻醉剂并不是通过合法渠道所得的，我推测康里德为你搞定了部分药品的货源，所以你愿意让他夺走你的妻子，拿走你的钱。”

奥斯特瑞恩近乎毕恭毕敬地对我说：“你没有隐瞒太多吧，是吗？”

“我为什么要隐瞒？这只是男人间的谈话，我无法证明自己所说的一切。马特森偷走的那只鞋可以证实自己的清白，但是在法庭上算不上证据。即便把格雷布送上法庭做证，任何一个辩护律师都可以像耍猴儿一样地对付他。只是你要想保留自己的行医执照的话，可能要大费钱财。

“所以我最好现在就给你一部分钱，对吗？”他语气轻飘飘地问道。

“不，用你的钱给自己买份人身保险吧。我还有一点没有说完，就我们两个男人站在这儿，你承不承认，是你杀了自己的妻子？”

“我承认。”他回答得直截了当，好像我刚才不过在问他有没有香烟。

“我猜到了你会承认的。”我说，“但你没必要这么做。你知道那个聚会确实害你妻子丧了命，因为你妻子当时挥霍无度，惹怒了其他玩乐的人；你妻子也知道马特森了解的事情，想凭一己之力敲诈康里德。于是，某个女人被干掉了——昨晚，在布雷顿大道上，你无须再掩护那个女人。我看到了她壁炉架上的照片——‘给你我全部的爱——利兰’。照片被我藏了起来，你别再包庇她。海伦·马特森已经死了。”

枪声响起，我往旁边走开，离开自己的椅子。我之前还在想，他应该不会向我开枪，虽然只是自欺欺人，但我还是不太相信他刚才朝我开了枪。椅子翻了，我的手和膝盖撑在了地上，接着，一声更大的枪声从放诊疗台的黑房间里传来。

大·斯卑恩走出门，硕大的右手持着他那把冒烟的警用枪支。“男孩儿，刚才是枪声吗？”他站在那儿，咧嘴笑着说道。

我站起身来，朝桌子对面看过去。奥斯特瑞恩医生在那儿纹丝不动地静坐着，左手托住右手，轻轻摇摆。他手里没有枪，我沿地板看，发现他的枪在桌子的一个角落处。

“天啊，我都没有想要打他，”大·斯卑恩说道，“我只是打那把枪罢了。”

“你真幽默，”我说，“设想一下，如果他要打的是我的脑袋呢？”

大·斯卑恩平静地看着我，脸上留下一抹笑。“我会告诉别人是你自找的。”他怒气冲冲地问我，“跟我隐瞒那只绿色舞鞋的事，你是怎么想的？”

“我厌倦了做你的傀儡，”我说，“想自己搞出点名堂。”

“你说的那些是事实？”

“马特森有一只舞鞋，这绝对能说明些什么。既然我已经串起了这些故事，我想这些都应该是事实。”

奥斯特瑞恩缓缓从自己的椅子上起身，大·斯卑恩晃着手里的枪指向他。这个瘦削憔悴的男人慢慢摇头，走到墙边，靠在墙上。

“我杀了她，”他的声音死气沉沉，对自己说道，“不是海伦的错，是我杀了她……报警吧。”

大·斯卑恩面部扭曲，弯腰拾起那把骨柄手枪，扔进自己的口袋，把自己的枪放回胳膊下，坐在桌子上，将电话拉到自己面前。

“我要踢重案组警长出局，拭目以待。”他慢条斯理地说。

9. 有勇之士

小个子警长跳着进门，帽子倒扣在脑袋上，两手插在一件湿了的薄外套口袋里，放在衣服右手口袋里的那只手，看上去好像握着什么又大又重的东西。在他身后有两个便衣警察，其中一个人是威姆斯，那个在河鼓大道上尾随我、身材矮胖的肥脸男人。肖蒂，那个我们在阿尔圭洛大道上丢掉的，穿制服的男人站在最后。

安德斯警长进门后走了几步便停了下来，不满地朝我笑了笑。“听说你在镇上玩得特别开心。威姆斯，把他的手铐起来。”

肥脸男人在他身边踱步，从左臀口袋里掏出手铐，油腔滑调地说道：“很高兴再次见到你——出丑的样子。”

大・斯卑恩靠在检查室门边的墙上，嘴里叼一根火柴，静静地在一旁看着。奥斯特瑞恩医生又坐回自己的座位，双手抱头，眼睛盯着黑色桌面，还有桌子上包在皮下注射器外的毛巾、黑色的小万年历、钢笔和英雄人物的小装饰品。他面如死灰，一动不动地坐在那儿，似乎呼吸都停止了。

大・斯卑恩说：“别这么着急，警长。这小子有些朋友今晚在洛杉矶，调查马特森的谋杀案。这个小记者的姐夫是个警察，你不知道吧。”

警长下巴微微动了一下。“稍等，威姆斯。”他转过身看大・斯卑恩，“你是说他们知道海伦・马特森是在镇里被杀的？”

奥斯特瑞恩医生的脸猛地抽动，变得憔悴又扭曲，整个脸都塌在手上，长长的手指包住自己的一整张脸。

大・斯卑恩说：“警长，我说的是哈里・马特森。他今晚，不，按现在的时间看是昨晚，在洛杉矶被莫斯・洛伦兹杀害。”

警长抿着嘴，似乎快要把自己的下唇咬进嘴里。他问我：“你怎么知道的？”

“我和这个私家侦探拦截了莫斯。他开始躲在一个名叫格雷布的男人家里，格雷布就是处理奥斯特瑞恩血液样本的化验员。他躲在那儿，是因为似乎有人准备公开奥斯特瑞恩的死因，让市长重视这里的变化，吸引市长在鲜花的簇拥下前来演讲。如果格雷布和马特森一家人没有受到关注，事情很可能会这样发展。看样子，尽管马特森夫妇离了婚，还是合作起来要敲诈康里德一把，最终被康里德干掉了。”

警长转过头，对他的助手怒吼道：“滚到大厅去等我。”

那位我不认识的便衣男人打开门便出去了，威姆斯犹豫片刻后紧随他的脚步。肖蒂的手正要推门时，大·斯卑恩说：“我想要肖蒂留下。肖蒂是个体面的警察，与那两个最近和你同流合污、贪污受贿的警察不一样。”

肖蒂松开门，走到一边靠在墙上，捂着嘴笑。警长脸色突变，吼叫道：“谁让你负责布雷顿大道的死亡案了？”

“我自己安排的，警长。那天电话接通后差不多一分钟的时候，我在侦探办公室里，和康里德一起。他还叫上了肖蒂，那时我和肖蒂都已下班。”

大·斯卑恩咧开嘴，冷冰冰，又懒洋洋地笑着，这既不是被人逗乐，也不是扬扬得意，只是一个简单的咧嘴笑。

警长火速从外套口袋掏出手枪，这是把长一英尺的正规单发左轮手枪，他的握枪姿势看上去很娴熟。他严肃地问道：“洛伦兹在哪儿？”

“他躲起来了，但我们随时可以叫他过来见你。我不得不让他吃了点苦头，他才说话。就是这样。侦探先生？”

我说：“他说了些不知真假的话，但也算是在合适的地方发声。”

“我就喜欢听别人这么说话，”大·斯卑恩说，“警长，您不该把自己的精力浪费在这件凶杀案上。您手下那些小兵小将只会到处奔走，除了去公寓现场，敲诈一个人住的女性，一点警察的工作都不会做。现在，您把任务交给我，给我派八个帮手，让我来展示一下正经的警察工作是什么样的。”

警长低头看自己手里的大枪，又看看奥斯特瑞恩医生埋下的头。“那么，是他杀了自己的妻子，”他语气温和地说，“我猜到有这个可能，但是不相信他会这么做。”

“现在别信，”我说，“海伦·马特森杀了他的妻子，他自己是知道的。他替她隐瞒，你替他隐瞒，但他现在还是愿意掩护她。爱情对于某些人而言就是如此。警长，在这个镇上，一个女孩杀了人，会把自己的朋友和警察都牵扯进来，让他们替自己掩盖真相，然后着手敲诈那些帮她摆脱麻烦的人。”

警长咬了咬自己的嘴唇，目露凶光，但是他依旧在仔细思考。“难怪她被除掉了，”他轻轻说着，“洛伦兹……”

我说：“好好想想，洛伦兹并没有杀海伦·马特森。他说他杀了人，但那是大·斯卑恩下手太重，打得他受不了了才承认的，那种时候，问他麦金莱是不是他杀的，他都会承认。”

大·斯卑恩挺了挺靠墙的身子，两手懒洋洋地插在西装口袋里，双腿叉开，帽子下露出一缕黑发。

“哈？”他近乎温柔地问道，“怎么回事？”

我说：“洛伦兹没有杀海伦·马特森，原因有几个。第一，杀人这种麻烦事，超出他的心理承受能力，他最多将她打晕。第二，他不知道万斯·康里德暗中通知了奥斯特瑞恩医生，悄悄地要格雷布离开了小镇。现在，万斯·康里德已经北上，自己有充足的不在场证明。如果洛伦兹连这些都没有了解清楚，他必然不知道海伦·马特森的任何事情。尤其要说明，海伦·马特森只是努力想找康里德，但从没有真正当面对峙过。海伦·马特森告诉我她醉了，说的都是实话。康里德才不会那么傻，冒险派一个被她的邻里看一眼就能记住的打手去她的公寓，将她打晕。在洛杉矶杀掉马特森又是另一件事儿了，那儿离这里相当远。”

警长坚定地说道：“康里德俱乐部在洛杉矶。”

“名义上是这样，”我承认道，“但是从地理位置和客户群体来说，这个俱乐部就在海湾城外，是海湾城的一部分，还帮助运作这座城市。”

肖蒂说：“这可不是同警长说话的态度。”

“别理他，”警长说道，“我已经很久没有听到别人这样同我说话了。”

我说：“你问问大·斯卑恩，是谁杀的海伦·马特森。”

大·斯卑恩笑起来，声音刺耳。他说：“当然，我杀的她。”

奥斯特瑞恩医生的脸从手上挪开，缓缓转过头来看他。医生的脸毫无生气，面如死灰，和那个面无表情的大个子警察一样。然后，他伸出手，打开桌子的右手边抽屉。肖蒂弹出自己的手枪说道：“住手，伙计。”

奥斯特瑞恩医生耸耸肩膀，悄悄从抽屉里拿出一瓶酒，酒的宽瓶口上塞着一个玻璃塞。他扭出玻璃塞，举起酒瓶凑到自己鼻子前。“我只闻闻味道。”他没精打采地说。

肖蒂放松下来，枪扔进自己的口袋。警长盯着我，咬了几下嘴唇。大·斯卑恩两眼空空，什么也没看，优哉地咧着嘴笑。

我说：“他觉得我在开玩笑，你觉得我在开玩笑。但是我并没有说笑。他认识海伦，熟悉到给她的镀金香烟盒上都有自己的照片。我看到过，是一张做工一般的手工着色照片，在那之前我只见过他一次。她告诉我，照片上是一个断绝了关系的老相好。后来我才想起来照片上的人是谁。但是他隐瞒了认识她的事实，今晚的诸多表现也不像一个警察应有的。他带我摆脱麻烦，和我一起奔波，不是为了做一个好警察，而是想查明在当我出现在总部楼下时，已经了解了什么情况。他把洛伦兹打个半死，也不仅仅是为了逼他说出真相，而是想要洛伦兹说出自己想听到的话，包括承认自己杀害了海伦·马特森，这个洛伦兹压根不认识的女孩。”

“谁给总局打了电话，禀告凶杀案？大·斯卑恩。谁在之后立马走进来，着手调查？大·斯卑恩。谁在嫉妒和狂怒之中抓花了女孩的身体，只因她为了更好的前程抛弃他？大·斯卑恩。哪个警察无所不能的右手指甲里还残留血迹和表皮？大·斯卑恩。来看看，我留下了一些。”

警长的头好像在枢轴上一样，慢慢转过来。

他吹了一声口哨，其他帮手便回到房间里。大·斯卑恩没有走动，残存的些许笑意静止在了脸上，这个空洞的笑容不代表什么，看上去好像永远不会消散似的。

他安静地说道："我还以为你是我的朋友。好吧，侦探，我要说明一下，你的想法很疯狂。"

警长突然说道："这说不通啊。如果真的是大·斯卑恩杀了她，那么他就是努力要陷害你的人，但后来他又帮你逃脱了陷阱。这是怎么回事呢？"

我说："听我说。你可以调查出大·斯卑恩有多了解这个女孩；调查出他今晚的多少时间没有说明，并要他解释清楚；检查他手指甲里是否有血液和表皮，细致地查出这些血液和皮肤是否属于那个女孩，这些痕迹是不是在他打洛伦兹、打任何人之前就已经出现了。他没有抓洛伦兹的身体。这一切是你需要知道，也能使用到的证据——除了认罪，我想你是得不到他的供认的。"

"至于陷阱，我认为大·斯卑恩是随女孩去的康里德俱乐部，也可能是他知道她去了那儿后，自己去的。他看到她和我一起走出酒吧，我带她坐上我的车后，十分生气，于是用电棒击晕了我。女孩见状十分害怕，不得不帮他把我送到她公寓里面。这些我一点都不记得，要是能记得就好了。他们以某种方式把我送上楼，之后他们俩打了一架。大·斯卑恩把她打倒在地，接着蓄意谋杀了她。他愚蠢地想让她看上去是被人先奸后杀，而我就是那个替罪羔羊。之后，他溜之大吉，报警，主动参与调查。我没有在那儿被抓住，在碰到他们之前逃出了公寓。"

"这时他才意识到自己做了件蠢事儿。他知道了我是洛杉矶来的私家侦探，同多利·金凯德谈过话，从他认识的那个女孩口中得知我要去见康里德。他也许轻而易举地知道了我对奥斯特瑞恩的案子怀有兴趣，于是，他一路跟随我，认真协助我调查，听了我的故事，给自己找到一个比我还合适的，杀死海伦·马特森的替罪羊，把那场愚蠢的表演变成一出巧妙的好戏。”

大·斯卑恩没有声调起伏地说道：“我马上接他说的话解释解释。可以吗？警长。”

警长说：“再等一分钟。究竟是什么让你怀疑大·斯卑恩的？”

“他指甲底下的血和表皮，他对待洛伦兹的粗鲁方式，那个女孩告诉我他们曾恋爱过，他却装作不认识她的事实。我还需要什么别的线索？”

大·斯卑恩说：“这个。”

他从口袋下，用那把从奥斯特瑞恩医生手中抢过来的骨柄手枪朝我开枪。从口袋底下开枪需要一个普通警察所不具备的经验。这颗子弹打到我头上一英尺的地方，我一屁股坐在了地上。奥斯特瑞恩医生迅速站起身来，那只拿棕色敞口大酒瓶的右手挥向大·斯卑恩的脸。一股无色液体溅到他的脸上，灼伤他的脸，换作其他人一定会失声尖叫。大·斯卑恩的左手在空中挥动，口袋里的枪又响了三下，奥斯特瑞恩医生便随之摔到桌角对面，重重倒在地上，离得很远。枪声依旧不断。

房间里的其他男人通通跪在了地上，警长匆匆亮出自己的单发左转手枪，往大·斯卑恩的身体上开了两枪，这把枪一枪就能致命。大·斯卑恩的身体蜷在空中，像保险箱一样重重栽在地上。警长走上前，跪在他身旁静静看着他。他站起身，回到桌子边后又走到奥斯特瑞恩医生身边，伏在一旁。

“这个还活着。”他厉声说道，“报警，威姆斯。”这个身材矮胖的肥脸男人走到桌子另一边，抢过电话就开始拨号。空气中弥漫着一股酸臭刺鼻、皮肤灼伤后难闻的味道。我们又站起来了，小个子警长两眼空洞地看着我。“他刚才不该想你开枪，”他说，“你所说的证明不了什么，我们也不会让你证明什么。”

我一言不发，威姆斯挂掉电话后再次看向奥斯特瑞恩医生。

“我觉得他死了。”他在桌子后面说道。

警长依旧看着我。“你真的太冒险了，达马斯先生。我不知道你心里打的什么算盘，但我希望你喜欢自己的筹码。”

“我很满意。”我说，“我希望能回到我的雇主被杀害之前，同他谈话，但我想我已经为他做了能做的一切。要命的是我喜欢大・斯卑恩，他是最有胆量的人。”

警长说：“如果你想了解胆量，有朝一日尝试一下当小镇警局的警长吧。”

我说：“好的。警长，你跟他们说一下，在大・斯卑恩的右手上系一条手帕，现在你可能需要那里的证据。

在阿圭罗大道上，警笛声从远处呼啸而来，声音微弱地穿过紧闭的窗户，如一只在山上的北美狼，如泣如诉。

湖底女人

1. 失踪

那天清晨，“紫罗兰”马吉给我打电话时，我的脚正搁桌子上，准备穿一双新鞋。那是八月的一天，天色阴沉，炎热潮湿，浴巾也擦不干脖子上的汗水。

“伙计，怎么样了？”“紫罗兰”像往常一样说道，“一个星期没接到案子了，嗯？阿弗南大楼里一个名叫霍华德·梅尔顿的小伙子，与他妻子失去了联系。他是哆来咪化妆品公司的区域经理，因为某些原因，不愿意把妻子的信息上报给失踪人口调查局。老板知道他的一点消息，你最好穿好鞋子再赶过去。这身打扮很傲气啊。”

“紫罗兰”马吉是侦探办公室里的重案侦探，若不是他交给我这么多不收费的任务，我说不定还能勉强糊口。这次的案子看上去有些蹊跷，于是我把脚放回地板，擦擦自己的颈后，便出发了。

阿弗南大楼在橄榄大街上，第六大道旁，前面有一道黑白相间的塑胶人行道。电梯员身穿灰色丝质俄式衬衫，脑袋上歪戴着一顶过去艺术家习惯佩戴、可以隔绝颜料的贝雷帽。哆来咪化妆品公司在七楼，装修得很不错。公司里面有一个四周是玻璃墙的大会客室，会客室里摆着花儿，还有一些脱漆的古怪雕塑。一位穿戴整洁的小个子金发女郎坐在桌子前，嵌入式电话就在她面前，桌子上摆了一些花儿，还有一个倾斜的标牌上写着：范德格拉夫小姐。她戴着哈罗德·劳埃德眼镜，头发拨到后面，额头显得很高，高得足够在上面堆雪。

她说霍华德·梅尔顿先生正在开会，有机会的话会进会议室把我的名片递给他，还询问了我有何贵干。我说我没有名片，不过我叫约翰·达马斯，是韦斯特先生派来的。

“韦斯特先生是谁？”她冷冷问道，“梅尔顿先生认识他吗？”

“这我就不知道了，妹妹。我不是梅尔顿，怎么会知道谁是他的朋友。”

“什么事？”

“私事。”

“我明白了。”她迅速在桌上签了三份文件，克制朝我扔钢笔的冲动。我走到一旁，坐在一把蓝色皮质、有铬制扶手的椅子上。这把椅子的触感、外观和味道都与理发店里的椅子十分相似。

差不多过了半个小时，青铜扶手后的门打开，两个男人从门里倒着走出来，边走边笑；还有一个男人撑着门，附和他们的笑容。在那两个男人握完手离开后，那个男人收起脸上寡淡的笑容，看着范德格拉夫，颐指气使地问道：“有电话打过来吗？”

她挥挥手里的文件说：“没有，先生。啊……达马斯先生要见您，是……一个什么韦斯特先生派来的。他来处理私事。”

“不认识，”男人吼道，“我已经支付不起我的保险费了。”他立刻用冷酷的眼神瞄了我一眼，走回自己的办公室，用力把门关上。范德格拉夫小姐略带歉意地朝我微笑。我点燃一根香烟，跷起二郎腿。又过了五分钟，扶手后的门再次打开，这次他头上戴了一顶帽子，冷笑着说自己要外出半小时。

他穿过扶手间的门道，巧妙地抄近道向门口走，大步朝我走来。他站在我面前俯视我——个头很高，六点二英寸，体形匀称；他见多识广的脸掩盖不了衰老的痕迹。他的眼睛漆黑，眼神坚定又狡猾。

“你想见我？”

我站起身，从我的皮夹里掏出一张名片递给他。他盯了一会儿这张名片后便捏在手里，眼神变得若有所思。

“韦斯特先生是谁？”

“我可不知道。”

他直接摆出一副冷峻却有略感兴趣的样子。“你很能说嘛，”他对我说道，“进我办公室吧。”

我们从接待员身边的栏杆经过时，她正认真地签订三份文件，看上去十分恼火。

那头的办公室很长，寂静昏暗，但不凉爽。墙上挂的巨幅相片上，有一位面目狰狞、练达老成、正专心工作的人。这名大个男人走到一张价值约八百美元的桌子后面，坐在一张垫了坐垫的高背导演椅上，推给我一个雪茄盒。我点燃雪茄，他冷静又沉着地看着我。

“事关机密。”

“嗯……哈哈。”

他又一次看了看我的名片，把它放进一个镀金钱包里。“谁要你来的？”

“侦探办公室的一个朋友。”

“我得多了解一点你的信息。”

我告诉了他一堆名字和号码，他拿起电话，通过分机，亲自拨打我提到的两个部门的号码，和他们说话。四分钟后，他挂掉电话，再次坐回椅子。我们都擦了擦脖子后的汗。

“目前为止，一切正常。”他说，“现在你要怎么证明自己是你提到的那个男人。”

我掏出皮夹，向他展示我执照的复印件。

他好像有些欣喜，“你怎么收费？”

“一天二十五美元，花销另算。”

“太贵了。花销性质是什么？”

“燃料费，还可能要贿赂别人一两次，饮食费，还有威士忌酒费。大部分都花在威士忌上。”

“你难道不工作就不吃饭？”

“吃啊——不过吃得很简单。”

他咧开嘴对我笑，无情的眼睛望着我说：“我想我们应该会很合拍。”

他打开抽屉，拿出一瓶苏格兰威士忌，我们一起喝了一杯。

他把酒瓶放在地上，擦干自己的嘴巴，点燃一根印了字母的香烟，怡然地吸起来。“最好调整成十五美元一天，”他说，“这样的时期，喝酒要克制。”

“我只是逗你玩呢。”我说道，“敢和你开玩笑的人才值得你信任。”

他又咧嘴对我笑。“那就说定了。但首先你得承诺，无论什么情况，不管你有没有警察朋友，你不能牵扯任何警察进来。”

“只要你没有杀人，就正合我心意。”

他笑出声来。“目前还没有。但我依旧是个十分难对付的硬汉，我想要你追踪到我的妻子，查清楚她在哪里，在做什么，且完全不被她发现。”

“十一天以前，八月十二日，她从我们小鹿湖边的小屋消失了。那个小鹿湖由我和另外两个男人占有，距狮子湖只有三英里远。当然，你知道那在哪里。”

“圣贝纳迪诺山上，距离圣贝纳迪诺市四十英里。”

“没错。”他在桌边弹了弹烟灰，靠上前去将它吹灭。“小鹿湖差不多只有 0.38 英里长，湖里有一个我们为房地产开发建造的小水坝——这是不合时宜的。湖上有四个小房子，一个是我的，两个是我朋友们的，这个夏天他们的房子都是空的；还有一个房子离湖很近，相当于在入口处。离湖最近的那个房子里，住的是一位名叫比尔·海恩斯的男人和他的妻子。男人是一位有抚恤金的残疾老兵，他住在这里不需要出房租，只照看这个地方。我的妻子整个夏天都待在湖边的房子里，准备在八月十二日来城里，用整个周末参加社交活动。但她一直没有来。”

我点点头，他打开上了锁的抽屉，拿出一个信封，从信封里拿出一张照片和一张电报，将电报递给桌子对面的我。电报于八月十五日，上午九点十八分，由埃尔·帕索从得克萨斯发来。这封电报的收件人是霍华德·梅尔顿，地址是洛杉矶，阿弗南大楼 715 号。电报上写着：我将前往墨西哥办理离婚手续，嫁给兰斯。祝你好运，再见。茱莉亚。”

我把手中的黄色格子纸放在桌上。“茱莉亚是我妻子的名字。”梅尔顿说道。

“兰斯是谁？”

“兰斯洛特·古德温。一年前，他曾是我的私人秘书，后来发了财就辞职了。如果你不介意的话，我这么跟你说吧，他和茱莉亚之间关系很暧昧，这事儿我已经知道很久了。”

“我不介意。”我说。

他把照片推过来。那张蜡光纸是一个女人和一个男人的快照：女人苗条娇小，金发碧眼；男人高瘦黝黑，三十五岁左右，面庞阴郁，十分英俊。这位金发女郎的年龄在十八岁到四十岁之间，很有曲线且不羞于展示，身上的泳装把她的魔鬼身材展现得淋漓尽致。那个男人穿一条泳裤，他们俩在沙滩上靠着一把条纹太阳伞席地而坐。我将这张快照放在电报上。

“这就是所有的证据，”梅尔顿说，“但不是全部的事实。再来一杯吗？”他又倒了杯酒，我们便一起品尝。他再次把酒瓶放在地上后，电话响了起来。他和别人聊了一会儿，然后转接到内部，叫接线员帮他接一下电话。

“目前为止几乎没有与失踪相关的线索，”他说，“但我上周五在街上碰到了兰斯洛特·古德温，他说他近一个月没有见过茱莉亚了。我相信他，因为兰斯是个没秘密的家伙，也不是个胆小鬼。这样的事，我想他会告诉我真相，并替我保密的。”

“你还想得到其他可能相关的人吗？”

“想不到了，就算有，我也不认识他们。我有预感，茱莉亚被捕了，现在正待在某个监狱里，努力通过贿赂或者其他方式隐藏自己的身份。”

“待监狱？为什么？”

他犹豫了片刻，安静地说道：“茱莉亚有盗窃癖，小偷小摸，也不是成天偷东西。她多半在饮酒过度后偷窃，日常生活中也会间歇性地发作。她在洛杉矶的大商场里作案次数最多，我们在那儿留下了一些记录。她被抓到很多次现行，之后便得以幸免，把她偷过的东西都记在了账上。迄今为止，没有我掩盖不了的丑闻。不过在一个陌生的镇上……”他停下来，紧皱眉头说道，“这不能让哆来咪公司的员工知道，我还要工作呢。”

“她上过报纸吗？”

“她凭什么上报纸？”

“有人采集归档过她的指纹吗？”

“据我所知，没有。”他看上去对此忧心忡忡。

“这位古德温先生了解她的‘副业’吗？”

“我不清楚。希望他不知道吧。当然，他从没提过。”

“我想要他的地址。”

“这本电话簿里有。他在切维蔡斯区，格兰岱尔市边上有一个平房。位置十分隐蔽，我感觉兰斯是个善于撩拨的猎人。”

看样子这个活儿相当有趣，不过我只是这样想，没有大声说出来。我能感觉到自己微薄的收入即将有所改观。“发现妻子失踪后，你肯定去了小鹿湖吧。”

他神色诧异地回答我：“没有，我没有理由这样做。我在运动俱乐部门口见到兰斯之前，都以为他和茱莉亚一起待着呢——甚至都有可能结婚了。在墨西哥离婚快得很。”

“钱呢？她身上的钱多吗？”

“我不清楚。但她自己从她父亲那里继承了一大笔财产，我猜她可能带了很多钱。”

“我明白了。她穿的什么衣服，你知道吗？”

他摇摇头，“我有两周没有见到她了，但她习惯穿深色衣服，海恩斯也许会告诉你。我想可以告诉海恩斯这件事儿，他会守口如瓶的。”梅尔顿冷漠地笑了笑，“她有一个八角形的铂金小腕表，上面有一串硕大的链子。那是她的生日礼物，里面刻有她的名字。她的钻石翡翠戒指和铂金婚戒里刻的是：霍华德·梅尔顿和茱莉亚·梅尔顿，1926 年 7 月 27 日。”

“但你没想过谋杀的可能性，对吧？”

“对，没想过。”他硕大的颧骨稍稍泛起红晕，“我告诉过你自己怀疑的是什么。”

“如果她在监狱里，我要怎么做？报告给你后等着？”

“当然。如果她在别处，不是在监狱里，不管她在哪儿，在我赶过去之前，你都要盯住她。我想我能够控制住场面。”

“嗯……哈，你看上去够强壮了。你说过她在八月十二日时离开了小鹿湖，但是那时候你没去那里。你是说她的确离开了——还是说她应该离开了——还是你从电报日期推算出来的？”

“对了，有件事我忘了提。她的确是在八月十二日离开的。她从不在夜间开车。因此她是在下午开车下山，在火车到站前抵达的奥林匹亚宾馆。我知道这个是因为有人在一周后给我打了电话，告诉我她的车停在停车场里，问我是否要收回那辆车。我告诉他们等我有时间了就过去取车。”

“好的，梅尔顿先生。我该四处奔走了，先查查这个兰斯洛特·古德温的消息。或许他没有告诉你真相呢。”

他递给了我另一本其他城市的电话簿。我查到兰斯洛特·古德温的住址是切斯特巷，3416 号。我不知道那是在什么地方，但车上有地图。

我说：“我这时候准备去那里巡视打探一番。账户里面最好给我存点儿钱，一百美元吧。”

“五十美元，不能再多了，”他拿出自己的镀金钱包，抽出两张二十美元和一张十美元递给我说道，“我要你签一张收据——出于礼节。”

他从桌子里拿出一本收款凭单簿，写下他想写的内容后我便签了字。我把这两样凭证揣在兜里，起身与他握手。

我同他告辞，感觉他是一个不怎么犯错的人，尤其是与钱相关的错误。待我走出门，接待员不满地看了我一眼，这眼神让我走进电梯后都感到忸怩不安。

2. 寂静的房子

我的车停在街对面的停车场里，于是我朝北开向第五大道，向西转进花街，沿着往下开到格兰岱尔大道上，接着便进入格兰岱尔市。到达目的地时已是午饭时间，我停下车后吃了个三明治。切维蔡斯是位于山麓中间的一道深山峡谷，将格兰岱尔市和帕萨迪纳市分离开来。它树木繁盛，由主干道向外分叉形成的副街显得异常孤寂和昏暗。切斯特巷是其中的一条小街，昏暗得好似身处红木森林中一般。古德温的房子在巷子最深处。那是一个英式小平房，屋顶尖尖地耸立，哪怕有阳光倾泻，铅制窗玻璃也会隔绝部分阳光。房子坐落在山峰的褶皱区后面，差不多在前门廊处种植着一棵大橡树。这是个怡然有趣的小地方。

一边的车库关着门，我走上一条踏脚石铺成的曲折小道，按响门铃。我能听到门后某个地方传来的门铃声，在空荡的屋子里回荡。我又按了一次门铃，没有人走过来应门。一只知更鸟飞到门前小而整洁的草坪上落下，从草皮里啄出一条虫子后便飞走了。有人在街道拐弯处看不见的地方发动了汽车，街对面有一个全新的房子，房前的草坪上有一个“房屋出售”的牌子深深插入土地里。除此之外，看不到其他房子。

我又试着按了一次门铃，使劲晃动石狮子嘴里的手环。然后我离开前门，一只眼睛贴在车库的门缝上看。车库里有一辆车，在微弱的光亮下闪着微光。我四处徘徊，走到后院，又见到两棵橡树和一个焚烧垃圾的火炉，在其中一棵树下，有三把椅子围绕一张绿色园桌摆放。我想说，那后面看上去可真阴凉舒适。我走到配着弹簧锁、镶半块玻璃的后门去，试图摆弄把手，虽然这是个蠢主意。门开了，我深吸一口气，走了进去。

如果我被这个兰斯洛特·古德温逮个正着，他应该很乐意听我闯入的理由；如果他没有看到我，我会环视他屋子里的财物。这个古德温似乎让人有些捉摸不透，单单他的名字——就令我不安。

后门朝门廊敞开，门廊上有颀长的屏风。另一扇带弹簧锁、没有上锁的门内，是一个墙上贴花哨瓷砖的厨房。厨房内有一个封闭式煤气炉，水槽上有很多空酒瓶。这里有两扇回转门，我推开房子前的那扇回转门，发现它朝向的是一个角落处的餐厅，里面有一辆餐车，上面摆放着更多盛了酒的酒瓶。

客厅在我右侧的一扇拱门下，哪怕在中午光线都很暗淡。客厅装修考究，非成套购买的书籍摆放在嵌入式书架上，角落里有一个高脚收音机，还剩半玻璃杯并加了冰的啤酒放在上面。收音机嗡嗡叫，转盘后面亮着光，虽然收音机在工作，但声音非常小，几乎听不见。

这有些稀奇。我转了个圈，看到房间后面的一个角落里有更为稀奇的东西。

一个男人坐在一把扶手很高的锦缎面椅子上，穿着拖鞋的脚搁在与椅子相配的脚凳上。他身着一件开领马球衫、乳白色短裤和一条白色腰带，左手轻轻扶在椅子宽敞的扶手上，右手懒洋洋地搭在另一个扶手外，往黯淡的玫红色地毯下垂。他黝黑瘦弱，颀长高大，英俊帅气，是那种动作敏捷、比外表看上去更强壮的小伙子。他唇部微张，露出牙齿边缘；头部微微倾斜，好像坐在那儿昏昏欲睡，一边喝酒一边听收音机。

他右手边的地板上有一把手枪，额头中间有一被灼伤过的、红色的洞。

鲜血静静地从额头滴到他下巴边，滴到身上的白色马球衫上。

血迹如脊椎按摩师的大拇指一样长，整整一分钟，我一动不动地站在那儿，气都不敢出，身体如同被掏空了一般。我看着兰斯洛特·古德温先生的鲜血在下巴边形成圆润的小血滴，十分缓慢随意地坠落到玫红色的大地毯上，融入其中；马球衫的白色也被晕染成红色。我感觉到此时男人身上的血滴流动速度变慢，最后抬起他瘫在水泥地板上的一只脚，使劲拖出来，走了一步，又开始拖他另一只脚，好像在拖一块枷锁。我吃力地把他拖过这间黑暗沉静的屋子。

待我快要成功时，他的眼睛闪了一下。我俯身盯着他的眼睛看，努力想和他对视，但是失败了。想和这双已经死去的眼睛对视，是绝对不可能的。死人的眼睛总是稍微向左方或右方，上方或下方看。我触摸他的脸部，可能因为他喝了酒，摸起来温暖又有些湿润。他已经死了二十多分钟。

我感觉身后有人拿棒子鬼鬼祟祟地跟着我，用力转身看，却谁也没见到。大片死寂溢满了整个房间。一只鸟儿在外面的树上高声鸣叫，令这片宁静显得越发厚重，厚到可以切片，蘸取黄油。

我开始观察房间里的其他物品。地上躺着一个银边相框，反面朝上地躺在灰泥壁炉架前。我走上前去，手拿着手帕捡起相框，翻到正面看。相片外的玻璃各个角落都摔碎了，相片上是一个身材苗条、发量较少的女人，带一丝鬼魅的笑。我拿出霍华德·梅尔顿给我的快照，放在相片后比对，确定这是同一个人，只是表情不一样。这张脸十分大众化。

我小心翼翼地拿着相框走进精心装修的卧室，抽开衣柜的一格抽屉，将照片从相框里抽出来，匆忙用自己的手帕仔细擦拭完相框后，把相框埋在几件衬衫底下。这方法并不高明，但我想不到别的办法了。

此刻没有特别要紧的事儿。如果有人听到过枪声，并确定了听到的是枪声，电台警察早该出现在这里了。我把快照带进浴室里，用随身小折刀紧密修剪了一番后，将多余的碎片冲进马桶里面；把照片放进自己的胸口荷包里，走回客厅。

尸体左手边的小茶几上摆着一个空玻璃杯，上面应该留有他的指纹。但也有可能是凶手抿了酒，留下自己的指纹。那人一定是个女人。她当时应该坐在扶手边上，脸上的笑容甜蜜又温柔，枪就藏在她背后。凶手绝对是女人，一个男人杀害他的时候，他的姿势是不会如此轻松惬意的。我猜猜看，这是怎样的一个女人——不过我不欣赏她把照片留在地上的行为，好像要昭告天下。

我不敢拿这个玻璃杯，于是擦拭杯子后，做了些我不喜欢的事儿：我用他的手再次握住杯子，然后把杯子放回茶几上，还用他的手拿起枪放回茶几。当我放下他的手时，这只下垂的手摇摆起来，如祖父家时钟的钟摆一样晃动。我走到收音机，把收音机上玻璃杯的指纹擦掉。这个举动会让他们觉得这个女人特别聪明，和一般女人大不相同——如果女人分不同类型的话。我拾起四个留有唇印的烟蒂，唇印色泽是名叫“卡门”的金发女郎爱涂的颜色。我将它们带进浴室后倒入下水道，拿一块毛巾擦洗这些有光泽的设备还有前门把手后便收手了，我才不会把整个房子都擦一遍呢。

我站着多看了兰斯洛特·古德温一眼，他的鲜血已经停止往外流动，下巴上的最后一滴血迟迟不往下滴落，仅仅是挂在那儿，颜色变得深而亮，好像祛除不掉的疣。

我穿过厨房和门廊，回到刚才的地方，又擦拭了几个门把手。我在房子边踱步，匆匆瞥了一眼街道四周，谁也没见着。再次按响门铃摸到门把手，留下指纹后，用一根缎带擦净指纹，结束了今天的工作。我走到自己的车旁，上车后便开车离开了。这一系列工作只花了我不到半小时的时间，感觉自己仿佛马不停蹄地在内战中对抗敌人一样。

距离回城还有三分之二的路程时，我在亚历山大街停下来，挤进药店里的电话亭，拨通霍华德·梅尔顿办公室的电话号码。

一个轻快的声音响起：“哆来咪化妆品公司，下午好。”

“我找梅尔顿先生。”

“我将为你联系他的秘书。”那个角落里的小个子金发女孩的声音如唱歌一般动听，给人一种人畜无害的感觉。

“这里是范德格拉夫。”这个好听的声音慢悠悠地铺展开，控制一下四分音，就能变得魅力四射或是趾高气扬，“请问是谁找梅尔顿先生？”

“约翰·达马斯。”

“啊……梅尔顿先生认识您吗？达……达马斯先生？”

“别又整这一出，”我说，“去问他吧，美眉。没有我见不到的人。”

她深呼吸的声音就快要刺伤我的耳膜。

稍等片刻后，响起一声咔嗒声，接着传来梅尔顿厚实粗鲁的声音：“喂？我是梅尔顿。什么事？”

“我必须马上见你。”

“什么意思？”他吼道。

“按我说的做。事情有所进展，你知道你在和谁说话，对吧？”

“哦……知道。好，好，让我来看看，看看台历。”

“看个屁的台历，”我说，“这事儿很重要，不然我不会不知趣地中途打乱你今天的日程。”

“运动俱乐部……十分钟后见。”他一字一顿地说，“去阅览室找我。”

“我可能稍微晚一点到。”没等他顶嘴我就挂掉了电话。

其实我过了二十分钟才到。

运动俱乐部大厅里的服务人员轻快地溜进其中一个老式电梯，没过多久就走回来，对我点头，带我上四楼，并告诉我阅览室在哪里。

“往左边走，先生。”

这个阅览室的主要功能并不是提供环境供人阅读。红木长桌上摆放着一些文件和杂志，墙上挂着一张盖了玻璃的俱乐部创始人油画肖像，上方有灯照着。但这里最常见的是小角落里，硕大倾斜的高扶手皮椅，还有窝在椅子里打盹儿的老男人，他们的脸是紫色的，这是由于高龄和高血压。

我轻悄悄地溜到左边。梅尔顿就坐在那儿，书架间的一个隐秘角落里，背靠椅子，背对房间。尽管椅子很高，但也挡不住他黑发的大脑袋。他抽出身旁另一把椅子，我悄悄坐上去，看了他一眼。

“小声点，”他说，“这地方是用来午休的。现在是怎么回事？我雇你，是要你帮我除掉麻烦，不是让你雪上加霜的。”

“知道。”我把脸凑过去，他身上有威士忌酒的味道，不过很好闻，“她把他杀了。”

他紧皱的眉头微微上挑，眼神冷漠，牙关紧锁，轻声呼吸，握紧贴在膝盖上的一只大手，眼睛朝下看。

“继续说。”他的声音像大理石一样厚重。

我脖子伸长，越过椅子顶端。隔得最近的老头儿浅浅地伸了伸鼻子，每一次呼吸都反复吹动鼻子里的鼻毛。

“我去了古德温住的地方，没有人开门，于是我走到后门，开门走了进去。屋子里收音机是开着的，但声音很微弱；还有两个盛酒的玻璃杯，摔在壁炉架前面的照片。坐在椅子上的古德温在那时已经中枪，快要身亡。那是接触性创伤，右手边的地板上有一把手枪，口径25的自动手枪——是一个女人的。他坐在那儿，好像完全不知道这回事。我擦干净玻璃杯、手枪、门把手上的指纹，用他的手在这些东西上留下本该就有的指纹。”

梅尔顿张开嘴，又闭上嘴，牙齿摩擦发出刺耳的声音。

他两手握拳，然后用凶狠的黑眼睛冷静地看着我。

“照片。”他沉重地说道。

我从口袋里掏出照片，展示给他看，用手紧紧握住。

“茱莉亚，”他说。他的呼吸声变得怪异，局促且哀伤，手也随之瘫软。我把照片放回自己的口袋。“然后呢？”他轻声低语。

“没了。我可能还看到了些东西，但不是看到有人进出。那儿的树生长在昏暗中，那个地方四处荫蔽。她有那样一把枪吗？”

他垂下脑袋，双手抱头，过了一会儿才抬起手，舒展手指后捂住自己的脸，他透过指缝，朝我们对面的那扇墙说话。

“是的，但我从没见过她携带那把枪。我猜他把她甩了吧，这个臭东西。”他的声音里没有一丝热度。

“你是条汉子。”他说，“现在成自杀了，对吗？”

“这说不准。如果没有犯罪嫌疑人，警察通常会这么处理。他们将检查尸体的手，判断他是否开过枪，这已经成为惯例。但这种方法有时候派不上用场，没有嫌疑人，这件事就会不了了之。我弄不明白那张照片的用意。”

“我也不明白，”他依旧透过指缝轻声说道，“她一定是被吓坏了。”

“嗯哼……你知道我这样帮你是破釜沉舟吧？要是被抓，我的执照就保不住了。当然，他有极小可能是自杀，但他看上去不是那一型的。现在你得配合我啊，梅尔顿。”

他冷笑着转过头来，手依旧捂在脸上，凌厉的眼神透过指缝看着我。

“你为什么收拾那堆摊子？”他平静地问道。

“我他妈怎么知道。我想可能是因为看了那张照片，对他喜欢不起来吧。他看上去不值得让她受罪——也不值得你受罪。

“给你五百美元，作为奖金。”他说。

我的身子向后倚靠，冷眼注视他，“我可没有想榨干你，我这么一个硬汉——不过特殊情况特殊对待。你是不是告诉了我你所知道的一切？”

他沉默许久，起身环视，双手在口袋里摸得叮咚作响，又坐了下去。

“这样说可不对——两种说法都不妥，”他说，“我没想着敲诈——也不必为此埋单。这点钱想买单是不够的，但这个时期很艰难。你为我多冒了些险，我就多给你些补偿。假如茱莉亚与这件事毫不相关呢，是不是就能解释那张留下来的相片？古德温的生活和大把女人都有瓜葛。但如果故事答案揭晓，我与这件事哪怕有丁点儿联系，总公司就会把我开除。我的工作要求我行事谨慎，这段时间本来工作上就不太顺利，若有人又抓到我的把柄，他们可要高兴坏了。”

“这是另一码事，”我说，“我问你，你是不是告诉了我你所知道的一切？”

他看向地板，“不，我向你隐瞒了一些事，当时无足轻重，但现在变得特别严重。几天前，我在市区见过古德温后，银行打电话给我，告诉我一位兰斯洛特·古德温先生兑现了一张由茱莉亚·梅尔顿夫人开具的价值一千美元的支票。我告诉他们，梅尔顿夫人不在城里，但我非常了解古德温先生，如果这合乎程序，且那个人通过了身份验证，我不会反对支票兑现。这种情况下，我也说不出别的话。我不知道最后结果怎么样，但我想他们应该兑现了吧。”

“我觉得古德温拿到了钱。”

梅尔顿生硬地耸耸肩。

“一个勒索女人的家伙，哈？乐此不疲收支票的男人？梅尔顿，我要跟你合作，跟他们耗下去。我他妈的很烦这些报社记者，像食尸鬼一样因为这种新闻跑到城里去。但如果他们来找你了，我就退出——如果能退出的话。”

他头一次由衷地笑起来。“我现在就把这五百美元给你。”他说。

“别这样，你是雇我找到她，如果我找到她了，才收五百美元——其他费用全免。”

“你会发现我是个值得信赖的好人的。”他说。

“我想给小鹿湖边，住你周围的海恩斯先生留个字条。我想进你的屋子看看，唯一的方法就是装作从没有去过切维蔡斯。”

他点点头站起身，走到桌子边，拿起俱乐部文具上的便条走回来。

比尔·海恩斯先生：

小鹿湖。

亲爱的比尔，

请允许我的担保人，约翰·达马斯先生参观我的小屋，并请您一路协助他检查这个房子。

此致，

霍华德·梅尔顿。

我叠好这张便条，和我今天收集到的其他线索放在一起。梅尔顿一只手搭在我肩膀上。“我会永远记得你做的一切，”他说，“你现在就要过去吗？”

“我想是吧。”

“你期待找到什么呢？”

“什么也没期待，但如果我不从最开始的地方入手，我就是个笨蛋。”

“那是当然。海恩斯是个好人，就是有点阴沉。他有个金发碧眼的漂亮老婆，把他迷得团团转。祝你好运。”

我们握了握手，他的手摸上去和一只腌制过的咸鱼一样湿冷。

3. 戴义肢的男人

我不到两小时就到了圣贝纳迪诺。这儿几乎是头一次和洛杉矶一样凉快，空气毫不黏糊。我买了一杯咖啡，一品脱啤酒，加了汽油，便开始上坡。到泡泡泉之前，一路上都有林荫遮蔽；没过一会儿，路上的空气变得干燥起来，天空放晴，峡谷上的凉爽空气向下弥漫，我终于到达了大坝，看着眼前小鹿湖的蓝色水平线，湖面上架起的独木舟，外侧带发动机的划艇，与赛艇一起交织在水面上，在一片宁静中“大闹天宫”。那些花两美元弄到钓鱼许可证，在湖面上颠簸前行的人，浪费了时间，钓到的鱼却值不了几毛钱。

从大坝开始，路向两个方向延伸。我往南海岸行驶，掠过堆得高高的花岗岩。一百英尺高的黄松木耸入澄静的蓝天，空地上生长着翠绿色的常绿灌木，罕见的野鸢尾花，白紫相间的羽扇豆，筋骨草花，还有名为沙漠画笔的植物。道路向下延伸到水平线的高度时，我开始路过成群的帐篷，还有成群结队、穿着短裤的女孩儿，她们有的骑着自行车、小型摩托车，有的在公路上散步，又或者仅仅是坐在树下，秀出自己的美腿。不过我已见过许多来回踱步的牛，美女的腿于我也不算什么稀奇事。

霍华德·梅尔顿跟我说过，要绕开离狮子山不到一英里、旧雷德兰兹路边的湖。这是一条盘旋如丝带、沿周围山峰绵延攀升的柏油公路。小木屋分布在山坡上四处散落，在柏油路上奔腾片刻后，我的右侧突然多出一条短而狭窄的泥巴路。入口的路标上写着：小鹿湖私人通道，请勿通行。我经过路标，绕过一大块光秃秃的石头，穿过一个小瀑布，沿黄松和黑橡树，与沉默并行。一只松鼠坐在树枝上，捣碎新鲜的松果，松果屑如彩纸屑一样撒落一地。它不满地朝我叫唤，生气地用一只爪子捶松果。

这条狭窄小路突然绕着粗大的树干转了一个弯，一个五栅门和另一个路标便出现在路对面，上面写着：私人所有，禁止入内。

我下了车，打开大门后又上车，通行之后再次关上门，在树林之中又盘旋了一千多码的距离，突然，我的车子涉入一个椭圆形小湖，它深藏在树木、岩石与野草之下，犹如一滴露水藏在卷起的落叶中。在近端有一个黄色的混凝土大坝，一条扶手绳围在大坝顶周围，旁边还有一个古老的水车。大坝一旁，有一个由粗树皮覆盖的自然木头搭建而成的小木屋；木屋上头伸出两个金属烟筒，其中一个烟筒里正有烟灰飘出；某处传来劈柴的声音。

小湖对面，在水岸边有一个大木屋，还有两个不太大的屋子相距甚远；它们离路边有很长一段距离，隔大坝更近一点。在水坝对面的远端，隐约可见小码头和环形亭子。一个弯曲的木标识上写着：吉尔卡尔营地。我没有理会其中的深意，踏上小道，走向树皮覆盖的小木屋前猛敲门。

斧头声停止了，一个男人的声音从后面的一个地方传过来。我坐在一个大石头上，手指卷起一根没有点燃的香烟。木屋的主人来到屋子边，手里拿一把斧头。他个头不高，身材结实，下巴上粗糙不平的深色胡子没有修剪，坚定的棕色瞳仁，头发斑白卷曲。他身着蓝色牛仔裤，蓝色衬衫露出他结实的棕色脖子；走路时，每走一步都似乎要轻轻踢开右脚，右脚轻轻呈拱形向外摆。他慢慢朝我走来，厚厚的嘴唇里叼着一根烟，说话语气像个城里人。

“什么事？”

“海恩斯先生？”

“是的。”

“有一张便条要给你。”我取出便条递给他。他斧头往旁边一扔，斜眼看了一下这便条后便走进木屋。他戴上眼镜走出屋子，到我身旁读起便条上的字。

“哦，好吧，”他说，“头儿写的。”他又研究了一遍便条上的字。

“约翰·达马斯先生，哈？我是比尔·海恩斯，很高兴认识你。”我们握了握手，他的手像捕兽夹一样紧。

“你想四处看看，检查梅尔顿的木屋对吗？有什么事儿吗？老天啊，他又不卖房子。”

我点燃香烟，把火柴丢进湖里。“他在这里拥有很多东西。”我说。

“房产肯定在其中。但传言这个木屋……”

“他告诉我这是个相当漂亮的木屋，想要我调查一下这里。”

他指着房子说：“是那边的那个大房子：外面是抛光的红木墙，里头是棘手的松木；沥青瓦房顶，石头基底和门廊，房子里面有浴室，淋浴，厕所；房子后山上，还有一个贮存泉水的蓄水池。我觉得这个小木屋很不错。”

我看了会儿木屋，但是看比尔的时间更久。尽管他的面庞饱经沧桑，眼睛下面还有眼袋，但仍看得见他眼中的光芒。

“你现在想过去吗？我去拿钥匙。”

“开了这么久的车，我有些累了，能一起喝杯酒吧？海恩斯。”

他看上去很感兴趣，但还是对我摇头：“抱歉，达马斯先生。我刚喝完一夸脱。”他舔了舔自己厚厚的嘴唇，朝我微笑。

“这水车是用来干吗的？”

“拍电影。他们时不时会在上面取景，末端又是另外一处景，《松林间的爱情》就是在那里拍的。其他的拍摄地点都销毁掉了，听说那部电影收视率不怎么样。”

“没别的用途了？你要和我一起喝酒吗？我带了一品脱啤酒。”

“我从来都是来者不拒。等等我，我去拿几个杯子。”

“海恩斯夫人外出了吗？”

他看我的眼神顿时冷漠了起来。“是的，”他非常缓慢地问我，“为什么问这个？”

“因为你要喝酒。”

他舒了口气，可眼神在我身上多停留了一会儿。然后，他转过身，拖着自己僵硬的义肢走进屋子。他拿着两个小玻璃杯走出来，杯子里放了点高档起司。我打开酒瓶，倒了两杯烈酒，我们拿起酒杯坐下，海恩斯的右腿几乎笔直放置在身体前，脚稍稍向外扭曲。

“我是在法国接的义肢，”他喝着酒说道，“拖假腿的海恩斯老头儿。还好，我因此得了抚恤金，也不愁办不了女人。敬一杯给战争。”他一口喝完杯中的酒。

我们把杯子搁在一旁，看到一只冠蓝鸦飞到一棵大松树上，像一个跑步上楼的男人，无须停下身子维持平衡，在树枝间蹦来跳去。

“这里怡人又凉快，就是寂寞了些，”海恩斯说，“太他妈的寂寞了。”

他用眼角的余光看了我一会儿，看样子有些心事。

“有的人喜欢这样。”我伸手拿玻璃杯，把酒满上。

“我是受够了。我一寂寞就狂喝酒，到晚上尤其如此。”

我什么话也没说。见他一口就吞咽完了第二杯酒，我静静把酒瓶递给他。他啜饮着第三杯酒，伸长脖子，舔了舔嘴唇。

“你刚才说海恩斯夫人外出的事儿……有点意思。”

“我只是想着我们应该把酒瓶拿出木屋，不被她看到。”

“哈……你是梅尔顿的朋友？”

“我认识他，但不是太熟。”

海恩斯看着对面那个大木屋。

“她这个可恶的荡妇，”他忽然咒骂起来，面部扭曲。

我怕盯着他看。“那个荡妇，害我失去我的贝丽尔。”他痛苦地说道。

“她非要找到我这个断腿的家伙，还非要灌醉我，害得我忘记了自己分明和其他人一样，有一个可爱的娇妻。”

我继续听他说话，神经紧绷。

“去他妈的！把这堆烂摊子丢在这儿不管。我才不是非住他的屋子不可，我有津贴，战争津贴，想住哪里都可以！”

“这儿很适合居住，”我说，“来，喝一杯。”

他喝完酒，愤怒的眼神看到我身上来。“这是个脏地方，”他骂骂咧咧地说，“一个男子的妻子搬出房子，男人又不知道她在哪里——兴许和别的男人在一块儿呢。”他左手攥紧，拳头如铁般强硬。

片刻过后，他缓缓松开手，倒了半杯酒。此时的酒瓶看上去快要见底了，他一口气吞下了这一大杯酒。

“我根本都不认识你，”他愤愤说道，“但是，管他的呢！我厌倦了一个人待着。我一直以来都是个浑蛋，连人都不是。她和贝丽尔模样相仿，一样的身材，一样的发型，走路的样子都那么像。见鬼，她们都可以当姐妹了，只是有一些不同点——你应该知道我在说什么。”他斜眼看我，有一丝醉意。

我同情地看着他。

“我过去烧垃圾的时候，”他满面愁容，挥挥手说道，“她出现在后门廊，穿着玻璃纸一样的睡衣，手举两杯酒，睡眼惺忪地朝我微笑。‘喝杯酒吧，比尔。’没错，我喝了那一杯，一共喝了十九杯酒。我猜你知道后来发生了什么。”

“碰到这种事儿，很多好男人也会像你一样。”

“他丢下妻子一个人在这里不管，自己在洛杉矶胡搞，贝丽尔那时又外出了——到星期五就过了两周。”

我身体僵硬了起来，僵硬到我感觉自己全身肌肉紧绷。到周五就是第二周了，就是说一周前的星期五，八月二十日当天，茱莉亚·梅尔顿夫人本要去达厄尔巴索，却在山脚下的奥林匹亚宾馆停下了。

海恩斯放下空了的杯子，手伸进扣住的衬衣口袋。他递给我一张折角的纸，我小心翼翼地舒展开。上面留着铅笔字迹。

“我宁愿死也不要再和你住在一起，你这个下流的背叛者——贝丽尔。”这是纸片上的内容。

“这不是我第一次出轨，”海恩斯粗野地轻声笑，“只不过是第一次被发现罢了。”他先是咯咯笑，而后便恢复了愁容。我还回他的纸片，他又收进自己的口袋里。“我告诉你这些是为了什么？”他向我吼叫道。

一只冠蓝鸦朝一只硕大的斑点啄木鸟鸣叫，啄木鸟像鹦鹉一样“呱呱”回应。

“你寂寞了，”我说，“你应该倾诉，再放下。再喝一杯，我杯子里还有。那天下午，她离开你后，你也走了吗？”

他情绪不稳定地点点头，酒瓶搁在两腿间。“我们吵了一架，然后我开车去北岸找一个认识的男孩。我感觉自己比污垢都要肮脏和不堪，一定要喝点酒才能好起来。喝完酒后，因为这只假腿，我车开得非常慢，差不多凌晨两点才一身酒气地回到家里。到家后，她已经离开了，只留下这张字条。”

“这是上周五的事儿，对吗？从那以后你就没有她的消息了？”

我问得过于详细了，他冷酷的眼神里夹杂着质疑，但又看向别处。他举起酒瓶，闷声喝酒，又举起来对着太阳看。“伙计，这瓶子他妈的空了，”他说，“她也滚远了。”他的大拇指猛地指向湖的另一边。

“也许她们打了一架。”

“也许她们一起离开了。”

他哑着嗓子笑。“先生，你不了解我的小贝丽尔，她生气起来像个悍妇。”

“听上去她们俩都是如此。海恩斯夫人有车吗？我是想问，那天你开的是自己的，没错吧？”

“我们一人一辆福特。在我的车里，那只好腿的左下脚部分有脚踏风门和刹车踏板。她开走的是自己的车。”

我站起身来，走到湖边，把烟蒂丢进湖里。湖水呈深蓝色，看上去很深。水平线由于春汛涨高了不少，在一些地方，水甚至漫过了大坝。

我走回海恩斯身旁，他正在吸酒瓶里的最后几滴威士忌。“我们得再喝点儿烈酒，”他迅速说道，“我欠你一品脱酒。你都没喝几口。”

“我来之前喝了不少，”我说，“你愿意的时候，我再过来检查屋子。”

“没问题。我们还可以沿湖走走。你不介意我和你闲谈——关于贝丽尔的事儿吧？”

“任何人都会有需要向他人倾诉烦恼的时候，”我说，“我们可以走到大坝对面去，你不必走那么远。”

“妈的，才不要呢。我走得很顺畅，哪怕看上去有些吃力。我有一个月没有沿湖散步了。”他站起来，走进屋子，拿着几把钥匙走出门外，“我们走吧。”

我们朝湖面最远端的小木码头和亭子行进。有一条小道紧邻湖水，在大块粗糙的花岗岩边上蜿蜒曲折，泥巴路离得更远，地势也更高一点。海恩斯踢着自己的右脚，缓缓走动。他郁郁寡欢，醉到只沉浸在自己的世界里，沉默不语。到达小码头后，我便离开了，海恩斯跟着我，脚重重地落在厚木板上。我们走到顶端，越过那个小而开阔的亭子，靠在一根风化了的深绿色扶手上。

“湖里有鱼吗？”我问他。

“当然有。虹鳟鱼，黑鲈。我自己不怎么吃鱼，但我猜里面的鱼多着呢。”

我身体向亭子外伸，盯着静止的深深湖水看。湖底下有漩涡，还有一个绿色的物体在码头下移动。海恩斯倚靠在我身旁的栏杆上，眼睛直勾勾地盯着深湖。码头建造得很牢固，还有水底地板——比码头本身还要宽阔，看样子这个湖以前的水位要低得多，这个水底地板曾供船只停留。一只平底船沉在水底，一根破旧的绳索将它与码头连接起来。

海恩斯一把抓过我的手臂，我差点叫出声来。他的手指像铁爪一样戳我的肌肉，我看向他，他俯下身来，目光如潜鸟一般，脸刹那间变得又白又亮，我随着他看向水里。

在水底地板的边缘处，隐约可见人的手臂在黑袖子里，慢悠悠地从水中的板子下探出来，又犹豫不决地缩了回去。海恩斯慢慢直起身子，眼神突然变得严肃，令人害怕。他一言不发地扭头沿着码头往回走，走到一堆岩石前，弯下腰要将其抬起。我感受到了他的气喘吁吁，他移动了一块石头，挺直厚实的背部，把石头举到齐胸的位置，看样子这块石头肯定有一百磅重。他搬着这块巨石，稳步往码头回走，拖着那只玩具一般的假腿，走到末端的扶手处，将石头举过头顶。他站立着，保持了片刻这个托石头的动作，鼓起的颈部肌肉快撑开身上的蓝色衬衫。

他咕哝着一些听不清的丧气话，然后，整个身子重重地往旁边摔，这块大石头就此落入水中。

大片水花溅到我们身上。石头正好穿过水面，砸到那块水底地板的边缘。涟漪飞速向外洒，水花四溅。水底的板子发出微弱的破碎声，水花与涟漪渐行渐远，我们眼下的湖水开始变得澄清。一块老旧的板子突然冒出水面，被拍下去沉了一会儿后，又漂浮起来。

深邃的湖水又澄清了些，可以看到里面有东西在漂动。那个长长的，晦暗又扭曲的东西慢慢地翻滚、升起，打破水面。此刻，我看到了羊毛——湿透的毛衣，一条宽松长裤，鞋子，还有漫出鞋子，不成形的凸起肿胀物。忽然间，我看到一缕金发浮上水面，静止不动。

然后这个东西翻滚起来，一只手臂在水里拍打，手已经不是正常人的手。这个人的脸翻滚过后，面向天空，浮肿的脸已成泥状，一团灰白，没有任何面部特征，看不到眼睛，看不到嘴巴，只知道这曾经是一张脸。海恩斯看着眼前的尸体，见到尸体脖子下的绿宝石后，右手牢牢抓住栏杆，关节在深棕色皮肤映衬下变得如雪一般洁白。

“贝丽尔！”他的声音似乎从很远的地方传来，越过了高山，穿过繁茂的树林。

4. 湖底女人

贴在窗户上的白色大卡片上，印着几个加粗大写正楷字：继续选丁克菲尔德做警长。窗户后面有一个狭窄的柜台，上面摆了一些覆满灰尘的文件夹。玻璃门上印有黑色字迹：警长、消防队长，城镇警长，商会办公室。恩特。

我走进的地方仅仅是一个松木板棚屋，大火炉在角落里，此外，房间里还有丢着垃圾的书桌，两把硬板凳和一个柜台。墙上悬挂着一幅巨大的区域蓝图，一幅日历，一个保温瓶。桌子旁边，能看到有人在木头上卖力刻下的电话号码。

一个男人倾斜着坐在桌子后的古旧转椅上，后脑勺上戴一顶平沿阔边高顶毡帽，右脚边有一个大痰盂。他无毛的大手掌随意地按在胃上，身穿棕色背带裤，清洗多次且褪色了的棕褐色衬衫，紧扣的扣子包裹起他粗大的脖子，没有系领带。除了雪白的鬓发，他的头发大体呈灰褐色。他左胸前佩戴一个星章，身体左髋下的椅子凹陷得更厉害，因为左髋口袋里有一个皮手枪套，里面装了一把黑色大手枪。

我手撑着柜台看他，他耳朵很大，灰色的大眼睛看上去很友善，好像一个小孩子都能轻易地扒窃他。

“你是丁克菲尔德先生吗？”

“是的，任何触碰法律的事儿，我都要管——不过反正又要迎来选举了。有几个不错的伙计要和我一块儿竞选，我可能要被吊打了。”他叹了口气。

“小鹿湖在你的管辖区域内吗？”

“那是什么地方？孩子。”

“小鹿湖，在后山。归你管理吗？”

“嗯，我想是的。我也是副警长，门上写不下了。”他看了看门，并无不快，“上面列出的地方都归我管。你说的是梅尔顿的地盘吧，嗯？那儿有什么麻烦事吗？孩子。”

“湖里有一具女尸。”

“天啊，不会吧。”他松开自己的手，挠挠耳朵，沉重地站起身——原来他是个高个子，魁梧的男人。“你是说有人死了？谁死了？”

“比尔·海恩斯的妻子，贝丽尔，看上去像自杀。长官，她在水里待了很久，死相很难看。海恩斯说她十天前就消失了，我猜她就是在那个时候自杀的。”

丁克菲尔德在痰盂前弯下腰，吐出一团乱糟糟的棕色烟草，这点小东西便“扑通”地轻声落进痰盂。他抿了一下嘴唇，用手背擦过。

“孩子，你是谁？”

“我叫约翰·达马斯，从洛杉矶来，手里有一张梅尔顿先生要我交给海恩斯先生的字条，上面要求我来看看他的房子。我和海恩斯沿湖散步时，走到人们曾为拍摄电影搭建的码头边，然后看到水底有东西。海恩斯把一块大石头丢进去后，这具尸体就浮了上来。长官先生，这尸体让人看了有些不适。”

“海恩斯也在那儿吗？”

“是的。他受了莫大的刺激，所以我来找您了。”

“孩子，这不足为怪。”丁克菲尔德打开桌子的一个抽屉，从里面拿出满满一品脱威士忌，塞进衬衫里面后扣好扣子。“我们去找孟席斯医生，”他说，“然后去找保罗·卢米斯。”他在柜台边上淡定地走动，周围环境对他的影响可以忽略不计。

他把挂在玻璃里的考勤卡调整成“下午六点回来”，之后便离开了办公室。他锁上门后，坐进一辆车子。车子上有警笛，两盏红色聚光灯，两盏琥珀色雾灯，红白相间的防火板，还有一些我懒得翻阅的文字说明。

“孩子，你在这里等我，我去去就回。”

他把车转进街道，开到向湖延伸的道路上，停在停车场对面的构架建筑前。他走进这栋建筑，和一个高瘦的男人出来。车子慢慢往回掉头，我也紧跟其后。我们穿过村庄，经过穿着短裤躲躲闪闪的女孩儿，身穿泳裤、短裤和长裤的男孩儿。他们中的大部分人都赤条条的，腰部以上晒成了棕色。丁克菲尔德按响喇叭，不过没有鸣警笛，因为那会引得一群车追着他跑。我们爬上一座灰尘扑扑的山峰，停在一所木房前。丁克菲尔德按响车喇叭，大喊大叫。一个穿蓝色工作服的男人打开门说道：“进来，保罗。”

这位穿工作装的男人点点头，退进房子里，戴上一顶脏兮兮的兽皮猎帽后走出来。我们回到马路上，然后沿着一条分岔路开车，于是开到那条私人通道的门口。穿工装的男人下了车，打开门，在我们的车开过之后又将门带上。

当我们到达湖边时，小木屋的烟筒已不再冒烟。我们下了车。

孟席斯医生棱角分明，黄色面孔，眼睛像昆虫一样大，手指上留有烟渍。穿蓝色工装、戴兽皮猎帽的那个男人看上去三十岁左右，肤色黝黑，非常瘦，好像营养不良似的。

我们走到湖边，看向码头。比尔·海恩斯坐在码头的地板上，身子全裸，双手抱头，身后不知道有什么东西在码头上。

“我们可以再往前开一点。”丁克菲尔德说道。我们回到车子里，继续往前开车后又停下，一伙人都朝码头走去。

那个东西就是那具女尸，头朝下倒在码头的木板上，手臂下有一根绳索。海恩斯的衣服放在一边，他的假腿上的皮革和金属还在反光，搁在衣服旁边。丁克菲尔德沉默不语，拿出衬衣里的威士忌酒瓶，打开瓶塞后递给海恩斯。

“随心畅饮吧，比尔。”他随意地说道。空气中泛起一阵恶心、糟糕的味道，但海恩斯、丁克菲尔德，还有孟席斯似乎都没有察觉。卢米斯从车子里拿出一条毯子，丢到那具尸体上，接着我俩都避开了。

海恩斯喝着酒，两眼无神地往上看。他把酒瓶夹在光秃秃的膝盖和义肢之间，开始说话。

他的声音死气沉沉，两眼空空，哪儿也没看，娓娓道来他已经跟我说过的所有内容。他说在我走后，他拉到了那条绳子，脱光衣服后进入水中，把这个东西抬了出来。说罢，他看向那块木板，如雕塑般岿然不动。

丁克菲尔德把一块烟草放进嘴里，咀嚼了片刻，然后咬紧牙关弯下腰，小心翼翼地翻转尸体，似乎担心稍不注意，她就会在自己手中瓦解。晚霞跳耀在我之前在水里看到的、松松垮垮的绿宝石项链上。项链工艺马虎，没有光泽，好像滑石一样，链子部分是镀金材质。丁克菲尔德挺直宽阔的后背，在一块褐色手帕上重重地擤了擤鼻子。

“你怎么看？医生。”

孟席斯声线紧绷，愤慨高亢地说：“你他妈的想要我说什么？”

“死亡原因和时间。”丁克菲尔德温和地说道。

“别他妈的犯傻了，吉姆。”医生凶狠地说。

“你什么都不知道，哈？”

“就凭看一眼这个？我的上帝！”

丁克菲尔德叹了口气，转向我说道：“你第一次看到尸体是在什么时候？”

他停止了嘴巴的动作，眼神空洞地听我说完，然后继续咀嚼起来。“这位置很有意思，没有水流，就算有，也应该是朝大坝流。”

比尔·海恩斯站了起来，蹦到衣服旁边，把腿绑紧。他动作缓慢、笨拙地穿上衣服，把衬衣套在自己湿漉漉的身体上。他谁也没看，又说起话来。

“是她自己害死了自己，只可能是这样。她游到板子下，呛进了些水，也许是卡在下面逃不脱了。没有别的可能。”

“还有别的可能，比尔。”丁克菲尔德仰望天空，和善地说道。

海恩斯在衬衣里摸索出那张折角的便条，递给丁克菲尔德。大家不谋而合地离这具尸体远了些。随后，丁克菲尔德走回去，拿起威士忌瓶放回衬衣里，凑上来和我们一同反复研读这张字条。

“上面没有日期。你说这发生在两周之前？”

“到星期五就是整整两周。”

“她以前离开过你一次，不是吗？”

“是的，”海恩斯没有看他，“那是在两年前。我喝醉了酒，和一个妞儿待在一起。”他狂浪地笑着说。

警长又一次沉着地阅读字条上的内容。“便条是在那个时候留的？”

“我懂了，”海恩斯怒骂道，“你们别想和我兜圈子。”

“字条看上去有点旧呢。”丁克菲尔德彬彬有礼地说。

“我十天前就把它放在衬衣里了。”海恩斯大叫，又一次狂放不羁地笑起来。

“有什么好笑的？比尔。”

“你可曾费力把一个人拖进六英尺的水底？”

“从未有过，比尔。”

“作为只有一条腿的人，我游泳游得相当不错。但是好不到那种程度。”

丁克菲尔德叹了口气，“这并不能说明什么，比尔。也许是用了绳子呢，用绳子把她的头和脚与一块石头，或许是两块石头绑起来。等她沉入水中的板子下后才断了绳索。”

“当然，我就是这么做的。”海恩斯咆哮道，哈哈大笑，“我……就是这样杀掉贝丽尔的。关我进去啊，你这个……”

“我的确有这个打算，”丁克菲尔德温柔地对他说，“这样做是为了调查，不是为了指控你，比尔。你有杀害她的嫌疑，别否认，我可没说是你杀了她，我只是说你有这样做的动机。”

海恩斯身子一垮，瞬间清醒。

“她买了保险吗？”丁克菲尔德仰望天空问道。

海恩斯说：“五千美元。就是这些钱诱导我杀了她，这下你该满意了吧。我们走吧。”

丁克菲尔德缓缓转到卢米斯面前，“回木屋吧，保罗，拿几条毯子出来，我们最好再喝点威士忌酒。”

卢米斯转过身，走上那条通往海恩斯木屋的环湖小道，我们剩余的人都伫立着。海恩斯低头看自己棕色的手，攥紧拳头，一言不发地抡起右拳，用力往自己的脸上挥。

“你……”他低声吼道。

他的鼻子开始流血，没精打采地站着。血液流至他的嘴唇，滑到下巴上，一滴滴向下坠落。

这令我想起几乎已经被我遗忘的场景。

5. 黄金脚链

天黑后一小时，我给霍华德·梅尔顿在比弗利山庄的家打了电话。我是在电话公司里的小木屋办公室打的电话，那个办公室距离狮子山主街道半个街区，几乎听不到射击场里传出的 22 口径的枪声、滑雪球声、昂贵汽车的嘟嘟喇叭声、印第安人头旅店的餐厅里哀伤的乡间音乐声。

接线员联系上他后，叫我去经理办公室接电话。我走进办公室，关上门，坐在一张小桌子上，拿起电话。

“在那里有什么发现吗？”梅尔顿问我，听上去醉醺醺的，好像喝了三杯威士忌一样。

“没有我期待的发现。但那儿的确发生了些事情，不过你不会喜欢的。想听我直说——还是委婉一些？”

我听到他咳嗽了一下，没有听到他房间里发出其他声音。“你直说吧。”他冷静地说。

“比尔·海恩斯说你老婆勾引他——他们发生了性关系。他们喝醉后的第二天早上，她就离开了。海恩斯和妻子后来因为这件事儿大吵了一架，之后他便去了狮子湖北岸，又喝了些酒，凌晨两点才回家。我说的都是他的原话，你应该明白吧。”

我等了一会儿，梅尔顿终于说话了：“我听到你说的话了，你继续说，达马斯。”他的声音暗哑单调，像石板一样没有起伏。

“他回家以后，两个女人都消失了。他的妻子贝丽尔留下一张字条，上面写着她宁愿去死，也不想再和一个肮脏下流的背叛者继续生活在一起。自那天起，他再也没有见到她——直到今天。”

梅尔顿又咳嗽起来，一阵尖厉刺耳的声音穿透我的耳膜，电线传来嗡嗡声和噼啪声。一位接线员打断了我们的交流，我叫他安静点，不要打岔。过了会儿，梅尔顿问我：“海恩斯把这些话都对你——一个完全不认识的陌生人说了？”

“我带了些酒。他喜欢喝酒，而且太苦闷了，需要向他人倾诉。酒精打破了交流障碍。我还没说完。我刚提到他直到今天才见到他的妻子，是指今天她从你房子周围的小湖里面浮上水面。你猜猜她看上去成什么样子了？”

“老天爷啊！”梅尔顿失声大叫。

“她被夹在码头下水底木板下面，那个码头是以前拍电影时修建的。这里的警官，吉姆·丁克菲尔德不太喜欢她那副样子，想拘留海恩斯。我猜他们已经去圣贝纳迪诺找地方检察官，进行验尸和其他步骤了。”

“丁克菲尔德觉得海恩斯杀了她？”

“他觉得有这个可能，但没有完全说出自己的想法。海恩斯上演了一场精彩绝伦的心碎表演，但丁克菲尔德又不是个傻子，他可能了解很多我不知道的和海恩斯相关的事儿。”

“他们搜查海恩斯的家没有？”

“我在那儿的时候，他们没有这样做。后来有可能搜了。”

“我知道了。”他此时的声音听上去精疲力竭。

“临近大选时，这案子对于县检察官来说是个表现的好机会，”我说道，“但是对我们来说就不一样了。如果我不得不出现在审讯现场，我就必须起誓，说清楚我的职业，这就意味着我至少得交代一些待那里的目的，也就是说你也要被牵扯进来。”

“看来，”梅尔顿直截了当地对我说，“我已经牵扯进来了，如果我的妻子……”他突然停下来，咒骂了几句，很长时间没有说话。我听见电线传来的噪声，还有更为刺耳的噼啪声响，听上去像山上什么地方传来的雷声。

最后，我说道：“贝丽尔·海恩斯自己有一辆福特车，和比尔的不是同一辆。比尔的车做了特殊处理，让他能更方便地用左腿做些力气活，现在车子已经消失不见了。我觉得那张字条看上去并不像自杀遗书。”

“你现在准备怎么做？”

“看样子我的工作一直都在受人牵制。我今晚可能会回来，能给你家打电话吗？”

“随时都行，”他说，“我整晚都在家，你随时都能打过来。我觉得海恩斯不可能是那样的人。”

“但你知道自己的妻子喝酒成瘾，还把她一个人丢在那里。”

“我的天啊，”他好像没有听到我说话一样，“一个男人拖着一条木……”

“哦，我们略过这个部分，”我低声吼叫道，“不说这个也够恶心了。再见。”

我挂断电话，走回外面的办公室，给女孩付了电话费，然后走回主街，上了自己停在药店前的汽车。这条街上处处都是华丽的霓虹灯，喧哗嘈杂，还有些发光装饰品。山峰空气干燥，一切声音都似乎能传到一英里之外。我能听到一个街区外有人在说话，再一次下了车，又在药店里买了一品脱酒，便离开了。

当我将车子开上公路，回到小路和小鹿湖的岔路口时，我停在一旁思考，然后开上通往梅尔顿住所的那条道路。

此刻，私人通道大门紧锁，我把车子隐到一旁的灌木丛中，自己爬过大门，沿小路边小心行走，直到湖面上反射的星光突然在我脚下盛放。海恩斯的木屋黑漆漆的，湖边其他的屋子坐落在山坡上，影影绰绰。大坝旁的老水车看上去异常清冷，我竖起耳朵听，却什么声音也没有听到，山里也没有见着夜莺。

我步行到海恩斯的木屋去，欲推开门却发现门锁上了；绕到后门，看到另一扇门也上了锁。我潜行在木屋周围，如一只行走在湿漉漉的地板上的猫咪；想推开没有安全网的窗户，却发现也锁上了。我停下脚步细心聆听，窗户不是太牢靠，干瘪的木头在空气中风干，缩水。窗框和一般村舍的小窗框一样，是往里面锁的，我试着用小刀在窗框间切割，没有成功；背靠着墙，望向湖面的粼粼波光，喝了一口酒。酒劲上身，我把酒瓶放在一边，捡起一块大石头，成功砸破窗框，没有打碎玻璃。我站上窗台，钻进木屋里头。

一道手电筒光打到我脸上。

一个冷静的声音传来：“孩子，如果我是你，我会在那边休息。你一定累坏了吧？”

这道光令我片刻定在墙边，随后，电灯开关咔嗒一声响，落地灯亮了起来，手电筒光随之熄灭。丁克菲尔德静静地坐在皮质莫里斯椅子上，身旁桌子的桌角处悬挂一块棕边方巾。丁克菲尔德穿着那天下午穿过的衣服，衬衫外面还加了一件棕色羊毛夹克衫。他的下巴安静地嚅动着。

“那个电影公司在这儿牵了两英里电话线，”他若有所思地对我说，“对这儿的人们而言，这是件好事。那么孩子，除了闯入这里，你还在想什么别的？”

我抽出一张椅子坐下，环视木屋内部。这个正方形的小房间里有两张床，一张碎呢地毯，还有一些朴实无华的家具，透过一扇敞开的门可以看到角落里的烹调用炉。

“我本来有所计划，”我说，“可从我现在的处境来看，简直是一团乱麻。”

丁克菲尔德点点头，心平气和地打量我，“我听到你车子的声音，”他说，“知道你走的是私人通道，通向这里来。但是你走得非常小心，我一点儿脚步声也没听到。我对你这个人十分好奇，孩子。”

“为什么？”

“孩子，你不觉得左臂下有些沉重吗？”

我朝他咧嘴笑，说道：“我还是说话吧。”

“好吧，你不用大费周章地绕圈子，我忍耐力很强。我猜你有正当权利携带那把六响枪吧？嗯？”

我手伸进口袋，掏出打开的皮夹，放在他厚实的膝盖上。他拿起来，站在赛璐璐窗户后面，小心地举在灯下，观察我执照的影印件。然后把皮夹还给我。

“我猜你对比尔·海恩斯很感兴趣，”他说，“私家侦探，嗯？你体格健硕，适合干这一行；外表也深不可测。我现在有些担心比尔了，你的目的是搜查这个木屋？”

“我的确是这么想的。”

“我觉得可行，但是这里真的没有搜查的必要，我已经尽可能扫了一圈了。谁雇的你？”

“霍华德·梅尔顿。”

他静静咬了几下牙齿，“可以问问他雇你是要干吗吗？”

“找他的妻子。两周前，她背着他离开了。”

丁克菲尔德取下自己的平沿猎帽，理了几下自己灰褐色的头发。他站起来，解开门锁，打开门，又一次坐下，在沉默中看着我。

“他非常渴望躲避公众视野，”我说，“因为他妻子的某种过错可能使他丢掉工作。”丁克菲尔德眼都不眨地看着我，黄色的灯光打在他的侧脸上，镀成青铜色。“我指的不是她酗酒或者和比尔·海恩斯之间的事儿。”我补充道。“这些都不难解释你为什么想搜查比尔的房子。”他温和地对我说。

“我只是一个爱闲逛的家伙。”

有那么一分钟，他纹丝不动，可能在想我有没有和他开玩笑；如果我是在和他开玩笑，他是否有所顾虑。

终于，他说话了：“你真对这个感兴趣吗，孩子？”他从防风夹克衫的斜插袋里掏出一张折叠过的报纸，铺在灯下的桌子上。我走上前，看到报纸上有一条细金链子，上面挂着一个袖珍的锁。这条链子被钢丝钳整整齐齐地修剪过，锁是合上的；链子很短，不过四五英寸长；袖珍的锁长度几乎和链子一样。链子和报纸上面都有一点点白色粉末。

“你猜这是我在哪里找到的？”丁克菲尔德问。

我浸湿一根手指，蘸取白粉后品尝。

“面粉袋。应该是在这房子里的厨房找到的。这是脚链，有些女人戴上后就不会再取下来。不管是谁取下的它，都没有用到钥匙。”

丁克菲尔德慈爱地看着我，靠在椅背上，一只大手拍打一个膝盖，朝远处的松木天花板微笑。我卷好一支烟夹在手指间，再一次坐下。

丁克菲尔德又折好报纸，放回口袋里。“很好，我想可以结束了——除非你想当着我的面搜查。”

“不了。”我说。

“看样子你和我意见相左。”

“海恩斯夫人有一辆车，比尔告诉我的。是一辆福特。”

“没错，蓝色轿跑。隐匿在不远处的一堆石头里。”

“听上去不太像蓄意谋杀啊。”

“孩子，我没说什么是蓄意的。可能是他突发奇想，也许他用自己力大无穷的双手掐住了她的脖子。然后，他被一具需要处理的尸体难倒了。他采用了自己能想到的最聪明的办法，对于一条腿的男人而言，他处理得真他妈的天衣无缝。”

“车子的事儿听上去更像是自杀。”我说，“是计划好了的自杀。人们把这种自杀营造得像谋杀一样，以此陷害他们怨恨的人。她不会开车开得太远，因为她还要走回去。”

丁克菲尔德说：“比尔也不会把车开得太远。那辆车他开起来会非常吃力，因为他习惯了用左脚。”

“他在我们找到那具尸体之前，向我展示了贝丽尔留给他的字条，”我说，“而且是我先走到码头上的。”

“孩子，我们会相处愉快的，等着瞧吧。比尔一定会因为我找到的这条脚链黯然神伤呢。”

他站起身走向敞开的门前，朝黑夜里吐出口中的咀嚼物。“我六十二岁了，”他转过身对我说，“认识一些做尽滑稽事的人。我不用想也能知道，不穿衣服跳进冰冷的湖里，使劲游到那块板子底下，再在那儿丧命是件滑稽的事儿。再说，我向你倾吐了所有秘密，你却什么都没跟我说，这样看来我得趁比尔喝醉酒的时候多和他聊聊天，说说他打妻子的事儿。这在陪审团听起来可不正常，如果这条小脚链是从贝丽尔·海恩斯的腿上掉下来的，这足以把他关进北边的新修毒气室。孩子，我们还是回家比较好。”

我站起来。

“别在马路上抽烟，”他补充道，“在这儿是违法的。”

我将没有点燃的香烟收进口袋里，出门遁入黑暗中。丁克菲尔德熄灭灯，锁上木屋，钥匙收进口袋。“你准备待在哪里？孩子。”

“我准备去圣贝纳迪诺的奥林匹亚宾馆。”

“那是个好地方，但是气候和我们这儿不一样，那里太热了。”

“我喜欢炎热的感觉。”我说。

我们走回到路上，丁克菲尔德向右转弯，“我的车停在了湖的尽头。晚安，孩子。”

“晚安，警官。我觉得他没有谋杀她。”

他都已经走开了，听到我的话后，没有回头。“这样，我们等着瞧吧。”他轻轻地说道。

我走回门口，翻过这扇门，看到我的车子后坐上去，开回到那条窄路上，经过了瀑布。在马路上，我朝西转弯，往大坝和通往山谷的斜坡上开去。

一路上，我想着如果狮子湖的居民们没有投丁克菲尔德继续当警长，那会是一个巨大的错误。

6. 梅尔顿升赌注

当我到达山坡脚下，在圣贝纳迪诺的奥林匹亚宾馆前，一个对角线停车位上停住我的车时，已经过了十点半。我从车后座里拖出一个行李袋，拖着走了四步后，一个穿编织裤、白衬衫和黑领结的旅馆侍者便把袋子接了过去。

值班的店员书生气十足，对我并不热情。我登记了自己的名字。

服务员和我一同乘坐四轮电梯到达二楼，走过两条走廊，绕过一个转角。走着走着，体温都升高了。服务员打开房门，走进这个配一扇窗户和通风井的狭小单人间。

这位服务员高高瘦瘦，黄皮肤，像一片泡在肉汁里的冻肉一样面无表情。嘴里嚼着口香糖，把我的包放在椅子上，打开窗户后站着看我。他的眼睛颜色如水一般澄清。

“给我们带点姜啤酒、玻璃杯和冰。”我说。

“我们？”

“就是我们，如果你喝酒的话。”

“十一点过后我试试看。”

“现在十点三十九分，”我说，“如果我给你十美分，你会对我说‘由衷感谢’吗？”

他露出牙齿笑起来，大力地嚼着口香糖。

他走出去，没有关门。我脱下外套，拆开有些凹槽的枪套；我脱掉领带、衬衫、汗衫，绕着房间走，感受门外吹来的风。这风闻起来像热铁。我走进一旁的浴室，在冷水中浸湿自己的身体，呼吸变得更为畅快；这时，那个高大慵懒的服务员带着酒托回来了。

他关上门，我拿出酒瓶。他把两种酒混在一起，我们便一起喝起来。汗从我脖子后面流到脊椎上，但我还是觉得舒服多了。我坐在床上，举着酒杯看他。

“你能待多久？”

“怎么了？”

“回忆点事儿。”

“我的记性可不太好。”

“我想花钱，”我说，“用自己古怪特别的方式。”我从外套里拿出钱包，把钱靠床沿铺开。

“不好意思，”他说，“你是警察？”

“私家侦探。”

“我很感兴趣，这酒让我的脑子活动起来了。”

我给了他一美元。“试试看这个能不能帮你回忆。我能叫你特克斯吗？”

"你猜对了。"他拖拉着说道，利落地把钞票收进裤子的表袋里头。

"八月十二日，星期五，接近黄昏的时候，你在哪里？"

他抿了一口酒，思考了一下，缓缓晃动酒里的冰块，又吞了一口酒，口香糖还在嘴里。"在这儿，从四点到十二点在这里值班。"他最后回答道。

"那天，一名叫乔治·阿特金斯的女士，一个娇小瘦弱、美丽的金发女郎在这里入住，一直待到东驶的夜班火车发车时间才走。她的车停在宾馆停车场里，我相信现在都还停在这儿。我想见那天帮她登记的家伙，见成了的话，再给你一美元。"我从钞票里抽出一美元，放在床边。

"由衷感谢，"他笑着说道，喝完酒后离开房间，静静地带上门。我喝完手中的一杯酒，又倒了一杯。时间流逝，挂在墙上的电话终于响了起来。我挤在浴室门和床之间的狭小空间中接起电话。

"那个人是桑尼，今天晚上八点下了班。我应该可以让他过来。"

"多久？"

"你想要他过来吗？"

"是的。"

"如果他在家的话，半小时到。还有后来查房的男孩，我们叫他雷。他在宾馆里。"

"让他上来。"

我喝完第二杯酒，想着冰块融化之前，还可以再来一杯。我搅拌冰块时，门外响起敲门声。我打开房门，眼前是一个身材瘦小、尖脑袋、绿眼睛、抿着女孩儿一样的小嘴的家伙。

"喝酒吗？"

"当然，"他说道，给自己倒了一大杯酒，掺了一点儿姜汁。他一大口吞下整杯混合酒，嘴巴叼起一根香烟，又从口袋里掏出火柴划亮。他吹走烟雾，用手扇开，冷冷地盯着我看。我注意到他口袋缝合处上不是数字，而是“领班”这个词。

“谢谢你，”我说，“可以走了。”

“哈？”他不乐意地撇撇嘴。

“你走。”

“你不是要见我吗？”他吼叫道。

“你是夜班的领班？”

“结账的。”

“我想请你喝一杯。我还想给你一美元。在这儿，谢谢你专门上来。”

他接过钞票，站着不动，烟雾从他的鼻子里飘出来，眼里闪着光，看上去很坏。接着，他迅速转身，用力地耸了耸肩，无声地溜出这个屋子。

十分钟后，一阵敲门声响起，声音很轻。当我打开门时，那位高瘦的服务员站在门口朝我笑。我从他身边走开，他便溜进房间，凑到床边，还是咧着嘴对我笑。

“你不喜欢雷吧，嗯？”

“不喜欢。他满意了吗？”

“我猜也是，你知道领班都是这样的，得自己捞点儿好处。达马斯先生，或许你应该叫我雷。”

“所以给她退房的人是你？”

“如果她叫乔治·阿特金斯，那就不是我给她退的房。”

我从口袋里掏出茱莉亚的照片给他看，他仔细地端详这张照片许久。“她长得很像照片上的人，”他说，“她给了我五十美分，在这个小地方，这些钱足够让你记忆深刻了。那位女士是霍华德·梅尔顿的妻子，人们还讨论了她停留许久的汽车，我感觉关于她，我没有其他可以说的了。”

“嗯……她从这儿离开后去了哪里？”

“她乘坐一辆出租马车去了车站。您喝的是好酒，达马斯先生。”

“不好意思，随便喝吧。”他喝起酒来，我便问道，“你还记得任何与她相关的事儿吗？有没有人去探望了她？”

“没有，先生，但我确实想起了一些事情。一个高大英俊的家伙见了她，但她好像并不乐意见到他。”

“啊。”我从口袋里掏出另一张照片给他看，他便再次仔细观察照片。

“这女人看上去不太像她，但我敢肯定上面的男人是我刚才提到的。”

他将两张照片举起，并排放着，看上去有一丝不解。“是的，先生，这就是他。”他说道。

“你这个乐于助人的家伙，”我说，“你几乎记得所有事儿，不是吗？”

“我不明白这话是什么意思，先生。”

“再来一杯吧，我欠你四美元，总共有五美元了。你说的话并不值这个价，你们这些服务员，就想着插科打诨。”

他拿起一小杯酒，一只手将其平衡端在手中，皱起黄色的脸。“我只是尽我所能，”他生硬地说道，喝完酒后安静地将杯子倒放，走到门边说道，“你可以留下这些臭钱。”他将表袋里的一美元拿出来，往地板上一扔。“去你妈的，你这个……”他轻柔地说着，走出房门。

我拾起两张照片后并排放好，皱眉看着它们。经过漫长的等待，我感觉身后有一只冰冷的手指戳向我的脊柱。我曾经短暂体验过一次这样的感觉，但已经摆脱掉了。如今这种感觉又回到我身边，不肯散去。

我走到小桌子前，拿出一个信封，放进五美元封好，并在上面写了“雷”这个名字，把衣服和酒瓶放到髋骨上，捡起我的旅行包，离开了房间。

我走到楼下的休息室，红发领班向我走来。雷靠在一根柱子上，双臂折叠，一言不发。我走到桌子边去结账。

“发生了什么事吗？先生。”店员看上去很困惑。

我付了账便走回自己的车子，转了个弯后又下车走到桌子边，把装了五美元的信封递给店员。

“交给得克萨斯的那个名叫雷的男孩。他在生我的气，但他会好起来的。”

我在凌晨两点前抵达格兰岱尔市，环视一周寻找能打电话的地方，发现了一个通宵的停车场。

我拿出硬币，拨打梅尔顿在比弗利山庄的家的电话号码。他的声音终于通过电线传来，听上去并不困。

“抱歉在这个时间给你打电话，”我说，“但是你说过，我可以随时联系你的。我跟随梅尔顿夫人之前的踪迹，去了圣贝纳迪诺，还到了那里的车站。”

“这个我已经知道了。”他愤怒地说道。

“好吧，再确定一次是值得的。海恩斯的屋子已经被搜查过了，没有什么发现。如果你觉得他知道梅尔顿夫人在哪里……”

“我不知道我在想什么，”他厉声打断我，“听了你说的话，我觉得搜查那个地方是有必要的。这就是你要向我汇报的所有事儿吗？”

“不，”我犹豫地撒了一个谎，“我做了一个梦，梦到今天早上，在切斯特巷的一个房子里有一把椅子，上面有一个女式包。树遮蔽了阳光，屋子里漆黑一片，我忘记把包拿走了。”

“是什么颜色的包？”他的声音像蛤壳一样硬邦邦的，听不出情感。

“深蓝色……也可能是黑色吧，当时光线实在太暗了。”

“那你最好回去拿包。”他立刻说道。

“为什么？”

“因为我花了五百美元雇你——这是你需要做的其中一件事。”

“就算给了我五百美元，我得做的事也是有极限的。”

他咒骂着说：“听好了，小伙子。我是欠你很多，但这个案子得靠你，你可别让我失望。”

“好吧，那房子前门的台阶上可能有成群的警察，而且那地方太安静了，一点儿声音都没有，不管怎样我都不喜欢那里，我已经受够了。”

梅尔顿那头是一阵漫长的沉默。我深吸一口气，继续说道，“而且，梅尔顿，我认为你知道自己的妻子在哪里。古德温在圣贝纳迪诺的宾馆里碰到过她，几天前他拿着她给的支票，在街上碰到了你，你间接帮他兑换了现金。我想你是知道的，你雇我是想要我随她的去向，确保她的行踪能够掩人耳目。”

他那头是更为凝重的沉默，当他再次开口时，他缓和了情绪，用微弱的声音说道：“你赢了，达马斯。没错……这就是勒索，支票交易，但我不知道她现在在哪里，这话绝对属实。包我是一定要拿到的，给你七百五十美元，你觉得如何？”

“好多了。我要在什么时候拿到？”

“如果你收支票的话，就在今晚吧。我要等到明天才能拿出八十美元以上的现金。”

我再次踌躇，感到自己的脸上不禁漾起了笑意。

“好吧，”我最后说道，“就这么说定了。看在这一大沓钞票的分上，我去取包。”

“你现在在哪儿？”他如释重负地问我。

“阿祖瑟。我差不多能在一小时内到达那个地方。”我说了谎。

“加大油门，”他说道，“你会发现我这个人很好合作的。现在你已经深陷窘境了，伙计。”

“我喜欢窘境。”说完，我挂断了电话。

7. 一对替罪羊

我驱车回到切维蔡斯大道，一路开到切斯特巷，熄了车灯，转进小巷中。我飞驰在蜿蜒的小道上，开到古德温房子对面的新房子前。周围没有生命的迹象，眼前没有汽车，没有监视区标识。我必须冒这个险，如同我正走的另一步更险的棋子。

我开上这个房子的车道，走出车门，抬起没有上锁的车库升降门；把车停进车库后，拉下升降门，迂回走到街对面，好像在躲避身后跟随我的印第安人。我在古德温房子前树的遮挡下，悄悄走到后院，躲在最大的一棵树后面；坐在地上，小酌一口瓶中的啤酒。

时光缓慢流逝，实在难熬。我期待有个同伴，却不知道他什么时候才会出现。不过，他出现得比我想象中快。

差不多过了十五分钟，一辆车开上切斯特巷，我透过树叶间的缝隙，隐隐看到它在房子边停下。这辆车没有亮车灯，我喜欢。房子角落处有一个人影静悄悄地闪过：那人个头矮小，脚也要比梅尔顿的小。而且无论如何，他也不会在这个时候从比弗利山庄开车过来吧。

接着，这个影子走到后门，推开后门，随即遁入黑暗的房间里，消失不见。门静静关上，我站起身，迂回穿过柔软湿润的草坪，悄悄踏上古德温先生的门廊，又走进厨房。我静静伫立着，竖起耳朵听：没听见声音，也没有见着光。我从手臂下掏出手枪，枪柄紧握在身边，提起嗓子眼，轻轻呼吸。然后发生了一件有趣的事儿，一道光忽然出现在转门下，延伸到了餐厅。是这个黑影打开了灯，这可真粗心大意！我穿过厨房，推开回转门后便没有再管它。灯光从客厅拱门倾泻进凹室餐厅，我漫不经心地往那边走——太过随意了。我走过那个拱门。

手肘边传来一个声音：“扔掉它……继续走。”我看了看旁边的人，这个女人个子矮小，长得勉强算漂亮，稳稳地拿枪对着我。

“你不是明白人，”她说，“是吗？”

我松开手，任由枪掉在地上，走了四步以后回过头。

“不，我很聪明。”我说。

女人没有再说话，走到一旁，转了一小圈，没有理会那把扔在地板上的枪，直到面对我了才停下来。我越过她，看着带脚凳的角落椅。兰斯洛特·古德温的白色巴克鞋子依旧搁在脚凳上，身体懒散地坐在那把椅子里，左手放在铺锦缎的椅子扶手上，右手垂到地板，挨到那把小手枪。最后一滴血已经凝固在他的下巴上，变成了黑色；坚固的血滴，永久地存留在那里；脸颊已是惨白如蜡。

我又一次看向那个女人，她身穿熨烫平整的蓝色便裤、双排纽扣夹克衫，头上歪戴着一顶帽子；她长长的头发尾部卷曲，深红色的头发里隐约露出蓝光——是染过的蓝色。匆忙涂在脸上的腮红颜色鲜艳，在脸颊高处十分抢眼。她用枪指着我，对我微笑。这不是我有史以来见过最美丽的笑容。

我说：“晚上好，梅尔顿夫人，您拥有的枪可真多。”

“坐在你身后的椅子上，双手抱在脖子后面，不许动。这很重要，别想糊弄。”她露出牙齿，牙龈也不例外。

我照她说的话做了，她脸颊上的笑容便消失不见——虽然这张脸在某些程度上符合大众审美，但却充满敌意。“等一等，”她说，“这也很重要。或许你可以猜猜，到底有多重要。”

“这个房间里弥漫着死亡的味道，”我说，“我猜这也很重要。”

“你就等等吧，聪明的男孩。”

“这个州不再对女人使用绞刑，”我说道，“但灭了两条人命比一条人命所受处分更多，多得多，要坐约十五年或者更久的牢。好好想想吧。”

她什么也没有说，伫立着拿枪指我。那把枪更重，但看上去并没有难倒她。她的耳朵忙着听远处的声音，几乎没有听到我说话。时光不受周遭影响，就这样流逝着。我的手臂开始疼起来。

他终于来了。另一辆汽车安静地开到外面的街道上停下，车门轻轻关上。片刻的沉静过后，房子后门被打开。他的脚步声很沉重，穿过敞开的回转门，走进亮灯的房间；他静默地站立着，环视周围，大脸上眉头紧蹙。他看着坐在椅子上的尸体，手握一把枪的女人，最后看向了我，弯腰捡起我的手枪，丢进自己的侧荷包里，两眼近乎无神地轻声向我走来。他走到我身后，摸了摸我的口袋，从我口袋里掏出那两张照片和一张电报，走开后又靠近那个女人。我放下双臂并摩挲，他们俩都无言地看着我。

终于，他温柔地说道："耍我呢，嗯？我先查了你的来电地址，发现电话是从格兰岱尔——而不是阿祖瑟打来的。我不知道我为什么要那样做，但我的确做了。然后我又打了一个电话，别人告诉我房间里根本就没有你说的包。怎么回事？"

"你想要我说什么？"

"为什么要玩这种小伎俩？这样做是为了什么？"他的声音粗犷又冷漠，不过语气里更多的是关切，而不是恐吓。女人持枪站在他身旁，纹丝不动。

"我是在冒险，"我说，"你也一样在冒险——冒险来到这里。我几乎没有指望这样做会成功，这样的主意会引得你匆忙打电话给她，而她知道我所说的那个包并不存在，你们俩就会知道，我有所预谋。于是你慌了神，想知道我的计谋是什么。你们很确定我没有依照法律办事，因为我知道你们在哪里，可以毫无障碍地助你们逃过一劫。我想带这位女士摆脱躲躲藏藏的生活——就是这么简单。这次我是在冒险，如果成功不了，我就必须再想出一个更好的法子。"

女人轻蔑地说道："我想知道你到底为什么雇了这样一个多管闲事的家伙，呵呵。"

他没有理会她，用冷酷无情的黑眼睛盯着我。

我转过头，迅速对他用力眨了一下眼睛，他的嘴巴瞬间僵住了。女人隔得太远，没有发现我们的神情。

“你需要一个替罪羊，梅尔顿。”我说，“真糟糕。”

他微微转动自己的身体，便略微背对女人。他的眼神死死地停留在我脸上，稍稍挑起眉毛，轻轻点头，还是认为我很好对付。

他处理得很漂亮，脸上露出微笑，转身面对女人说道：“要不我们离开这里，找一个更安全的地方讨论吧？”她正一边听一边思考这句话时，他便飞速放下大手掌，搂住她的腰。她大叫一声，枪掉落在地，后退了进步，握紧拳头朝他的脸挥去。

“噢！知趣的话快坐下来！”他冷淡地说。

他弯下腰，拾起女人的手枪，丢进自己的另一侧口袋里，然后露出了笑容——一个大大的、自信的笑容。他已经完全忘记了一件事儿，我也差点笑出声来，尽管现在我身处这样的境地。女人坐在他身后的椅子上，头深埋在手中。

“你现在可以告诉我了，”梅尔顿兴高采烈地说，“如你所说，我为什么需要一个替罪羊？”

“关于电话，我撒了一个小谎。一个足智多谋的乡下警察带着筛子去了海恩斯的木屋，在面粉袋里发现了一条被钳子夹断的金色脚链。”

女人发出古怪的叫声，梅尔顿甚至懒得往她那边看。此刻，她也全神贯注地看着我这边。

“他或许会查明一切，”我说，“也有可能查不出来。首先，他不知道梅尔顿夫人在奥林匹亚宾馆待了一夜，也不知道她在那里见到了古德温。如果他知道这事的话，他不用多久就能查明真相。若他像我一样，拿得出照片展示给旅馆服务员，那位给梅尔顿夫人办理退房手续、并因为她没有按照规定取走自己的车而对她有印象的服务员也会记得古德温，记得他对她说过话。他说梅尔顿夫人当时受到了惊吓，不确定照片上是不是她，虽然他认识她。”

梅尔顿微张嘴巴，扮了个奇怪的鬼脸，牙齿咯咯作响。女人无声地站到他身后，又一寸寸挪开，隐入房间黑暗的角落里。

我没有看她，梅尔顿似乎也没有听到她的动静。

我说：“古德温跟着她进了城，她一定是乘的公汽或者租了汽车，因为她把自己的车留在圣贝纳迪诺没有开走。在她不知情的情况下，他跟着她走到了她躲藏的地方。她那么警觉，他还是找到了她，这可真厉害。她暂时拖住了他一会儿——我不知道具体过程是怎样的，而且他一定每分每秒都在监视她，因为她没有从他身边溜走。后来，她再也拖不住他了，就写了一张支票，但那张支票只能暂时维持安稳。男人回来向她要更多的钱，她便了结了他的生命——他永远倒在了那张椅子上。你不知道这件事，否则今天早上不会派我过来。”

梅尔顿冷冷地笑着。“没错，我不知道这事儿，”他说，“这就是我需要替罪羊的原因？”

我摇摇头，“看样子你没有听懂我的意思，我告诉你古德温私底下认识梅尔顿夫人，这消息并不新鲜，对吗？古德温手里有什么梅尔顿夫人的把柄，可以用来勒索她呢？什么都没有。他不是勒索她，梅尔顿夫人死了，死了十一天。今天她的尸体才从小鹿湖里冒出来——身上穿的是贝丽尔·海恩斯的衣服。这才是你需要找个替罪羔羊的原因——而你已经找到了一个，和两个备选人员。”

待在房间阴影处的那个女人俯身捡起一个东西便冲了过来，边跑边喘着粗气。梅尔顿猛地转身，两手飞快插进口袋，不过犹豫了太久，眼巴巴地看着女人从古德温手边的地板上抓起手枪，这把遭他遗忘的手枪。

“你……”她叫道。

他依旧不怎么害怕，双手做出和解的动作，柔声说道：“好的，亲爱的，我们按照你喜欢的方式玩儿。”他的手臂很长，这时候都可以碰到她，这个动作他在她拿枪的时候就已经做过了。他又试了一次，急速扑向她，大手一挥。我一只脚往前伸，想要绊倒他，但是距离太远——真的太远了。

“我就是那个合适的替罪羊，对吗？”她尖声说道，往后退步，手里的枪响了三声。

他身上中了几颗子弹，往女人身上扑，重重栽在了她身上，把她撞到墙边，她之前应该也料想到了这一点。他们撞到了一起，他重重压在她身上，她发出哀号，抬起握枪的那只手，向我招手。我把她手里的枪掴到一边，从他口袋里掏出我自己的枪，跳到一旁后坐下，感到脖子后面像冰一样寒冷。我坐在一旁，手握着枪放在膝盖上，等待。

他的大手掌伸了出来，握住爪子形状的沙发腿，握在沙发腿上的手都变得惨白。他弓着身子滚动，女人又一次哀号起来。他的身体滚了回去，全身松弛，那只手也松开了沙发腿，弯曲的手指安静地舒展开，软软地塌在地毯绒毛上。我听到一阵噎住后急促的呼吸声——再就是沉默。

她拼命从这个男人身下逃脱，站起身子，气喘吁吁，像只动物一样怒目而视。她一声不吭地转身，跑了出去。我没有拦住她，放她走了。

我走了过去，在这个蜷着身体的大个子面前蹲下来，拿一只手指用力戳他的脖子。我静默着站起身，弯下腰，感受了一下他的脉搏，细细聆听，缓缓直起身子以后，更加仔细地倾听。没有警笛声，没有汽车声，没有一点儿声音。屋子里只有死一样的沉寂。我把枪放回手臂下面，开灯，开前门，走上通向人行道的小路。街道上没有动静。马路边上，古德温住房的尽头处，有一辆大车停靠在消防栓旁。我穿过街道，走到那个新房子边，将车开出车库，又一次关上车库门，再次开往狮子湖。

8. 保留丁克菲尔德的警长职位

这个木屋坐落在一个山谷里，在丛生的斑克松前面。像谷仓一样的车库旁放着一堆柴，车库面向清晨的太阳，丁克菲尔德的汽车在车库里面闪闪发光。从这里到前门有一段加栓的走道，炊烟吞吞吐吐地从烟筒里升起。

丁克菲尔德自己打开门，身穿一件灰色旧翻领毛衣、卡其色裤子，刚刚剃过胡子，看上去像婴儿一样柔和。

“很好，进来吧，孩子。”他平和地对我说，“我看你一大早就在工作，是不是昨晚没有下山啊？”

我经过他，走进屋子，坐在一张盖编织椅罩的波士顿摇椅上，摇来摇去，椅子吱吱呀呀地叫唤，听上去很自在。

“咖啡马上好。”丁克菲尔德亲切地说道。

“艾玛会给你准备一个碟子。孩子，你看上去累坏了。”

“我去了山下，”我说，“才从山下回来。昨天看到的湖中尸体不是贝丽尔·海恩斯。”

丁克菲尔德说：“哦，这样。”

“你看上去好像不太惊讶呢。”我不满地说。

“我没那么容易吃惊，孩子，尤其是在吃早餐前。”

“尸体是茱莉亚·梅尔顿，”我说，“她是被谋杀的——被霍华德·梅尔顿和贝丽尔·海恩斯杀害。她穿的是贝丽尔的衣服，被他们丢到湖中的木板下，离水面有六英尺，这样一来，她就会在水底待得足够久，久到看上去成了茱莉亚·梅尔顿。这两位女士都是金发，体形相当，模样相近。比尔说她们看上去像姐妹，可能指的不是双胞胎姐妹。”

“她们是有些相似，”丁克菲尔德看着我，凝重地说道。他抬高声调，“艾玛！”

一个穿印花服装、肥胖的腰间系着一条白围裙的矮胖女人打开屋子的内门，咖啡和油炸培根的气味扑鼻而来。

“艾玛，这是从洛杉矶来的达马斯侦探，添一套餐具，我会把桌子从墙边拖出来一点。他这个小家伙一定又饿又累。”

这个矮胖的女人低头微笑，在桌上添了一套银制餐具。

我们坐下了，吃着培根、鸡蛋、薄煎饼，喝了数夸脱咖啡。丁克菲尔德的食量差不多能敌四个人，而她的妻子则像一只小鸟在吃食，不断起身多添一点食物。

我们吃完后，丁克菲尔德的妻子收起盘子，一个人待在厨房里。丁克菲尔德切下一大片烟草，小心翼翼地塞到嘴里，我则又一次坐到波士顿摇椅上。

“好吧，孩子，”他说，“我想我已经准备好要听你说话了。我对那条离湖很近、被藏起来的金链子很好奇。但是我脑子转得慢，是什么让你认为凶手是梅尔顿呢？”

“因为贝丽尔·海恩斯还活着，只是头发染了红色。”

我一五一十地告诉了他整个故事，没有丝毫保留。丁克菲尔德直到听我说完才说话。

“好吧，孩子，”他说道，“你在这次工作里侦查能力十分突出——虽然有几次是和运气相关，但运气也是很必要的元素。但是这事儿与你完全不相干，不是吗？”

“是不相干，但是梅尔顿骗了我，把我当一个傻瓜骗。我这个人可是很固执的。”

“你觉得梅尔顿为什么要雇你？”

“他必须这样做。这是他计划中必要的一部分，要能在最后确定这具尸体的真实身份。这或许要花点儿时间，可能要等尸体被埋，案子了结了才能确定下来。但他最终不得不让人认出这具尸体，为的是拿到妻子的钱。也许要花几年时间法院才会宣告她法定死亡，当最终宣告成功后，他便能展示出一副曾费心寻找妻子的样子。如果他的妻子真如他所说，有盗窃癖，那他便有了雇私家侦探而不是报警的绝佳借口。但他也不能坐视不管，毕竟还有古德温的威胁。他可能计划杀害了古德温，要我去当他的替罪羊。他一定不知道贝丽尔早已杀害了他，否则不会让我去古德温的家里。”

“之后……我太傻了，在给格兰岱尔警局打电话，报告古德温死亡之前来到了这里——或许他以为可以用钱打发我吧。这场谋杀案非常简单，但有一个角度是贝丽尔没有意识到和思考过的——她可能爱上了他。这样一个贫穷、又嫁给了一个酒鬼的女人，有可能会被梅尔顿这样的男人吸引。”

“梅尔顿没想到这具尸体会在昨天被发现，因为这纯属意外；不然他让我继续自己的工作，直到尸体被发现才停止暗示。他知道有人会怀疑海恩斯杀了妻子，那封她遗留的字条看上去根本不像真正的自杀遗书。梅尔顿也知道自己的妻子曾和海恩斯在一起逍遥快活，缠缠绵绵。”

“他和贝丽尔只需要等待良好时机。那天海恩斯离开房子，开大卡车去了北岸，一定是贝丽尔从某个地方给他打了电话，这个你是可以查到的。他车开得快的话，三个小时就能回来，那时候茱莉亚可能还在喝酒，梅尔顿将她打晕后，给她穿上贝丽尔的衣服，把她丢进湖里。他体格庞大，一个人做这些事没太大问题。贝丽尔兴许就在通往木屋的唯一道路上放哨呢，这就给他藏金色脚链到海恩斯屋子里提供了机会。接着，他迅速回到城里，贝丽尔便穿上了茱莉亚的衣服，并开走茱莉亚的车，带上茱莉亚的行李，抵达圣贝纳迪诺的宾馆。”

“她也真够倒霉的，碰到了古德温，被迫和他说话。古德温一定察觉到了不对劲：可能是因为她的衣服和行李，也可能是她和他说话时自称梅尔顿夫人。于是他跟着她进了城，接下来的事你就知道了。

在我看来，梅尔顿让她如此行踪，表明了两件事情。一、他想在尸体被正式鉴定前再争取些时间。依照比尔所说过的话，几乎可以确定这具尸体是贝丽尔——比尔会因此处于十分不利的境地。”

“二、当尸体确认为茱莉亚·梅尔顿时，贝丽尔伪造的行踪会使这件事变成贝丽尔和比尔为了钱财共同谋杀茱莉亚。我觉得，梅尔顿错在没有把脚链埋在对的地方。他应该把脚链和螺栓，或者其他东西绑在一起，扔进湖里；等过些时候了，装作在无意中把它捞起来。把脚链藏在海恩斯的木屋里。问我有没有人搜查了海恩斯的房子，这未免有点粗心。但是蓄意谋杀总会犯这样的错误。”

丁克菲尔德把口中的烟草移到另一边咀嚼，走到门口吐掉，站在敞开的门前，两只大手紧扣着放在背后。

“他可能会把这件事归咎部分到贝丽尔身上，”他转过头对我说，“他不会让她说出太多真相的。孩子，你是不是这么想的？”

“当然。一旦警察找到了她，案子公开在报纸上——我指的是案子的真相，他一定会干掉贝丽尔，并营造出是她自杀的假象。我想可能会这样发展。”

“你不该放那个杀了三个人的女人走，孩子。你还做了其他不该做的事，但要放她走就太恶劣了。”

“这是谁的案子？”我吼叫道，“你的——还是格兰岱尔警局的？贝丽尔会被绳之以法，她已经杀了两个男人，下次再要新花招的时候会吃点苦头。还有一些附属的证据有待挖掘，但这是警察的工作——不是我的工作。我知道你现在正在为改选做准备，要和几个年轻人竞争，我回到这里也并不是为了山间空气。”

他转过身，狡猾地看着我，“孩子，我似乎感觉你认为我丁克菲尔德是个软弱的老家伙，不舍得把你丢进监狱。”然后，他笑着拍了拍自己的腿。“继续选丁克菲尔德当警长，”他朝着敞开的大门外喊道，“你就是对的，他们会选我。这件事情之后，他们若不选我，那他们就是不折不扣的蠢货。我们散步走到办公室吧，然后给圣贝纳迪诺的检察官打电话。”他叹了一口气，“梅尔顿真是太聪明了。我喜欢简单点的家伙。”

“我也是，”我说，“所以我来到了这里。”

他们在加利福尼亚至俄勒冈州的线路上抓了贝丽尔·海恩斯，坐上一辆租来的车子，原路返回南边的怀里卡。公路巡警以日常边界水果检查为由拦住了她，但是她不知道是怎么回事，拿出了另一把枪。她还装着茱莉亚·梅尔顿的行李，穿着茱莉亚·梅尔顿的衣服，携带茱莉亚·梅尔顿的支票簿，里面有九张空白支票的签名是模仿茱莉亚·梅尔顿的字迹。给古德温开的那张支票被证明是伪造的。

丁克菲尔德和县检察官为我与格兰岱尔警局辩护，但我还是被训斥了。之后，我收到了紫罗兰马吉赠予我的大块多汁的覆盆子，手里还留着已故的霍华德·梅尔顿提前支付给我的五十美元。丁克菲尔德以绝对优势，保住了警长的头衔。

我在等待

凌晨一点钟，夜间门房卡尔，关闭了温德米尔酒店主厅里三盏台灯中的最后一盏。蓝色地毯随之深了一两个色度，墙壁渐远，依稀可见椅子里有一个懒洋洋的身影。角落里布满蜘蛛网一般的回忆。

托尼·李赛克打着哈欠，头歪到一边，聆听大厅远处的昏暗拱门外，广播室里传出的微微颤动的音乐声。他蹙了蹙眉。凌晨一点后的广播室本该无人打扰，只属于他一个人；然而那个红发女孩的出现，扰了他美好的夜。

他先是微蹙眉头，转瞬间嘴角边漾起了微笑。他是一个个头矮小、肤色苍白、大腹便便的中年男子；他放松地坐着，修长的手指扣在一起，覆在表链上的鹿齿上：这是技艺娴熟的艺术家才会有的修长手指，手指从指关节往外越来越纤细；指甲修剪整齐，尾部微呈竹片状，真是好看。托尼·李赛克轻轻揉搓手指，海灰色的双眸里透出一丝平静。

他又一次蹙起眉头。音乐声打扰到了他，于是他无比轻盈地起身，动作一气呵成，都没有拿开扣在表链上的手。他上一刻都还惬意地倚在椅子里，下一刻就平平稳稳地站了起来，好像刚才的那个起身没有发生过，只是幻觉一般。

他穿着打磨光亮的小鞋子，步履优美地走过拱门下的蓝色地毯。音乐声又大了些，净是些迷醉喧闹、狂热激动的摇滚爵士乐，实在太过嘈杂。红发女孩坐在那儿，静静看着大收音机上被磨损的部分，好像洞察了那些收音机里乐队成员例行公事的笑容，还有流淌在他们背上的汗水。她的身体蜷成一团，小心翼翼地窝在一张最柔软的沙发床上，好似花匠用包装纸包住的胸花。

她的头没有转动，只是倚靠在那儿，一只小手握成拳头，搁在桃色的膝盖上；身穿厚重的宽松竹节丝睡衣，上面点缀着黑色莲花蓓蕾。

“你喜欢古德曼吧，克雷西小姐？”托尼·李赛克问道。

女孩缓缓抬起眼睛，眼里泛着暗淡的光，深邃眸子里的紫色好似黯然神伤。这双深邃的大眼睛里没有一丝思索的痕迹，典雅的脸庞上没有任何表情，嘴里也没有说出一句话。

托尼朝她微笑，手指移到身体两边，一根根地弹动跳跃。“你喜欢古德曼吧，克雷西小姐？”他温柔地重复这句话。

“倒不至于让我泪眼婆娑。”她淡漠地说道。

托尼的脚以鞋跟为重心，一上一下地摆动，盯着她深邃空洞的大眼睛看。不过，这双眼睛真的深邃又空洞吗？他俯身调低收音机音量。

“别误会，”女孩说道，“古德温规规矩矩地赚钱。在眼下的时日，任何一个赚合法钱的家伙都应该受到尊重。不过这爵士乐给我的感觉就像没了气儿的啤酒，我还是喜欢激情澎湃一点的音乐。”

“也许你喜欢莫扎特。”托尼说。

“你就继续开我的玩笑吧。”她说道。

“我没有跟你开玩笑，克雷西小姐。我认为莫扎特是有史以来最伟大的音乐家——而托斯卡尼尼是他的忠实拥趸。”

“我还认为你是这个酒店的侦探呢。”她脑袋窝在枕头里，透过自己的睫毛看着他。“给我放点儿莫扎特的音乐吧。”她又说道。

“太晚了，”托尼叹了口气，“现在听不了。”

她又用洞察世事的眼神看了他一眼，“你盯住我了，对吗？侦探先生。”她微微一笑，声音如呼吸般细微，“我做错了什么？”

托尼玩味地笑了笑，“克雷西小姐，你什么都没做错，一点儿错都没有。但你看上去需要呼吸些新鲜空气了。你在酒店里连续待了五天，还没出过门。而且您住的可是塔楼房间呢。”

她又一次笑了起来。“给我说一个塔楼房间的故事，我这时候好无聊。”

“从前有个女孩，和你住同一间套房。她和你一样，在酒店里待了整整一周，完全没有出门，几乎没有和任何人说话。你猜猜她后来干了什么？”

女孩凝重地看着他，“她没结账就跳楼跑了。”

他伸出一只修长的手，慢慢翻转，摆动手指，好像在破一道懒洋洋的游离的浪花。“哈……她向服务员要来账单后便结了账，然后她吩咐服务员半小时后回来取她的行李，之后她便走到了阳台外。”

女孩稍稍向前倾了倾身体，眼神依旧严肃，一只手盖在桃色的膝盖上，说道：“你刚说你叫什么名字？”

“托尼·李赛克。”

“听上去像个服务生。”

“没错，”托尼说，“波兰服务员。”

“你继续，托尼。”

“克雷西小姐，每一间塔楼套房都配置了私人阳台。对于街边十四层楼高的楼房而言，阳台围墙太矮了。那是一个黑夜，高高的天上飘着云。”他垂下一只手，做了一个终结的手势，一个永别的手势。“没有人看见她跳楼，但当她坠到楼底时，发出的落地声好像大枪走火了似的。”

“你就编吧，托尼。”她用干巴巴的声音呢喃道。

他玩味地朝她笑，用沉静的海灰色眼睛盯着她看，这眼神几乎要抚顺她的秀发。“伊娃·克雷西，”他沉思着说道，“一个在等待光明的名字。”

“托尼，我在等的是一个为人不怎么样的大个儿黑人，你可能不在意原因，但我曾与他结过一次婚，可能马上要与他结第二次婚了。人的一生中可能会犯很多错误。”她搁在膝盖上的手掌缓缓舒展开，直到手指张开到了极限才停下，随后又迅速握紧拳头，哪怕在如此昏暗的灯光下也能见到关节正闪闪发亮，如擦亮的小骨头一般，“我以前对他耍了一把粗俗的花招，无意中将他置于糟糕的境地。你也不会在意这件事儿，总之是我欠他的。”

他轻轻弯下身子，扭动收音机上的旋钮，一曲华尔兹随之幽幽响起，飘散暖空中。这是一曲俗丽的华尔兹，但毕竟也算华尔兹。他调大音量，沉闷的旋律如旋涡般从扬声器中喷涌而出。自从维也纳曲风消亡，所有华尔兹都变得黯淡无光。

女孩手放在一旁，跟着旋律哼了三四下后，倏忽间闭紧嘴巴，停止哼唱。

“伊娃·克雷西，”她说，“也曾身处光明，但她去了狂欢作乐的夜总会，那个肮脏下流的地方。他们突袭了那儿之后，光明便不复存在了。”

他近乎嘲弄地对她笑，“你在那儿的时候它可不是下流的地方，克雷西小姐……管弦乐队经常有老看门人在酒店门口上下忙活的时候，奏响这首华尔兹。那时候他们会因为胸前的奖章沾沾自喜。埃米尔·詹宁斯的《最后的笑容》，你应该都忘记了吧，克雷西小姐。”

“春天，美丽的春天，”她说，“是的，我从没有看过这部电影。”

他背朝她走了三步路后转过身。“我得上楼锁门了，希望刚才没有打扰到你。这时候太晚了，你也该去睡觉了。”

这首俗丽的华尔兹乐戛然而止，一个声音说起话来。女孩的声音穿透过收音机里的声音，“你觉得真有那样的事儿吗——阳台的故事？”

他点了点头。“我以前觉得会有，”他轻声细语地说道，“但现在不信了。”

“不可能，托尼。”她的笑容好似飘落的树叶一样哀愁，“来，和我多聊聊这个故事。红发女郎不会跳楼的，托尼。她们会咬紧牙关——再一点点衰老。”

他凝重地看了她一会儿，接着踏地毯离开。门房站在通往主厅的拱门下，托尼还没有往那边看，就知道有人在那儿。每当有人在他周围，他都会察觉。他就像《青鸟》里的那头驴，绿草生长他都能听见。

忽然间，门房抬起下巴朝他看，制服衣领上的大脸看上去汗津津的，很激动的模样。托尼向他靠近，随后便两人一起经过拱门，走到昏暗的大厅中间。

“有麻烦吗？”托尼疲惫地问道。

“托尼，外面有一个男人要见你，但他不肯进门。那时我在擦门的厚玻璃，一个高个子男人走到我旁边，抿着嘴对我说：‘把托尼叫出来。’”

“哈……哈，”托尼看了看门房黯淡的蓝色瞳孔，问道，“那人是谁？”

“阿尔，他让我告诉你他是阿尔。”

托尼的脸变得像面团一样僵硬惨白。“好的。”他准备出发。

门房抓住他的袖子，“听着，托尼。你是不是树敌了？”

托尼礼貌性地对他笑，面部表情依旧僵硬。

“听着，托尼。”门房又将他的袖子握紧了些，“街区边上，停出租车的另一侧停了一辆黑色大轿车。一个男人站在车旁，脚踩在脚踏板上。和我说话的那个男人穿一件紧身深色大衣，领子高高竖起来，贴在耳边；帽子压得很低，基本上看不见他的脸。他抿嘴对我说，‘叫托尼出来’。你没有树敌，对吗？托尼。”

“唯一的敌人是金融公司，”托尼说，“快让开。”

他步履缓慢，略显僵硬地走过蓝色地毯，踏上三级浅台阶，走到前厅。我所在的一边有三台电梯，另一边则是一张桌子；三台电梯里只有一台还在运行。夜间电梯员安静地伫立在敞开门的电梯外，双臂交叉，身着镶银边的蓝色制服。他是戈麦斯，一个精瘦黝黑的墨西哥男孩，才开始值夜班。

另一侧是一张玫红色的大理石桌，夜间职员轻轻趴在桌上休息。他打扮整洁，长着纤细红胡子，绯红的脸颊好像涂了腮红一样。他盯着托尼看，用指甲拨弄自己的胡须。

托尼用食指指着那个职员，另外三根手指收进手掌，弹起大拇指后打起响指来。职员拨弄着另一边的胡须，看上去百无聊赖。

托尼走过关了门的漆黑报摊，经过药店侧门，走到向黄铜包边的玻璃板门。他停下脚步，用力地深呼吸，舒展肩膀，推开门便走了出去，遁入湿冷的空气中。

街道黑灯瞎火，静谧无声。两街区外的威尔希尔街道上，日间喧闹的交通在此刻变得没有生气，也没有意义。左侧有两辆出租车，这两名司机正并肩背靠挡泥板抽烟。托尼走上另一条道，那辆黑色轿车距离酒店入口街区有三分之一的距离。车灯黯淡，直到他快走到车旁边才听到车子引擎转动的声音。

一个高个男人从车里走出来，踱步步到他身边，两手插在暗色高领大衣的口袋里，嘴里叼一根香烟，香烟发出微弱的光芒，如同生了锈的珍珠。

他们俩都停下脚步。

高个男人说道："嘿，托尼，好久不见。"

"你好啊，阿尔。最近怎么样？"

"还不错。"高个男人开始从大衣口袋里掏出右手，接着停止了动作，无声地笑了出来，"我给忘了，你应该不想和我握手。"

"这又不能说明什么。"托尼说，"连猴子都会握手。阿尔，你在想什么呢？"

"托尼啊，你还是那个滑稽的小胖子啊。"

"我猜也是。"托尼使劲眨了眨眼睛，喉咙紧绷。

"你喜欢这儿的工作吗？"

"工作而已，谈不上喜不喜欢。"

阿尔再次轻笑道："托尼，你别急，我就直切主题好了。你想继续待在这个岗位上吧？那行，一个名叫伊娃·克雷西的女人住在你工作的安静酒店里，你把她弄出来，动作麻利点。"

"什么情况？"

男人抬头看向街道，坐在轿车后座的男人轻声咳嗽。"她惹了事，我们来这儿不是针对她个人，但她会给你带来麻烦的。托尼，给你一小时时间，把她弄出来。”

“没问题。”托尼漫无目的地说道，尽管这句话没有意义。

阿尔的手掏出口袋，伸到托尼胸膛前，懒洋洋地轻轻推了他一把。“我不会为了取乐而告诉你前因后果，小胖兄弟，把她弄过来就好。”

“好。”托尼语气平和地说。

高个男人收回手，打开车门后像一道纤细的黑影一样溜了进去。

他坐定后对车里的另一个人说了几句话，便又走出车门，走回静默伫立的托尼身边，黯淡的瞳孔里反射出街道上的微弱灯光。

“听着，托尼。你总是懂得明哲保身，是个聪明人。”

托尼没有回应他。

阿尔高大的身影急不可耐地朝他靠拢，高高立起的衣领几乎要碰到托尼的耳朵。“托尼，这是一桩棘手的生意。他们不赞成我这样做，但我还是要告诉你这件事。和这个克雷西结婚的人名叫约翰尼·雷尔斯，这个雷尔斯在两三天前，也可能是一星期前，刚从昆廷监狱里放出来。他因过失杀人坐了牢，是这个女孩把他送进了监狱。那是一个夜晚，他醉酒后驾车，撞了一个老人。那时她在他身旁，他不肯停车，女孩叫他去自首，不然她就去告发他。不过他没有自首，于是警察找上了门。”

托尼说：“真是太糟糕了。”

“这是情有可原的，干我这一行就会知道。这个雷尔斯在牢里吹嘘，说那个女孩会等他出狱，原谅并忘掉他犯下的错；他还说一出狱就会去找她。”

托尼问道：“他跟你什么关系？”他的声音干巴巴的，僵硬如厚纸片。

阿尔笑出声来，“我的那些兄弟想见见他，他在特里普路上管理一台赌桌，和另一个家伙合谋骗走了赌场五万美元。另一个家伙差不多还清了二万五千美元，但我们还得找雷尔斯把剩下的窟窿填平了。我们可不健忘，也不好惹。”

托尼抬头望向漆黑一片的街道，其中一个司机扔出一根烟蒂，烟蒂飞过车顶，在空中划过一道长长的弧线。见它坠落到地，在人行道上亮起火光，他听着大轿车发出的令人难以察觉的引擎声。

“我完全不想牵扯进来，”他说，“我叫她出来。”

阿尔后退几步，点头说道：“聪明的孩子。妈妈最近怎么样？”

“她很好。”托尼说。

“给她送去我的问候。”

“只问候怎么够呢？”托尼说道。

阿尔迅速转过身，走进轿车。车子慢吞吞地转到街区中间，往回开到角落里。车灯光落到了墙上，随后车子一个转弯，便消失不见。残留的汽车尾气飘到托尼鼻子边，托尼转身往回走，进入酒店，向收音房走去。收音机依旧喃喃低语，但女孩已经离开了前面的沙发床，沙发垫上还留有她身体压过后形成的凹痕。托尼用手触碰沙发垫，发现还是温热的。他关闭了收音机后站在那儿，缓慢地在身体前转动一个拇指，手贴着胃部放平，然后经过大厅，走到电梯边装白沙的陶罐旁。职员在桌子边的鹅卵石玻璃后忙着工作，周遭给人一种死气沉沉的感觉。

电梯边没什么光亮，托尼看到中间的指示器显示电梯此时在十四楼。

“她应该上床睡觉了。”托尼压着嗓子说道。

电梯边门房的房门打开了，那个年幼、值夜班的墨西哥人走出房门，身上穿着便装。他安静地斜着眼睛瞟了托尼一眼，瞳孔颜色像风干过的栗子。

“晚安，老板。”

“嗯。”托尼心不在焉地应和道。

他从天鹅绒口袋里掏出一根斑纹细雪茄并嗅了嗅，夹在干净的手指间转动，慢慢地检查。雪茄边有一道小口子，见状，他蹙起眉头，把雪茄搁在一旁。

远远传来一阵声响，停在指示器上的指针开始在黄铜钟面上转动。灯光在通风井里亮起来，洒在电梯下的地板上，驱散了下方的黑暗。电梯停下了，门开后，卡尔从电梯里走了出来。

与托尼四目相对时，他的眼皮跳了一下。门房走到托尼身旁，头歪到一侧，粉色的上嘴唇上有一道熹微的光。

“听着，托尼。”

托尼飞速抓住他的手，把他转了一个圈，又迅速推了他一把，但动作有几分随意；托尼把他推下台阶，到了昏暗的主厅后，挤进一个小角落。托尼丢下卡尔的手臂，再次毫无缘由地绷紧喉咙。

“怎么？”他阴郁地问道，“听什么？”

门房手伸进口袋，掏出一美元。“他给了我这个，”卡尔懒散地说道，亮晶晶的眼神越过托尼的肩膀，什么也没看，两只眼睛飞快地眨巴，“冰和姜汁汽水。”

“别拖拖拉拉的。”托尼低声吼叫道。

“住在 14B 房的人。”门房说。

“你哈口气让我闻闻。”

门房顺从地靠了过去。

“你喝酒了。”托尼严厉地说道。

“他给了我一杯酒。”

托尼低头看了看那张一元钞票，说道：“没有人住在十四楼，在我印象中是这样的。”

“不，十四楼有人。”门房舔舔嘴唇，眼睛张张合合数次，“高个黑人。”

“好吧，”托尼愤愤说道，“行。14B 房有个高个黑人，他给了你一块钱和一杯酒。然后呢？”

“他手下有一把枪。”卡尔说道，眨了眨眼。

托尼微笑着，然而眼神变得如厚冰块儿一样了无生机。“你带克雷西小姐上楼回她房间了？”

卡尔摇摇头，“戈麦斯带她上去了，我看到她上楼了。”

“离我远点，”托尼咬牙切齿地说道，“别再喝客人给的酒。”

托尼一动不动，直到卡尔走回电梯旁的小房间，关上了房门。他静悄悄地走上三级台阶，站在桌子前，看着纹路清晰的玫红色大理石桌、玛瑙钢笔、皮框中崭新的登记卡。他抬起一只手，使劲拍向桌子。玻璃板后的职员吓得弹了起来，像一只逃离洞穴的花栗鼠。托尼从胸前的口袋中掏出一张薄纸片，铺在桌子上。“这上面没有登记 14B 号房的房客信息。”他语气尖厉地说道。

职员彬彬有礼地捋了捋自己的胡子。“实在抱歉，有可能他入住的时候，你碰巧出去吃晚餐了。”

“谁？”

“登记名字是詹姆斯·沃特森，来自圣地亚哥。”职员打着哈欠回答道。

“他有提到谁吗？”

职员的哈欠打了一半，便张着嘴巴看向托尼的头顶。“有啊，提到了一个乐队。怎么了？”

“你可真是聪明幽默，反应快啊，”托尼说，“如果你喜欢这样开玩笑，”他在那张纸片上写了些字后塞进口袋里，“我就上楼查房去，楼上有四间塔楼房还没有租出去。孩子，你可要小心点儿，别犯错了。”

“我明白，”职员慢悠悠地说道，打完了那个哈欠，“伙计，快点回来。我还不知道该怎么打发时间呢。

“你可以刮一刮嘴唇上的粉色绒毛。”托尼说道，走到电梯边。

他按开一部黑漆漆的电梯，打开顶灯，按下 14 层按钮。到达 14 层后，他又关上顶灯，走出电梯，合上电梯门。这个大厅比其他任何厅都要小，不过楼下的一个厅是例外。那个大厅两边的墙不同于电梯边的墙，墙上各有一扇蓝色单门。每扇门上都嵌有金色数字和字母，周围还有金色花环围绕。托尼走到 14A 号房间，耳朵贴在门上，但什么也没听见。伊娃·克雷西可能正在睡觉，也可能在浴室里，又或许在阳台上；她可能正坐在房间里，离房门不远，看着墙壁发呆。好吧，他没指望能听到她坐下后看墙的动静。他又走到 14B 房间门口，耳朵贴在门上。与刚才不同，他能听到房间里有响动：一个男人咳嗽了一下，房间里似乎只有这一个声音，再没有听到别的。托尼按响了门旁的小门铃。

脚步声不紧不慢地传来，一个粗犷的声音穿过门。

托尼没有回应，也没有发出任何响动。这个粗犷的声音再次重复了刚才的问题。

托尼又一次轻轻地、恶作剧一般地按响门铃。

圣地亚哥的詹姆斯·沃特森，理应在此刻打开房门一探究竟，然而他没有这样做，门后是如同冰川一般的沉寂。托尼的耳朵再次贴到木门上，然而里面仍旧是彻底的死寂。

他拿出钥匙环上的万能钥匙，小心翼翼地插进门锁，扭动钥匙，将门向里面推了三英寸左右后，抽出钥匙，站在那儿等待。

“行，”房间里的那个人厉声说道，“进来拿走吧。”

托尼推开了房门，外面大厅的灯光映衬着他，他就站在那儿不动。房间里的男人身材高大，黑发肤白，棱角分明，手拿一把枪。从他拿枪的样子可以看出他是个用枪的老手。

“走进来吧。”他拖长声音说道。

托尼走进门，肩膀把房门抵上，手稍稍从身边拿开，手指蜷曲放松，微微一笑。

“沃特森先生？”

“你还想说什么？”

“我是这里的酒店侦探。”

“这样啊，这可吓坏我了。”

这位肤白个高、说不上到底潇洒与否的男人缓缓退到房间里。这个大房间两边分别有一个低矮的阳台，落地玻璃门朝塔楼房间的露天私人小阳台打开。舒适的沙发床前面有一个壁炉，玻璃后面的炉火正燃烧。一个没洗干净的高脚玻璃杯放在旅馆托盘上，摆在一个高扶手的舒适椅子边。男人后退几步，在杯子前站正，一把反光的大手枪掉落在地。

“真可怕，”他说，“我不过在这儿闲了一个小时，酒店侦探就来给我下马威。好吧，甜心，你去壁橱和浴室里看看吧，她刚刚离开。”

“你还没见到她。”托尼说。

男人惨白的脸上多了几丝震惊，粗犷的声线几乎要迸发为咆哮。“什么？我没见到谁？”

“名叫伊娃·克雷西的女孩。”

男人咽下一口气，把枪放回桌上的托盘旁，任由身体僵硬地倒在身后的椅子里，好像一个腰痛的男人。接着，他身子前倾，双手放在膝盖上，露出明朗的笑容。“她到这里来了，嗯？我都还没有提到她呢，我是个非常谨慎的人，目前还没有打听她的下落。”

“她在这里待了五天，”托尼说，“在这里等你，没有离开酒店一秒钟。”

男人的嘴巴微微颤动起来，脸上的笑容表明他知道此事。“我在北边耽误了点时间，”他温顺地说道，“你知道是什么情况，我去见了老朋友。侦探先生，看样子你很了解我啊。”

“是的，雷尔斯先生。”

男人猛地起身，伸手拿起那把手枪，身体前倾，把枪按在桌子上，盯着托尼，“女人就是话多。”他的声音含混不清，似乎牙齿间咬着什么东西。

“不是女人告诉我的，雷尔斯先生。”

“嗯？”手枪在木桌上滑动。“那么告诉我吧，侦探先生，我不想费神揣测。”

“不是女人，是男人——持枪的男人。”

他们之间又一次弥散起冰川般的沉默。男人缓慢地站直身体，面无表情，眼神游离。托尼在他身前弯了弯身子。托尼又胖又矮，面容安宁、苍白又友好，眼神如森林中的水一般澄清。

“他们这些男孩……总是精力充沛，”约翰尼·雷尔斯说道，舔了舔嘴唇，“他们昼夜不分地工作，所在的老公司从不歇息。”

“你知道他们是谁？”托尼轻声说道。

“我一猜一个准儿。”

“那些找麻烦的伙计……”托尼的笑容有些勉强。

“她人去哪儿了？”约翰尼·雷尔斯厉声喝道。

“就在你旁边的房间。”

男人朝墙边走去，把枪放在桌子上。他面对墙，细细观察，伸手握住阳台扶手的铁格子。当他松开手，转过身时，脸上少了几丝震惊，眼中闪着更为平和的光芒。他走回托尼身边站定。

“我赚了点钱，”他说，“伊娃寄给我一些钱，于是我在北边用它们赚了更多钱。我指的是这些钱能用来应急。那些找麻烦的伙计要的是两万五千美元，”他口是心非地笑道，“我只能拿五百块出来，他们要是相信我所说的这些话，那就太有意思了。”

“你拿那些钱干了什么？”托尼漠不关心地问。

“我从没拿到钱，侦探先生，信不信由你。除了我，这个世界上没有任何一个人相信我没拿钱。我就是个上了当受了骗的家伙。”

“我相信你。”托尼说。

“他们不常杀人，但是态度特别强硬。”

“抢劫犯，”托尼突然厉声鄙视道，“那些拿枪的家伙，只是抢劫犯而已。”

约翰尼·雷尔斯拿过玻璃杯，喝个精光，放下杯子时，里面的冰块相碰撞发出清脆的声响。他拾起手枪，在手掌里旋转后，枪口向下，藏到衣服的胸口荷包里。

他望着地毯说道：“你为什么要告诉我这些呢？侦探先生。”

“我想你或许会放过她。”

“如果我不答应呢？”

“我有预感你会答应的。”托尼说。

约翰尼·雷尔斯安静地点点头，“我能离开这里吗？”

“你可以乘货梯到停车场后租一辆车，我会给你一张名片，你等会儿把它交给车库管理员。”

“你是个有趣的小家伙。”

托尼掏出一个磨损的鸵鸟皮皮夹，在里面的一张名片上写下潦草的字迹。约翰尼·雷尔斯跟着读出来，伫立在一旁，把名片拿在手里，用大拇指轻轻弹动。

“我可以带她一起走。”他说着，眼睛眯成一条缝。

“你也可以骑个篮子走啊。”托尼说道，“我告诉你了，她在这儿待了五天，被人盯着了。我认识的一个男人给我打过电话，要我把她弄出去，还告诉了我前因后果。所以，我选择把你弄出去。”

“他们会很开心，”约翰尼·雷尔斯说，“还会寄给你紫罗兰。”

“等到我退休的那天，我会因此潸然泪下的。”

约翰尼·雷尔斯转过头，看着手掌说：“反正在我走之前，我会见到她的。你说她在隔壁对吧？”

托尼转过身往门口走，回头对他说道：“别浪费时间了，帅小伙，小心我改变主意。”

约翰尼近乎温柔地对他说:“依我看,你现在可能要监视我。”

托尼没有转头,“但你非冒这个险不可。”

他继续往门边走,走出房间后,小心地轻声关上门,又看了一眼14A的房门,走进黑暗的电梯,乘到草房的那一层楼后走出电梯门,拿走挡住货梯门的洗衣篮。他手扶住电梯门,因此门轻轻合上,没有发出声响。管家办公室里的灯光透到走廊外,托尼走回电梯,下楼去了大厅。

那个年轻职员在鹅卵石玻璃后查核账目,托尼穿过主厅,走进收音房。收音机里又传来了轻柔的音乐。她又出现在了那里,蜷曲身子躺在沙发床上。收音机嗡嗡沉吟,声音模糊低沉,如树叶飒飒作响。她徐徐转头,朝他微笑。

“查完房了?我翻来覆去地睡不着觉,所以又下来了。可以吗?”

他微笑着点头,坐在绿色的椅子里,拍拍两边鼓鼓的锦缎扶手。“当然可以,克雷西小姐。”

“等待是最难熬的事儿,不是吗?我希望你告诉这台收音机,它的声音像弯曲后的法国号。”

托尼摆弄着收音机,没有发现自己想听的节目,于是又拨到最开始的位置。

“这种时候,它唯一的听众就是一些酒鬼吧。”

她又一次对他微笑。

“我在这儿不会打扰到你吧?克雷西小姐。”

“我喜欢你在这儿。托尼,你是个贴心的家伙。”

他呆呆地看着地板,心中泛起一丝涟漪。他等待这阵感觉流失,慢慢流失;随后,便又一次放松坐好,舒适惬意地将洁净的手指覆在表链的鹿齿上。他聆听着,不是聆听收音机里的声音——而是那远方的无所定数,威胁险恶;也有可能是在聆听安宁的车轮声,驶入陌生的夜。

“没有谁是完完全全的坏人。”他大声说道。

女孩慵懒地看着他，“我以前就看走眼过两三个人。”

他点点头，“是的，”他识趣地承认，“我猜有的人就是彻底的坏。”

女孩打了个哈欠，半闭上深邃的紫色双眸，朝里面挪了挪，依偎在坐垫上。“在那儿坐会儿吧，托尼。兴许我能小憩一下。”

“当然，小事一桩。不知道他们花钱雇我是为了什么。”

她很快便安静地睡着了，纹丝不动，像小孩子一样。有那么十分钟左右，托尼几乎喘不过气来，只是静静地凝视着她，微微张开嘴唇。澄澈的眼里流露出一丝静谧的迷恋，好似他正仰望圣坛一般。

然后，他谨小慎微地站起来，蹑手蹑脚地经过拱门，走到前厅处的桌子旁。他站在桌子边听了一会儿，在他看不见的地方有一支钢笔正沙沙作响。他绕着角落，走到一排酒店电话的玻璃隔间前，举起一部电话的话筒，叫值夜话务员转接到车库。

“温德米尔酒店。这里是车库部。”

“我是托尼·李赛克，给了沃特森一张名片。他是否已经离开？”

“托尼，他当然走了，差不多在半小时前离开的吧。费用记在你账上吗？”

“是的，”托尼说，“谢谢你，我的朋友。回见。”

他挂掉电话，挠了挠脖子；走回桌边，一只手拍了上去。职员抬起藏在玻璃后的头，例行公事地微笑，但一见到托尼，脸就垮了下去。

“能不能让人安心工作啊？”他怨声载道地说。

“14B 房的员工折扣是怎样的？”

职员眉头紧锁地盯着他，“塔楼房间没有员工折扣。”

“那给我弄一个折扣出来。那家伙已经走了，只在这里待了一小时。”

“行，行，”职员快活地说道，“看来今晚有人人品不佳，钱都没给就跑路咯。”

“给你五美元，满意吗？”

“那人是你的朋友？”

“不，只是一个异想天开又没钱的醉汉。”

“我看我们只能随他去咯。托尼，他是怎么逃走的？”

“我带他下的货梯，那时你正昏昏欲睡呢。五美元够吧？”

“你为什么这么做？”

托尼拿出自己的旧鸵鸟皮皮夹，抽出一张皱巴巴的五美元钞票，滑过大理石桌。“这是我从他身上捞到的所有钱。”他不慌不忙地说道。

职员拿过纸币，看上去困惑不解。“你说了算。”他耸了耸肩，说道。桌上的电话尖声响起，他接通电话后听了一会儿便递给托尼，“找你的。”

托尼举过电话，紧贴胸口，嘴巴紧紧贴住话筒。电话那头的声音很陌生，似乎是金属碰撞的声音，每一个音节都刻意隐藏了鲜明的特征，难以辨别。

“托尼？托尼·李赛克？”

“请讲。”

“阿尔有消息要我传达，听不听？”

托尼看着职员，盖住话筒说道：“帮个忙，回避一下。”职员微微一笑，离开了。“听。”托尼对着电话说。

“我们和你地盘里的一个家伙有点过节儿，他逃走的时候被我们逮着了。阿尔预感到你会放他走，尾随他把他逼到了路边。但情况不妙，发生了逆转。”

托尼紧紧握住电话，太阳穴由于汗液蒸发变得发凉。“你继续，”他说道，“应该还有下文吧。”

“还有一点儿，那个家伙杀了阿尔，尸骨已寒。阿尔……阿尔叫我对你说再见。”

托尼用力撑着桌子，嘴里的言语含混不清。

“你听到了吗？”金属般的声音听上去有些不耐烦和无趣。“那家伙有一根长杆，用它干掉了阿尔。阿尔不会再跟谁打电话了。”

托尼的身体突然倒向电话，电话基座在玫红色大理石桌上摇摇晃晃，嘴好像被打了一个死结，无法张开。

那边又传来声音：“就此为止了，伙计。晚安。”电话咔嗒一声挂断，像鹅卵石碰墙的声音。

托尼战战兢兢地放回电话，以免发出任何声响。他看着自己刚才紧握的左手掌心，掏出一块手帕，轻轻擦拭手掌，又用另一只手掰直手指；然后，他擦拭了自己的额头。职员又走回玻璃后边，两眼发光地看着他。

“我星期五不上班，到时候把这个号码告诉我如何？”

托尼对着他点点头，虚弱地微笑，维持了一分钟。他收起自己的手帕，拍拍装手帕的皮夹，转过身离开这张桌子，穿过前厅，下了三级浅台阶，穿过影影绰绰的主厅和拱门，又一次走进收音房。他蹑手蹑脚地走着，好像房间里有病人，使他不忍打扰。他走到之前坐的椅子边，一寸寸地坐了上去。女孩仍在沉睡，纹丝不动的身体放松地蜷曲，这样的姿态为一些女人和所有猫咪共有。她的呼吸声异常轻微，与收音机的含糊低语交相呼应。

托尼·李赛克向后靠在椅背上，手覆鹿齿，安静地闭上了双眼。

线　人

1

四点刚过，我便出了大陪审团，悄悄地来到通往芬韦泽办公室的后楼梯处。芬韦泽，是一位不苟言笑的地方检察官，五官立体，脸上还留有让女人为之倾倒的灰白鬓发。他在桌上把玩着钢笔，说道："我认为他们是相信你的。因为今天下午发生的夏侬被杀一案，他们甚至可能会去起诉曼尼·蒂恩。如果他们真这样做了，从现在开始，你要步步为营了。"

我拿手指不停地转动香烟，最后叼在嘴里。"不要再给我安插任何帮手了，芬韦泽先生。我对这个镇子轻车熟路的，你们的人无法跟紧我，对我而言毫无用处。"

他朝一扇窗子往外看，"弗兰克·多尔与你熟络吗？"他问道，眼睛也不看我。

"据我所知，他是一个政界大人物，如果谁想要在这儿开赌场或是妓院，抑或老老实实做生意，都要去找他。"

"没错。"他尖厉地说道，然后回头看我，压低了嗓音说，"在蒂恩身上发现了赃物一事，出乎很多人的意料。倘若弗兰克·多尔是为了顺利拿到合同，因为夏侬是董事会主席而想要除去他的话，他大有作案动机。有人曾告诉我，弗兰克·多尔和曼尼·蒂恩有生意上的往来，因此如果我是你，我会密切留意这个人的。"

听罢，我咧嘴一笑。"我就一无名小卒，"我回答道，"弗兰克·多尔却能只手遮天，不过我会竭尽全力的。"

芬韦泽站起身，把手杵在桌子上，说道："我要离开几天，如果起诉成功，今晚就动身。你自己小心一点——一旦事情不妙，就去找我的总调查主任——伯尼·奥尔斯。"

“好的。”我说。

我们握了握手。在我身边有一个满脸倦容的女孩，她疲惫地对着我笑，用手把散落的头发撩到颈后，我经过她出了办公室。很快，四点三十分，我就回到了自己的办公室。我在小接待室门口驻足片刻，盯着它看，然后打开门，走了进去，当然了，这里空无一人。

接待室里除了一张老旧的红色沙发，两把造型怪异的椅子，一小块地毯和摆有几本旧杂志的书桌，别无他物。接待室长期开放，如有任何来访者，而且他们也愿意等候的话，便留给他们落座等候。

我穿过接待室，打开我的私人办公室的门，门上门牌写着“菲利普·马洛……调查部。”

在远离窗户的办公桌旁有一个木头椅子，卢哈格就坐在上面，戴有亮黄色手套的双手拄着拐杖，头上一顶绿色翻檐帽远远落在后脑勺上，露出一头乌黑柔顺的头发，一直垂到颈背深处。

“你好，我已等候多时了。”他说道，疲倦的脸上露出一丝笑意。

“哎哟，卢哈格，你是怎么进来的？”

“门没锁，也可能是我自己有一把相匹配的钥匙，你介意吗？”

我走到桌子旁边，在旋转椅上坐下，随手把帽子放在桌子上，然后从烟灰缸里拿起一支斗牛犬式烟斗，往里面塞满烟草。

“是你的话倒无所谓，”我说道，“只是我刚刚还在想，没人能打开我的锁呢。”

他那丰满红润的嘴唇咧开一笑，看起来可真英俊。他说道：“你还在办公吗？还是说你下个月要在酒店陪一些总部来的人喝喝小酒咧？”

“只要还有事需要我做，我都会去做。”

说罢，我点着烟斗，身子靠在椅子上，然后盯着他那橄榄色皮肤和又黑又直的眉毛。

他把手杖放在桌子上，戴着黄色手套的两只手紧紧抓着玻璃，并动了动嘴唇。

“我有一点小事要拜托你。不是什么大事，但路费还是有的。”

我竖耳聆听。

“今晚我在拉斯奥林达斯有点活动，”他说道，“就在卡纳雷斯的地盘上弄。”

“和白烟有关？”

“嗯，我觉得自己要交好运了，我希望身边能有个持枪的男人陪同。”

我从桌子最上面的一个抽屉里取出一包烟，然后顺着桌面滑给卢哈格，卢哈格拾起香烟，打开包装。

我问道：“是什么类型的活动？”

他取出一支烟，露一半在香烟盒外面，然后低头望着。我有一点看不惯他的态度。

“我已经休业一个月了，我还没赚够能让我在这儿持续营业的钱。自从法律明令禁止以后，那些总部来的人总是向我施压，当他们发现自己只能靠工资来维持生计的时候，便觉得梦魇来了。”

我说道：“在这里营业的费用并不比别处高，你只需要交钱给一个机构，这还好吧。”

卢哈格把烟塞进嘴里，“是的——弗兰克·多尔，”他咆哮道，“那个狗娘养的，只知道榨干别人的死胖子。”

我什么话也没说，我已经过了咒骂自己无法企及的人，还觉得有趣的年纪。我看着卢哈格用我桌上的打火机点着香烟，一番吞云吐雾以后，又继续说道：“从某种程度来说，还蛮好笑的。卡纳雷斯从警察局的渎职者那里搞了一个新轮盘。我和卡纳雷斯的赌台管理员皮纳很熟，他买的那个轮盘就是他们从我那里夺走的，轮盘有点问题——对此我心知肚明。”

“但卡纳雷斯不知道……这听起来就像他的风格。”我回道。

卢哈格并没有看我。“他在这儿生意不错，”他说道，“他有一个小舞池，还有一支五人墨西哥乐队来帮助他的顾客们放松，他们载歌载舞，然后回去赶赴另一场赌局，而不是满脸厌恶地就此离开。”

我说道：“那你想做什么呢？”

“我猜你也许会称之为一个系统。”他幽幽地说道，纤长眼睫毛下的眼睛盯着我。

我躲开他的视线，环顾房间。地上的地毯呈铁锈红色，在一本广告台历下方，五个绿色文件盒摆成一排，角落里还有一个老旧的衣帽架，几个胡桃椅，窗户也装上了窗纱，窗帘流苏垂落下来，上面灰尘一片。一道落日的余晖透过窗户散落到我的办公桌上，桌上的灰尘清晰可见。

“我是这样理解的，”我说道，“你认为你把那个赌盘做了手脚，并指望借此赢个盆满钵盈，但卡纳雷斯一定会冲你大发雷霆，所以你就希望同行能有人保护你——那个人也就是我了。我觉得这个想法实在太疯狂了。”

“一点也不疯狂，”卢哈格说道，“如果你对赌盘了如指掌的话，就会发现所有的赌盘操作都有节奏可循。”

我笑了笑，耸耸肩，说道：“好吧，这我就不知道了，我不太懂轮盘。在我看来，你在自己的行内也是个搜刮者嘛，也有可能是我理解错了，不过这也不是重点。”

“那什么才是重点呢？”卢哈格轻声细语地问道。

“我对保镖一职不太感冒——但这好像也不是重点。我想你肯定认为这个活动对我来说不在话下吧。但假如我不这样想，并弃你不顾，让你陷入麻烦呢？或者我认为一切都很好，但卡纳雷斯那边并非如此，然后事情因此变得很糟糕呢？”

“这就是为什么我需要一个有枪的男人陪同我。”卢说道，身体只有嘴在动。

我不置可否地说道：“如果我足够强壮的话还好点——可我并非

如此——但这一点依然不是我所担心的。”

“算了算了，”卢回道，“知道你对此感到焦虑不安，就已经让我的信心垮掉了。”

听罢，我嘴角上扬，看着他戴有黄色手套的双手在桌上四处游走，我慢条斯理地说道：“你是世界上最不可能用这种方法赚到钱的人，而我是这个世界上最不应该成为你的后盾的人，仅此而已。”

卢说道：“是啊。”然后朝玻璃上方抖了抖烟灰，又低头把它吹掉了。他继续说话，好像我们已经开始了新的话题，“葛兰小姐也将一同前往。她身材高挑，一头红发，面容姣好，曾经当过模特呢。无论在哪儿，她的人缘都很好，她可以保证不让卡纳雷斯注意到我，所以我们能成的，我只是觉得我应该把这一点告知你。”

我沉默了一分钟，然后说道：“你很清楚，我刚在大陪审团面前指证了曼尼·蒂恩，在一群人把一身枪窟窿的阿特·夏侬推到路上以后，他从车里探身出去，割断了绑在阿特·夏侬手腕上的绳索。”

卢冲我淡然一笑。“那样做能尽量让这些渎职者们好过点儿，那些人买凶杀人，但从不露面。都说夏侬是个循规蹈矩的人，使董事会按序运行。这就是一场恶性谋杀案。”

我摇摇头，并不想继续讨论这个话题，我说道：“大多时候，卡纳雷斯总有一些破事要处理，也许他对红发女人也并不感兴趣。”

卢站起身来，捡起桌上的手杖，盯着黄色手套的一个指尖发呆，一副昏昏欲睡的样子，然后摆动手杖，朝房门走去。

“好吧，有空我会来看你的。”他懒洋洋地说。

待他把手放在门把手上，我才说道：“你也不要恼火地离开，卢，如果你非我不可的话，我会去拉斯奥林达斯的。但我不要钱，看在老天的分儿上，除非迫不得已，你也别太在意我了。”

他轻轻地舔了舔嘴唇，但是没有看我。“谢谢你，老弟。我会极其小心的。”

之后他走了出去，黄色手套也消失在门框上。

我原地坐定了五分钟，这时烟斗已经过热了，于是我把它放下，瞥了一眼手上的腕表，然后起身打开桌子旁边角落里的小型收音机。交流电的嗡嗡声归于沉寂，喇叭里也传出最后一声叮当响，随后一阵人声传来："KLI 现在为您播报本地常规晚间新闻。今日下午，大陪审团驳回了对梅奈尔德·杰·蒂恩的起诉请求，蒂恩不仅是一位著名的市政厅说客，同时也是一名花花公子，本次诉讼几乎完全建立在证词上，他的很多朋友都表示对这份诉状感到十分震惊。"

这时，我的电话铃声突然响起，我接起电话，耳边传来冷冷的女声："请稍等，芬韦泽先生找你。"

马上他就接了电话。"上诉被驳回了，照顾好那个男孩。"

我告诉他我刚从收音机里获知这个消息，简短地和他聊了会儿。他刚说完他要去赶飞机，就挂断了电话。

我再次仰身靠在椅子上，漫无目的地听着收音机，心想着这卢哈格也太他妈的蠢了，我根本无法改变什么。

2

星期二的赌场生意不错，只是无人跳舞。十点钟左右，那支五人小乐队也受够了演奏根本无人理会的伦巴舞曲，马林巴琴手放下手中的木片，伸手去拿椅子下面的一杯酒，其他的乐手们也纷纷点上一支烟，百无聊赖地干坐着。

我侧身倚着吧台，它和管弦乐队都在房间的同一侧，用手不停地转动吧台上的一杯龙舌兰酒，现场所有的赌局都在房内三个轮盘桌的中间一个桌子上进行。

酒保在吧台旁，也就是我身边靠着。

“那个性感惹火的女郎一定在他们其中精挑细选呢。”他说道。

我点点头，也没有看他。“她现在在骑驴找马，和好几个都对上了眼。”我说道，“连算都不用算。”

这个红发女郎身材可真是高挑，尽管这里人头攒动，我依然可以清楚地看见她的一头红发，在她旁边就是卢哈格光溜溜的脑袋，似乎每个参与赌局的人都是站着玩的。

“你不来一把吗？”酒保问我。

“星期二就算了吧，可不是什么好日子。我曾经在星期二遇到些麻烦。”

“是吗？这酒你喜欢直接喝，还是让我帮你掺点什么弄柔和些？”

“你要怎样弄柔和？”我问道，“你有手拿型木锉刀不成？”

他露齿一笑，我抿了一小口龙舌兰酒，朝他做了一个鬼脸。

“这玩意儿是谁故意发明出来的吗？”

“这我就无从得知了，先生。”

“那这儿赌注上限多少呢？”

“我也不清楚，我猜，这要看老板心情吧。”

远处的墙壁旁设有一排轮盘桌，桌子两端设有一道低矮镀金金属栅栏，玩家们就站在栅栏外。

突然，中间的赌桌上发生口角，旁边两张桌子上的六七个人都抓起筹码，搬上中间赌桌。

随即传来一个清晰、礼貌并夹杂着些许外国口音的声音：“女士们……恭请您耐心等候，卡纳雷斯先生随后就到。”

我挤向人群，走到栅栏旁，两个发牌员就站在我身边，头靠着头在商量着什么，眼睛望向一侧，其中一个用手慢慢来回推动空置轮盘旁的小耙子，眼神却都只抛向那个金发女郎。

只见她身着低胸黑色晚礼服，玉肩露出，虽称不上人间尤物，但也楚楚动人。她的身子倚在桌边，面对轮盘，纤长的睫毛不断眨巴着，眼前就是一大摞钞票和筹码。

她机械地嚷嚷着，好像早就练习了数次一样。

“快动起来，让轮盘开转啊！你收钱速度够快，要输了倒不乐意了。”

管事的发牌员听闻，耐人寻味地冷冷一笑。他身材高大，皮肤黝黑，一脸冷静，索然无味地说道：“您的赌注过大，这桌无法偿还您的赌注。卡纳雷斯先生，或许……”说罢耸了耸肩。

女孩说道：“瘦高个儿，这可是你的钱，你就不想赢回去吗？”

卢哈格站在她身边，舔了舔嘴唇，一只手搭在她的胳膊上，两眼直勾勾地盯着这摞钞票，轻轻地说道：“等等卡纳雷斯吧……”

“去他妈的卡纳雷斯！我现在手气好得很，我可不想坏了兴致。”

这时，赌桌旁边一扇门打开了，进来一个身材瘦削、面无血色的男人。他有着一头毫无光泽的黑色直发，前额高且不饱满，眼神呆滞，难以琢磨，下巴还蓄着八字胡，胡子留到嘴角下方一寸的位置，一看就是个东方人。他的皮肤苍白如雪，白到发亮。

他悄悄走到发牌员身后，在中间赌桌一角停了下来，随后瞥了一眼红发女郎，两指蹭了蹭自己的小胡子，手指上的指甲盖呈青紫色。

突然，他笑了一下，又瞬间止住，好像这辈子从未笑过一样，然后用一种枯燥乏味又嘲讽的语气说道：

“晚上好，葛兰小姐，待您回家时请务必让我派人送您，我最见不得这些钱掉入其他人的口袋。”

红发女郎看了他一眼，一脸不快。

“除非你赶我出去，不然我可不走。”

卡纳雷斯说道：“不走？那你想要做些什么呢？”

“把这些全都赌上——黑鬼！”

周围本闹哄哄的一片，瞬间陷入死一般的沉寂，听不见一声耳语，卢哈格的脸也缓缓沉了下来。

卡纳雷斯面无表情，他认真又优雅地抬起一只手，从礼服上衣口袋里取出一个大钱包，然后扔到那个高挑的发牌员面前。

“一万块，”他用沙哑沉闷的声音说道，“这是我的限额——一直以来皆如此。”

高个发牌员捡起钱包，展开，取出两沓沙沙作响的钞票，快速翻数，然后合上钱包，放在桌边递给卡纳雷斯。

卡纳雷斯并没伸手去拿，除了那个发牌员，大家都没动。

这时，女孩说道：“就押在红色那格吧。”

发牌员隔着桌子，小心翼翼地叠好她的钞票和筹码，放到红色钻石方格上，然后手放到了轮盘转弯处。

“如果无人异议，”卡纳雷斯眼睛没看任何人，说道，“这就只是你我之间的赌局。”

众人都晃动着脑袋，但无人发声。发牌员快速转动轮盘，左手手腕轻轻一溜，球便滚动在凹槽里，然后他双手一收，搭在桌子边缘。

红发女郎两眼发亮，嘴唇微微张开。球在凹槽里滚动，经过一颗闪亮的金刚石，沿着轮盘侧面滚下，碰到数字旁边的耙齿咔嗒作响，突然，伴随着一声干巴巴的咔嚓声，球掉在了00号旁边的红色数字27号处，轮盘也跟着停了下来。

发牌员拿起耙子，缓缓将两袋钞票推上桌面，叠在之前的钞票上，然后全部推出下注处。

卡纳雷斯这时才将钱包收回胸前口袋，转身慢慢朝门方向走去，之后便出了门。

我放下自己紧握栅栏的双手，人群也逐渐散开，纷纷朝吧台走去。

3

当我看到卢的时候，我还坐在房间角落的一个瓷砖面小桌旁，摆弄着龙舌兰酒。赌场的小管弦乐队正在演奏一首细腻单调的探戈舞曲，一对夫妇忘我地在舞池翩翩起舞。

卢身着一件淡黄色外衣，脖子围了条白色丝绸围巾，一副容光焕发的样子。

不过这次他戴上了白色猪皮手套，一只手搭在桌上，身子往我一边倾斜。

“超过两万两千块了，”他轻声说道，“乖乖，赢这么多！”

我说道：“真是一大笔钱，卢，你现在开的是什么车？”

“有什么问题吗？”

“你指这场赌局？”我耸耸肩，摆弄手中的酒杯，“轮盘我不懂，卢……但你那个婆娘问题倒是不少。”

“她可不是个婆娘。”卢说道，一副忧心忡忡的样子。

“好吧，她让卡纳雷斯看起来可有钱了。你到底开的什么车？”

“别克轿车，尼罗绿，有两个顶灯和几个挡泥板小灯。”他的声音里依然饱含焦虑。

我说道：“去镇里开慢点儿，给我一个机会追上你们。”

他把手从桌子上拿开，便离去了，那个红发女郎也不见了踪影。我低头看了眼腕表，待我再抬头，发现卡纳雷斯就站在赌桌对面，眼睛死气沉沉地盯着我看，他那胡子还真让人忍俊不禁。

“看来你对我这地方不满意啊。”他如是说道。

“恰恰相反。”

“你来我这儿可不是为了赌一把。”这并非试探询问的语气，而是很肯定地说给我听。

“来这儿就一定要赌吗？”我冷淡地回道。

他的脸上划过一丝淡淡的笑意，身子微微前倾，对我说道：“我猜你是个侦探，一名聪明的侦探。”

“只是个私家侦探罢了，”我说道，“也没多聪明，别被我长长的上嘴唇给骗到了，这是家族遗传。”

卡纳雷斯紧握双拳，放在座椅上。“无论出于什么原因——都不要再来了。”他的语气非常温柔，如梦呓般，“我不喜欢傻瓜。”

我放下嘴里的香烟，端详一番后，盯着他看，我说道：“我听说前阵子有人冒犯了你，但你处理得很好……刚才的事大家就都别放心上了。”

一时间，他的面部表情变得十分古怪，之后他便转身，微微甩着肩膀大步流星地走开了，他的步履，如同他的面部表情透露出一丝黑人风格。

我站起身来，穿过白色双扇大门来到昏暗的大堂，取回我的帽子并戴上，又穿过另一扇双扇大门，来到一个宽大的凉台，它的屋顶边缘都是旋涡纹饰的。周围空气中海雾弥漫，房子正面零星点缀着些被海风吹乱的蒙特利柏树，地面微微朝下倾斜，延绵了好长一段距离，整个海面都被海雾笼罩着。

我的车停在街道外，就在这幢房子对面。我摘下帽子，悄无声息地踩在布满潮湿苔藓的行车道上，绕过门廊一角，却突然僵硬地停下了。

一个持枪的男人就站在我面前——不过他没看到我。他枪口朝下，垂在身体一侧，贴着外衣，和他的大手对比之下，枪显得格外小。枪管反射的微弱光线似乎冲破了朦胧的海雾，又与海雾交融在一起。男子块头很大，一动不动地站着，身体重心落在脚尖上，一副泰然自若的样子。

见状，我缓缓举起右手，解开外套上面两个纽扣，手伸进去并掏出一个口径 0.38 英寸，枪管 6 英寸长的手枪，小心翼翼地放进外套口袋里。

男子突然移动，左手举到脸上，吸了一口手里的烟，烟头的微弱星光隐约照在他的宽下巴，黑黑的大鼻孔和只有斗士才有的充满侵略性的大鼻子上。

随后他扔掉香烟，用脚踩灭，这时我的身后传来快速又轻盈的微弱脚步声，我已来不及转身。

有什么东西嗖嗖地挥过，瞬间工夫，我便晕了过去，不省人事。

4

等我醒来，浑身又冷又湿，脑袋疼得受不了，右耳处多了一块小瘀青，不过没出血。我当时一定是被人用棍子给敲昏了。

我直起上身，发现自己离行车道只几步之遥，车道两边的树都被海雾打湿沾满了水汽，我的鞋跟上也沾了些泥土。我被人拖到路边不远处。

我翻了翻身上的口袋，不出意外，枪已不见踪影，但事情也仅限于此了——这可不是什么有趣的体验。

我透过海雾窥探四周，什么都没发现，索性也就不想了，沿着房子外面的空地来到一个入口处，这里棕榈树杂生，旧式弧光灯在上方闪烁发亮，滋滋作响，前面就是一条车道，我一直的代步工具——1925 年产的玛蒙房车停在这里。用毛巾擦了擦座椅，我便上了车，发动引擎，沿着空荡的大街驾驶，路中间是废弃了的电车轨道。

车子一路开到了德卡泽斯大道，这里是拉斯奥林达斯的主街，以很久以前卡纳雷斯房子的建筑师名字命名。过了一会儿，市镇景貌便映入眼帘，建筑林立，商铺颇为冷清，加油站的夜钟在默默地计时，终于，看到了一家依然在营业的杂货店。

杂货店门口停着一台颜色鲜艳的出租车，我把车停在出租车后面，下了车。杂货店柜台边坐着一位没有戴帽子的男人，正在和一个身着蓝色工作服的店员交谈，两人聊得忘乎所以。我走进店里，随后停了下来，回头又看了一眼那台颜色鲜艳的出租车。

那是一台别克汽车，在光线的照耀下，车身呈尼罗绿色，车上设有两个顶灯，前挡泥板上嵌着两个蛋形小黄灯，驾驶室的车窗也已摇下。我回到玛蒙房车内，拿了一个手电筒，然后探头进入别克车驾驶室，把驾驶员执照翻了个面，用手电筒快速扫过，便走开了。

上面登记着路易斯·纳·哈格。

我扔掉手电筒，走进杂货店。店里一侧是酒水柜，我拿着一品脱加拿大俱乐部威士忌来到柜台，待那个身着蓝色工作服的店员结完账，便开了瓶。柜台旁有十个椅子，我就在那个没戴帽子的男人身边坐下。他透过镜子，非常仔细地打量了我一番。

我要了一杯只装了三分之二满的黑咖啡，往里面又加了些黑麦威士忌，然后一饮而尽，等了一会儿，待身子慢慢暖和起来，我便盯着那个没戴帽子的男人看。

他大概二十八岁的样子，上身瘦削，但却面色红润，目光十分诚恳，双手脏脏的，看起来挣得不多。他身着一件镶有金属纽扣的灰色马裤呢夹克，下身穿的裤子和衣服看起来十分不搭。

我漫不经心地低声说道："外面停的是你的车吗？"

他坐着一动不动，嘴唇收紧，眼睛依然望着镜子，盯着我。

"那是我兄弟的车。"过了一会儿，他说道。

我问道："介不介意来一杯？你的兄弟是我的一个旧友。"

他缓缓点头，吞咽了一口，慢慢移动手，终于接过了酒瓶，把自己的咖啡也倒了进去，然后一口饮下。我见他翻出一包皱巴巴的香烟，叼上一支，划了根火柴，但两次都只划在指甲上，只好把手固定在柜台上，终于划着火，然后点燃香烟假装淡定地吸上一口。

我将身子靠近他，不紧不慢地说道："你没必要为这事费神。"

他回道："是的……呃，你这是什么意思？"

那个店员也悄悄侧身向我们靠了过来。我又要了杯咖啡，握在手里，一直盯着店员看，直到他走开，站在橱窗前背对着我，我才往第二杯咖啡里又掺了些酒，喝了一大口。我望着他的背影，然后对我身边的男子说道："那辆车的车主并没有兄弟。"

男子听了，身子一紧，面对着我。"依你的意思，那车子是偷来的？"

"不是。"

"你觉得这不是偷来的？"

我回道："是的，只是我想要听听其中的说法。"

"你是个侦探？"

"啊哈，没错——但我并非想要查你，你大可放心——如果这是你所担心的事的话。"

他拼命抽了两口烟，拿起匙子在空的杯子里搅动。

"我会因此失去工作的。"他缓缓说道，"但是我需要一百块钱。我是一名出租车司机。"

"我猜也是如此。"我说道。

他似乎很吃惊，回头看我。"再来一杯，我们现在言归正传。"我说道，"偷车贼可不会把车停在主干道上，然后大摇大摆地坐在杂货店里。"

那个店员从橱窗边回来，在我们身边徘徊踱步，又不停地拿抹布擦拭咖啡机，周围一片沉寂。他终于放下抹布，走到杂货店隔板后面，挑衅地吹起了口哨。

坐在我身边的男子又倒了些威士忌一口喝下，会意地朝我点点头。"是这样——我之前载了一位乘客出来，本来答应要继续等他。但一辆别克车突然出现，车上有一对男女，那个男的说给我一百块，前提是让他开我的出租车并戴我的帽子进城。我只好在这附近闲逛一小时，然后开着他的破车去市镇大道上的钟楼酒店，他会把我的出租车开到那儿，然后再付我一百块钱。"

“他有说什么事吗？”我问道。

“他说他们去了赌场，运气不错赚了点钱，怕在路上被人抢走。他们以为赌场每天都有人放哨。”

我从他那儿拿了一根烟，用手指捋直。“对这个故事我倒没法说什么。”我说道，“你的证件能给我看看吗？”

他递给我，上面登记的名字是汤姆·斯尼德，绿顶出租车公司的司机。我把酒瓶塞上软木塞，放进侧面口袋里，往柜台上扔了一枚五角硬币。

那个店员走过来，给我找零。强烈的好奇心让他的手止不住地颤抖。

“跟上，汤姆。”我当他的面说道，“咱们去追你的出租车，我认为你不应该再在这儿浪费时间干等了。”

我们一起出了杂货店，我让他开着别克在前面带路，二人一路行驶在拉斯奥林达斯灯火阑珊的街道上，路经一个海港小镇，一幢幢小房子就建立在海边的空旷沙地上，再大一点儿的则建在山坡后面，家家灯火通明。汽车轮胎与湿滑的水泥路面摩擦，发出声响。别克车上挡泥板的黄色小灯也在曲板上冲着我一闪一闪。

到了西西马隆河，我们转向内陆，汽车突突地驶过博多运河城，终于到了圣安格鲁小道。花了将近一个小时的时间，我们才到达市镇大道 5640 号，也就是钟楼酒店所在地。酒店顶部由大而不规整的板石构成，还有一个地下车库和前院喷水池，每晚都会发出淡绿色的亮光。

一台编号为 469 号的绿顶出租车就停在街对面，灯光照射不到的一处。我找不到哪里有被人用枪射击过的痕迹。汤姆·斯尼德在驾驶室找到了自己的帽子，急切地爬进车里。

“完事儿了吗？现在我可以走了吗？”他松了一口气，尖声说道。

我告诉他和我在一起不会有任何问题，然后给他看了我的证件。

等他把车开过街角，时间又过去了二十分钟。我爬进别克车，开上斜坡来到地下车库，把车交给了一个正在慢悠悠洗车的黑人手里，之后便绕到酒店大厅里。

大厅职员是一个长着苦瓜脸的年轻小伙儿，他就在电话总机的灯光下读着《加州上诉式决策》一书。他告诉我自十一点他来值班以后，卢就没在这儿了。我和他短暂争执了一番，告诉他时间也不早了，我来这儿是有要事要办，他才终于给卢的房间打了电话，但无人接听。

我走出酒店，在我的玛蒙车里坐了好几分钟，边抽烟边饮了几口我带来的加拿大俱乐部威士忌，然后又返回钟楼酒店，把自己关在公用自动收费电话亭里。我发了一个电报，请求市新闻编辑室给我接通一个名叫冯·巴林的男人。

在我表明身份以后，他冲我喊道："你还在外面晃悠啊？想必一定发生了什么事，我还以为曼尼·蒂恩的朋友这次肯定把你埋在薰衣草田了。"

我说道："差一点儿就这样了，听我说，你认不认识一个叫卢哈格的人？他是个赌徒，地盘被警察搜查，一个月前就歇业了。"

冯·巴林告诉我他并不认识卢，但知道他是谁。

"你身边有哪个狗仔跟他熟识吗？"

他思忖了一会儿。"有个叫杰瑞·克罗斯的小伙，"他说道，"夜生活十分丰富，你想了解些什么？"

"比如他会去哪里开庆功会。"我说道，然后和他交代了一下事情的缘由，没敢说得太仔细，省去了我被人用棍棒敲晕和那台出租车的事。"他没在酒店，"我补充道，"我必须打听到他的消息。"

"好吧，如果你是他的朋友的话……"

"只是他私人的朋友，和那帮赌徒可没关系。"我尖厉地说道。

冯·巴林没再说话，冲着某人大喊大叫让接个电话，然后又靠近话筒，对我轻声说道："继续，老弟，继续说。"

"好的。但我说给你一人听，别传出去了。在卡纳雷斯赌场外，我被人用棍棒敲晕，枪也不见了踪影。卢和他的女人在路上与遇到的出租车调换了车辆，之后便消失不见了。事情发展得不尽如人意。卢还没醉到会揣着那么多钞票在城里晃悠，就算他真如此，那个女孩也会阻止他的，她的眼睛可尖了。"

"我看看自己能做什么吧。"冯·巴林说道，"但事情听起来不乐观，我会给你打电话的。"

以免他忘记，我告诉他我就住在梅里特广场酒店，说完便走出电话亭，回到车内，一路开回家，到家以后，用热毛巾敷额头敷了十五分钟，然后换上睡衣瘫坐着，来上一杯掺了柠檬水的威士忌烈酒，时不时给钟楼酒店打个电话。直至下午两点半，冯·巴林终于回了一个电话给我，说不走运，卢并没被人逮捕，也没进医院，杰瑞·克罗斯所有能想到的俱乐部也都没出现他的身影。

三点钟的时候，我给钟楼酒店打完最后一次电话，便熄灯睡去了。

次日清晨，事情照常如故，我试着追寻那个红发女郎留下的蛛丝马迹。在电话簿里，叫葛兰的共有二十八人，其中有三个是女人。我拨打第一个女人的电话，无人应答，而另外两个都很肯定地告诉我她们没有红头发，其中一个还约我见一面看看。

我刮好脸沐浴一番，吃完早餐后，沿着斜坡路过三个街区，终于到了神鹰大厦。

而葛兰小姐就坐在我的小接待室里。

5

我打开办公室的门，她便走了进去，坐在之前卢坐过的位置。我打开几扇窗，锁上接待室的外门，然后划上一根火柴，给她左手上的香烟点着火，她的手上空溜溜的，没戴手套，也没戴戒指。

她身着一件紧身女衫，格子裙，外面套着一件宽松的外套，帽子十分贴合她的头型，但也不算过时，很难看出来她最近时运不佳。帽子将她的头发完全遮住，因为不施粉黛的缘故，她看起来年约三十，露出一脸疲态。

她一手稳稳地夹着香烟，另一只手保持警惕状态。我也坐下来，等她开口。

她盯着我头上的墙面发呆，一语不发。过了一会儿，待我给烟斗填好烟草，抽了几口，我便起身，走到办公室门口，门一打开就是走廊，我捡起被塞进门缝然后掉在地上的信件。

接着回到桌子前坐下，把信件扫了一眼，拿起其中一封细细读了两遍，一副旁若无人的样子。与此同时，虽然没有直接看她或者和她说话，但我一直都在留意她。她看起来就像一位正在为什么事情伤脑筋的淑女。

最后，她终于动了，打开一款大的黑色漆皮包，从中取出一封厚厚的马尼拉纸质信封，扯掉绑在上面的橡皮筋，双手捧着，头朝后倾，嘴角吐出一缕青烟。

她不紧不慢地说道：“卢说万一我遇到麻烦，就去找你，如今我已是身处困境了。”

我盯着那个马尼拉纸质信封，“卢是我一个非常要好的朋友，”我说道，“只要合情合理，为了他，我什么事情都可以做。但有些事情就有些不合乎情理了——比如昨晚的事。因此我和他并不总是意见相同的。”

她把烟扔进玻璃烟灰缸，任由它燃烧。她的眼里突然发出炽热的光芒，之后又褪去了。

“卢死了。”她冷冷地说道。

我伸手抓起一支铅笔，戳在香烟的烟头上，直至它停止冒烟。

她继续说道："卡纳雷斯的几个手下在我的公寓里找上了他——他是被一把小型手枪击中命毙的。那把枪看起来好像我的那把，我也是之后找枪才发现枪不见了。我就这样和他的尸体待了一整晚……我别无选择。"

说罢她突然晕了过去，眼球上翻，一头撞在桌子上。她直挺挺地躺在地上，那个马尼拉纸质信封，就静静地落在她松开的手前。

见状，我猛地打开抽屉，拿出一瓶酒和一个玻璃杯，往里面倒了一些烈性酒，然后放在身后，把她扶回椅子上。

我用力将杯口对准她的嘴——力气大到足以伤着她。她挣扎着吞了下去，一些酒水顺着她的下巴淌了下来，她的眼神里终于又恢复了生机。

我把酒放在她面前，自己坐了下来。信封封口开得很大，能看清里面有一捆钞票。

她含含糊糊地对我说道：

"我们从出纳员那里得到了一大笔钱，都包了起来，这个信封里有两万两千元，我留了几百零头没放进去。"

"卢很是担心，他觉得对于卡纳雷斯来说，追上我们简直轻而易举。你也许就在我们身后，但也做不了什么。"

我说道："当场所有人都亲眼见证卡纳雷斯输了钱给你，这也算为自己打了个好广告了——虽然可能会有点心疼。"

她兀自说着，好像我什么话都没说过一样。"来到城里我们看见一个出租车司机把车停在路边，于是卢灵机一动，提出给出租车司机百元钞票，让我们把出租车开去圣安格鲁，而他在之后帮我们把别克车开去酒店。出租车司机便捎上我们，来到另一条街，然后我们互相交换了车辆。我们感到很抱歉，当时丢下你独自跑走了，但卢说你不会介意的，而且我们也可以帮你转移掉他们的注意力。"

"卢没回酒店，我们乘了另一辆出租车去了我家。我就住在霍巴特阿姆斯公寓，位于南明特 800 街区处，那儿的前台才不会问你有的没的。等我们进了房，刚打开灯，就看见两个戴面具的男人站在客厅和餐厅之间的过道上，其中一个身材矮小瘦削，另一位则是个大高个，尖尖的下巴都探出了面具外。卢做了一个不合时宜的动作，于是那个高个儿便一枪命中了他，手枪发出的声响不大，卢也应声倒地，再也没有动弹。”

我说道：“也许就是那帮抢劫我的家伙干的，我还未告诉你此事。”

她好像还是没听见我说话，脸色苍白，神情镇静，如雕塑一般面无表情。“也许我最好再来点烈酒。”她说道。

我又倒了几杯酒，两人一起喝。她继续说道：“他们搜我们的身，但没在我们身上找到钱。因为我们之前在一家通宵营业的杂货店停车，把装了钱的包裹称重，然后在邮政支局把它寄走了。他们搜完身又搜公寓，当然了，我们刚进家门，也根本没有时间藏匿任何东西。那个高个儿一拳把我放倒，等我醒来他们已经走了，地上只有我和卢的尸体。”

说罢她指了指自己下颌一角，上面的确有什么痕迹，不过不是很清楚。我坐在椅子上动了动，说道：“在你回公寓的路上，他们就已经碰到你们了，要是机灵点儿的人就会对那条马路上的出租车好好搜查一番。不过他们是如何知道目的地的？”

“这个问题我昨晚也想过了，”葛兰小姐说道，“卡纳雷斯知道我的住址。他曾一度跟踪我回家，还试图让我请他上楼做客。”

“不错，”我说道，“但为什么他们要去你家，他们又是如何进去的呢？”

“这不难解释。我家窗户下面有一个窗台，是个男人就可以侧着身子在上面移动，然后再走到太平梯上。他们也许在卢的公寓也派了人蹲守，这一点我们想到了，但我们没想到他们连我家也摸得一清二楚。”

“继续，愿闻其详。”我说道。

“包裹是寄给我的，”葛兰小姐解释道，“卢是一个好男人，但作为一名女生也必须为自己考虑。这就是为什么那天我不得不和卢的尸体待上一晚。我要等到包裹到了才能走。之后我便来了你这儿。”

我站起身，朝窗外看去，一个胖女孩正在对面用力地敲打打字机，甚至可以听到啪嗒的敲击声。我再次坐了下来，盯着自己的拇指。

“他们把枪留下了吗？”

“如果留下了的话，要么在卢的身下。我没注意那块地方。”

“你逃走得太轻而易举了，也许他们根本不是卡纳雷斯的人。卢有常和你聊心事吗？”

她静静地甩甩头，眼睛呈深蓝色，神采奕奕，一副沉思的样子。

她微微眨了下眼，伸出一只手，缓缓将鼓起的信封推过桌面。

“我是没有小孩，但现在遇上麻烦了，我不会让自己像以前一样一贫如洗的。这里面有一半的钱是我的，我想堂堂正正地拿走属于我的那份。如果昨晚我报了警，我就与这钱无缘了……我想卢也愿意你拿走他的那份的，如果你愿意帮我一把的话。”

我说道：“葛兰小姐，这笔钱对一名私家侦探来说，可不是一个小数目啊。”我疲惫一笑，“因为昨晚你没报警，现在只有深陷困境了，不过对于他们可能会出现的任何说辞，我们都总有一招可以对付。我觉得我最好还是去事发地一趟吧，仔细找找有没有什么问题。”

她身子立马探过来，说道：“那你会帮我保管好那笔钱吗……你敢接手吗？”

“当然了，我这就下楼，把它存放在保险箱里，钥匙也留一把给你——之后我们再慢慢谈分钱的事。我以为最好让卡纳雷斯认为他必须要见我。你也最好藏身在我朋友所在的小酒店——至少等到我打探一番再说。”

她点点头，于是我戴上帽子，把信封别在裤腰带上，我告诉她如果感到害怕，在桌子左上方的抽屉里有一把手枪，交代完，我便出了办公室。

等我再回来，她看起来好像一动也没动过。不过她告诉我她已经给卡纳雷斯的地盘打了电话，并给他留了口信，相信他会明白的。

我们费尽千辛万苦，终于到了位于布兰特和C大道上的洛林酒店。就我观察发现，我们一路上并没被人跟踪，也没人拿枪对着我们。

我和洛林酒店的白天值班的职员吉姆·杜兰握了握手，偷偷在他手心里塞二十块，他接过放回自己的口袋，告诉我他很乐意为“汤普森小姐”服务，保证她不受任何人打扰。

之后我便离开了。午报上并没出现任何关于卢哈格死在霍巴特阿姆斯公寓的新闻。

6

霍巴特阿姆斯公寓是那一个街区上的其中一幢公寓楼，共六层楼高，建筑正面呈浅黄色。街区路沿边停满了大大小小的车辆，我缓缓驶过，仔细环视四周，邻里街坊们的脸上并没有出现任何对不久前发生的事情而感到诚惶诚恐的样子。一切都是那么的平静和其乐融融，车子也都稳稳地停靠在路边，好像回到了家里一样。

我将车子开进一个两侧都装有高栅栏的小路，栅栏处有很多空地，做成了许多不牢固的车库，我把车停在其中一个标有“招租”字样的车库旁边，从两个垃圾桶中间走过，沿街道一侧，来到霍巴特阿姆斯公寓前的混泥土院子里，一个男人正在把高尔夫球杆收回跑车的后备箱，公寓大堂里一个菲律宾人正在地毯上拖着一台真空吸尘器，还有一位犹太黑人正在交换台上写着什么。

我乘坐自动电梯，沿着上层走廊悄悄来到左手边最后一间房处，敲了敲房门，顿了一会儿，又敲了敲，然后用葛兰小姐给的钥匙打开了门。

房间地上并没发现任何尸体。

我照了照房内活动床背后的镜子，接着走到窗边，朝窗外望去。窗台下有一个压顶板，并着逃生梯，就连一个盲人都能摸瞎爬进来，不过我倒没注意上面的灰尘上是否留有类似脚印的痕迹。

房间餐厅和厨房除了该有的器具以外，别无他物。卧室地毯色泽鲜亮，墙面呈灰色，角落里到处都是垃圾，零乱散落在垃圾桶的周围。梳妆台上的破梳子上还缠着几缕红色发丝。壁橱里除了几瓶杜松子酒以外，空空如也。

我回到客厅，朝身后看了一眼墙面，原地站定了一分钟后，离开了公寓。

这时，大堂里的菲律宾人已经拖着真空吸尘器清扫了三码远。我倚身靠在交换台旁的柜台上。

"葛兰小姐呢？"

这个犹太黑人说道："524 号房间。"说罢在一长串名单上做了一个核对符号。

"她不在房里，她最近来过吗？"

她抬头看我，说道："这我倒没注意，有什么事吗？她欠你钱了？"

我告诉她我只是葛兰小姐的一个朋友罢了，道完谢便走开了。这一切表明在葛兰小姐的公寓里并无任何骚乱发生。于是我回到那条小路，上了车。

反正我也从来没信过葛兰小姐嘴里的那套说辞。

我穿过科尔多瓦，驶过一个街区，在一个人迹罕至的杂货店旁停了下来，杂货店前有两棵大胡椒树，一扇灰尘堆积、破败的窗户，角落里还有孤零零的一个公用自动收费电话亭。一个老汉望眼欲穿地向我蹒跚走来，待他清楚我来这儿的目的，又走开了，将架在鼻梁上的眼镜调低，一屁股坐在椅子上读报纸。

我投掷了一枚五分硬币，拨了串号码，便听见一个尖细的女声拖长音道："电——报！"我请她帮我接线冯·巴林。

等电话接通，他就知道我是谁了，我能清楚地听见他清喉咙的声音，然后贴近话筒一字一句地和我说道："我有消息要告知你，不过不是什么好消息。我衷心地感到抱歉，我们于十分钟之前获悉，你的朋友卢哈格现在正躺尸在太平间。"

听罢，我瘫靠在电话亭一侧，双眼无神，问道："你还知道些什么？"

"几个巡逻警察在西西马隆河谁家的前院里还是什么地方找到了他，他在胸口中了一枪，事情就发生在昨晚，但是出于某种原因他们只公布了死者的身份。"

我说道："西西马隆河啊？好吧，这就说得通了，我马上就来拜见你。"

谢过他之后我挂断电话，原地站定，透过电话亭玻璃看向一个中年灰发男人，只见他走进杂货店，不停地翻弄着杂志书架。

接着我又投掷了一枚五分硬币，打给洛林酒店，找那个职员帮忙。

我说道："让你们的姑娘把电话转给那个红发女郎，可以吗，吉姆？"

我取出一支烟点燃，对着电话亭玻璃门吞云吐雾，烟气顺着玻璃四周散开，笼罩在这个封闭的空间内。电话那头发出咔嗒一声，接线员的声音传来："抱歉，对方没有回应。"

"那就再接线一下吉姆。"我说道。跟着吉姆就接了电话，"你能花点时间去查查她为什么没接电话吗？也许她只是在回避我。"

吉姆说道："你说得没错。我马上就拿钥匙上去瞧瞧。"

此时我已汗流浃背，我把听筒放回一个小架子上，猛地推开电话亭的门。那个看杂志的灰发男人瞬间抬头，蹙眉看了看腕表。烟气从电话亭里弥漫出来，过了一会儿，我又进了电话亭，一脚关上门，再次拿起来听筒。

吉姆的声音听起来好像从老远的地方传来，“她不在房里，兴许出去散步了。”

我说道：“是吧，也许是去兜风了。”

我放下听筒，一把推开电话亭的门。那个灰色陌生男人使劲扔下一本杂志，结果因为太大力，杂志掉在了地板上，他弯腰正打算捡起，我刚好从他身旁经过，于是他就在我身后直起身子，平静又坚定地说道：“把手放下，不要出声，走到你的破车上，这可不是闹着玩的。”

我用眼睛的余光注意到那个老汉正眯着眼睛窥视着我们。不过就算他真能看到这么远，也没什么好看的。突然，有什么东西抵着我的背部，感觉像是人的一根手指，但我并不这样认为。

我们就这样非常平静地走出了杂货店。

我发现自己的玛蒙车旁停了一辆灰色的加长轿车，后车门敞开，一个歪嘴的方脸男人站在那儿，一只脚搁在脚踏板上，右手置于身后。

这时那个挟持我的男人说道：“回到自己车上，一路往西开，在第一个拐角处转弯，车速保持在二十五迈，不要再快了。”

窄街一路阳光和煦，无车马喧嚣，只闻得见微风轻拂胡椒树叶的声音。而一小块街区外的科尔多瓦小镇却车水马龙，川流不息。我耸耸肩，打开车门，坐在驾驶位上。那个灰发男人也迅速坐上副驾驶位，紧盯我的双手，然后右手一晃，亮出一把短管转轮枪。

“老兄，拿钥匙出来给我小心点。”

我不敢大意。待我脚刚踏上油门，后排传来一声关门声，在这之前是一阵急促的脚步声，有谁上了我的车坐在后面。我踩下离合器，驶过拐角，在后视镜里我看见那台灰色轿车也跟了上来，驶过拐角，稍微落后了一些。

我一路向西驾驶在与科尔多瓦并行的街道上，等我们驶过一个半街区，我的肩膀后面出现一只手，取走了我身上的手枪。那个灰发男人把短管转轮手枪放在大腿上，空出来的手小心谨慎地搜遍我全身，终于心满意足地仰身靠在座椅上。

“好了，现在开去主干道，利索点。”他说道，“不过你可别去想故意擦撞什么警备车，如果你正好撞见了一台……如果你真这么想，倒可以给我试试看。”

我拐过两个弯，将车速提到三十五迈，然后便保持在这个速度。

我们经过几个高档住宅区，繁华的景致也逐渐消失在视线之外。待我们开到偏僻的地方，跟在后面的灰色轿车终于放缓车速，掉头开回城里，之后便消失不见了。

“抓我来是为什么呢？”我问道。

灰发男子仰头大笑一声，用手摸了摸自己泛红的宽下巴，说道：“公事公办罢了，有个大人物想找你谈谈。”

“你是说卡纳雷斯？”

“卡纳雷斯？什么鬼！我说的是大——人——物。”

我望了望远处的车子，沉默了好一阵儿，然后说道：“为什么不在公寓里或者巷子里下手？”

“要确保没人给你打掩护。”

“那个大人物是谁？”

“等我们把你送到目的地，再说这个吧。还有别的想问的吗？”

“有的，我能抽根烟吗？”

我点烟的时候，他就帮我稳住方向盘。一路上，坐在后排座椅上的男人一言未发。过了一会儿，灰发男人要我停车，从驾驶室出来，换他来开。

“六年前，我还很穷的时候，就拥有这样一台车了。”他威风凛凛地说道。

对此我实在想不出合适的回答，索性吐出一缕青烟，心里琢磨着，如果卢是在西西马隆河被人杀害的，为什么凶手没拿到那笔钱呢？如果他确确实实是在葛兰小姐的公寓里被杀死的，那又为什么要费尽周折将他的尸体带回西西马隆河呢？

7

二十分钟的工夫，我们就到了山脚下，越过陡峻的山脊，疾驰在一条狭长的白色混凝土山路上，再跨过一座桥梁，上斜坡到半途，转进一条砾石路，小路在矮栎树和石兰灌木丛交接的地方渐渐消失，团团蒲草茁壮生长在山丘一侧，如同喷涌而出的水流。汽车轮胎驶在砾石上嘎吱作响，沿着弯道向前滑行。

我们来到一幢山间小屋，屋子前廊宽敞，以用水泥黏合的巨石为地基。小屋后方一百英尺外的山顶上，风车发电机正在缓缓转动，一只野生蓝鸟飞过山路，振翅腾空飞起，随即急转，如陨石一般消失于视野之中。

灰发男人将车开上门廊，停在一台棕褐色的林肯跑车旁边，熄火，抬起手刹，然后拔出车锁，将钥匙小心收进皮套，放入口袋里。

坐在后座上的男人也下了车，打开我身旁的车门，手里还握有一把手枪。我下了车，灰发男人也紧跟着出来，三人一行走进小屋。

屋内十分宽敞，墙面由带节的松木制成，经过细致的抛光处理，甚是美观。我们踩着印第安风格的地毯穿过房间，灰发男人谨慎地敲了敲一扇门。

里面一个声音喊道：“谁啊？”

灰发男人把脸贴近门，说道：“是我，贝斯利——我还带了你想见的人来。”

那个声音说了句“进来吧”，贝斯利便打开门，一把将我推进房间，然后把门给关上了。

这个房间的摆设和之前看到的一样，高大宽敞，墙面由带节的松木制成，地毯也是印第安风格的。石炉里一根点着的浮木正发出滋滋燃烧的声音，噗噗地朝空气中喷着热气。

那个坐在长条书桌后的男人，便是政客弗兰克·多尔。

他是一个喜欢坐在桌子后面、将便便大腹靠在桌子上的人，总爱在桌上鼓捣些玩意儿，一副精明强干的样子。他有一张不白净的肥脸，头上几撮白发微微翘起，眼睛虽小但目光锐利，双手同样小而纤细。

他身着一件并不整洁的灰色西装，面前的桌子上站着一大只波斯猫，他伸出一只干净的手挠着它的头，猫咪也慵懒地靠在他的手上，尾巴顺着桌子边缘垂下来。

他说道："请坐。"视线却没从猫咪身上离开。

我在一把座椅很低的椅子上坐下，多尔说道："你觉得这里怎么样？还不错，对吗？这位是我的女朋友托比，我就这一个女朋友，是这样吗，托比？"

我说道："我喜欢这里，但来这儿的方式我就不喜欢了。"

听罢，多尔稍稍抬起头看我，嘴巴微张。他有一口整齐的牙齿，只可惜是假牙，他说道："老弟，我业务繁忙，这样要比吵着让你来容易得多了。要不要来一杯？"

"当然，那就来一杯吧。"我回答。

他用手掌揉搓了一下猫咪的头，然后放开它，双手摆在椅子扶手上，使劲一撑，涨红了脸，终于站了起来，摇摇摆摆来到房间内置墙柜，取出一瓶威士忌酒和两个刻有金色纹脉的玻璃杯。

"今天没有冰了。"他一边说一边蹒跚走回桌子这里，"不加冰就直接这样喝吧。"

他倒了两杯酒摆好，我走过去端走自己那一杯坐下，他也再次坐下，点燃一根咖啡色长条雪茄，然后把烟盒朝我的方向推了二英寸远，身子倚在椅子靠背上，以一种完全放松的状态盯着我看。

“你就是那个指认曼尼·蒂恩的小伙子。”他说道，“可真不厚道。”

我啜了一小口威士忌，顿时口里醇香幽幽。

“生活多不易，”多尔用平淡又轻松的语气继续说道，“政治这玩意儿，就算是在充满趣味的时候，也是让人心烦意乱的。你知道的，我吃苦耐劳，得我所需，现在想要的不多，但只要是我想要的——我就一定要得到，至于如何得到，我就无所谓了。”

“早有耳闻。”我恭敬地说道。

他眨巴着眼睛，四周环视寻找波斯猫，然后一把拽住它的尾巴扯过来，侧身放倒，然后用手抚摸它的肚子，猫咪也一副享受的样子。

多尔看着我，轻声说道：“是你杀了卢哈格。”

“你怎么会这样想？”我淡淡地问道。

“你杀死了卢哈格。也许他是该死——但这是你下的狠手。他被人用口径 0.38 英寸的手枪穿透心脏，这和你的手枪口径一致，而你也是个使枪的好手。本来应该给他当保镖，你却打着自己的如意算盘，在西西马隆河酒店抓到了他和那个女人，给了卢哈格一枪，然后卷走了钱。”

我将剩下的威士忌一口饮尽，又倒了些进去。

“你和那个女人做了交易，”多尔说道，“但被搅黄了。她的想法很天真可爱，不过这并不重要，因为警察已经找到你用来杀卢哈格的手枪了，而赃物也在你身上。”

我说道：“关于我的通缉令已经下来了吗？”

“除非我下令……那把枪也还未上交……你知道我人脉很广的。”

我慢条斯理地说道：“在卡纳雷斯赌场外，我被人用棍棒敲晕将了一军，手枪也被夺走了。我也从未追上卢哈格，都没再见到他第二面。今天早上那个女人带着装满钞票的信封来找我，和我讲述卢哈格在她公寓里被人杀害的经过，钞票也就这样移交到了我的手里——只是为了妥善保管而已。我也并不确信这个女人的说辞，但她把钱都带来了，这还是能说明一些事情的。再说了，卢哈格是我的一个朋友，我便决定着手调查此事。”

“你应该交给警方就好。”多尔咧嘴笑着说。

“交给警察的话，那个女人可能会被陷害。另外，我也可能乘此机会合法挣个几块钱，在圣安格鲁就发生过类似的事情。”

多尔一只手戳猫咪的脸颊，它厌恶地反咬一口，然后跑到桌角坐下，舔自己的脚趾。

“二万二千块，那个小妞就这样交给你保管了，”多尔说道，“听起来就像娘儿们会做的事，不是吗？”

“你拿到了钱，”多尔继续说道，“卢哈格是被你的枪杀死的，那个女人也不见了——不过我可以把她找回来，如果我们需要目击证人的话，她倒是一个不二人选。”

“拉斯奥林达斯的赌局有猫腻吗？”我问道。

多尔喝完杯中的威士忌，抽了一口雪茄。

“没错，”他漫不经心地说道，“有个叫皮纳的发牌员就在赌桌轮盘00号位置上做了手脚。这也是个老把戏了，地上有个铜制按钮，皮纳的鞋底下也有一个按钮，线路连到他的大腿上，电池就放在臀部口袋里，老把戏啦。”

我回道：“但卡纳雷斯看起来好像并不知情啊。”

多尔咯咯一笑，“他知道轮盘被做了手脚，只是不知道他的头牌发牌员是在帮其他人。”

“我可不想成为皮纳这样的人。”我说道。

多尔慵懒地动了动嘴里的雪茄，说道：“他的手法很好……赌局进行得谨慎平静，他们并没有押高风险的赌注，只是普通的赌钱而已，而且也并非一直赢钱。对此他们也无可奈何，毕竟没做过手脚的轮盘就要另当别论了。”

我耸耸肩，坐在椅子上转来转去。“你知道的内幕太多了。”我说道，“讲了这么多就是打算勒索我一番吧？”

他粲然一笑，说道：“当然不是了！有些事情就这么发生了——就像计划好的那样。”多尔再次挥动雪茄，一缕青烟掠过他那狡猾的小眼。外面的房间里传来模糊的说话声，“即使我有一些必须要去讨好的人际关系——虽然我也不喜欢他们所干的勾当。”

“比如像曼尼·蒂恩一样的人吗？”我说道，“他经常在市政大厅晃悠，知道的事情可不少。好了，多尔先生，就直接说希望我为你做什么吧？要我自我了断吗？”

他听了大笑一番，肥胖的肩膀也跟着欢快地抖动。他朝我伸出一只小手，“我可没这样想，”他冷漠地说道，“我另有妙招。关于民间舆论焦点夏侬被杀一案，我无法肯定地说如果不是你，那个地方检察官讨厌鬼也就不会给蒂恩定罪这种话——但如果他能说服民众接受这个想法，你就只有滚到一边，乖乖闭嘴的份儿了。”

我站起身，朝他走去，身子倚在桌上探向多尔。

他气喘吁吁地尖声喊道：“不许胡闹！”一只手将抽屉打开一半，手速之快与其身体动作之慢形成鲜明的对比。

我微笑低头看着他的手，他把手从抽屉上收回，我看见抽屉里有一把枪。

我说道：“我早就和大陪审团说了。”

多尔靠在椅子上，对我笑了笑，“是人皆会犯错，”他说道，“即使是聪明的私人侦探亦如此……你可以改变主意，将其改为白纸黑字。”

我低声说道：“不，那样我会被判伪证罪的，我可承受不起这样的罪名，我宁愿被判谋杀罪，这个罪名我倒可以帮自己推脱，更何况芬韦泽希望我能处理好此事，他可不希望失去我作为目击证人，蒂恩的官司对他来说举足轻重。”

多尔听罢，不紧不慢地说：“那么你就不得不试一试了，老弟。

就算完事了，你的身上还是会留一身腥，而且就凭你个人的只言片语，陪审团是不会判罪曼尼的。”

我缓缓伸出手，挠了一下猫耳朵，问道：“那二万二千块钱如何处理呢？”

“你可以全拿走，如果你愿意合作的话。毕竟那也不是我的钱……如果曼尼被证实清白了，我可能还会自己掏点钱进去。”

我搔了搔猫咪的下巴，它发出咕噜咕噜的叫声，于是我一把把它抱起，温柔地捧在怀里。

“多尔，到底是谁杀了卢哈格？”我头也没抬，问道。

听罢他甩甩头，我看着他，笑着说：“你的猫可真不错。”

他舔了舔嘴唇，说道：“看来这个小浑球儿还挺喜欢你的。”他咧嘴一笑，看起来对自己的这个说法很是满意。

我点头，把猫往他脸上扔。

他吓得惊声尖叫，手却牢牢接住猫，猫咪在空中四肢蜷缩，落下来的时候两只爪子不停地挠着，其中一只抓在多尔的脸上，如同撕开香蕉果皮一般。多尔顿时大声喊叫起来。

我迅速从抽屉里取出手枪，将枪口对准他的脖子，就在这时，贝斯利和那个歪嘴男悄悄地溜了进来。

场面瞬间变得有点戏剧化。猫咪疯狂扭动从多尔手中挣脱，掉在桌子下面的地板上。贝斯利也举起他的短管转轮枪，但一脸茫然，一副不知所措的样子。

我用枪死死抵住多尔的脖子，说道：“弗兰基捷足先登了，伙计们……我可没在和你们开玩笑。”

多尔当着我的面哼唧了一声，“不要慌！”他朝着自己的手下低声咆哮道，然后从前胸口袋里取出一块手帕，轻轻拍在他受伤裂开的脸颊上。这时，歪嘴男悄悄贴近墙面。

我说道：“不要以为我乐在其中，不过我也不傻。你们这帮无赖给我好好待着。”

那个歪嘴男人瞬间停住，朝我侧目而视，双手下垂。

多尔半转过脸，想要把肩膀伸过来，我看不见他的全脸，无法得知他的表情，但他看起来并没有害怕的样子，他说道：“这样做对你而言毫无益处。如果我想对付你，简直轻而易举。你看看你现在身处何地？如果你不按我的要求做，枪击任何人，都免不了牢狱之灾。我怎么看着处境不妙呢。”

贝斯利这时相当得意地看着我，好像这一切对他来说都只是例行公事那么轻松，我仔细思忖了一会儿，其他人的脸色可不太好，我侧耳聆听，房间里其他人都沉默不语。

多尔躲开手枪，朝前一探，说道：“如何？”

我回道：“我现在要出去，我手里有枪，只要我想，我就能用这把枪射中某人，但我不想把事情闹得太大，如果你让贝斯利把我的车钥匙和从我这儿拿走的枪都返还给我，我就当之前你派人劫持我的这一切都没发生。”

多尔慵懒地耸了耸肩膀，问道：“然后呢？”

“我会再好好想想你提出的交易，”我说道，“如果你在后方给我提供足够的支援和保护，我也许会考虑加入你……如果你真如自己口中所说的那样精明能干，晚上几个小时的时间也不碍事吧。”

“这个想法不错，”多尔咯咯地笑着说，又对贝斯利说道，“自作孽不可活，把他的钥匙，还有你今天抢走的枪还他吧。”

贝斯利叹了一口气，手小心翼翼地伸进裤子，把我的皮革钥匙夹扔向桌边。

那个歪嘴男人抬起一只手，就在我放松地站在多尔身后的时候，把手伸进衣服侧袋里，取出我的手枪，扔到地上，然后踢了一脚。

我从多尔的身后走开，取回钥匙和地上的手枪，然后朝斜方向的房门移动，多尔目光空洞地望着这一切，贝斯利身子也跟着我转动，等我靠近房门，他便走开了。房间里其他人都一脸不淡定的样子。

我站在门前，转动门上插好的钥匙，这时多尔梦呓般地说道："你就像松紧带末端上的橡皮球，被拉得越远，就越快被弹回来。"

我说道："那这松紧带可不太行。"说罢径直出了房间，摆正门钥匙，振作精神准备迎接子弹的洗礼，但这一切并没有发生。就虚张声势而言，我可比周末减价婚戒上的金子烂得多了，这一切之所以起效，只是因为多尔任由我这样罢了。

我走出房子，发动我的玛蒙车，车子轰隆隆地快速驶过山肩，来到高速公路，身后并没任何追来的声音。

等我开到公路混凝土桥梁上，此时已经两点过几分，我一只手轮流换着握方向盘，一只手擦拭后背上冒的冷汗。

8

太平间就停在县镇大楼大厅后的一条走廊末端，走廊长而明亮，寂静如雪，走到底就是两扇门和一堵空荡荡的大理石墙面。其中一扇门上的玻璃嵌板上写着"审讯室"，后面黑漆漆的，一点光亮也没有。另一扇门打开则是一个小而亮堂的办公室。

一位有着雄鹅蓝色眼睛和锈色中分头发的男人正趴在桌上填写表格，见我进来，他抬起来，对我打量一番，然后突然露出笑容。

我打招呼道："兰登，你好……还记得谢尔碧一案吗？"

他眨了眨那双蓝眼睛，站起身，绕过桌子，伸出手说："当然了，有什么能为你效劳的吗——"话还没说完，他突然停住，打了个响指，"嘿！你就是那个揍了一个赛车手的家伙。"

我把烟头朝门口走廊上一扔，"这不是我来这儿的原因，"我说道，"总之这次不是。有一个叫卢哈格的家伙……据我所知，在西西马隆河，被人发现于昨夜或今早给人枪杀了。我能看看相关文件吗？”

“没人能阻止你。”兰登说道。

说罢他带我来到办公室另一头的门边，推开门，眼前雪白一片，墙面、珐琅、玻璃，就连灯光都是白色的。房间一面墙边摆着设有玻璃窗的双层大型箱，透过猫眼望去，可以看到里面裹着白布的包裹，再凑近些，可以看到结霜的管子。

桌子上躺着一个人，被人用白布从头盖到脚，兰登淡然地掀起白布，露出他那没有血色、平静又蜡黄的脸，他那长长的黑发就这样散在潮湿的小枕头上，眼睛半闭，漠然地盯着天花板。

我走近看他的脸，兰登把白布扯得更低，用指节敲了敲他的胸膛，发出空洞的声音，就像敲打在一块木板上一样。在他的心脏位置，有一处子弹穿过的洞。

“枪法真精准。”他说道。

我很快掉头转过身去，取出一支烟，在手指上打转，望着地板发呆。

“谁给他做的身份鉴定？”

“通过他口袋里的物件来鉴定的，”兰登说道，“当然了，我们也在检查他的指纹。你和他认识？”

我回道：“不错。”

听完，他用拇指甲轻轻地蹭了蹭自己的下巴。我们回到办公室，兰登走到桌子后面坐下。

他快速翻阅眼前的文件，从中取出一份，看了一会儿。

他说道：“上午十二点三十五分的时候，一台巡逻警车在西西马隆河的老街一侧发现了他，地点距离运河上游只四分之一英里，很少有人去那儿，但巡逻警车偶尔会去遛遛，端掉些伤风败俗的聚众集会。”

我说道：“你能说出他的死亡时间吗？”

“时间不算很久，他的尸体还有温度，这儿夜晚很冷的。”

我把那支未点燃的烟叼在嘴里上下摆动，说道：“我打赌你从他身上取出了一颗口径 0.38 英寸的长子弹。”

“你怎么知道？”他迅速问道。

“我随口一猜，弹口看起来像那回事。”

他饶有兴致，眼睛直直地看着我，我谢过他的帮助，告诉他自己以后还会再来拜访，便走出办公室门，在走廊上点了根烟，离去了。我来到电梯口，走进其中一间，上到七楼，然后沿着一条除了没有太平间、其他装饰和之前完全一样的走廊往前走，映入眼帘的是一个个又小又空荡荡的办公室，这里过去是地方检察官的调查人员的办公场地。走到走廊半途，我推开一扇门，走了进去。

伯尼·奥尔斯正驼背慵懒地坐在墙边的桌子面前，他就是芬韦泽曾经和我说过的，一旦我有牢狱之灾，就让我去寻求帮助的那位首席调查员。他是一位中等身材的老实人，额头上两道白白的眉毛，下巴凸出，腭裂严重。房间的另一面墙边也摆放了一张桌子和几个坚实的椅子，地上的橡胶垫上还有一个黄铜痰盂，除此之外，房间空无一物。

奥尔斯随意地朝我点点头，从椅子上站起来，闩好门锁。然后拿起桌上扁盒，取出一小根雪茄点燃，然后把扁盒搁置一边，抻着鼻子看我。我在一把直背椅上坐下，整个将椅子往后仰。

奥尔斯问道：“怎么样了？”

“是卢哈格无误，”我说道，“我还以为误判了呢。”

“你在搞什么鬼，我早就和你说了就是他。”

外面有人动了下门把手，然后传来了敲门声，奥尔斯并不理会，外面那个人也就走了。

我慢条斯理地说道：“他大约在七点半到二十点三十五这个时间段被杀，这还只是假设事发地就在他被发现遗体的地方，但按照那个女孩的说法，时间显然是不够的，因此我没有作案时间。”

奥尔斯说道：“没错，也许你能证明这点，这之后，你也许又能证明你的朋友并没有拿你的枪杀人。”

我说道：“我的朋友不可能会拿我的枪杀人的——如果真是我朋友的话。”

奥尔斯轻蔑地哼了一声，侧脸朝我尖笑一声，说道：“是人都会想到这一点，这也许就是他会下手的原因。”

听罢，我把椅子前腿重新落在地上，盯着他看。

“你觉得我会告诉你关于那笔钱和手枪的事吗——凡是和我脱不了干系的？”

奥尔斯面无表情地说道：“你会说的——如果你知道已经有人替你这样做了的话。”

我回道：“多尔留给我的时间可不多。”

我掐掉香烟，用手往黄铜痰盂一弹，然后站起身来。

“好吧，目前还没有我的通缉令，所以我还是仔细回想，和你说说我的故事吧。”

奥尔斯听了，说道：“坐一会儿吧。”

我再次坐下，他拿出嘴里的雪茄，动作粗鲁地将香烟抛掉，香烟滚到地上棕色的油布上，在角落里冒着烟。他把双手放在桌子上，用指头敲打桌面，下嘴唇前翘包着上嘴唇，上嘴唇贴着牙齿。

“多尔也许知道你现在在这儿，”他说道，“你现在没在楼上监狱里关着的唯一原因，就是他们还不确定，但最好还是把你抓了，试试运气。而一旦芬韦泽大选失利，我也要跟着卷铺盖走人了——如果我跟着你乱来的话。”

我说道：“只要他判曼尼·蒂恩有罪，他就不会落选了。”

奥尔斯又从扁盒里取出一支烟，点着火抽上，随后拿起桌上的帽子，用手指摸了一会儿后戴上。

“为什么那个红发女人要对你大肆宣扬发生在自己公寓里的命案和地上的死尸一事呢——这一切听起来很戏剧化不是吗？”

“他们想把我引过去，以为我会去检查看有没有手枪遗留或是去验证女孩言辞真伪，一旦我离开繁华的城区，他们就能更清楚地判断能否钻地方检察官保护我的空子。”

“但你口说无凭呀。”奥尔斯酸溜溜地说道。

我回答道：“当然了。”

奥尔斯抖了抖他的一双粗腿，然后死死定住，双手握在膝盖上，动了一下嘴角叼着的雪茄。

“我倒想认识一下那群扔掉二万二千块只为‘锦上添花’玩上一把的人。”他阴险地笑着说。

我再次站起身，经过他朝门口走去。

奥尔斯问道：“急什么？”

我转身耸了耸肩膀，茫然地盯着他看，“你看你，一副事不关己高高挂起的模样。”我说道。

他终于站起身，厌倦地说：“那个出租车司机很可能就是一个卑鄙的小骗子，但也可能只是多尔某个糊里糊涂的手下，趁着他还有记忆，我们赶紧去找他吧。”

9

绿顶车库位于距离主干道东部三个街区的德威拉斯大道上，我把车开到消防栓前，然后下车，奥尔斯就瘫坐在座椅上，嘟囔着说：“我就待在这里，说不定还能看到有没有人跟踪。”

我走进一个空荡荡的大车库，里面光线昏暗，偶尔可以看见几台有着鲜艳车身涂装的车子。车库一角有一个又小又脏乱的玻璃墙面办公室，一个矮个子男人就坐在里面，头戴一顶常礼帽，满是胡楂的下巴下系着一条红色领带，他正在削烟草往手心里放。

我问道："你就是这儿的调度员吗？"

"是的。"

"我在找你们这儿的一位司机，"我说道，"名字叫汤姆·斯尼德。"

他放下手中的小刀和烟草，咧嘴对着手心里的烟草碎一笑，"你想要投诉什么？"他小心翼翼地问道。

"不是投诉啦，我是他的朋友。"

"又是他的朋友啊……但他都值夜班，先生……所以我想他应该已经走了吧。他家住在兰夫鲁大街 723 号，格雷湖边。"

我回道："谢谢，电话有吗？"

"没有。"

我从里兜里掏出一张被折叠起来的市区地图，当着他的面在桌子上展开一部分，他看上去很不耐烦。

"墙上就有一张大的地图。"他抱怨道，往一根小烟斗里塞满烟草。

"我习惯用这一张。"我说着，俯下身在展开的地图上找兰夫鲁大街。找了一会儿我突然停下来，看着眼前这位头戴常礼帽的男人，"这个地址你未免也记得太清楚了。"我说道。

他把烟斗塞进嘴里，狠狠吸上一口，两根手指敏捷地伸进敞开的马甲口袋里。

"不久之前有几个混混也在问。"

我快速折好地图，边走出门边将其收进口袋，然后跨过人行道，溜进车内发动车辆。

"我们被人抢先一步，"我对伯尼·奥尔斯说道，"有两个家伙在不久前拿到了那小子的地址，或许……"

车子急速驶过拐角，轮胎与地面摩擦发出尖叫声，奥尔斯吓得紧紧抓住车子边上的把手，嘴里不断咒骂着。我伏在方向盘上，一路疾驰。到了市中心的时候，红灯亮了，我瞬时拐进街角的加油站，迅速驶过水泵，砰的一声车子又落到市中心，通过车流后向右转弯，朝东边方向开去。

一位身着制服的交通警察朝我吹了一声口哨，目光紧盯着我，好像要来记下我的车牌号码，于是我一溜烟儿开走了。

我们将几个仓库、一个农产品市场、一个大油罐、铁轨和两架桥梁甩在身后，一路上我险闯了三个交通信号灯，之后又闯了第四个，驶过六个街区以后，一名交通警察向我鸣起了警报器。这时奥尔斯递给我一个铜星勋章，我将其扭弯迅速扔出车窗外，让它反射太阳光，鸣笛声便停了，我们被摩托车跟了十几个街区以后，最后终于把它甩掉了。

格雷湖是两座山脉中间的一个人工水库，位于圣安格鲁东缘地段。山脉周围路面铺设石板，小道狭窄但造价昂贵，山脉两翼的弯道同时也方便了周围零星散落的平房别墅的住户出行。

我们艰难驶上山，一路认路牌过去，与波光粼粼的湖面渐行渐远，老旧的玛蒙车开在碎石满布的湖岸边发出轰隆隆的声响，汽车一驶过，人迹罕至的小道上便尘土飞扬。杂交犬们纷纷落脚在野草中的地鼠洞里。

兰夫鲁大街差不多就坐落在山顶上。大街入口处是一个小而雅致的平房，房子前面的草坪围栏内只见一个穿着纸尿裤的小孩在到处爬行。车子往里开，一大片草地映入眼帘，再往里开，经过两幢房子，就到底了，我把车快打方向盘来了个急拐弯，开进高高的岸堤中间，整条大街的景致一览无余。

这时，我们前方弯道处响起了枪声。

奥尔斯吓得马上坐起身，说道："噢天啊！那可不是猎兔枪。"说罢马上取出自己的军用手枪，并解锁他那侧的车门。

我们开出转角，发现山坡下也坐落着两幢房子，周围树木丛生，两幢房子中间的一条街道上斜方向停着一台灰色加长轿车，它的左前轮胎爆了，车子前面两扇车门都大大敞开着，就像大象张开的两只耳朵。

一个矮个头黑人就双膝跪在车子右车门一侧，右手下垂淌着血，另一只手则试着去捡他面前混凝土路面上的自动手枪。

我来了个急刹车，奥尔斯也跌出车子。

“你给我把手放下！”他喊道。

这个胳膊受伤的男人嘴里骂骂咧咧的，任由自己倒在车子的踏脚板上，突然，车后距离我们不远处传来一声枪响，那时我已经站在街上了。那台灰色轿车停放的角度，使我只看得见车门，左侧其他位置都成了我的盲区，那一枪看起来就是从那里开出来的，奥尔斯朝车门方向开了两枪，我蹲下身查看车底，果然发现了一双脚，马上对准它们开枪，但没打中。

就在这时，离我们最近的房子角落里传来微弱的“啪”的一声，灰色轿车的玻璃碎了，车后枪声不绝于耳，房子墙角的石膏也纷纷掉落在灌木丛里，接着我就看见灌木丛中一个男人的上半身，他腹部朝下趴着，肩上扛着一把轻步枪。

他正是汤姆·斯尼德，那位我们要找的出租车司机。

奥尔斯嘟囔了一声，箭步朝灰色轿车冲去，他又朝车门开了两枪，然后躲在引擎盖后面。车身后面传来几声爆炸声，我一脚将那个受伤男人的枪踢开，跨过他，偷偷地看了一眼汽车油箱，然而很难才看清后面的男子。

这是一个身穿棕色西服的大块头，他咔嗒一声猛地开枪，子弹射向这两幢房子中间的山口上，之后他转了一圈，又迅速地开了一枪。奥尔斯就暴露在外面，帽子被一枪打落，只见他两腿张开，直挺挺地站着，双手稳稳握住手枪，就像在警察射击训练靶场一样。

然而这个大块头早就不行了，我开枪穿透了他的脖子，奥尔斯也小心翼翼地朝他射击，用尽枪里的第六颗子弹，也就是最后一颗子弹打中他的胸腔，一番扭曲之后他终于倒下了，脑袋一侧砸在路边，发出令人恶心的嘎吱声。

我们从车子两端分别朝他走去，奥尔斯弯下身来，把大块头背在肩上，尽管脖子上的血在汩汩流出，他那毫无生机的脸上依然流露出放松和亲切的表情，奥尔斯翻了翻自己的口袋。

我回过头来看另一个人在做什么，他只干坐在地上握着受伤的右手，因为疼痛而眉头紧皱。

这时汤姆・斯尼德已爬上堤岸，朝我们走来。

奥尔斯说道："那家伙叫普克・安德鲁斯，我曾在赌场投注站附近看过他。"说罢他站起身，拍了拍膝盖上的尘土，左手上还沾了些零星杂物，"没错，就是普克・安德鲁斯那家伙，按日、月、周来计算工钱，我猜有一阵他就以此为生计吧。"

"这不是上次那个敲晕我的家伙，"我说道，"不过当我被人攻击的时候我正好看见了他，如果今天早上那个红发女郎有说过任何真话的话，那很有可能就是现在这个家伙杀死了卢哈格。"

奥尔斯点点头，弯腰拾起帽子，帽檐上留下了一个枪眼。"对此我一点也不感到惊奇。"他说着，镇静地把帽子戴上。

汤姆・斯尼德来到我们面前，胸前僵硬地握着一支小口径步枪。他没戴帽子，也未穿外套，脚穿运动鞋，双眼怒目而视，整个人开始颤抖。

"我就知道我能抓住这些龟儿子的！"他笑道，"我就知道，我能好好修理一番这帮该死的狗崽子。"说完他便安静下来，脸色突然发青，接着缓缓倒地，手上的步枪也掉了，双手落在弯曲的膝盖上。

奥尔斯说道："老兄，你最好找个地方躺一下，看你的脸色，你都要吐了。"

10

汤姆・斯尼德躺在他的小平房前屋里的躺椅上，前额上还敷着湿毛巾，一个蜜色头发的小女孩就坐在他旁边握着他的手。房间角落里坐着一个头发比小女孩深几个色调的年轻女人，一脸疲态和茫然地盯着他看。

我们走进屋里的时候，室内温度特别高，所有窗户紧闭，百叶帘也都拉了下来。奥尔斯打开几扇前窗，在他们身边坐下，看着窗外的灰色轿车，那个墨西哥黑人就被铐在方向盘上。

“他们提到了我的小女儿，”汤姆·斯尼德敷着湿毛巾说道，“这让我变得神经兮兮的，他们说如果我不配合的话，他们就会回来抓走我的女儿。”

奥尔斯说道：“好吧，汤姆，让我们从头说起。”他叼起一小支雪茄，一脸狐疑地看着汤姆·斯尼德，却不点火。

我坐在硬邦邦的温莎椅上，低头望着地上廉价的新地毯。

“我当时正在读报等着吃饭，然后好去工作，”汤姆·斯尼德小心翼翼地说道，“是我的女儿去开的门，他们就端着枪进了屋，关上所有窗户，把我们困在屋内，除了那个墨西哥人身边的窗子没拉帘，其他所有的百叶帘都被拉上了，他就一直朝着窗外看，一语不发。还有一个大块头就坐在这张床上，两度逼我说出昨晚发生的一切事情。然后威胁我让我必须忘掉见过什么人，和谁一起去了城里，这样才能相安无事。”

奥尔斯点点头，说道：“你第一次在这里见到这个男人是什么时候？”

“我没留意，”汤姆·斯尼德说道，“大概十一点半到十二点十五分的样子，一点十五分的时候我还去了办公室签到，之后我便去了钟楼酒店取车，我们花了足足一个小时才从城里开到海滩，之后在杂货店聊了大概十五分钟的时间，或许更久。”

“看样子你是在午夜的时候遇到他的。”奥尔斯说道。汤姆·斯尼德听了摇摇头，毛巾从头上掉下来，他又把它推回原处。

“呃，不是这样，”汤姆·斯尼德说，“杂货店的男子告诉我他晚上十二点就会关店门，我们离开的时候，他还没关门。”

奥尔斯转过头来，面无表情地看着我，然后又回头看汤姆·斯尼德。“和我们聊聊那两个枪手的事吧。”他说道。

“那个大块头说别人不大可能会问我这些事，如果有人问我，我好好说话，他们就会给我一些钱，但如果我说错话，他们就会把我的女儿带走。”

“继续说，”奥尔斯回道，“他们真是满口狂言。”

“接着他们就走了，当我看到他们开上街的时候，我就精神错乱了。兰夫鲁大街只是他们贪污生涯的冰山一角而已，这条大街只修至山下半英里处便停了，前方根本无路可走，因此他们只好原路返回……我带着我仅有的口径 0.22 英寸的手枪，躲在灌木丛里，开出第二枪便射中他们的汽车轮胎，我猜他们以为只是普通的爆胎，可惜我第三枪没击中，也引起了他们的警觉。他们将手枪保险打开，之后我打中了那个墨西哥人，而那个大块头只好躲在车后……这就是事情的全部原委了，之后你们一行人就来了。”

奥尔斯活动了一下自己厚实又粗糙的手指，对着角落里的女孩苦笑了一下，问道：“旁边住着哪户人家呢，汤姆？”

“一个叫格兰迪的家伙，他是一名电车司机，一直独自居住，现在应该还在上班吧。”

“我就猜他没在家。”奥尔斯咧嘴一笑，站起身朝小女孩走去，然后轻轻拍了拍她的头，“你要下山跟我们走一趟向警方做份陈述，汤姆。”

“没问题，”汤姆·斯尼德声音疲乏，无精打采地回答道，“我想我要因为昨晚将车子出租出去一事，而丢掉自己的饭碗了。”

“这我可说不准，”奥尔斯娓娓说道，“如果你老板欣赏胆儿大的人，就不会如此。”

说罢他再次拍了拍小女孩的头，朝门口走去，将门打开，我朝汤姆·斯尼德点头示意了一下便跟着奥尔斯走出了屋子，奥尔斯轻声和我说道：“他还不知道卢哈格被杀的事，没必要在小孩面前提这茬儿。”

我们朝灰色轿车走去，从地下室拿了几个麻袋，盖在安德鲁斯的尸体上，用几块大石压住。

奥尔斯瞥了一眼，心不在焉地说道：“我得快点找个可以打电话的地儿。”

他靠在车门边，盯着车里的墨西哥人看，只见他背靠在座椅上，眼睛半闭，肤色黝黑却难掩苍白憔悴之色，左手手腕被铐在方向盘把手上。

“你叫什么名字？”奥尔斯朝他厉声问道。

“路易斯·卡德纳。”这位墨西哥人眼睛不动，低声说道。

“你的团伙里有人于昨夜在西西马隆河把那个家伙弄死了，知道是谁吗？”

“没明白您的意思，先生。”墨西哥人不怀好意地说。

“别想糊弄我，西班牙佬。”奥尔斯冷静地说道，“这样只会激怒我。”他倚身靠在车窗上，雪茄叼在嘴里不停打转。

墨西哥人的脸上挂着淡淡笑意，但同时也呈现出一副倦容，右手手上的血迹也渐渐干掉变成黑色。

奥尔斯说道：“安德鲁斯在西西马隆河的一台出租车上把那个家伙打死了，那家伙身边还跟着一个女孩。女孩如今在我们手里，你能证明自己未参与其中的机会微乎其微。”

墨西哥人半闭的眼眸里闪过一道光芒，随后又灭掉了，他笑了笑，露出一口小白牙。

奥尔斯问道：“他是如何处理那把枪的？”

“不清楚，先生。”

奥尔斯说道：“他可真难对付，他们这群人一旦强硬起来，我心里也发毛。”

说着他便走开了，站在盖住尸体的麻布旁边，用脚踢起了人行道上的尘土，踢着踢着，承包商刻在混凝土上的模板渐渐裸露了出来，他大声读出来：“多尔铺路工程公司，圣安格鲁。那个死胖子没干老本行，还真是个奇迹啊。”

我站在奥尔斯身旁，朝两幢房子中间的山下望去。远处格雷湖畔大街上，来往过路车辆上挡风玻璃的灯光突然都亮了。

奥尔斯问道：“怎么了？”

我说道：“这帮杀手也许知道出租车的事，而那个女孩则带着赃款进了城，所以这不是卡纳雷斯干的，他可不是那种会允许别人拿着自己的二万二千块在外面胡闹的人。那个红发女郎和这场谋杀案脱不了干系，她这么做一定事出有因。”

奥尔斯露齿而笑，说道：“当然，她那样做就是想嫁祸于你。”

我说道：“有些人也太不把生命或者二万二千块钱当一回事了，卢呤格死了，我就是替罪羊，把赃款交给我也只是为了更好地进行栽赃而已。”

“也许他们以为你会逃之夭夭呢，”奥尔斯哼了一声，“那你真是跳进黄河也洗不清了。”

我转动着手里的香烟，“那对我来说未免也太蠢了，我们现在该怎么办呢？是等到月亮出来把歌唱——还是下山再说些善意的小谎言呢？”

奥尔斯朝普克·安德鲁斯盖的麻布上吐了一口唾沫，粗暴地说道：“这里还在县域管辖范围内，我可以把这堆乱七八糟的东西带去索拉诺县配电站，兴许能瞒过一时，那个出租车司机也巴不得此事保密，此次事件我也深入了解得差不多了，因此我会带这个墨西哥人回去亲自和他谈谈。”

“英雄所见略同，”我说道，“我估计此事你也压不了太久，但你也许能给我足够的时间让我见见那个养猫的胖子多尔了。”

11

等我回到酒店，已是傍晚时分。酒店职员递给我一张字条，字条上写着："请尽快联系弗兰克·多尔。"

我上了楼，把酒瓶里最后几口酒喝掉，然后打电话又叫了一品脱，接着刮了刮胡子，换过一身行头后，便在电话簿里查找弗兰克·多尔的电话号码，他就住在绿茵阁公园新月形街区上一幢雅致的老房子里。

我给自己调了杯醇和的高杯酒，坐在安乐椅上听手边电话那头传来的铃声。最开始是一个女仆接电话，第二个接电话的是一个男人，表现得好像提到多尔先生的名字，嘴里就会爆炸一样，第三个接电话的则是一个声音非常好听的人，终于第四个的时候，电话那头传来一阵沉默，沉默过后弗兰克·多尔接了电话，他听上去很高兴我的来电。

他说道："今天早上我就一直在想我们之间的谈话，我有了一个好主意，过来我们见一面吧……你也可以把那笔钱带来，时间刚好够你从银行里取出来。"

我说道："没错，银行六点关保险箱，但那又不是你的钱。"

我听见他咯咯笑，"别傻了，钱上我都做了记号，我也不想指控你偷窃。"

我暗自想了想，并不相信他所说的钞票被做记号一事，于是我喝了一口酒，回道："我可以考虑当着你的面把钱还给当初交与我的人。"

他说道："好吧，我跟你说过那个人已经不在城里了，不过我会想想办法看自己能帮上什么忙。希望你不要耍花招。"

我回复"当然不会耍花招了"，之后便挂断了电话。我一口气将杯里的酒饮尽，马上给《电讯报》的冯·巴林打了通电话，他告诉我警方对卢哈格的事情一筹莫展——或者说是毫无头绪。他对我依然不允许他刊登我的经历一事，感到有点生气。我能从他说话的语气中，察觉到他对格雷湖附近发生的事情还不知情。

接着我又给奥尔斯打了一通电话，但没能联系上他。

我给自己又调了一杯酒，一口气干掉一半，才觉得酒劲上来了。我戴上帽子，打消了把剩下一半的酒喝完的念头，直接下楼回到车里。傍晚的交通拥堵不堪，家家户户都着急赶车回家吃晚饭，我不确定自己后面跟着一台还是两台车子，但无论如何，还没人想要追上我，或是往我怀里扔一颗手榴弹。

多尔住的老房子是一个有着两层楼高的正方形红砖建筑，拥有漂亮的庭院，周围砌有一面白石遍布的红砖墙，一台闪闪发光的黑色豪华轿车就停在边上的前庭门廊下，我一路沿着红色旗帜来到二层露台，一位身着长礼服的浅发色男子领着我走进一个宽敞寂静的大厅，厅内老旧深色家具陈设，大厅末端还能一睹花园的掠影。他领着我穿过大厅，又进入另一个与之成直角的大厅，随后温柔地招呼我进入一个门上镶板的书房，在苍茫夜色下，书房倒显得灯火阑珊。安顿好我后，他便离开了。

书房尽头的落地窗基本都敞开了，朝窗外望去，映入眼帘的是一片黄铜色的天空和一排安静矗立着的树木。树前一个洒水器正在草地上慢慢地转动，此时天色已黑，在月光的沐浴下草地如天鹅绒般光滑。书房墙上挂着几幅色彩黯淡的大型油画，房间一头立有一张黑色大书桌，桌上书本陈列，还有几把深陷的沙发椅，地上铺有厚重但柔软的地毯。房内笼罩着一股淡淡的上等雪茄烟味，除此之外，还夹杂着一股园林花卉和湿土的气息。房门突然开了，一个戴着架梁眼镜的年轻男子走了进来，朝我正式地微微点点头，茫然地四处张望了一下，对我说多尔先生马上就来，说完就出去了，我便给自己点上一支烟。

不一会儿，房门又开了，贝斯利走了进来，他面带微笑地走过我，就在窗边的位子坐了下来，紧接着多尔也进来了，身后跟着葛兰小姐。

多尔的怀里还捧着他的黑色波斯猫，他的右脸留有两道可爱的红色抓痕，因为涂了火棉胶而显得光泽感十足。葛兰小姐还是穿着我早上见到她的那一套，脸色苍白，一副无精打采的样子。她从我身边经过的模样，好像之前从未见过我似的。

多尔勉强坐在桌后的扶手转椅上，然后把猫放在面前，猫咪慢悠悠地爬到桌子一角，便开始有条不紊、来来回回地舔自己的胸口。

多尔说道："好，好，来了啊。"然后满意地咯咯笑了。

那个身着长礼服的男子端着一盘鸡尾酒进来，一一将其派分好，把摇酒器和酒盘放在葛兰小姐身边的矮桌上后，便出去了，走的时候轻轻把门带上，好像担心一不小心就会把房门弄出裂缝一样。

大家都在举杯喝酒，表情十分凝重。

我开口道："还差两个人就都到齐了，我想我们是有法定人数的。"

多尔尖声问道："那是什么？"然后把头歪向一侧。

我说道："卢哈格现在正躺在太平间里，卡纳雷斯则在躲警察，要不然所有的当事人都能来了。"

这时葛兰小姐突然抽搐了一下，但马上又放松下来，用书戳着椅子的扶手。

多尔咽了两口鸡尾酒，然后把酒杯放置一边，两只干净的小手交叉搁在桌上，脸部表情看起来有点险恶。

"关于那笔钱，"他冷冷地说，"现在就交由我保管吧。"

我说道："现在不行，其他任何时候也不行，我根本就没带来。"

多尔盯着我，脸颊有点涨红，我看着贝斯利，他的嘴里叼着一根烟，双手插袋，后脑勺靠在椅子上，看起来好像处在半睡眠状态。

多尔沉吟地说道："想拖延时间，哈？"

"没错。"我冷冷地说，"只要钱还在我手上，我就是相当安全的。当你让我插上一脚的时候，太高估自己的实力了，扔掉手中的王牌不要，那我就是一个傻瓜。”

多尔问道：“安全吗？”语气中带着一股恶意。

我笑了，“免不了被人陷害一次，”我说道，“但上次的嫁祸行动进展得可不太顺利……免不了再挨枪子儿，但你们下一次的诬陷行动就会困难得多了……不过，最起码不会背后中弹被人打死，然后被你一纸控告夺走我的地产。”

多尔伸手摸了摸猫咪，眉毛下的眼睛盯着我看。

“我们就直接开门见山地说了吧，”我说道，“谁要为卢哈格的死背黑锅呢？”

“你哪来的自信自己就不会当替罪羊呢？”多尔狞笑地问道。

“我有不在场证据，直到我得知卢哈格的死亡时间可以被推算出来之后，我才发现这一切是多么的奇妙啊。我现在是清白之身……无论谁编着怎样的童话故事，上交一把什么样的手枪都是如此……那群想要制造我在事发现场的假象的小子，并未能得逞。”

多尔说道：“所以呢？”看起来没有多大的反应。

“有一个叫安德鲁斯的暴徒，还有一个自称是路易斯·卡德纳的墨西哥人，我打赌你一定听说过这两个人。”

“我可不认识这样的人。”多尔尖声说道。

“那么你听到安德鲁斯死得很惨，还有卡德纳也落在警方手里一事也不会感到心烦意乱咯。”

“当然不会，”多尔说道，“他们都是卡纳雷斯的手下，卡纳雷斯是卢哈格命案的元凶。”

我说道：“所以这就是你所谓的新主意，我认为这很扯。”

我俯下身子，把手里的空酒杯放在椅子下面，葛兰小姐把头转向我，一本正经地和我说话，仿佛相信她说的话对我未来的人生走向很是关键，“当然了，当然，是卡纳雷斯杀了卢哈格……最起码，这个男人派了一帮人追在我们后面并把卢哈格给杀了。”

我礼貌性地点点头，“那他们的作案动机是什么？就为了自己没拿到的那袋钱吗？如果真是为了钱的话，他们不会杀掉卢哈格，而是会把他抓起来，连你也一起抓。这场命案就是你一手策划的，所谓的出租车风波也只是为了混淆我的视听，而并非糊弄卡纳雷斯的手下一说。”

她快速伸出双手，双眸微微发亮，我继续说道：

“我虽没多睿智，但也并非愚昧之徒，谁又会蠢到这个地步呢？卡纳雷斯根本就没有枪杀卢哈格的作案动机，除非这样他能拿回自己被骗走的钱，假设他很快就得知他被骗了的话。”

多尔舔了舔嘴唇，听着这一切，下巴不停地颤抖，一双小眼不停地扫视着我们。这时，葛兰小姐沉寂地说道：“卢哈格清楚里面所有的猫腻，这是他和赌场的发牌员皮纳一手设计的。皮纳想要搞点钱，搬到哈瓦那住，卡纳雷斯当然会得到风声，但如果不是我把事情搅得一团乱，他也不会这么早发现。卢哈格的确是因我而死——但并非如你所说。”

我抖了抖一直忘记抽的香烟烟灰。

“好吧，”我冷冷地说，“所以替罪羊是卡纳雷斯……我猜你们两个骗子以为这就是我所关心的……在卡纳雷斯得知自己被骗了的时候，卢哈格本来要去哪儿呢？”

“他原本打算一走了之，”葛兰小姐沉闷地回道，“逃得远远的，我本来也要和他一起走的。”

我说道：“胡说八道！你似乎忘记我清楚卢哈格被杀的原因。”

贝斯利终于从椅子上站起来，小心翼翼地将右手伸至左胳膊处，“头儿，这个自作聪明的家伙打扰到您了吗？”

多尔说道：“还好，由他夸夸其谈吧。”

我动了动，好把脸再多朝贝斯利方向一点，外面天色已晚，洒水器也停止作业了，书房里给人感觉阴飕飕的，多尔打开一个香柏木盒子，取出一支长条栗色雪茄叼在嘴里，用假牙一口咬下烟头，火柴划着发出刺耳的声音，接着就听见他缓缓、费力吞吐雪茄的呼吸声。

透过一团烟雾，他不紧不慢地说道：“让我们忘掉这一切，关于那笔钱做个交易吧……曼尼·蒂恩今天下午在牢房内自缢了。”

葛兰小姐听了这话，猛地站起来，双手直直垂在身体两侧，然后又缓缓坐进椅子里，一动也不动。我问道：“他有得过任何帮助吗？”说完身体突然抽动了一下——接着又停住了。

贝斯利猛地瞥我一眼，不过我没看他。房间一扇窗户外面有一个阴影——颜色要比阴暗的草坪还有较暗的树木亮些。突然外面传来扑通一声闷响，有人痛苦地咳嗽了一声，窗户上冒出一团白烟。

贝斯利猛然一动，还未站直身，整个人便俯卧在地，身子压着一只紧握的手。

卡纳雷斯从窗户里跨过来，越过贝斯利的身体，往前走了三步，手里握着一把长管小口径黑色手枪，尾部消音器的大管道显得十分耀眼。

“别动，”他说道，“我枪法可准得很——即使是猎象枪也一样。”

他脸色煞白，白得几乎都要反光了，眼珠黑溜溜的，眼眸里的虹膜呈中灰色，一点儿也看不清瞳孔。

“晚上在敞开的窗外，声音真是听得一清二楚啊。”他沉闷地说道。

多尔将双手放在桌上，轻拍桌面。那只黑色猫咪把身子压得很低，越过桌边跳到一把椅子下。葛兰小姐动作极其缓慢地将头转向卡纳雷斯，就像被某种机械装置控制一样。

卡纳雷斯说道：“或许你在那张桌子上装了蜂鸣器，房门一旦打开，我就开枪，看到血从你那肥硕的颈脖里流出来，会让我很有快感。”

我将放在椅子扶手上的右手手指移动了大概两英寸的样子，那把装有消音器的手枪马上就对准了我，我只好停下了手指的动作。卡纳雷斯的胡须下方，掠过一丝笑意。

“你这个侦探可真机灵，”他说道，“我想我说得没错，你身上有些地方，我还蛮欣赏的。”

我没做回应，卡纳雷斯便看向多尔，一字一顿地说道：“我被你的团伙欺骗了很长一段时间了，但这次我要谈的是另一码事，昨晚我又被骗掉了一部分钱，但这也同样微不足道，关键是我现在成为卢哈格命案的通缉凶手了。一个叫卡德纳的家伙已经招供，承认是我雇用的他……棘手的问题可真多。”

多尔上身摇摇晃晃地，胳膊肘使劲地撑在桌上，一双小手杵着脸，不由自主地颤抖起来，雪茄掉在地上，还依然冒着烟。

卡纳雷斯说道：“能拿回我的钱那当然好，我也希望能摆脱这场命案——但最重要的是，我希望你能说点什么——这样我就能给你张开的嘴巴一枪，看着鲜血从里面涌出来。”

贝斯利的身体在地毯上动了动，双手在地上摸索着什么，多尔试着不去看他，眼神流露出痛苦的神色，卡纳雷斯全神贯注地看着多尔，没有看到贝斯利的动作。我将椅子扶手上的手指又移动了一点点，但还远远不够。

卡纳雷斯说道：“皮纳都告诉我了，我把这件事也料理好了。是你杀死了卢哈格，因为他是指证曼尼·蒂恩的秘密证人，地方检察官对此秘而不宣，这儿的侦探也绝口不提，但卢哈格自己却没能保密，他告诉了他的马子——那个婆娘又把它告诉了你……因此你们便策划了这场谋杀案，以某种方式给我作案动机招来嫌疑，最先考虑嫁祸给这名侦探，要是不成，便可以嫁祸于我。”

当场一片死寂。我想开口说点什么，但却无言以对。我想除了卡纳雷斯，其他人谁也开不了口吧。

卡纳雷斯说道：“你安排皮纳让卢哈格和他的马子赢走我的钱，这并不难做到——因为我从不玩有问题的轮盘。”

多尔停止了颤抖，他抬起变得苍白如纸的脸，缓缓朝卡纳雷斯望去，他看上去就像一位正在发病的癫痫患者。贝斯利用一个胳膊肘支撑着自己起来，双眼近乎紧闭，手里颤颤巍巍地举起一把手枪。

卡纳雷斯身体前倾，微微一笑，就在他扣下扳机的一刹那，贝斯利也开枪了。

卡纳雷斯弓起了背，僵硬地将身体弯成一条曲线，然后直直地朝前倒下，身体撞到桌子边缘，然后顺势倒地，手连抬都没抬一下。

贝斯利的手枪也从手里掉落。他再次俯身倒下，身子软绵绵的，手指也在断断续续地抽动，之后便止住了。

我迈动双腿，站起身，痴痴地到桌下捡起卡纳雷斯的手枪，我发现卡纳雷斯至少开了一枪，因为弗兰克·多尔的右眼都被打掉了。

他一动不动地安静地坐在原地，下巴搭在胸口上，没有伤痕的那一侧脸上流露出惆怅的神情。

这时房门突然开了，那个戴着架梁眼镜的秘书瞪大眼睛溜了进来，他摇摇晃晃地靠在门上，把门给带上了。我在房间那头能听见他急促的喘息声。

他大口喘着气问道："出……出什么事了吗？"

尽管当时情景如此，但我却依然觉得他的反应好笑，接着我马上意识到他可能是个近视眼，站在他现在的位置看，弗兰克·多尔的身体还是显得正常并无大碍的，对于其他的，对他来说就像例行公事一样见怪不怪了。

于是我对他说道："是的——不过我们自己会处理，你出去吧。"

他回答道："好的，先生。"便再次出去了，眼前的这一切令我目瞪口呆，我穿过房间，俯身朝向一头灰发的贝斯利，他已经失去意识，但尚存一丝脉搏，鲜血从身体一侧缓缓地流下来。

葛兰小姐站立着，看上去就像卡纳雷斯之前的表情那样迟钝，她用一种冷淡又独特的声音，快速对我说道："我并不知道他们要杀死卢哈格，但就算如此，我也无能为力。他们用烙铁烫我——我就给你看一下他们是如何对待我的，你瞧！”

我看着她，她把裙子往下扯，在她胸部中间有一个可怕的烧伤痕迹。

我说道：“好吧，这可真丧心病狂。不过现在我们必须报警，然后给贝斯利叫辆救护车。”

说罢我经过她准备抄起电话，她突然抓住我的胳膊不放，我挣脱开她的手，她就站在我的身后用一种无力又绝望的声音继续说道：

“我本以为他们只是想在法庭审判结束之前控制住卢哈格罢了，谁知道他们把他拖出出租车后，一句话没说就给了他一枪，然后那个矮个子便把出租车开进城里，大块头则把我带到山间小屋里，多尔也在那儿，他说了你是如何被下套的，并承诺如果我做得好，便给我那笔钱，而事情一旦搞砸让他们失望，他们便会折磨我至死。”

我忽然想到我太常背对他人，于是马上转过身来，双手端着电话，故意拖延了一下，然后把枪放在桌子上。

“听我说，放我一马吧，”她发疯地说道，“都是那个发牌员皮纳与多尔勾结，皮纳是那群杀死夏侬的团伙的一分子，我并没有……”

我说道：“当然——好了，没事了，放轻松。”

整个书房和房子看起来是那么的安静，仿佛有很多人躲在门口，偷听着什么。

“这个主意听起来不赖，”我说道，好像尘世中的分分秒秒都掌握在自己手里。

“对弗兰克·多尔来说，卢哈格只是一个不值钱的白筹码罢了，他本想让我们二人都去充当目击证人，但他计划得过于缜密，牵扯了太多人进来，这种情况早晚会在你面前告吹。”

“卢哈格本打算逃出国，”她说道，用手拉扯裙角，“他很害怕，对他来说，玩轮盘赚来的钱就是别人给他的遣散费而已。”

我回道：“没错。”然后举起电话，请求接通警察总局。

这时房门又打开了，原来是那个秘书举着一把枪破门而入，身后跟着一位身穿制服的司机，手里也握有一把枪。

我冲着电话大声喊道："这里是弗兰克·多尔的家，有人蓄意谋杀。"

听罢，那个秘书和司机灰溜溜地再次离开了，我听见大厅里狂奔的脚步声，接着我又拨下一串号码，打给《电讯报》的冯·巴林，在我等着他接电话的间隙，葛兰小姐一眨眼工夫便跳出窗外，跑到光线昏暗的花园里。

我并没去追赶，我压根儿就不在乎她是否逃走。

我也试着给奥尔斯打电话，但别人告诉我他还在索拉诺县，这个时候，警报器响了起来。

12

我遇上了点小麻烦，芬韦泽让大家都尽好本分不要把事情宣扬出去，因此事情只透露出一点点风声，但这已足够让市镇大厅那些身穿两百块西装的人好好忙一阵子了。

皮纳是在盐湖城被抓获的，他招了供，还指认了曼尼·蒂恩的团伙里与此有牵连的四个人，其中两人因为拘捕被当众击毙，另外两人则判了无期徒刑。

葛兰小姐全身而退，从此再无音讯，我想事情也大概就这样了结吧，只是我还必须要上交那二万二千块给市镇公共遗产管理办公室，管理员给了我两百块的报酬和九元二十分的交通费。有时，我也会好奇，这剩下的钱他会怎么处理呢？

雨中杀手

1

我们坐在贝格伦德大街的一间房子里，我就坐在床边，伽文克则坐在安乐椅上。这儿是我的房间。

雨水重重地拍打在窗户上，房间窗户紧闭，室内密不透风，闷热得很。书桌上一台小电风扇在辛勤地工作着，风吹在伽文克的脸上，吹乱了他那浓密的黑发和浓眉上的长毛，俨然一副保镖继承了大笔钱财的样子。

他给我看了看他的几颗金牙，说道："关于我你打听到了什么？"

他一副郑重其事的样子，好像消息稍微有点灵通的人都会对他很了解一样。

"没什么，"我说道，"据我所知，你清白得很。"

他抬起一只毛茸茸的大手，死死地盯着看了一会儿。

"你没明白我的意思。一个叫米克吉的家伙送我来这儿的，'紫罗兰'米克吉。"

"好吧，'紫罗兰'米克吉近况如何？""紫罗兰"米克吉是警长办公室负责凶杀案的探员。

他望着自己的大手蹙了蹙眉，"不——你还是没懂我的意思。我有活儿要交给你干。"

"我现在不太出去办事了，"我说道，"身子越来越弱了。"

他仔细环视了一下房间，一副虚张声势的样子，就像一个天生不擅于观察的男人。

"是钱的问题吧。"他说道。

"也许吧。"我回答道。

他身着一件束带绒面雨衣，将之随意敞开，取出一个比一捆干草体积要小的钱包，不经意地露出里面的钞票。他拿钱包往膝盖上拍了拍，发出悦耳的声音，接着抖了抖，把钱倒了出来，从中抽出几张钞票，把剩下的又塞了回去，然后随手把钱包扔在地上，像一位驾轻就熟的扑克牌手那样把五张百元钞票摆好，放在桌上风扇的底座下面。

这一套动作烦琐，让他不由得咕哝了一声。

“我给的好处可不少。”他说道。

“这下我明白了，要我拿钱做什么呢？”

“现在你该认识我了吧？”

“比之前熟点儿。”

我从里兜里掏出一封信，把上面潦草书写的内容大声地读给他听。

“伽文克，安东或汤尼，匹兹堡市的前钢铁工人、货车保镖、全能肌肉男，因护照造假被关了监禁，之后便离镇西去，在埃尔塞古罗的鳄梨农场工作，后来拥有了自己的农场，在埃尔塞古罗掀起石油热风潮时，坐拥万贯家财，虽然在打理人际关系上花了不少钱，但家底仍然雄厚。塞尔维亚血统，身长六英尺，体重二百四十磅，膝下一女，但从未听说过他有妻子。无情节严重的案底，自匹兹堡后便无任何违法犯罪记录。”

我点燃一支烟斗。

“老天，”他说道，“你从哪儿搜集来的这些情报？”

“动了点关系。说吧，什么事？”

他捡起地上的钱包，用肥硕的手指来回拨了拨里面的钞票，舌头从丰满的双唇中间微微探出，终于取出一张轻薄的棕色卡片，和几张皱巴巴的字条，将它们递到我手上。

卡片是球头形的，制作十分精美，上面写着：“哈洛德·哈德维克·施泰纳先生”，角落里还用小小的字体写着“珍本图书精装本”。卡片上并无地址或电话信息。

那三张白色字条，每张都代表了一千元的借据，上面的字迹潦草笨拙，写着“卡门·伽文克”几个大字。

看完我悉数归还给他，问道：“敲诈吗？”

他缓缓地摇了摇头，脸上流露出从未有过的温柔。

“这是小女——卡门。这个施泰纳，一直缠着她不放，两人总是厮混在一起寻欢作乐。我猜他们二人偷食了禁果，对此我很不满意。”

我点点头，问道：“这些字条怎么回事？”

“这笔钱我压根儿没放在心上。见鬼！她总是和他玩乐，她就是那种你们会称为‘让男人神魂颠倒’的女人。你替我去警告这个施泰纳，让他停止纠缠卡门，否则我会亲手拧断他的脖子，懂了没？”

他急匆匆、气喘吁吁地说着，眼睛微缩，怒目圆睁。

我说道：“为什么由我去说？你自己怎么不去呢？”

“我怕我会抓狂，然后杀了那个挨千刀的……”他喊叫道。

我从口袋里拿出一根火柴，戳了戳烟斗里松散的烟灰。我小心谨慎地看了他一会儿，突然灵光一现。

“胡说八道，你根本就不敢去。”我如是说道。

他双拳朝我挥舞过来，在齐肩高的位置摇晃，好坚实的骨骼和肌肉。接着他又慢慢放下胳膊，深深地叹了一口气，说道：“没错，我是害怕。我不知道如何面对她，她身边的人换了一个又一个，我却一直像个废物一样。前阵子我给一个叫乔·马丁的男生五千块，让他离开她，她迄今还跟我怄着气呢。”

我凝视窗户，看雨水击打在窗子上，溅开，合成一股水流流下，就像融化的吉利丁片。对于秋季而言，这场雨来得过早了些。

“给他们好处解决不了任何问题，”我说道，“你可能一辈子都要如此。所以你指望我给这个施泰纳来点硬的。”

“告诉他我会拧断他的脖子。”

“没问题，”我说道，“我知道施泰纳，如果这样做对我有任何好处的话，我愿意为了你亲自拧断他的脖子。”

他身子前倾，抓住我的手，眼神里充满孩子气，淌下两行热泪。

“米克吉说你人还不错，听着，我告诉你一件我从未说出去的事。卡门——其实根本就不是我的孩子，她是我在斯莫克大街上捡来的，捡来的时候还是一个小婴儿，但她并非无亲无故，我想我也许是拐走了她，对吗？”

“听起来像是那么一回事。”我说道，不得不用力挣脱才能将他的手松开。

我摩搓双手，想缓解一下那疼痛的感觉，这个男人力气大得可以打裂一根电线杆。

“那么我就开门见山地说了，”他冷冷地说道，话语间却又带一丝柔情，“我在这里起家，混得风生水起，她也在慢慢长大，我爱她。”

我说道：“嗯，这很正常。”

“你不明白我的意思。我想娶她。”

我呆呆地望着他。

“随着她逐渐长大，也懂点事了，她也许会愿意嫁给我的，对吗？”他祈求着我的肯定，好像我手操生杀大权一样。

“问过她吗？”

“我不敢。”他谦恭地说。

“但她心属施泰纳，你觉得呢？”

他点点头，“但这代表不了什么。”

我相信这句话。我从床边起来，打开一扇窗，任由雨水砸在我的脸上，就这样持续了好一会儿。

“我们就直说吧，”我说道，又合上窗子，坐回床边，“我可以帮你甩掉施泰纳，这小菜一碟，只是我不明白你这样做的意义在哪里。”

他再次紧紧抓住我的手，但这次我的反应就比较及时了。

“你大摇大摆地来我这儿，炫耀你的家产，”我说道，“要走的时候又变软心肠，其实并不是因为我说了什么，而是你早就料到我会帮忙。我虽不是多萝西娅·迪克斯（美国社会改革家，一生致力于改善社会中的弱势群体，尤其是精神病患者的生活状况），只是个无名小辈，但如果你真的需要帮助，我会帮你摆脱施泰纳的。”

他笨拙地站起身，晃了一下帽子，低头盯我的脚。

“就像你说的那样，让他滚远点。反正他也不是她喜欢的类型。”

“反过来你也可能会受到伤害。”

“没关系，这是要付出的代价。”他说道。

说罢，他扣上纽扣，给自己毛发浓密的大头戴上帽子，就离去了。他小心翼翼地关上门，好像是从病房里出来一样。

我感觉他就像一只欢脱的老鼠一样疯狂，但我还挺喜欢他的。

我把他给的酬金妥善放好，给自己调了一大杯饮料，一屁股坐在椅子上，上面还留有他坐过的余温。

我边饮边琢磨着，他到底知不知道施泰纳干的行当。

施泰纳收藏了一些罕见和比较少见的情色小说，并以每日高达十元的价格将其出租给趣味相投的读者。

2

次日，雨水不止。傍晚时分，我坐在克莱斯勒蓝色敞篷跑车里，车子就停在林荫大道的斜对面，小店的前面，上方的绿色霓虹灯招牌上写着：“哈洛德·哈德维克·施泰纳。”

路边的雨水漫至膝盖，淹没了四处的排水沟。几个大块头警察身着油布雨衣，看起来就像步枪枪管那样引人注目。他们穿过拥堵的人群，饶有兴致地护送几个穿着丝袜和可爱小雨靴的小女孩离开积水严重的地段。

雨水像鼓点一样落在克莱斯勒跑车的引擎盖上，拍打在盖得平整的地方，渗进车子接合处，在我落脚的汽车底部板上形成了一个小水池。

还好我随身携带了一个苏格兰威士忌的小扁酒瓶，我过去就是常靠它来保持振奋状态的。

即使在这样糟糕的天气状况下，施泰纳依然还做着生意，也可能就是特意在这种天气营业吧。他的店门前停靠了许多名贵跑车，进门的都是一群衣着光鲜的人，等他们再出来的时候，胳膊下面都夹着包好了的包裹。当然了，他们也可能买的是一些珍本图书和精装版之类的东西。

五点四十分的时候，一个身穿皮质风衣、脸上有粉刺的小孩儿从店里出来，在街边快速小跑，之后又开着车身干净的米灰色跑车返了回来。施泰纳走出店里，坐上跑车。他身着一件深黑色皮质雨衣，叼着琥珀色的烟斗，烟嘴里塞满烟草，没有戴帽子。我和他隔得太远，看不清他的义眼，但我知道他有一只眼睛是人造的。在施泰纳过马路的时候，那个穿皮质风衣的小孩儿一直帮他撑着雨伞，之后便收了伞，放进跑车里。

施泰纳一路向西驾驶在林荫大道上。我一路跟着他，驶过位于佩珀峡谷的商业区以后，他便开始转弯向北，我与他隔着一街区远的距离一路轻松地尾随着。我敢肯定他要回家，这是天经地义的事情。

开过佩珀大道，他沿着一条名叫拉芙恩梯田的蜿蜒水泥路行进，几乎到达梯田顶部。小路一侧设有高堤，另一侧的陡坡下，错落有致地分布了几幢木屋式的住宅，房顶都只比路面水平高出一点儿。房子前面是一片灌木丛，树木被雨水打湿，水珠滴答地落在这一片景致当中。

在施泰纳的隐居处前方，有一排正方形树篱围绕，比窗子还要高。入口处是某种迷宫，路上瞧不见房门的位置。施泰纳把他的米灰色跑车停在一个小车库里，将车子上锁，举着雨伞很快穿过迷宫，打开了房里的灯。

与此同时，我经过他来到山顶，在山上掉了个头，又原路返回，将车子停在他房子上方的邻宅里。这幢房子看上去门窗紧闭，里面空无一人，但房子上却无任何标识。我带着一瓶苏格兰威士忌小扁酒瓶进了会议室，直接坐了下来。

六点一刻的时候，山上突然亮起了灯，在此之前这儿都是黑漆漆的一片。施泰纳家的树篱前停了一台轿车，一位身材苗条、个子高挑、身着雨衣的女人从车里出来，灯光透过树篱，光线刚好能让我看清她的一头黑发和姣好的面容。雨中一阵嘈杂声过后，就听见一扇门关上的声音。我下了车，慢慢走下山，把笔形电筒照进那台轿车内，这是一台酒红，或者说是棕色的帕卡德牌敞篷车，执照上写着卡文・伽文克的名字，和 3596 卢塞恩大道的地址。看完后我回到自己车上，静候时间流逝。山上再无汽车出入，附近安静极了。突然，施泰纳的房子里闪过一道白色强光，就像夏季的雷电一般；黑暗渐渐又吞噬了房间，接着一声尖叫声划破了这一切，隐约回荡在湿气充盈的小树林里。我冲出车外，在回声停止之前一路狂奔。

尖叫声里并无任何恐惧流露，反而夹杂着一丝震惊，听起来像是醉汉发出的声音，单纯而愚昧。

施泰纳的宅子安静得出奇。我穿过树篱的缺口，躲在前门的门耳旁，抬起手猛敲房门。

就在那一刻，好像有人早就在一旁守候一样，三发子弹连续在门后射出，接着传来一声长叹，一声轻微碰撞的声音，和转身离开往房子后方匆匆走去的脚步声。

我费了好些工夫用胳膊撞门，但门一点儿动静都没有，它就像军队骡子的横来一脚一样，将我拒之门外。

这扇门正对一条小道，就像连接堤道的小桥。旁边没有侧廊，因此无法快速到达窗边。除非穿过房子，或是登上下面小道通往后门的长长的木梯子，否则也无法到达房子后院。正想着的时候，我突然听见一阵嘈杂的脚步声。

这反倒刺激了我，我抬脚再次踹了踹门，一脚踹到门锁上，结果门锁开了，我整个人因为惯性连下两个台阶，进入一个又大又暗、零乱不堪的房间。我并没太注意房间布置，糊里糊涂地朝房子后方走去。

我十分确定房里死了人。

当我到达后门廊的时候，下面的街道上有辆车在嗡嗡作响，很快，还未打开车灯，车子便一溜烟儿开走了。事情便是如此，于是我走回客厅。

3

客厅面积很大，占据整个房子前部，木梁天花板架得很低，墙面都漆成棕色，挂满了条形壁毯，低矮的书架上也堆满了图书，两盏落地灯的余光洒在厚实的浅粉色地毯上，留下淡绿色的光影。地毯中央立着一张宽大的矮桌，和一把铺着黄色锦缎坐垫的椅子。桌上也摆满了图书。

在墙角一侧类似讲台的平台上，摆着一把柚木高背扶椅，上面坐了一位披着红色流苏围巾的黑发女郎。

她双手搭在椅子扶手上端坐着，双膝并拢，身子挺直，下巴呈水平状摆正，怒目圆睁，看不见一点儿瞳孔。

她看上去丝毫没有意识到这里发生了什么，但姿势却不像是无意识的，看上去就像是正在为某件至关重要的事情而竭尽全力的样子。

她窃笑了几声，但这丝毫没有改变她脸上的神情，双唇连动都没动一下，好像完全没看见我。

她还戴着一对玉耳坠，除此以外，整个人几乎一丝不挂。

接着我看向客厅的另一头。

施泰纳就躺在地上，刚好压在粉色地毯边缘位置，身后还有一个看起来像是一个图腾雕像的小玩意儿。雕像的圆嘴大开，里面有一个相机镜头，看起来像是正对着柚木椅上的那个女孩。

施泰纳一只手从宽松的似锻袖里伸出来张开，手旁边的地上有一个闪光灯装置，闪光灯的线连着那个图腾雕像的背面。

他脚穿中国产的拖鞋和白色毡毛厚袜，下身着缎面黑色睡裤，上身则套着一件中式绣花外套，上面血迹斑斑。他的义眼闪闪发亮，算是他身上最具有生命气息的东西了。身上三个枪眼一目了然，一个都不少。

我之前看到房里闪过的一道光亮，就是这个闪光灯发出的，而那个略带震惊的尖叫声，则来自这个神志不清、全身赤裸的女孩。至于那三声枪响，应该是有人想要解决某事而做出的举动，想必就是那个匆忙往回赶的家伙。

我能大概摸清他的想法，在当时的情况下，关上前门，用短链上锁便是最好的办法。只是门锁被我破门而入的暴力之举给破坏了。

桌上一角的红色托盘上，立着几个紫色高脚杯，和一个装着棕色液体的大肚酒壶。高脚杯散发着乙醚和鸦片酊的味道，这种混合物我之前从未尝试过，但似乎与这里的场景却是相融得很。

我在角落的沙发椅上看见了女孩的衣服，于是捡起一件棕色带袖裙，朝她走去。距她只几步之遥，便闻到了她身上乙醚的味道。

她依然在小声窃笑着，下巴上还淌着些许白沫，我给了她一巴掌，用力不算狠，我不希望她从某种让人迷幻的药物里醒来后便是一阵尖叫。

“拜托了，”我好声好气地说道，“咱们有话好说，先把衣服穿上吧。”

她面无表情地说道：“去——你——妈——的。”

我又给了她几巴掌，但她似乎并不吃这套，于是我自己动手帮她穿上了。

她似乎对裙子也毫不关心，任由我抬起她的胳膊。她把手指张开，好像这样做会显得非常可爱。在我艰难地给她套上袖子以后，裙子总算是穿好了。接着我又帮她穿上袜子、鞋子，扶她站起来。

“我们稍微走走吧，”我说道，“慢慢走一走。”

我们就这样走动着，她的耳坠时不时拍在我的脸颊上，我们的动作就像做着劈叉的双人芭蕾舞舞者。我扶她走向施泰纳的尸体，又折返回来，但她丝毫没注意到施泰纳和他那发亮的义眼。

她发现自己走路不稳觉得很是好笑，想要告诉我，但嘴里却只吐出口水泡沫。我把她架在沙发椅上，将她的内衣卷起来收进我的雨衣深口袋里，然后走向施泰纳的桌子，在上面找到一个上了锁的蓝色小笔记本，这看上去有点儿意思，于是我把它也收进了口袋里。

接着，我试图拿出图腾雕像里的摄像机，想取出底片，却无法马上找着位置。我开始紧张起来，想着自己还是晚点再回来拿，要是不小心惹上官司，随便编上一个理由，都比现在被警察抓住而各种辩解要强得多。

于是我回到女孩身边，帮她穿上雨衣，四处环视了一下，看看她还有没有什么东西落下的，接着擦掉各种指纹，其中有些甚至都不是我的，但最起码可以肯定是伽文克小姐留下的。擦完指纹我便将门打开，关上客厅里的两盏落地灯。

我左肩架着她，二人淋着雨走了出去，之后躲进她的帕卡德车里。我并不想把自己的车子就这样停在这里，但我别无选择。车钥匙就在车上，我们就这样慢慢地开下了山。

在去往卢塞恩大道的路上，什么也没发生，只是卡门不再口吐泡沫和窃笑，而是打起了呼噜。我无法把她的头从我的肩膀上移开，只能保证它不落在我的腿上。一路上我开得相当慢，但无论如何这也是一段漫漫长路，都到了这个城市的西部边缘。

伽文克的家占地面积很大，四处设有围墙，房子由老式大砖砌成，灰色车道从铁门处铺起，爬上花坛和草坪，一直延伸到了前门处。门上两侧各有一块铅皮覆盖的镶板，镶板后面的灯泡发出黯淡的光亮，好像没什么人在家一样。

我把卡门的头推到车角，把她的衣物倒在座椅上，之后便下了车。

一个女仆打开了门，她告诉我伽文克先生不在家，也不清楚他去了哪里。她的脸很长，面容泛黄却显得温和慈祥，鼻子也长长的，下巴后缩，一双大眼湿汪汪的，看起来就像是一匹劳碌多年，终于得以在牧场颐养的老良马，看上去就知道能把卡门照顾妥当。

我指了指帕卡德轿车，抱怨道：“最好把她弄到床上去。她应该感到庆幸我们没把她送进监狱——醉成这副德行还开着车到处乱转。”

她十分抱歉地冲我笑了笑，我便走开了。

我不得不在雨中走过五个街区，才能在一幢小公寓的大厅里打上一通电话，接着又不得不再等上二十五分钟才能叫上一辆出租车。等待的同时，我开始担心自己未做完的事情。

我还未取走施泰纳相机里使用过的底片。

4

到了佩珀大道，我付完车费，站在一家公司大楼前，沿着拉芙恩梯田蜿蜒的山坡往回走，穿过灌木丛，终于又来到施泰纳的家里。

看起来和之前别无两样。我穿过树篱的空隙，轻轻将门推开，烟味扑鼻而来。

这里之前没有这种味道，我还清晰地记得有过像无烟火药那样复杂混合物的气味，但并没有这样的烟味。

我关上房门，单膝跪地，屏住呼吸竖耳聆听。但除了雨水拍打屋顶的声音之外，什么也没听见。我试着把我的笔形电筒握柄扔在地上，但也无人朝我开枪。

我站起身子，看见悬挂在灯上的流苏，于是随手将灯打开。

开灯以后，我第一个注意到的，就是墙上有几条挂毯不见了踪影。虽然没数过它们的数量，但墙上的空位还是吸引了我的眼球。

接着，我发现，施泰纳的尸体已经不在原来那个嘴含摄像头的图腾雕像前面了。有人在施泰纳之前躺过的地板上，也就是粉红地毯的边缘处，用另一张地毯给盖住了。不用掀开，也能知道为什么会多出一张地毯。

我点上一支烟，站在光线昏暗的房子中间，思忖了一会儿，之后取出图腾雕像里的相机，这次总算找着了位置，但打开以后，发现里面根本就没有底片盒。

我把手伸向施泰纳的矮桌上的深紫红色电话机，但一直没有拿起来。

我穿过客厅后面的小走廊，来到一间装潢浮夸的卧室，要说这是男人的房间，还真没人相信。我掀开镶有荷叶边的床单，又拿电筒照了照床底。

施泰纳没在床底，他根本就不在这幢房子里，有人把他带走了，他自己一个人是无法办到的。

不会是警方干的，否则他们会派人留在这里。这一切距离卡门和我离开也就隔了一个半小时而已，现场并无任何警方摄影师来过的痕迹，也无任何指纹留下。

我回到客厅，用脚将闪光灯装置踢到图腾雕像后面，关上灯，转身离开了。我坐回被雨水浸透的车上，并发动车辆。

如果有人想要暂时隐瞒施泰纳的死讯，我对此毫无意见。这反倒给了我机会，让我考虑考虑是否要向卡文·伽文克隐瞒裸照一事。

等我回到贝格伦德大街，已经是十点以后了。我将车停好，直接上了公寓大楼。洗完澡，我换上睡衣，给自己调了杯烈酒。我瞅了好几眼电话，想着打电话问问伽文克是否已经回家，又觉得在明天之前，还是让他一个人静静比较好。

我往烟斗里塞满烟草，端着烈酒和施泰纳的那本蓝色小笔记本一屁股坐下。笔记本设有密码，但通过条目排列和缩进的页面来看，应该是一本记录姓名和地址的清单，里面记载数量超过四百五十个，如果这是施泰纳的诈骗名单，那他可该有自己的小金矿了——更不用提那些敲诈的了。

清单上记录的任何一个人，都有可能是杀人凶手，等这个本子上交到了警察手里，我可不会觊觎他们手头的工作。

为了破解本子密码，我喝掉了太多威士忌，午夜左右，我便去睡了。我梦到一个浑身是血、穿着中式上衣的男人在不停地追着一个戴玉耳坠的赤裸女孩，而我则在用一个并没有放底片的相机，试图拍下眼前的这个画面。

5

清晨，我读完报纸，没有找到任何关于施泰纳的新闻。我还未穿戴好，"紫罗兰"米克吉便打来电话，声音听起来就像一个睡了个好觉，也无巨额债务的兴奋男人。

"嘿，还好吗？"他直接问道。

我告诉他我一切都好，只是遇上了点小麻烦。他心不在焉地微微一笑，声音听起来随意得过分。

"那个我送过来见你，叫作伽文克的家伙——目前有帮上他什么忙吗？"

"他的事棘手得很。"我回答道，如果这也算答案的话。

“嗯，他看起来就是一个事儿多的家伙。他的车正在丽都渔船码头里泡着呢。”

我什么也没说，紧紧握着电话。

“没错，”米克吉继续兴致勃勃地说道，“一台崭新的卡德好车就这样被沙子和海水给糟蹋了……噢，我忘了说，车里还有一个人。”

我缓慢，非常缓慢地吐着气。“伽文克吗？”我小声问道。

“不是，是一个小孩。我还未告诉伽文克此事，事情原委尚不清楚，要不要和我跑一趟调查一番？”

我回答他“乐意奉陪”。

“那先这样说，我马上开车过来。”米克吉说完，便挂了电话。

一番洗漱、更衣和简单地吃过早餐以后，大约花了半个小时我就到了县镇大楼。米克吉坐在一张黄色小桌边，桌上除了他的帽子，别无他物。他一只脚架在桌上，盯着黄色的墙面发呆，见我来了，他放下脚，抄起帽子，和我一同朝大楼停车场走去，之后我们便坐进了一台黑色小轿车。

雨在晚上就停了，第二天一早天气晴朗，阳光明媚，如果一个人心里没装着太多事的话，这样的好天气真会叫人觉得心情愉快，生活舒畅。然而此刻我却心事重重。

去丽都的路大概三十英里，开过市区就要走十英里，米克吉四十五分钟便把这段路途给搞定了，快到的时候，我们将车停在灰泥拱门前，下面便是黑色码头长形的扩展区。我把脚伸出汽车底部板，二人一起下了车。

拱门前来了些人和车，一位摩托车护卫队警员正驱散人群。米克吉给他亮了亮一块铜星勋章，我们便沿着码头走开了，来到一个气味刺鼻的地方，两天的雨水都没能冲刷掉这儿的味道。

“喏，车就在这——拖船上。”米克吉说道。

码头尽头停着一条低矮的黑色拖船，操舵室前的甲板上躺着一个镀镍绿色大件物体，旁边围满了人。

我们沿着泥泞黏糊的台阶朝拖船甲板走去。

米克吉朝一位身着绿色卡其布军服的警官和另一个便衣警官打了声招呼，甲板上三名船员都挪到一边，背靠操舵室，望着我们。

我们看着眼前这台车，前保险杆已经弯曲，一个前灯和散热器壳也被撞坏，镀镍漆身被沙子刮花，就连车内座椅也都被海水浸透发黑了，如果不是遭遇了这种程度的破坏，这台车也不至于磨损至此。车子本是双色绿漆身，配上深红色条纹和修边，这可是个大工程。

米克吉和我看了看车子前部，一个身材瘦削、面容姣好的黑发小孩就蜷缩在方向盘旁，头和身体呈一个古怪角度，脸色苍白如纸、眼睑低垂、双眼黯淡无光。只见他嘴巴大开，里面含着海沙，脑袋一侧还留海水未冲掉的血迹。

米克吉缓缓向后退了几步，喉咙里嘟囔了一声，然后嚼了嚼几颗他最爱的紫罗兰香味的口香糖。他的外号就是这么来的。

“怎么回事？”他平静地问道。

那个身穿制服的警官指了指码头尽头，那里围着脏兮兮的白色围栏，由四英寸长、二英寸宽的木材组成，如今被撞出一个大洞，断裂的木材表面露出鲜艳的黄色。

“从那里冲过来的，一定撞得很厉害。雨水大概九点就停了，破裂的木材里面还是干的，这说明，事情是在雨停以后发生的，这台车掉进了海水里，不得不说，要不是至少半潮的水位，这辆车破损会更严重，这场事故应该是正好在雨停以后发生的。今天早上一群小伙子在下面钓鱼才发现车子泡在水里，我们便用拖船把它捞上来了，接着我们就看见了这个小孩的尸体。目前就得知这么多了。”

另一位警官在甲板上用鞋尖来回摩擦，米克吉张着他那狡猾的小眼，斜眼看我，我双眼无神，茫无头绪，但什么也没说。

“这小子一定喝得烂醉，”米克吉轻声说道，“一个人在雨中乱开嘚瑟，我猜他一定很爱飙车。没错——一定喝得烂醉如泥。”

“酒驾，见鬼，”那个便衣警官说道，“车子的油门手柄只放下一半，这个小伙子的脑袋是被人敲破的。要我说，这就是一起谋杀案。”

米克吉礼貌性地看着他，又看了看那位身着制服的警官，问道：“您怎么认为呢？”

“也可能是自杀，他摔断了脖子，也可能在掉落的过程中伤到了脑袋，他的手也可能不小心撞到油门手柄。虽然我个人也觉得凶杀案的可能性大一些。”

米克吉点点头，说道：“搜过身吗？知道他的身份吗？”

那两个警官看着我，又看了看拖船船员。

“好吧，不用说了。”米克吉说道，“我知道他是谁。”

码头边缓缓走来一个面露疲态、手拎提包、戴着眼镜的矮个男人，他走下泥泞黏糊的台阶，走上甲板，挑了一个非常干净的位置站着，然后放下手提包，摘下帽子，蹭了蹭后颈，疲惫一笑。

“看，医生来了。你的病人在这儿，”米克吉对他说道，“昨晚在这儿潜水了，目前就知道这些。”

只见这个法医愁眉苦脸地看着眼前的尸体，用手摸了摸他的脑袋，轻微摆动，又摸了摸他的肋骨，举起一只已经皮肤松垮的手，盯着上面的指甲看，然后放下，后退几步，再次拾起他的手提包。

“死了大概有十二个小时了，”他说道，“当然，脖子已经摔断了，体内几乎没有积水，最好在他身体僵硬之前把他弄出来，等我给他做完尸检后，再告诉你们详情。”

说罢他点头示意了一下，转身走上台阶，沿着码头走了。码头灰泥拱门旁，一辆救护车已经就位。

两位警官咕哝了几句，猛地将男孩尸体从车里拉了出来，拖到甲板上远离海滩的一侧。

“我们走吧，”米克吉对我说，“戏看完了。”道完再见，米克吉告诉那两位警官在得到他的指令之前，要对此事守口如瓶，之后我们便沿着码头回去了。我们坐上那台黑色小轿车，沿着一条被雨水冲刷得干干净净的白色高速公路往市里开，途中经过低矮延绵的梯田山坡，上面黄白色的沙土上长满了苔藓。远处海上有几只海鸥盘旋，好像正在抢夺什么东西，眺望大海地平线，上面漂着几艘游艇，看上去好像悬挂在天空中一样。

我们在车里一言未发，就这样驶过了好几英里路。接着米克吉朝我抬起下颌，说道："有任何想法没？"

"放轻松，"我说道，"我之前从未见过那个男孩，他是谁呢？"

"见鬼，我还以为你知道，打算和我聊聊呢。"

"放轻松，'紫罗兰'。"我说道。

他嘟哝了几句，无奈地耸耸肩，现在我们几乎已经开出松沙路了。

"那小孩是伽文克的司机，名叫卡尔·欧文，你猜我怎么知道的呢？一年前，在曼恩法案（亦称为贩运妇女法案，于 1910 年订立）的判决中，我们关了他监禁。他把伽文克的漂亮女儿拐到尤马市，伽文克一路追逐，终于将他们带了回来，并把他送到警察局，后来女孩发现了，这个老男人只好第二天早上赶到市里，求我们放人，说这个小子本来是想娶他女儿，但她不从。这之后，见鬼了，这个小子竟然跑去他手下做事，一直做到现在。对此你有什么看法？"

"听起来像是伽文克的作风。"我说道。

"没错——只是这小子也可能故态复萌了。"

米克吉有着一头银发和凹凸不平的下巴，他的嘴巴微翘，好像天生就是用来亲吻婴儿的。我看着他的侧脸，突然明白了他的意思，于是大笑起来。

"你觉得也许是伽文克把他给杀了？"我问道。

"为什么不是呢？没准这个小子又惹上那个女孩，于是伽文克狠狠地修理了他一顿，他可是个大块头，轻轻松松就能把人脖子给拧断了，但之后他害怕了，冒雨开车来到丽都，任由车子载着那小子滑出码头，以为车子不会浮出水面，也可能连想都没多想，反正手忙脚乱了。”

“不应该啊，”我说道，“那么他不得不在雨中步行三十英里才能回家了。”

“来吧，继续取笑我。”

“没错，是伽文克下的手，”我说道，“只是他们在玩跳背游戏，伽文克落在他身上了。”

“好了，伙计，总有一天，我也会把你耍得团团转的。”

“听着，‘紫罗兰’，”我严肃地说道，“如果这孩子真是被人谋杀——而你却一点也不确定的话——这便不是伽文克干的。他也许会在情急之下动手杀人——但他绝对会对尸体不管不顾，不会如此瞎忙一气的。”

米克吉陷入沉思，在马路上将车一倒，接着又朝前方开去。

“哥们儿真够意思，”他抱怨道，“我好不容易想了一个完美的推测，看看你都做了什么。我真他妈的希望自己没带你来，去你妈的，我还是要去把伽文克抓回来。”

“当然了，”我肯定地说道，“你不得不这样做，但是伽文克从未杀过那个男孩，他内心软弱得很，还没强大到能去掩盖这一切。”

待我们回到镇上，已是正午。除了昨夜饮下的威士忌和今早吃的一点早餐，我还滴水未进。我在林荫大道下了车，让米克吉独自一人去找伽文克。

我对卡尔·欧文的经历挺感兴趣，但对他也许被伽文克杀了一事并不关心。

我在柜台吃过午餐，漫不经心地看着午报，我并不指望在上面看到任何关于施泰纳的新闻，而我也的确没有看到。

午饭过后，我沿林荫大道走过六个街区，想去施泰纳的店里看看。

6

施泰纳的店铺只有半个门面，另外一半被一个珠宝商占去了，那个珠宝商就站在他的店门口，他是一个有着黑眼珠的银发犹太人，手上戴了一枚约九克拉的钻戒。当我经过他走进施泰纳的店里时，他的嘴边掠过一丝会意的微笑。

施泰纳的店里铺满了厚实的蓝色地毯，地上摆了几张蓝色安乐椅，旁边还有几个烟灰缸座。几套压花皮面精装书就这样摆放在矮桌上，其他的库存则放在玻璃橱窗后面供人展览。

一个镶板隔墙将店铺分成前后两屋，墙上有一扇门，一个女人就坐在角落的小桌后面，桌上立着一个罩灯。

她站起身，晃动纤细的大腿朝我走来，她身着一件亚光黑色紧身洋装，发色呈淡褐色，绿眼睛，睫毛刷得十分浓密，耳垂上戴着黑玉扣状大耳环，头发柔顺地别在耳后。她还做了银色的美甲。

她给了我一个自以为代表欢迎的微笑，但在我眼里，那只是一脸紧张的怪相罢了。

“有什么事吗？”

我压低帽檐，心不在焉地摆弄了一下帽子。我问道：“施泰纳呢？”

“他今天不会来店里，要不我带你逛逛……”

“我是卖家，”我说道，“我手头有一件他渴望已久的东西。”

她用银色指甲拨了拨一只耳后的头发，“噢，推销员啊……好吧，你可以明天再来。”

“他生病了吗？我可以直接去他家找他，”我满怀希望地暗示道，“他应该想看看我手上的货。”

我的话刺激到了她，好一会儿她才能呼吸顺畅，但她的声音还是依然那么平静。

“这——这也是白费工夫，他今天出城去了。”

我点点头，露出一副失望的表情，摸了一下帽子，正打算转身离去，就看到前天晚上见到的那个脸上有粉刺的小孩，他的头刚好从镶板门里探出来，一看到我，又马上缩了回去，但我还是看见了后屋地上几个包装随意的书箱。

书箱很小，箱口敞开，外部包装陈旧，一位身穿崭新工作服的男人正在忙活着，施泰纳的一些库存正在被搬运出去。

我离开商店，走到拐角处，之后回到巷子里。施泰纳的店铺后面停了一辆装有铁丝网的黑色小卡车，车上没有印字，透过铁丝网可以看到一个个书箱匣子，我正看着，那个身着工作服的男人和一个男子走了出来，抬起了书箱。

我回到林荫大道，刚走半街区远，便看见一个面带稚气的小孩在一台停着的绿顶车里读杂志。我走到他面前晃了晃手里的钱，问道：“跟踪干不干？”

他打量了我一番，打开车门，把杂志塞到后视镜后面。

“我的拿手活儿，老板。”他轻快地说道。

我们来到巷尾，在一个消防栓旁边等待。

那个身着崭新工作服的男人在卡车前站起身，卡车上约有十几个箱子，他坐上车发动引擎，快速驶过巷子，到街尾左转，我的司机也跟在后面。卡车一路朝北前往加菲尔德，之后转向东边，一路疾驰，加菲尔德交通繁忙，我们的车远远落在后面。

当卡车离开加菲尔德再次往北时，我提醒了一下司机。北去的街道被命名为“布列塔尼”，当我们驶上布列塔尼的时候，卡车已不见了踪影。

那个面带稚气的小孩透过出租车玻璃面板安慰了我几声，我们以每小时四英里的速度行驶在布列塔尼道上，一路寻找灌木丛林后的卡车。但我可不接受安慰。

布列塔尼东边的两个街区与另一条街道——兰德尔街道相连，交界处坐落着一幢白色公寓大楼，楼前就是兰德尔街，地下车库入口处则在布列塔尼街上，位于地下一层。我们快速从这儿通过，正当我的司机安慰我说卡车走不了多远的时候，我就在车库里看见了那台卡车。

我们绕到公寓前，我下了车，径直走向大厅。

大厅没有交换台。一张桌子被推到墙边，好像已无人使用。桌上一个镀金信箱的面板上，写着这里住户的名字。

其中 405 房间的住户上写着乔 · 马丁的名字。之前那个一直和卡门 · 伽文克在一起，直到收到她爸爸给的五千块便离开了她，找了其他女人的男子也叫这个名字。很有可能这就是同一个人。

我走下台阶，推开一扇镶有金属玻璃的门，来到一个昏暗的车库。那个身穿崭新工作服的男人正在自动升降机上堆放箱子。

我站在他身旁，点燃一支烟，望着他。他看起来一副不大乐意的样子，但却一言不发。过了一会儿，我说道："注意别超重了，老兄，这只能承重半吨的重量。这是要运去哪儿呀？"

"405 号房的马丁家。"他说道，但马上一副后悔自己多嘴的模样。

"不错，"我回道，"看起来要读的可真不少。"

我走上台阶，出了大楼，回到那台绿顶轿车上。

我让司机把车开去市里我的办公大楼，之后便付了他一大笔钱。他把我掉在电梯旁边铜制痰盂里的卡片返还给了我。只不过这卡已经变得脏兮兮的了。

此时，伽文克正靠在我办公室门外的墙上，等着我的到来。

7

雨后，气候宜人，阳光和煦，但他却依然穿着束带绒面雨衣，外衣和里面的汗衫都敞开，领带溜到耳下，整张脸胡子拉碴，看起来就像戴了一个灰泥面具。

他看上去糟糕极了。

我打开门，拍了拍他的肩膀，然后把他推到办公室的椅子上坐下。他呼吸沉重，却沉默不语。我从桌上拿起一瓶黑麦威士忌，倒上两杯，他一句话没说就全都喝掉了，接着瘫在椅子上，眨着眼睛咕哝了几句，从内兜里掏出一张白色正方形信封，放在桌上，把那毛茸茸的大手压在上面。

“不幸的卡尔，”我说道，“今天早上我和米克吉一起去看了。”

他茫然地看着我，过了一会儿，说道：

“是啊，卡尔是个不错的孩子，我还没怎么和你聊过他的事呢。”

我顿了顿，看着他手里压着的信封，他也低头看了看。

“我得让你看看。”他喃喃地说道，然后缓缓将信封推给我，抬起手，做这个动作的时候，一副放弃了整个世界的样子。他眼里满噙泪水，两行热泪顺着胡子拉碴的面颊流了下来。

我拿起这个方形信封仔细端详，信是寄给他的，用整洁的钢笔字书写，贴着特快专递邮票。我将信封打开，里面有一张刺眼的照片。

卡门·伽文克戴着一对玉耳坠，全身赤裸地坐在施泰纳家的柚木椅子上。我从未见过像她这般涣散的眼神。我看了看照片背面，上面什么也没有，于是把照片正面朝下，放在桌上。

“不妨把事情告诉我。”我谨慎地说。

伽文克用衣袖拭了拭脸上的泪水，双手摊在桌上，低头凝视自己脏兮兮的指甲，双手不停地发抖。

“有个家伙给我打电话，”他面如死灰地说道，“要我出一万块换取这个照片和底片，今晚就要，否则他们会让它登上丑闻报刊。”

“简直胡说八道，”我说道，“没有主题故事，丑闻报刊可不会用这种照片。发生什么事了？”

他慢慢抬起眼睑，仿佛它有千斤重。“这还不是事情的全部，那个家伙说有重头戏好看，要我最好快点完成，否则就送她进监狱。”

“怎么回事？”我又问了一遍，并往烟斗里塞满烟草，“卡门有跟你说什么吗？”

他摇了摇头发蓬乱的大头。“我没问她，我得不到她的心。可怜的孩子，身上一丝不挂……不，我没得到她的心……我猜，到目前为止，你还奈何不了施泰纳吧。”

“我没必要，”我回答道，“有人比我抢先一步了。”他张大嘴巴盯着我，一脸茫然。很明显，他对昨晚的事一无所知。

“卡门昨天出去了一整夜吗？”我不经意地问道。

他依然张大嘴巴盯着我，脑袋在努力回想。

“没有，她病了。我回到家后发现她不舒服躺在床上。她压根儿就没出去……你刚才是什么意思？施泰纳怎么了？”

我伸手拿那瓶黑麦威士忌，给我们二人各倒了一杯，然后点燃了我的烟斗。

“施泰纳死了，”我说道，“有人受够了他的把戏，给他全身都留了枪眼。事情就发生在昨晚雨夜。”

“老天，”他震惊地说道，“你当时在场？”

我摇摇头。“我没有，但卡门在场，这便是那个男人说的重头戏了。当然，人不是她杀的。”

伽文克听了，怒气冲冲，立刻攥紧了拳头，发出刺耳的呼吸声，脖子上青筋暴起。

“这不是真的！她病了，她根本就没出去。我到家的时候，她还躺床上病着呢！”

“你已经说过了，”我说道，“但事实并非如此。我亲自送的卡门回家，那个女仆是知道的，只不过她把事情往体面那说罢了。卡门就在施泰纳的家里，我在外面看得清清楚楚。后来传来几声枪响，就有人逃走了。我没看到逃跑的那个人，卡门当时醉得一塌糊涂，也没看到。这才是她不舒服的真相。”

他试着紧盯我的脸，但双眼模糊，目光涣散，好像里面的希望之火已经熄灭。他抓住椅子扶手，指节扭曲发青。

“她不会和我说的，”他低语道，“她不会告诉我。可我，愿意为她做任何事。”他的声音里听不出任何情绪，只有绝望和筋疲力尽。

他把椅子往后挪了挪，“我这就去取钱。”他说道。

“一万块，也许他们就会闭嘴了。”

说完他便崩溃了，头倒在桌上，呜咽着，整个身体也跟着抖了起来。我站起身走到桌边，什么也没说，只是不停地拍他的肩膀。过了一会儿，他终于抬起涕泪交流的脸，紧紧握住我的手。

“老天，你人可真好。”他啜泣着说。

“你还不了解我呢。”

我把手拿开，往他手里塞上一杯酒，帮他举到嘴边喝下，然后拿走空酒杯放回桌上，再次坐了下来。

“你一定要振作，”我严肃地对他说，“警方目前还不知施泰纳的事。我送卡门回家，并对此事闭口不提，就是希望给你和卡门一个喘气的时间，我会因此而入狱的，所以你现在不得不有所作为。”

他缓慢又用力地点了点头，“是的，我会照你说的做——你怎么说，我便怎么做。”

“先去取钱，”我说道，“准备好打电话，我已经有了主意，你也有可能用不上，但我们没时间去搞什么有的没的了……拿到钱以后，你就按兵不动，守口如瓶就好，其他的交给我。你能做到吗？”

“当然了，”他说道，“老天，你真是个好人。”

“不要和卡门说，”我交代道，“她醒来以后知道的越少越好。至于这张照片……”我摸了摸照片背面，“说明这个人与施泰纳共过事，我们必须找到他，还要快——就算这可能要花费我们一万块。”

他慢慢站起身，“这算不了什么，只是钱而已，我现在就去取，然后就回家。你想做什么，就去做，至于我，会按照你说的来。”

他再次握紧我的手，晃了晃，然后迟缓地出了办公室。我能听见他的脚在过道上拖曳的沉重声音。

我连吞下两杯酒，抹了一把脸。

8

我开着我的克莱斯勒汽车缓缓驶在拉芙恩梯田阶地上，朝施泰纳家的方向开去。

日光下，我可以清楚地看见山坡的陡势，和下面凶手当初用来逃跑的木阶梯。山下的街道几乎窄如小巷，正面立着两幢小房子，离施泰纳的家都不是很近，当时大雨倾盆，让人不禁怀疑其中的住户是否能注意到枪击声。

施泰纳的家在午后阳光的照射下，显得十分静谧。未经粉饰的屋顶板因为下雨的缘故，还是湿的，街道另一侧的树木都发了新芽，路上也没有车辆来往。

有什么东西在施泰纳房子前门的方形树篱背后移动。

卡门·伽文克穿着一件绿白方格外套，没戴帽子，从树篱口出来，看见我，突然止住，瞪大眼睛，好像之前都没听过车子的动静。她很快又躲到篱笆后面。

我继续往前开，把车停到那幢空置的房子前面。

我走下车，往回走。站在阳光下，给人一种暴露和危险的感觉。

我穿过树篱往里走，那个女孩就背靠半掩的房门，直挺挺地站着，沉默不语，一只手缓缓伸向嘴边，牙齿咬住大拇指，她的大拇指看上去怪怪的，好像是多出来的一样。她惊恐的眼睛下面有几块深紫色斑点。

我什么也没说，先把她推回房里，关上门，就这样和她在里头面面相觑。她终于将手缓缓放下，努力地笑了起来，白皙的脸上露出复杂的神情，就像鞋底一样令人捉摸不透。

我用温柔的声音说道："别害怕，我和你是一伙的，坐在桌边那把椅子上吧，我是你爸爸的朋友，无须惊慌。"

她走了过去，在施泰纳桌边铺着黄色坐垫的黑色椅子上坐了下来。

在日光的照射下，这里显得荒废颓败、黯淡无色。空气中还依然弥漫着乙醚的臭味。

卡门用发白的嘴尖舔了舔嘴角，她的黑眼睛现在看上去已经不再流露出害怕，而是显得愚钝和震惊。我手夹一支烟，把桌上的书推开，空出一角坐下。我将香烟点燃，吐出一缕青烟，然后问道："你怎么会在这儿？"

她抠着衣服上的布料，默不作声。我又问了一次。

"昨晚的事，你记得多少？"

她回道："记得什么？我昨天生病了——待在家里。"

她声音低沉，说话小心翼翼，我都听在耳里。

"在这之前，"我说道，"我是指在我把你从这里送回家之前。"

她清了清喉咙，瞪大眼睛。"你——那个人是你？"她喘了口气，又咬起了大拇指。

"没错，是我。你还记得多少？"

她问道："你是警察吗？"

"不是，我和你说过了，我是你爸爸的一个朋友。"

"所以你不是警察？"

"是的。"

盘问终于结束了，她长舒一口气。"你——你想知道什么？"

"谁把他给杀了？"

听了，她披着方格外套的肩膀猛然一动，但脸上神情毫无变化，眼神逐渐变得诡秘起来。

“其他人——还有谁知道此事吗？”

“你指施泰纳的事吗？我不清楚，警方目前还不知情，但当时有人在现场，那个人也许就是马丁。”

她突然尖叫了起来，声音划破了黑暗。

“马丁！”

我们彼此都沉默了好一会儿，我自顾吞云吐雾，她也在咬着手指。

“别要小聪明，”我说道，“是马丁干的吗？”

她把下巴压低一英寸，“是的。”

“他为何要这样做呢？”

“我——我不知道。”她说得含混不清。

“最近和他经常见面吗？”

她双手紧握，“就见了一两次。”

“知道他的住址吗？”

“知道！”说完，她朝我啐了口唾沫。

“发生什么事了？我还以为你喜欢马丁呢？”

“我恨他！”她几乎叫喊起来。

“所以你便觉得他是凶手。”我说道。

她一脸木然，我只好解释：“我的意思是，你愿意去警方面前指证马丁吗？”

突然，她的眼里闪过一丝恐惧。

“如果我帮你处理掉裸照一事。”我安慰道。

她咯咯地笑了。

这让我感到不快。如果她发出尖叫，或是面色煞白，甚至是突然晕倒，都是相当正常的，但她只是咯咯一笑。

我开始不想再看见她，光是看到她的脸，就让我感觉自己很蠢。

她咯咯笑个不停，声音就像老鼠一样在房间乱窜，最后终于变得歇斯底里。我跳下桌子，向她迈近一步，甩了她几巴掌。

“就像昨晚一样。”我说道。

笑声立刻止住了，但她又开始咬起了拇指，一副不介意被我扇了巴掌的样子。我只好再次回到桌边坐下。

“你来这儿就是找那个相机底片——也就是裸照。”我对她说道。

她扬起下巴，又低了下去。

“来不及了，我昨晚过来找，它就不见了，也许是马丁拿走了它。关于马丁的事，你没和我开玩笑吧？”

她边说边用力地摇摇头，缓缓从椅子上起来，她的眼睛小而黑亮，看上去就像牡蛎壳。

“我现在要走了。”她说道，好像我们来这儿刚喝了一杯下午茶。

她走到门口，正要伸手去开门，一台车飞驰上山，在房子外面停住。有人从车里走了下来。

她转身看我，看上去吓坏了。

房门不经意间开了，一个男人站在外面看着我们。

9

男子脸形瘦削，身着一件棕色西服，头戴一顶黑色毡帽，左袖袖口朝下折叠，用黑色大别针扣在衣服侧边。

他摘下帽子，肩膀一推把门关上，面带笑意地看着卡门。他那瘦脑袋上顶着一头黑色短发，西装十分贴身，看起来一点儿也不挺括。

“我是盖伊·斯莱德，”他说道，“随便闯入很是抱歉，门铃坏了。请问施泰纳在家吗？”

他根本就没按门铃。卡门一脸茫然地看着他，回头看我，又望了望斯莱德，舔了舔嘴唇，什么话也没说。

我说道："施泰纳不在，斯莱德先生。我们也不知道他在哪儿。"

他点点头，用帽檐蹭了蹭他的长下巴。

"你是他的朋友？"

"我们刚好路过，顺便来拿本书。"我说道，并报以他同样的微笑。

"房门虚掩着，我们敲了敲门，便直接进来了。就和你一样。"

"这样啊，"斯莱德若有所思地说道，"可真简单粗暴。"

我沉默不语，卡门也是，她盯着他空荡荡的袖子不放。

"一本书，哈？"斯莱德继续说道，他话里有话，也许他知道点施泰纳的勾当。

我朝门口移动。"只有你没敲门。"我说道。

他略带尴尬地笑了笑。"没错，我应该要敲门的，抱歉。"

"我们要赶紧走了。"我漫不经心地说道，然后抓住卡门的胳膊。

"如果施泰纳回来，要我带任何消息吗？"斯莱德轻声问道。

"不劳您费心了。"

"这太遗憾了。"他说道，话里似乎别有他意。

我放开卡门的胳膊，慢慢走开。斯莱德依然手握帽子，一动不动，欢快地眨巴着深陷的眼睛。

我再次把门打开。

斯莱德说道："女孩可以走。但是你要留下，我要和你谈一会儿。"

我望着他，试图摆出一副一头雾水的样子。

"哄我呢，嗯？"斯莱德和气地说。

卡门突然朝我尖声一叫，随后夺门冲了出去，一会儿工夫，我便听见她跑下山的脚步声，我没看见她的车，我猜应该停在附近什么地方吧。

我开口说道："到底怎么回事……"

"打住，"斯莱德冷冷地打断了我，"事情似乎有些不对劲，我这就看看是怎么回事。”

他开始在屋子里随意走动——走得实在漫不经心。只见他双眉紧蹙，并没太注意我，这让我不由得陷入沉思。我快速瞥了眼窗外，但除了看到树篱外他的汽车车顶，什么也没看到。

斯莱德看到了桌上的大肚酒壶，和那两个紫色高脚杯，便上前嗅了嗅，薄唇边掠过一丝令人反感的笑意。

“差劲的皮条客。”他沉闷地说道。

他看了看桌上的书，用手拨了拨，然后走到桌后那个图腾雕像前面盯着，接着又低头看地上的一块薄地毯，那里便是施泰纳之前倒下的地方。斯莱德用脚把地毯移开，突然，他身子一紧，凝望着脚下。

这戏做得真足——要不然就是斯莱德侦查力太强，都可以干我们这行了。我还不能肯定哪一个才是真的，但我现在思绪万千。

他缓缓单膝下跪，桌子挡住了他部分身体。

我迅速从腋下取出一把枪，双手置于身后，身子靠在墙上。

突然，一声尖叫后，斯莱德站起身，抬起胳膊，娴熟地举着一把长管黑色鲁格尔手枪，我一动不动，手枪握在斯莱德苍白修长的手指间，却没对着我，也没对准其他任何事物。

“血，”他严肃地轻声说道，眼睛变得深邃而坚定，“地上有血，地毯下面，好多血。”

我朝他咧嘴一笑，“我早就注意到了，”我说道，“血不新鲜，血迹都干了。”

他侧身溜到桌后的黑色椅子上，用枪把电话挪过来。他对着电话皱起了眉头，又皱眉看着我。

“我觉得我们应该报警。”他说道。

“正合我意。”

斯莱德眯起了眼睛，眼神却坚定如石，他似乎对我的回答并不满意。脱去外表的虚饰，他不过是一个手握鲁格尔手枪，穿着得体的坚定男子罢了。他看上去好像要开枪。

“你他妈的到底是谁？”他咆哮道。

“一名私家侦探，名字不重要，那个女孩是我的客户，施泰纳拿裸照一直敲诈威胁她，我们过来就是想找他谈谈，谁知道他不在。”

“那就这样进来了，哈？”

“没错，那又怎样呢？以为我们枪杀了施泰纳吗，斯莱德先生？”

他淡淡一笑，没做回应。

“还是你觉得是施泰纳枪杀了别人，然后逃跑了？”我提醒道。

“施泰纳没朝任何人开枪，”斯莱德说道，“他可没这胆儿。”

我说道：“你没见到这儿有人，对吗？兴许是施泰纳晚上要吃鸡，在客厅自己杀鸡呢。”

“我没明白你的意思，也不懂你的把戏。”

我再次咧嘴一笑，“去吧，给你城里的朋友打电话。只是你一定不会喜欢他们的反应。”

他坐在那一动不动想了想，抿起了嘴。

“为什么呢？”他终于开口问道，语气小心谨慎。

我说道：“我认识你，斯莱德先生。你在帕利塞德经营了一家阿拉丁俱乐部，里面其实就是个赌场，柔光、晚礼服、自助餐等，灯红酒绿，歌舞升平。你和施泰纳熟识，所以没敲门就直接走了进来。施泰纳干的行当时不时需要得到点庇护，而你就是干这工作的。”

斯莱德的手指紧扣鲁格尔手枪，然后又放松了下来。他把手枪放在桌上，但没松手，嘴巴扭曲，露出一口白牙。

“有人找上了施泰纳，”他轻轻地说道，声音和面部表情明显不符，“他今天没去店里，也不接电话，我就想上来看看情况。”

“听到不是你开枪杀的施泰纳，我很高兴。”我说道。

斯莱德再次起身，拿枪对准我的胸膛，我说道：“把枪放下，斯莱德，现在开枪还为时过早，我也并非刀枪不入的钢铁之身，把枪放下。如果你有些事情不清楚，就让我来告诉你。今天有人把施泰纳的书从店里搬走了——那些书他是拿来做生意的。”

听罢，斯莱德再次把枪放在桌子上，身子后靠，努力摆出一副随和的样子。

“我洗耳恭听。”他说道。

“我也觉得是有人找上了施泰纳，”我对他说道，“地上的血应该就是他的。而书被搬走一事让人不得不相信，施泰纳的尸体也被人带走了。有人正在接管施泰纳的业务，在一切准备妥当之前，他不希望被施泰纳发现。但无论那个人是谁，他都应该把血迹清理掉。可他却没这样做。”

斯莱德默默聆听，白皙的前额上，眉峰一转。

我继续说道：“为了抢施泰纳饭碗而把他杀了，实在不明智，我虽不确定事情就是这么个情况，但我敢肯定，那个把书搬走的人一定知情，店里那个金发女郎因为某件事整个人都被吓坏了。”

“你还知道什么吗？”斯莱德平静地问道。

“目前就得知这么多。还有一桩裸照敲诈案我想要去追查，如果我查到了，我可能会和你说，那时就需要你的手下来助一臂之力了。”

“事不宜迟，我觉得现在时机就不错。”斯莱德说道，然后咬了咬嘴唇，吹了两声响哨。

我猛然一跳，外面有扇车门开了，传来一阵脚步声。

我从身后举起手枪，斯莱德的脸抽搐着，伸手想去夺桌上的手枪，他刚摸着枪托。

我厉声喝道：“不许碰！”

他僵硬地站着，身子前屈，手枪挨着手，但没握在手里。在两个男人进入房间的一刹那，我转身从他身边一闪溜到走廊上。

其中一个男人留着红色短发，皮肤苍白，满脸皱纹，眼神迷离。另一个“狮子鼻”则长得舒服多了，除了鼻子扁平，和一只耳朵像小牛排那样厚实以外，相貌还算英俊。

没在两人身上见到配枪。只见他们停了下来，朝屋内凝视，我就站在斯莱德后面的走廊里，斯莱德则俯在桌上不动。

那个“狮子鼻”张开嘴巴大声咆哮，露出一口尖利的白牙。红发男人则看起来颤颤巍巍的，很是害怕的样子。

斯莱德鼓起劲，用一种流畅、低沉却又清晰的声音说道：

“这个浑蛋杀了施泰纳，兄弟们，把他拿下！”

红发男人咬住下嘴唇，伸手想去抓左臂下的什么东西，但没抓到。我已准备就绪，朝他右肩开枪，虽然我很讨厌这样做。封闭的房内，枪响四起，在我看来，整个城里的人都应该听见了。红发男人倒在地上地滚，好像我射中了他的腹部。

那个“狮子鼻”则一动不动，也许是知道自己手臂动作不够快。斯莱德一把抓起鲁格尔手枪，打了个转，我抢先一步，朝他的耳后就是一拳，他趴到桌上，鲁格尔手枪射向一排图书。

斯莱德没听见我说：“我不想对手无寸铁的人搞偷袭，斯莱德，我也并非爱卖弄之人，是你逼我的。”

“狮子鼻”朝我咧嘴一笑，说道：“好吧，伙计，接下来你想干吗？”

“我想出去，如果我能毫发无损地出去的话，或者我也可以留在这儿等警察来，反正对我来说都一样。”

他冷静地考虑了一下，红发男人还在地上痛苦地呻吟，斯莱德则纹丝不动。

“狮子鼻”缓缓抬起手，然后扣住放在颈后，他冷冷说道：“我不知道这一切究竟是怎么回事，但我根本不关心你要去哪儿，或是来这儿做了什么。来这儿也并非我的主意，我是奉命行事。你快走吧！”

“够聪明，你可比你的头儿有眼力儿多见了。”

我绕过桌子，朝敞开的房门缓缓移动，“狮子鼻”也慢慢转身，面对着我，双手仍然置于颈后。他的脸上浮起一抹讽刺但友好的笑容。

我勉强通过房门，迅速穿过树篱缺口，然后直奔上山，有点希望有人会追上来，但一个人也没有。

我跳进自己的克莱斯勒汽车，在山顶上一路疾驰，终于驶离了那地方。

10

等我把车停到兰德尔大街的公寓楼对面，时间已经过了五点。大楼里几扇窗户早已亮起了灯火，各收音机里也传来不同频道的嘈杂声。我步入自动升降机来到四楼，405 号房就在长廊尾部。长廊上铺着绿色地毯，墙上用象牙制品镶边，一阵冷风从敞开的房门里吹出来，通过长廊，直到安全出口处。

在 405 号房门旁边有一个小的象牙按钮，按下按钮。

过了许久，终于来了个男人将门打开约一英尺的宽度，他有着一双大长腿，身材瘦削，皮肤和眼睛都是深棕色的，一头白发，脑袋快要秃顶的样子，前额看起来圆拱饱满。他冷漠地看着我。

我问道：“是施泰纳吗？”

这个男人毫无表情变化，他从门后拿来一支香烟，缓缓放入唇间，对着我喷了一口青烟，然后不急不慢，淡定地说道：“你说什么？”

“施泰纳，哈洛德·哈德维克·施泰纳。那个卖书的男人。”

男子点点头，从容不迫地分析我说的话，然后瞥了一眼他的烟头，说道：“我想我认识他，但他不在这里。谁让你来的？”

我微微一笑，他看起来并不买账。我说道：“你是马丁咯？”

他脸色一沉，“那又怎样？想要找抽——还是找乐子？”

我不经意地移动左腿位置，好让他关不了门。

“你拿到了书，”我说道，“我拿到了诈骗名单。我们聊聊如何？”

马丁盯着我的脸不放，右手再次伸到门板后面，肩膀看上去正在用一只手搞什么动作。门后传来微弱的声响——微弱极了，是窗帘环拍击杆子的声音。

他把门敞开，“为什么不呢？如果你手里真有好料的话。”他冷静地说道。

我穿过他走进房间。房间装潢让人感到心情愉悦，家具高档但不烦琐，墙端的落地窗看过去就像是山脚下的石门廊，在夕阳的沐浴下，呈现出淡淡的紫色。靠近窗户一侧，有扇小门紧锁，同面墙上，在房间另一头还有一扇门，门楣的黄铜杆上挂起了帘幕。

我在靠墙的长沙发上坐下，旁边一扇门都没有。马丁关上房门，穿过走廊来到一张高大的橡木写字台旁，上面镶满了方形图钉，写字台的矮桌板上摆着一个装有镀金铰链的雪松烟盒。马丁视线一刻也不离开我，拿起烟盒放到安乐椅旁的矮桌上，然后在安乐椅上坐下。

我把帽子搁在身边，解开外套领扣，朝马丁笑了笑。

“好了，有话可以说了。”他说道。

他缓慢把烟掐灭，打开烟盒盖子，从中取出两根粗雪茄。

“来一根？”他随意地问道，说完便扔了一根给我。

我伸手去接，像个笨蛋一样。马丁把另一根雪茄扔回烟盒里，以迅雷不及掩耳之势掏出一把手枪。

我恭敬地盯着看。这是一把口径为 0.38 英寸的黑色警用柯尔特手枪，此刻，我无话可说。

“站起来，”马丁说道，“往前走两步，这样也许你还能呼吸点新鲜空气。”他的声音听起来随意极了。

此时，我已怒火中烧，但我勉强朝他露齿一笑，说道：“你是我今天遇到的第二个以为‘手枪在手’、便‘天下我有’的家伙。把枪拿开，我们聊聊。”

马丁眉头紧锁，下巴前伸，棕色的眼眸里隐约露出茫然之色。

我们互相注视着，不小心瞥见我左手边的门帘下，露出了一双黑色尖头拖鞋。

马丁身着一件深蓝色西装，系黑色领带，暗色调着装令他的棕色脸庞看上去更显阴沉。他幽幽地说道："别误会，我可不是什么硬角色——只是小心行事罢了。我对你一无所知，说不定你就是个杀手，谁知道呢？"

"你可算不上小心，"我说道，"关于那些书的把戏就烂透了。"

他深吸一口气，然后静静地呼出来。他向后靠在椅子上，双腿交叉，把柯尔特手枪放在膝盖上。

"不要自欺欺人地认为我不会开枪，如果迫不得已，我会的。你有什么故事？"

"让你那个穿尖头鞋的朋友进来吧，"我说道，"她一直屏住呼吸，应该累得不行了。"

马丁头也不转，大声喊道："出来吧，艾格妮丝。"

门上的帘幕往一侧扬起，那个施泰纳店里的金发碧眼女郎走了进来。看到她我并没感到很诧异，她愤愤地盯着我看。

"我就知道你他妈是一个麻烦，"她愤怒地对着我说，"我就叫乔给我小心行事。"

"好了，"马丁厉声打断，"乔行事够小心的了。把灯打开，方便我瞄准他，如果这样做有用的话。"

金发女郎便去打开了一盏大型落地灯，灯光洒在地上，留下了一块红色光影。她坐在灯下的丝绒椅子上，脸上露出一抹苦笑。她已经害怕到筋疲力尽了。

我想起来手里还拿着一根雪茄，于是把它叼在嘴里，伸手拿火柴并将它划着。马丁的柯尔特手枪也一直对着我。

我吐出一缕青烟，透过一团烟雾说道："我之前提到的那个受骗者名单，被设了密码，所以我目前还不知道那些名字是谁，但上面共约五百人。你拿到了十二个书箱，就算成三百人吧，那么出租出去还未归还的书还有很多。保守计算总共五百名客户，如果这是一份有效的积极分子名单充分利用的话，光租金就达二十五万。就算降低平均租金水平——姑且算为一块钱，这太低廉了，但就是这样的价格，这些时日也能给你带来一笔可观的收入，这一切都足以让你动杀机了。"

金发女郎听了，尖声叫喊道："你疯了，如果你——"

"住嘴！"马丁朝她咒骂道。

金发女郎渐渐平静下来，头倒在椅子靠背上，面部表情狰狞，满是担心和紧张。

"生意场上无懒汉，"我继续说道，"你要树立信心，并且保持下去。我个人认为敲诈是错误的，我支持你放弃这种想法。"

马丁冷冷地盯着我的脸，"你这家伙可真有意思，"他拖长着音调说道，"那么是谁拿到了这个香饽饽呢？"

"你，"我说道，"就快了。"

马丁默不作声。

"为了拿到这个香饽饽，你便对施泰纳痛下杀手，"我说道，"昨晚雨夜，是个动手杀人的好时机，但问题是，事发当场他并非独身一人，要么就是你忽略了，要么就是你惊慌了，你逃走了，但你胆量够大，后来重返事发地，把尸体藏起来了——这也是你能在破案之前，把那些书给拾掇干净的原因。"

金发女郎哽咽了一声，然后转过脸，盯着墙面，用银色指甲使劲抠着掌心，牙齿紧紧咬住嘴唇。

马丁眼睛没眨一下，手握柯尔特手枪一动不动，面部表情就像一块雕塑一样僵硬。

"小子，你这是在碰运气，"他终于小声说了一句，"你他妈的真走运，但施泰纳不是我杀的。"

我不太高兴地冲他一笑，"可你还是一样要背这个黑锅。"我说道。

马丁的声音听上去干巴巴的，十分嘶哑，“你以为已成功引我上套了是吗？”

“没错。”

“此话怎讲？”

“有人是这么说的。”听罢，马丁愤怒地咒骂起来，“那该死的小东西——她竟然——我就知道——去她妈的！”

我一句话也没说，就让他嚼嚼舌根好了。待他怒气渐退，又把柯尔特枪放回桌上，手搁在旁边。

“就我对骗子的了解而言，你听起来不像是个骗子，”他慢条斯理地说道，眼神里闪出一丝光芒，“我在这儿也没见到一个警察，你到底有何企图？”

我抽了两口雪茄，看着他的手枪。“底片就在施泰纳的相机里，所有的照片都被洗出来了，而且就在这里。你一定已经拿到了底片——要不然你不可能知道昨晚有谁在场。”

马丁微微转头看向艾格妮丝，她依然面朝墙面，指甲紧紧抠着掌心。于是马丁又回过头来看我，“小子，你就像守夜者一样冷静。”他对我说道。

我摇摇头，“不，马丁，是你就像待宰的羊羔一样无力。如果那个女孩不得不说出她的故事，那些照片就变得无关紧要了，轻而易举就能以杀人犯的罪名将你拿下，这是理所应当的事情。只不过她不想把事情说出来而已。”

“你是侦探？”他问道。

“是的。”

“你是怎么找到我的？”

“我一直在调查施泰纳，他在伽文克手下工作，伽文克四处散钱，你就拿到了一些。我追着施泰纳店里的书才查到你这儿。听了女孩的故事，剩下的就容易多了。”

“她说施泰纳是我杀的吗？”

我点头，“但她也可能弄错了。”

马丁叹了口气，“她对我的无情怀恨在心，”他说道，“是我抛弃了她。有人给我钱要我离开她，但无论如何我都会这样做的。对我来说，她实在是太疯狂了。”

我说道：“把照片拿出来，马丁。”

他缓缓站起身，低头看了眼柯尔特手枪，放进侧面口袋，又把手慢慢伸进胸前口袋。

这时，有人按响了门铃，并且按个不停。

11

马丁很不高兴，咬住下嘴唇，眉毛也垂了下来，整张脸看上去很是刻薄。

门铃还在嗡嗡作响。

金发女郎快速起身，因为神经高度紧张，让她的脸看起来又老又丑。

马丁看着我，猛地打开高桌台上的一个小抽屉，取出一个小型白色自动手枪，他把手枪递给金发女郎，金发女郎走过去，战战兢兢地接过，一脸不情愿的样子。

“坐到那个侦探旁边，”他粗声粗气地说道，“拿枪指着他，他要是不老实，就给他吃颗枪子儿。”

这个金发女郎坐在远离房门的一侧，距离我约三英尺远的长沙发上。她拿枪抵着我的腿，我很不喜欢她那绿色眼眸里流露出的傻样。

门铃终于停了，有人开始不耐烦地快速拍打着门板，马丁走过去开门。他把右手伸进外衣口袋，左手快速将门打开。

卡门·伽文克站在门口，板着脸，手举一把小型转轮手枪，将他推回房内。

马丁平稳而轻微地朝后移动，他惊讶得张开嘴，脸上露出慌张的表情。他太了解卡门了。

卡门关上门，晃了晃枪，眼睛只盯着马丁，好像除了他什么也看不见，一脸的迷糊。

那个金发女郎身体打了个寒战，她举起白色自动手枪对着卡门，我手臂一伸抓住她的手，立马握紧，死死压住不让她动，我们之间短暂扭打了一番，但马丁和卡门都完全没注意到，之后我便夺走了手枪。

金发女郎深吸一口气，盯着卡门·伽文克。卡门则眼神迷离地看着马丁，说道："我要我的照片。"

马丁吞了一口口水，努力笑着对她说道："当然，宝贝，当然了。"他的声音听起来轻言细语的，和他平时对我说话的口吻大相径庭。

卡门看起来与那时坐在施泰纳椅子上的神情一样疯狂，只不过这次她控制住了自己的言行。她说道："你开枪杀死了哈洛德·哈德维克·施泰纳。"

"等一下，卡门。"我叫喊道。

卡门头也不回，那个金发女郎一下子回过神来，迅速朝我俯下身子，好像要用头来撞我。她一口咬住我的右手，我的手里还握着她的手枪。

我又叫喊了几声，但是根本没有引起任何人的注意。

马丁说道："宝贝，你听着，我没有……"

金发女郎总算松了嘴，朝我吐了口她咬出的鲜血，然后又趴在我的腿上，想要故技重施。我用枪托轻轻砸在她的头上，想要站起来，她直接滑倒在地上，双臂死死抱住我的脚踝，我不得不再次倒回沙发上。这个金发女郎疯狂起来，可真了不得。

马丁伸出左手去抢卡门的枪，但没抢到，小型转轮手枪发出一声沉闷的声响，声音不大，射出的子弹没击中马丁，反而射到落地窗的一块玻璃上了。

马丁一动不动定在原地，看上去似乎已经无力了。

“弯腰把她放倒啊，你这个蠢货！”我朝他叫喊道。

我再次敲打金发女郎的脑袋，但这次我使出了更大的力气，她终于放开我的脚，我得以挣脱，连忙跑开。

马丁和卡门依然注视着对方，就像两张画像一样。

一个又重又大的东西狠狠撞在门外边，门上的镶板从上到下，沿对角线裂开了。

这一下让马丁晃过神来，他猛地从衣袋里掏出柯尔特手枪，向后一跳，我往他右肩开了一枪，但没打中，毕竟我也不希望他身负重伤。那个重物又猛地撞了一下门，整幢大楼都似乎跟着摇晃了起来。

我扔下手里的小型自动步枪，在伽文克破门而入的一刹那，掏出自己的手枪。

他喝得酩酊大醉，朝我们怒目而视，看上去暴跳如雷。他甩着粗壮的胳膊在空中不断挥舞，双眼布满血丝，口吐白沫。

他连看都没看我，便朝我脑袋狠狠打上一拳，我倒在沙发尽头和破门中间的墙上。

我甩了甩头，试图保持身体平衡，与此同时，马丁准备开枪了。

伽文克的衣服一角朝后扬起，好像有一颗子弹穿过，他趔趄了一下，又马上直起身子，就像一头公牛一样摩拳擦掌。

我调整手枪，瞄准马丁的身体开枪，他被这阵势吓到，身子摇摇晃晃，但手里的柯尔特手枪却没停过火。伽文克就在我俩中间，卡门则像一片枯叶，已经被击倒在地。场面已经完全失控了。

马丁的子弹没能阻止伽文克。没有什么能够阻止伽文克。就算他已经死了，他也要带着马丁一起下地狱。

就在马丁把他子弹打完的手枪砸向伽文克的脸时，伽文克就像一个橡皮球一样跳起来，一把掐住马丁的喉咙。马丁惊声尖叫起来，伽文克抓住他的喉咙，把他整个人抬离地面。

马丁立刻伸手反抗，死死抓着伽文克的手腕，但随着尖锐的咔嚓一声，马丁的手无力地垂了下来。在伽文克放开马丁脖子之前，又传来沉闷的咔嚓一声，这时，我看见马丁的脸已经完全呈紫黑色了。我隐约记得有谁说过，脖子断了的人，在死之前有时会吞下自己的舌头。

接着马丁就倒在角落里，伽文克也开始朝后退。他后退的时候就像一个没有办法将身体重心压在脚底、失去平衡的男人，他就这样笨拙地后退了四步，然后大身板朝后倾斜，双臂张开，仰身倒在地板上。

鲜血从他的嘴里汩汩流出，他的眼睛费力张开，好像要看穿团团迷雾一般。

卡门·伽文克瘫倒在他身边，就像一只受了惊吓的动物一样号啕大哭。

外面的走廊上有吵闹声，但门口不见有人。房里刚经历一场枪林弹雨。

我快速走向马丁，俯身把手伸进他胸前口袋，翻出一个厚实的方形信封，里面的东西硬邦邦的。我站起身，转身离开。

夜幕降临，远处墙上的警报器发出微弱的声音，但声音似乎越来越大，一位面色苍白的男人穿过走廊，小心翼翼地朝房内探头。我屈膝跪在伽文克身旁。

他试图说些什么，但我无法听清。他的眼眸里露出紧张之色，随后渐渐变得冷漠和超然，就像一个男人透过辽阔的平原，遥望远方的神情一样。

卡门呆若木鸡地说道："他喝醉了，逼我说出我要去哪儿。我没想到他会跟踪我。"

"你当然想不到。"我呆滞地说道。

我再次起身，拆开信封，里面有几张照片和一个玻璃底片。我把底片扔在地上，用脚后跟使劲踩碎，然后将照片撕毁，任由纸片从我手中滑落。

“丫头，从现在开始他们会冲洗你的各种照片，”我说道，“但绝不是这张了。”

“我真的不知道他跟踪我。”她再次说道，并且又开始咬大拇指。

这时，警报器已经响彻整座大楼，后来转为低沉的嗡嗡声，最后，就在我快将照片撕完的时候，声音突然止住了。

我站在房间中央一动不动，想着为何我要蹚这浑水。但现在这已经不重要了。

12

盖伊·斯莱德将手杵在埃西姆探长办公室的桃木大桌边上，手指慵懒地夹着一支点燃的香烟，他看都不看我一眼，说道：

“托您的福，让我受了一顿批评，侦探先生，我很乐意偶尔去看看总部的弟兄们。”他勉强朝我挤出一个微笑，笑的时候，眼角都堆出了皱纹。

我坐在埃西姆对面的桌子侧边。埃西姆是一个高挑瘦削、头发花白、戴着架梁眼镜的男人，看他的言行，你绝对想象不到他是一名警察，就更别提他的长相了。“紫罗兰”米克吉和一个名叫格林奈尔——眼睛十分迷人的爱尔兰侦探，一起坐在靠玻璃罩隔断墙的圈椅上。隔断墙将办公室分隔出了一个接待室。

我对斯莱德说道：“我本来觉得你未免也太快就发现了血迹，现在看来是我错了。请见谅，斯莱德先生。”

“是啊，好像道了歉就能假装一切都未曾发生过一样。”他站起身，捡起手杖，从桌上拾起一只手套，“我完事了吗，探长先生？”

“今晚没你事了，斯莱德。”埃西姆的声音枯燥、冷静，又带一些轻蔑。

斯莱德握住手杖手柄弯头，将门打开，走之前还冲我们微笑了一下，他眼睛最后看向的应该是我的后颈，但我没回头看他。

埃西姆说道：“我想我无须告诉你，警署对隐瞒谋杀案是如何看待的。”

我叹了一口气，“枪杀，”我说道，“地上躺了一个男人的尸体。一个赤身裸体、意识混沌的女孩坐在椅子上，不知道发生了什么，然后就是那个我无法抓到、你也无法抓捕到的凶手。而这一切的背后，一个可怜的老硬汉如此费尽心力，就是为了在这惨案中试着做些正确的事。就这样——把事情算到我头上吧。我不觉得后悔。”

埃西姆并不理会，问道：“谁杀了施泰纳？”

“那个金发女郎会告诉你的。”

“我想从你口中得知。”

我耸耸肩，“让我猜的话——是伽文克的司机，卡尔·欧文。”

埃西姆看起来并没有感到很惊讶，反倒是“紫罗兰”米克吉大声咕哝了起来。

“何以见得？”埃西姆问道。

“曾经我一度以为是马丁，部分是因为那个女孩的说辞，但她说的话没有任何意义，她根本对事情一无所知，只是趁机跳出来捅马丁一刀而已，就更别说她是那种怎么想就会怎么做的女生了。可马丁根本就不像个杀手，像马丁这样冷静的男人，是不会就那样跑掉的。在凶手开溜之前，我甚至都还未来得及敲门。”

“当然了，我也怀疑过斯莱德，但他也不是这类人，他身边跟了两个枪手，他们一定不会就这样对我善罢甘休的。而且今天下午斯莱德发现地上有血迹的时候，一脸吃惊，他的确和施泰纳是一伙的，并一直派人监视施泰纳，但人不是他杀的，他没有作案动机。只要他有选择，他绝对不会在有目击者的情况下，还用那样的方式干掉施泰纳。”

“但是卡尔·欧文就说不定了，他曾经与那个女孩相爱，也许至今还难以忘怀，要监视她，查出她去了哪里和做了什么，对他来说轻而易举。他暗地里跟踪到施泰纳家，发现了裸照一事，于是大发雷霆，开枪杀死了施泰纳，但之后恐惧感袭来，他便逃之夭夭了。”

“一路跑到丽都码头，然后掉了下去，”埃西姆冷冷地说道，“你忘记欧文脑袋一侧因为撞击而留下的伤口吗？”

我回道：“不，我没忘。但我也记得，不知怎么的，马丁知道了相机底片上的内容——反正知道的内容足以让他犯险去施泰纳家，把底片拿到手，为了争取到足够的时间，还把施泰纳的尸体藏到车库里。”

埃西姆说道：“格林奈尔，把艾格妮丝·劳莱叫来。”

格林奈尔从椅子上起来，踱出办公室。

“紫罗兰”米克吉说道：“兄弟，你还算朋友嘛！”

我没看他。埃西姆扯了扯喉结处的松垮皮肤，低头看另一只手的指甲。

格林奈尔带着那个金发女郎回来了，她的头发凌乱地散在衣领处，耳朵上的黑玉扣状耳环已被取下，一脸疲态，但已不见任何害怕的神色。她缓缓坐在斯莱德桌边的椅子上，双手并拢，放在跟前。

埃西姆轻声说道：“好了，劳莱小姐，我们现在想听听你的说法。”

女孩低头看自己并拢的双手，用一种冷静、平稳的声音，毫不犹豫地说道：

“我和乔·马丁认识大概也有三个月了，他之所以会愿意和我交朋友，我想，是因为我在施泰纳手下工作的缘故吧，但我之前以为他喜欢我，关于施泰纳的事我都毫无保留地告诉他，在这之前，他对施泰纳的事也略知一二。他一直在挥霍他从卡门·伽文克的爸爸那里弄来的钱，等钱散尽，他穷得响叮当了，于是又开始另谋他路。他料定施泰纳需要一个合作伙伴，便对他暗中监视，看他背后有没有什么狠角色。”

“昨晚，他开车驶在施泰纳家后面的街道上，路上听见枪响，跟着就看见那个孩子冲下台阶，跳进一台大轿车逃走。乔马上追了上去，在云海滩的途中，终于抓住了他，把他逼停在马路边。谁知那孩子拿着一把枪就出来了，但他当时意识不清醒，乔便把他敲晕了。在他倒地的时候，乔搜了他的身，得知他的身份，等他终于清醒过来的时候，乔便假装自己是警察，小孩果然崩溃了，把事情原委都说了出来。就在乔还在考虑接下来怎么做的时候，那个小孩突然恢复精神，迅速跳进车里，又把车开走了，他一路飙车，乔就由他去了，之后回到施泰纳的家里。这之后的故事我想你们都已经知道了。乔把照片冲洗出来，想要利用照片趁机捞上一笔，然后在警方发现施泰纳之前，和我一同离开城里。我们打算拿走施泰纳的部分图书库存，在别的城市自己开家店面。”

艾格妮丝·劳莱说完，埃西姆用手指叩了叩桌面，问道：“马丁什么事都和你说了，对吗？”

“嗯。”

“你确定这个卡尔·欧文不是他杀的？”

“我当时不在现场，但乔的举动不像是会杀人的人。”

埃西姆点点头，“好了，就到此为止，劳莱小姐。我们希望你说的能够成为白纸黑字记录下来，当然了，我们也不得不对你进行拘留。”

女孩站起身，格林奈尔便把她带出去了。她出去的时候，眼睛没看任何人。

埃西姆说道：“马丁不可能知道卡尔·欧文的死讯，但他肯定知道卡尔·欧文要躲起来，等我们抓到欧文的时候，他已经从伽文克那里敛了一大笔钱，能够继续上路了。我觉得这个女孩的说法听起来合情合理。”

当场陷入一片沉默，无人说话。过了一会儿，埃西姆对我说道：“你犯了一个很严重的错误。在确定马丁是你要的人之前，你不应该在那个女孩面前提马丁的名字的，这无谓地葬送了两条生命。”

我说道：“嗯，也许我最好回到过去，重新来过一遍。”

“说话不要过分。”

“我没过分。我一直在伽文克手下做事，试着不让他感到心碎。但我不知道那个女孩竟然疯狂至此，也不知道伽文克会这么冲动。我只是想拿到那些照片而已，像施泰纳、乔·马丁还有他女朋友那样的败类，我从来不感兴趣，现在也依然如此。”

“好了，好了，”埃西姆不耐烦地说道，“今晚我这儿你是没事了，但审讯部那里，估计以后够你受的了。”

说罢他站起身，我也跟着站了起来。他朝我伸出手。

“但那对你来说，利大于弊。”他干巴巴地补充说道。

我和他握了握手，便出去了。米克吉跟在我后面，我们什么话也没说，一起乘坐自动电梯下楼，等出了大楼，他走到我的克莱斯勒汽车右侧，打开车门直接坐了进去。

“你那破地儿有酒吗？”

“多得很。”我说道。

“那我们去喝点儿吧。”

我发动车辆，沿第一大道行驶，穿过一条长隧道。出了隧道，米克吉说道：“老弟，下次我再介绍客户给你，我可不希望你再调查他了。”

夜晚静谧而安详，我们一路开往贝格伦德大街。我觉得身子乏得很。看来人老了，不中用了。

中国玉

1. 三百克拉翡翠

当“紫罗兰”米克吉打电话来的时候，我正抽着烟斗，朝办公室门上刻着我名字的玻璃面板做鬼脸。我已经有一周没接过活了。

“侦探生意如何，嗯？”维奥拉斯问道，他是警长办公室里专门负责凶杀案的探员，“去海滩上碰碰运气吗？还是当当保镖之类的。”

“只要有块把钱赚都行，”我说道，“但谋杀案就另论了，我要收上三点五倍的价钱。”

“我打赌你活儿也干得漂亮。这有一份活儿，约翰。”

他给了我一个名叫林德莱·保罗的男人的个人资料，还有他的电话号码。他家住在卡斯特拉马，是一位社交名流，每天不用工作到处乱跑，雇了一名日籍用人，独自生活，名下还有一台超大型轿车。警长办公室里关于他的情报，除了是个花花公子以外，什么都没有。

卡斯特拉马就位于城区，只是看着不像，几十幢大小各异的房子就坐落在山坡一侧的山肩上，好像一个喷嚏就能把它们吹下山，吹到海滩上的午餐盒饭中间。马路边的人行道上还开了家小咖啡厅，旁边就是用水泥铸成的行人天桥，天桥内端的层层白色水泥台阶，直直地连向山坡侧面。

林德莱·保罗先生曾在电话里告诉我，倘若我心仪步行，沿第三大街往上走，到奎因纳尔大道，便能首次以最快的速度找到他家。这里的街道设计多弯道，复杂有趣，行人要是不像鱼饵箱里的蚯蚓一样，在这里困上个把小时，是很难走出去的。

因此我决定把我那破旧的蓝色克莱斯勒汽车停在底下，步行上去。傍晚，天气不错，我出发的时候，夕阳的余晖还落在海面上，波光粼粼，待我走到山顶，已不见了这般风景。我坐在最高一级的台阶上，不断揉着腿部肌肉，待心率降至正常水平，我扯了扯背上的衣服，继续朝房子走去。山坡的前景处，可就这么一幢房子。

房子看上去十分别致，却不像斥巨资建成的样子，失去光泽的铁艺楼梯一直延伸至前门处，房子的地下车库里停着一节黑色的汽艇车头、一艘被罩住的流线型轮船、罩子足以盖住三台轿车和一条绑在水箱盖上的郊狼。这些东西看上去比这幢房子都要值钱。

一个男人开了门，站在铁艺楼梯顶端，身着一件白色法兰绒西装，领口松散地系着一条紫色绸缎围巾，棕色皮肤，颈部肌肤柔嫩度和强壮女人有得一拼，那碧波般的双眸，呈现出如海蓝宝石一样的色泽。他旨身材魁梧，但看起来俊秀极了，光滑的额前翘着三撮浓密的金发，个头比我还高出一寸，也就是说他身长足有六英尺，反正看上去就一副会如此穿着打扮的男人的样子。

他清了清喉咙，看着我的左肩，问道："有事吗？"

"我就是你要找的，'紫罗兰'米克吉推荐的那个人。"

"'紫罗兰'？老天，多么古怪的别称啊，让我想想，你的名字是……"

他迟疑了一下，我由他想着，直到他再次清了清喉咙，眼睛落在离我右肩几英里远的地方。

"达玛斯，"我说道，"就和今天下午我在电话里说过的一样。"

"噢，请进，达玛斯先生，我相信你一定会见谅的，今晚我的家仆刚好不在，所以我……"他关上门，不好意思地笑着说，好像由他亲自来开门和关门，有那么点儿跌份儿似的。

进门就是一个楼厅，三面环着大客厅，但只比客厅高出三个台阶的高度，我们走下台阶，林德莱·保罗朝我示意了一下粉色椅子，我边坐了上去，边担心自己会不小心在上面留下痕迹。

通常在这样的房间里，人们会盘腿坐在地板坐垫上，品着加了方糖的苦艾酒，大声攀谈，有的还会兴致高昂地哇哇大叫。楼厅四处都设有书架，和用配釉黏土制成的，棱角分明的雕像底座。这里还摆放着舒适的小沙发，落地灯的灯座旁到处散落着绣花丝织抱枕，房间一角架着一台红木大钢琴，音板上的高脚花瓶里插着一朵娇嫩的黄玫瑰，琴脚落在桃红色的中式地毯上，地鼠如果打盹儿的时候不需要露出鼻子的话，都可以在里面躲上一个星期不出来。

林德莱・保罗将身子倚在钢琴边上，没问过我便独自点上一支烟。他仰起头对着天花板一阵吞云吐雾，这样看上去，他颈部的线条看起来更像女人的线条了。

“只是一件微不足道的小事罢了，”他漫不经心地说道，“真的不需要劳烦你的，但我觉得我身边最好还是带个保镖，你务必要向我保证不乱开枪，我想你身上肯定带了枪。”

“噢，是的，”我说道，“我带了。”我看着他下巴上的酒窝，上面简直可以放上一颗弹球。

“嗯，我不希望你用枪，你知道的，或是其他类似的举动，我只是去见几个人，向他们买点东西而已。我可能身上还会带上一些现金。”

“你要随身带多少钱？用来做什么？”我问道，然后自己掏出一根火柴划着，点上一支烟。

“嗯，事实上……”他笑起来很好看，但我差点朝他挥舞拳头，我不会感到歉意，我根本就不喜欢这个男人。

“这是我朋友交给我的一个相当机密的任务，具体细节就不方便透露了。”他说道。

“所以你的意思是让我一同前往，当个帮你拿帽子的闲人就好了。”我绕着弯儿说道。

他的手猛地抽动了一下，掉了些烟灰在白色西装的袖口上，这句话显然惹怒了他。他蹙了蹙眉，以类似苏丹王对一位诡计被识破，而即将被施以绞刑的后宫嫔妃的口吻，缓缓对我说道：“我希望你的话中没有无礼的意思。”

“希望才是我们赖以生存的法宝。”我回敬道。

他盯着我好一会儿，说道：“给你点好态度，你他妈还蹭鼻子上脸了。”

“这才像话嘛，”我说道，“没点硬气可不成，我喜欢这样的态度。现在让我们来谈谈正事吧。”

他看上去还在气头上，“我要的是一个保镖，”他冷冷说道，“就算我雇用了一位私人秘书，我也不会把所有的私人事务透露出去的。”

“如果他长期在你手下工作，他早晚也会知道的，而且知道得一清二楚。不过我就是个散工罢了，所以你必须要告诉我，到底什么事——敲诈吗？”

过了好一会儿，他才说道：“不是，是关于一条价值至少七万五千美元的翡翠玉石项链，你听说过翡翠玉石吗？”

“没有。”

“喝点白兰地，我再和你说吧。没错，我们先来点白兰地。”

他转身离开钢琴，就像一个上半身不动的舞者。我拿出一支烟，嗅了嗅周围的空气，好像闻到了檀香精油的味道，不久林德莱·保罗就拿着一个包装精美的酒瓶和两个玻璃浅口酒杯回来了，他往杯子里倒上一大汤匙的酒，将其中一杯递给我。

我一口饮尽，等着他嗅完酒香开口说话。隔了一会儿，他终于停了下来。

他用一种令人十分愉悦的语调说道：“宝石中，只有翡翠玉石才称得上是真正的极品，其他的宝石，多半由工艺赋予其价值，唯有翡翠玉石价值立于其本身。目前无已知尚未进行作业的矿体，而所有已知矿体在几百年前就被采尽了，因此这种玉石很是珍稀，我的一个朋友就有这样一条玉石项链，上面完美地镶嵌了五十一颗精心雕刻而成的中国念珠，每颗宝石足有六克拉重。但这条项链在前阵子被人劫走了，他们只抢走了项链，恰巧当时我和那个女生朋友在一起，我们还受到了警告——这就是我要等一通电话，冒险去交赎金，而不是报警或者通知任何一家保险公司的缘故。那通电话是几天前打来的，我们被规定在今晚十一点准时上交一万美元。我还没报警，那交易地点离这里相当近，就在帕利塞德附近。”

我看着手中的空酒杯，晃了晃，他便又给我倒了些白兰地，我喝了一口，又点上一支烟，不过这次是他给的上乘维吉尼亚纵切烟叶，外面包装纸上还刻着他的名字字母。

“珠宝勒索，”我说道，“一定有组织有预谋，不然他们也不会知道在什么地方和什么时候下手。戴名贵珠宝出门的人不多，就算他们戴出门，多半也是赝品而已。翡翠仿造很难吗？”

“就材料而言，不难，”林德莱·保罗说道，“但算上工艺的话，那要花上一辈子。”

“所以那玩意儿不能切割，”我说道，“这就意味着只有被加工成一个有价值的小工艺品，它的价值才算得以实现，因此赎金就是这帮家伙的唯一收入。要我说，我觉得他们要有所行动了，保罗先生，关于保镖一事你处理得太草率了，你怎么知道他们会让你带个保镖呢？”

“我的确不知道，”他难掩疲乏地说道，“但我不是英雄，黑暗中会想与人结伴，如果这事出了差池——翡翠也就丢了。我也想过独自前往，但我又寻思，何不找一个男人躲在我的车后，以防万一呢？”

“免得他们拿了你的钱，却给你来了个狸猫换太子？我要如何阻止这一切呢？如果我开枪站了出来，结果发现是个假货，你就再也见不到你的翡翠了。那个接线人不会知道那帮家伙的幕后主使，如果我不开枪的话，在你验明他们给你的包裹之前，他们早就走得远远的了。他们可能什么都不留给你，或者告诉你，等到检查完赎金有无被动手脚，就会把东西邮寄给你。赎金做上标记了吗？”

“我的天啊，没有！”

“那是必要的，”我低沉地说道，“这几天就能在钱上做好标记，这样一来，只有在黑光下用显微镜才能识别出来，但这需要设备支持，也就是说需要寻求警方的帮助。好吧，这事就交给我，你需要支付我五十美元，最好现在就给我，万一我们有去无回……我喜欢钱的滋味。”

听罢，他那俊俏方脸的脸色似乎有点泛白，他很快地说道：“咱们再喝点白兰地吧。”

这一次，他总算倒了不少酒。

我们围坐在桌旁，等电话铃响，我也拿到了五十美元的报酬。

其间电话铃声响了四次，从他接电话的语气来看，对方应该是一个女人。直到十点四十分，我们期盼已久的电话才终于打来了。

2. 客户流失

我开着车，更确切地说，是我手握这台黑色大轿车的方向盘，由它自动驾驶在路上。我穿着一件浅色运动外套，头戴林德莱·保罗的帽子，衣服的一个口袋里还装着由百元钞票堆成的一万美元。保罗坐在后座，端看着一把镶银鲁格尔手枪，我希望他知道如何使用。关于这份差事，我就没一处喜欢的。

接头地点就在普瑞斯玛峡谷顶上的一个山洞里，距离保罗家约十五分钟的车程。保罗说他熟路，给我指引方向绝对没有问题。

一路上，我被这 8 字形盘山道路绕得头晕目眩，突然，我们开上了州际公路，无论从哪个方向看，路上呼啸而过的汽车车灯看上去就像一条实心白色光束，长途拖载卡车也正在路上。

我们在日落大道上途经一个加油站，之后便转向内陆。这里一片荒芜，不一会儿，就闻到一股淡淡的海草的气味，山坡处也飘来一股浓郁的鼠尾草气味，远处山顶上有一扇昏暗的黄色窗子，从窗口往下望，底下的一切景色尽收眼底，这儿的房产便是一些房地产经纪人梦寐以求的。周围不时有汽车轰隆驶过，白色车灯闪烁在山峦里，天空中还挂着一轮半月，笼罩在团团冷雾之中。

“旁边就是贝莱尔俱乐部，”保罗说道，“往前走是拉斯普尔嘎斯峡谷，再往前走便到普瑞斯玛了，我们在下一个坡顶处拐弯。”他紧张地小声说道，完全没了早些时候我在派克大街遇到他时的淡定。

“把头放低，”我冲他咆哮道，“我们也许一路都在被人监视，这辆车就像爱荷华州野餐中的蚝卵一样醒目。”

车子在我身前轰隆轰隆地震动着，直到到达下个坡顶，保罗朝我耳边尖声喊了句：“在这儿右转。”

我将这台黑色轿车开进一条杂草丛生的宽敞大马路，这里并非交通干道，未完工的吊灯架上的黑色柱子，就竖在铺设面砖的人行道上，后方荒地上的灌木丛也爬上了水泥地，能清楚地听见蟋蟀唧唧的叫声和后面数蛙的呱呱声。车内反倒一阵寂静。

距离我们一街区远的地方有一幢房子，里面黑漆漆的一片，看起来这里的住户和鸡群都去歇息了。在马路尽头，水泥路面突然消失，我们沿着土坡下滑来到一块泥土台地，接着又滑下另一个山坡，只见土路上设有一道漆白的路障，看上去就像一辆停在路边的四轮驱动汽车。

我听见身后传来窸窣声，保罗俯下身子，小声叹了一口气，说道：“这里便是接头地点了，你必须要出去把路障搬开，然后把车开到洞口。路障也许就是用来阻止我们迅速离开的，因为我们不得不费时间清空路障，而他们也需要给自己留逃跑的时间。”

“保持安静，把头放低，在听到我的叫喊声之前不要轻举妄动。”我说道。

我切断低噪声发动机，坐在座位上侧耳聆听。外面的蟋蟀和树蛙叫声越来越大，附近一定无人移动，不然蟋蟀会停止鸣叫，我摸了摸胳膊下冰冷的手枪枪托，打开车门，脚踩硬陶土地站在外面，周围灌木丛生，我能闻到鼠尾草的气味，灌木丛之茂密，足以藏匿一支军队。我动身朝路障走去。

也有可能这只是用来检验保罗是否按要求行事的一个测试罢了。

我伸出双手，抓在路障上面，将白色路障一头抬起往路边移动。然而这并非什么测试，因为就在我移动路障的时候，距离灌木丛不到十五英尺的地方，闪光灯就直直地打在我的脸上。这绝对是世界上最大的闪光灯。

一个人操着黑人口吻，尖细的声音从闪光灯后面的阴影处传来，“我们两个人都带了散弹枪，把手举起来，我们可没有跟你开玩笑。”

我什么话也没说，有那么一会儿我就抓着路障，抬离地面几英寸一动不动。保罗和轿车那里什么动静也没有。手里这个如四轮驱动汽车一般重的路障开始撕扯我的肌肉，我的大脑告诉我放下，于是我再次放下路障，把手缓缓举到空中，闪光灯就像压扁在墙上的苍蝇一样，一直紧紧地跟着我。我没什么特别的想法，只是琢磨是否有更好的解决方法。

“不错，”那个尖细的声音发牢骚说道，“在我走到你那儿之前，就保持这样的姿势不要动。”

这个声音就这样在我的脑海里萦绕，但对我来说没有任何意义，在我的记忆中数不清听过多少次这样的声音了。我反倒好奇保罗现在在做什么。闪光灯那头跳出一个瘦削的身影，突然又消失不见，旁边传来微弱窸窣声，接着窸窣声来到我的身后，我双手举在空中不动，闪光灯刺眼的亮光使我不停地眨眼。

我感到背部有手指轻轻滑过，接着就是坚硬的枪口，我听见一个有点耳熟的声音说道：“这可能会让你吃点苦头儿。”

又是一阵咯咯笑和嗖嗖挥动的声音，我的脑袋上方突然照来一道白色亮光，吓得我趴在路障上，紧紧抓住大声尖叫，右手试图伸向左臂。

嗖嗖声止住了，白色光晕越来越大，周围只剩下刺眼的白色强光，接着又陷入一片黑暗，黑暗中，一个红色的东西在向前蠕动，就像显微镜下的一个微生物一样，再接着，红色的东西消失不见，周围一片黑乎乎，空荡荡的。我有一种眩晕的感觉。

等我清醒过来，眼睛模糊地望着星星，黑暗中，我听见有两个人在交谈。

“卢里德。”

“那是什么？”

“卢里德。”

“卢里德是谁？”

“就是你曾经在大厅里见到的，被人逼供的那个黑人枪手。”

“噢……卢里德啊。”

我翻了个身，手用力撑在地上，单膝跪地努力站起。

我呻吟了几声，但身边空无一人，于是我开始自言自语，想要完全清醒过来。我摆正身体，双手撑在地上，竖耳聆听，没听到其他声音。我移动双手，干枯的芒刺扎进皮肤里。周围紫色鼠尾草的黏液缓缓流出，这里也是野生蜜蜂采蜜的天堂。

蜜汁很甜，但对我来说甜得过了头，我感到胃里一阵翻江倒海。我俯下身子，开始呕吐。

时间流逝，我再次调整好状态，但耳边除了嗡嗡声，依旧什么也听不见。我小心翼翼地站起身，就像一个刚从浴盆里出来的老男人。我的脚还没什么知觉，双腿也软弱无力。我晃了晃身子，擦掉额前因为反胃而冒出的冷汗，又摸了摸后脑勺，上面又软又多肉，就像撞烂了的桃子，当我触摸时，我能够感受到延伸至脚踝的疼痛，这一刻，我能够感受到自从我第一次在小学被人踢了后脑勺以后，感受过的所有痛苦。

慢慢地我开始可以看清这片荒地低洼的轮廓，周围灌木丛生，就像一道矮墙。沉月下，一条土路隐约爬上另一头，接着我便看到了一台车。

车子离我很近，不超过二十英尺的距离，只是我之前没往那方向看。这是林德莱·保罗的车，车灯没开。我跌跌撞撞地走过去，下意识地将手伸向腋下去抓手枪，毫无疑问，枪现在已经不在那里了。我想起那个爱发牢骚的家伙说过的话，应该是有人把枪拿走了，不过我身上还随身携带一个钢笔手电筒，我打开手电筒，打开汽车后门，往里面照。

车内并无任何异常——没有血迹，无座椅破损，车窗没有裂痕，也没有任何尸体。车子看起来不像经历过一场战斗，只是个空车而已，车钥匙还挂在装饰过的面板上。有人把车子开来这里便离去了。我拿我的小手电筒照在地上，四处寻找保罗。如果车子在这儿，那他一定也在附近才对。

就在这样一片死寂当中，一辆汽车轰隆隆地从荒地边缘驶出，我摁灭手电筒，看到汽车车头灯斜射进灌木丛里，我立马趴下，迅速爬到林德莱·保罗车子的引擎盖后面。

灯光斜射过来，光线越来越亮，他们沿着土坡一路下来到这儿，现在我已经能够听到一台小轿车空转的沉闷声响。

路走到一半车就停了，车子挡风玻璃一侧的探照灯亮了，之后另一侧的也被打开，光线低垂地落在我看不见的一处地方，然后探照灯又关上了，汽车缓缓驶下山坡。

到了山脚下，汽车微微掉转方向，车头灯斜照在那台黑色轿车上。我不自觉地咬住上嘴唇，要不是尝到了血的味道，我都不知自己有这举动。

车子又转动了一下，车灯突然全灭了，发动机也停止了运转，夜晚漫长而寂寥，周围黑漆漆一片，重归沉寂。没有任何动静，只剩下蟋蟀和树蛙在远处叫个不停。接着车门打开，地上传来快速的脚步声，一束光就像一把剑一样穿过我的头顶。

之后便是一阵笑声。一个女孩的笑声——就像曼陀林（拨弦乐器）紧绷的弦一样，充满了紧张感。那道白色光束也照在黑色轿车下面，落在我的脚上。

女孩用尖厉的声音说道："好了，你，举起手给我出来——手上什么都不要拿！你已经逃不掉了。"

我一动不动。

她继续冲我说道："听着，先生，我为你的脚准备了三发子弹，七发留给你的腹部，还有其他的弹匣可供随时替换。你出来吗？"

"收起你那玩具枪，"我怒吼道，"否则我给你一枪崩了它。"我的声音听上去嘶哑浑厚，都不像自己了。

"噢，多么强硬的一个绅士啊。"她的声音里有一些轻微的颤抖，然后又变得冷酷无情起来，"出来吗？我数三下，想想你自己有多少胜算——你的身后有十二个枪膛对着你——还是十六个来着？你的脚会受伤，一旦受伤，踝骨需要几年才能痊愈，有时候……"

我直起身，看着她的手电筒。"我害怕的时候，话也多。"我说道。

"不要再动了！你是谁？"

"对你来说，就是一个破私人侦探罢了，谁会在意呢？"

我绕过汽车朝她走去，她没开枪，等到离她只六英尺远的时候，我停了下来。

"你就待在那儿！"在我停下来以后，她怒气冲冲地说道。

"没问题。你刚才在这儿用挡风玻璃上的聚光灯照什么呢？"

"一个男人。"

"伤势很严重？"

“恐怕已经死了，”她淡淡地说了一句，“你自己看起来就半死不活的了。”

“我被人击昏了，”我说道，“这让我看上去黑眼圈很重。”

“还挺幽默，”她回道，“活像停尸房的工作人员。”

“我们去看看他吧，”我声音沙哑地说，“你可以拿着你的玩具枪跟在我身后，如果这样做能让你有安全感的话。”

“我安全得很。”她愤愤地说道，然后从我身边躲开。

我绕过她之前坐过的小轿车，那是一辆普通的轿车，车身干净整洁，在月色的照耀下显得闪闪发亮。我听到了我身后她的脚步声，但我没多加注意，大概沿斜坡走到半途，我终于看到了他的脚。

我将我的小手电筒照在他身上，那女孩也凑上来开了手电筒，这下我全都看清了。他仰身倒在灌木丛里，全身脏兮兮的。从他身体摆放的姿势来看，这说明了一个问题。

女孩一言不发，和我保持着距离。她大口地喘气，手里的手电筒却稳稳地握着，就像一个老练的杀手。

他一只手摊开，指头卷曲，就像被冻住一样，另一只手放在身子下面，外套也拧在一块，皱皱巴巴的，就像被人扔出去打了个滚儿一样。他那浓密的金发上沾满了血迹，月光下看上去就像鞋油一样黑麻麻的，他脸上流的血更多，血里还掺着灰泥浆。我没见到他的帽子。

事情应该就发生在我差点挨枪子儿的时候，当时我完全没想到我口袋里的钱袋子的事。这个想法在我的脑海里一闪而过，一下震惊到了我，我马上把手伸进口袋，姿势看上去一定和摸枪的动作一样。

口袋里空空如也，我伸出手，回头看她。

“先生，”她微微地叹了口气，“如果我不是觉得你的脸……”

“我本来带了一万美元，”我说道，“那是他的钱，只是放在我身上而已，钱的事我也是刚刚才想起来，你是我见过的最有胆量的女人，要知道人不是我杀的。”

“我没觉得是你杀了他，”她说道，“是他的仇家把他的脑袋给打烂了。”

“我和他认识才不久，还不至于如此深仇大恨，”我说道，“再拿手电筒照一下。”

我跪下来，搜他的衣服口袋，尽量不去挪动到他。他的口袋里放着几个银币和几张纸币，压花皮套里装着钥匙，钱包的夹层里塞有驾照，驾照后面就是保险卡，一切都很普通，钱包里也没有钱。我很好奇他们为什么没搜他的裤子口袋，估计是被那灯光吓到了，要不然他们肯定把他剥得光溜溜的。我又拿了些东西放在手电筒灯光下照：几块像白雪一样洁净的精致手帕；六个夜总会的火柴盒；一个和砝码一样重的银色香烟盒，里面装的都是他的进口烟草；还有一个龟壳状的香烟盒，侧面的刺绣上都有一条腾龙。我把盒子打开，里面用橡皮圈绑着三根长条俄国产香烟，还配有一个烟嘴。我拿起一支烟，感觉干巴巴的，年代很久的样子。

“也许这是给女士抽的，”我说道，“他抽其他的。”

“或者是大麻烟卷。”她站在我身后，把头靠近我的脖子，说道，“我认识的一个家伙以前抽过大麻，能给我看看吗？”

我把盒子递给她，她拿手电筒照着看，直到我命令她将盒子放回到地上。里面并没什么东西需要检查的，她一下盖上盒子交还给我，我便把烟盒放回到他的胸前口袋里。

“就是这样了，那个把他敲晕的人，一定很害怕，来不及收拾干净就跑了。谢了。”

我缓缓地站起来，转身一把夺过她手里的小手枪。

“该死，你犯不着这么粗鲁。”她厉声说道。

“别跟我来这一套，”我说道，“你是谁，为什么会半夜驱车来这儿？”

她佯装我伤着了她的手，用手电筒照在上面，仔细地检查。

“我对你一直都不错，难道不是吗？”她抱怨道，“我就是好奇心作祟。我很害怕，但是我连一个问题都没有问过你啊，不是吗？”

“你确实不错，”我说道，“但现在的情形让我不得不小心为妙。你到底是谁？把手电筒关了，我们现在不再需要灯光了。”

她关上手电筒，黑暗渐渐袭来，我们也逐渐适应并可以看清灌木丛的轮廓、眼前这个瘫卧的尸体和东南方向天空中的亮光，那里想必就是圣莫妮卡了。

“我叫卡罗尔·普莱德，”她说道，“就住在圣莫妮卡，我在一家报社做专题报道，有时候晚上睡不着，我就会开车出去兜兜风——就是到处逛。我对这个地方了如指掌，我看见你那小灯在洞口那边闪，在我看来，如果是年轻情侣在那边的话，也未免太扫兴了。”

“这我就无从得知了，”我说道，“我从未这样做过。你说你这把手枪还有别的弹匣，是有持枪许可证的吗？”

周围一片漆黑，我掂了掂这把小手枪，感觉像是一把口径为 0.25 英寸的柯尔特手枪。这把小手枪总的来说性能还不错，很多好汉就死于这样的枪下。

“我当然有持枪许可证了，只是还有关于其他替换弹匣的说法是吓唬人的罢了。”

“你天不怕地不怕的吗，普莱德小姐？还是说普莱德夫人？”

“叫我小姐就好。这附近治安良好，人们甚至不用上门锁。我猜坏人们碰巧就知道了这一点。”

我把手枪掉了个头，递了出去，“给你，今天不是我耍小聪明的好时机，不如你行行好，就把我送到卡斯泰拉马莱，我去那儿取车，然后去找些警察来。”

“不应该留谁陪着他吗？”

我看了看腕表上的钠沸石钟面，“现在时间是一点差一刻，”我说道，“我们就留他在这儿与蟋蟀和星星待在一起吧，我们走。”

她把枪收回包里，我们沿着斜坡下山，坐进她的车里，还未打开车灯，她便驾车朝山坡上开去。那台黑色的大轿车，看上去就像一个纪念碑一样，静静地矗立在我们身后。

到了山顶，我下了车，把那块白色路障归于原位。今晚他是安全的了，估计接下来几天也没事了。

在我们来到附近第一幢房子之前，女孩一句话也没说，接着她打开车灯，轻声说道："你脸上有血，不管你的名字是什么，先生，我觉得你现在急需喝上一杯，何不到我家，在那儿给西洛杉矶警署打电话呢？这附近除了消防局，什么也没有。"

"我叫约翰尼·达玛斯，"我说道，"我不介意脸上有血。你不会希望自己搅进这烂事的，我也不会提到你。"

她回道："我是一名孤儿，一直独自生活，对我来说一点关系都没有。"

"就开去海滩那儿吧，"我说道，"之后我就独自行动。"

但在我们到达卡斯泰拉马莱之前，我们被迫停了一次车。一路颠簸让我感到一阵恶心，于是我下车冲进野草丛中。

等我们到了山脚下我原来停车的地方，和她道完晚安，直到看不见她的汽车尾灯，我才坐进了自己的克莱斯勒汽车里。

马路边的咖啡厅依然还在营业，我本可以进去喝上一杯，再打个电话，但似乎我半个小时后做的事才是明智之举——脸上还带着血迹，脸色苍白，清醒地走去西洛杉矶警署。

警察也是人，他们喝的威士忌就和酒吧里酒保递过来的酒水一样美味。

3. 卢里德

我话没说对，酒并不好喝。李维斯，这个来自市警察局重案组的男人，眼睛朝下听我陈述，身后还懒洋洋地站着两个便衣男士，一副保镖的架势，而早在这之前，就有一个警察巡逻车队被派出去了。

李维斯是一个身材瘦削、窄脸、年纪约五十五岁的文静男人，肤色棕灰，皮肤光滑，衣冠整齐，裤腿有褶痕。他坐下后，小心翼翼地将褶痕上翻，他的衬衫和领带看上去就像是十分钟之前刚穿戴好的，帽子则像在附近路边买来的一样。

我们就在圣莫妮卡大道旁、索特乐附近的西洛杉矶警署队长办公室里，里面就只有我们四个人。牢房里关了一些醉汉，都等着进市里酒醉拘留所上清晨法庭，在我们说话的时候，他们一直操着澳大利亚的口音打着电话。

“所以我就是他今晚的保镖，”我最后说了句，“我活儿干得可真‘漂亮’。”

“我不这样认为，”李维斯漫不经心地说道，“这事谁也保证不了。在我看来他们把你当成林德莱·保罗了，把你敲晕可以免去口舌之争、又能因此获得大量的时间。或许他们手上根本就没货，也不打算轻易放掉手里的筹码，但当他们发现你并非林德莱·保罗以后，便怒火中烧，把怒火全都发泄到他的身上去了。”

“他身上有一把手枪，”我说道，“一把还不错的鲁格尔手枪，但被两把散弹猎枪对着，谁都会败下阵来。”

“关于这个黑人兄弟，”李维斯说道，并伸手去拿桌上的电话，“我只在黑暗中听过一次他的声音，我也不是很确定。”

“是啊，不过我们会查出他当时究竟做了什么，卢里德，这名字一直萦绕在我心头。”

他举起电话，告诉电话交换机的工作人员：“总部办公室，乔……我是西洛杉矶警署负责凶杀案的李维斯，我想找一个叫卢里德的拥有黑人或半黑人血统的枪手，大约二十二岁至二十四岁，浅棕色皮肤，穿戴整洁，个子矮小，估计一百三十公分，一只眼睛受伤，我忘记具体是哪一只。我这儿有他的犯罪记录，但是不太严重，他频繁出入警局，七十七处的同事都认识他，我想查查他今晚的行踪，给那些值班的警察一个小时的时间去行动，并对他进行广播播报。”

说罢他挂断电话，朝我眨了下眼睛，“我们这儿的探员都是西芝加哥最优秀的，如果他在城里，连看都不用看一眼他就会瞬间被拿下。我们现在走吧！”

我们下了楼梯，坐上一台警车，沿圣莫妮卡大道开往帕利塞德。

几个小时后，拂晓降临，外面气温低下，灰蒙蒙的一片，我也到了家。我服下阿司匹林，狂饮威士忌，等电话铃响起的时候，我正仰头泡在热水里享受。打电话来的正是李维斯。

“好了，我们抓到卢里德了，”他说道，“在帕萨迪纳市抓到他的，同行的还有一个叫芬提的墨西哥人，我们在阿洛约瑟克大道上把他们带走了——严格来说我们并没有大张旗鼓，而是十分谨慎小心。”

“继续，”我回道，手紧紧握住电话，电话都快要被我捏碎了，“说关键。”

“你早就猜到了，警察在科罗拉多街大桥下面找到了他们，塞住了他们的嘴，双臂和双腿也被旧电线捆绑着，被揍得像一个熟透的橘子。怎样，还满意吗？”

我深吸了一口气，“只有这样，我才能像一个婴儿一样酣睡。”我说道。

阿洛约瑟克大道的坚硬水泥路，就位于科罗拉多街大桥（也被称为自杀大桥）下方七十五英尺处。

“嗯，”李维斯顿了顿，说道，“看样子你接了个烂摊子啊，现在你怎么说？”

“大概猜测一下的话，我觉得是几个聪明的家伙不知从哪儿得知了消息，对赎金动了歪念头，他们挑好场地，并把现金弄到了手。”

“这就需要内应，”李维斯说道，“你的意思是那些家伙知道项链被夺走了，但是项链并没在他们手里。我倒觉得他们想卷走项链直接离城，而非上交给头儿。也可能是他们的头儿根本养不起手下那么多人。”

最后，他和我道了晚安并祝我好梦，之后便挂了电话。我饮下大量威士忌来缓解头疼，对我来说，这样做再好不过了。

为了不失体面，我很晚才回到办公室，但事情看起来好像并非如此。我脑后头皮上的两处缝线开始松动，头上剃掉毛发，缠上了棉纱带的地方也开始发烫，就像酒保的拇囊炎一样隐隐作痛。

我的办公室共两个房间，旁边大厦酒店咖啡厅的香气扑面而来，充盈了整个房内。其中较小的一间是一个接待室，接待室长期不上门锁，如有任何来访者，且他们愿意等候的话，便留给他们落座等候。

卡罗尔·普莱德就在里面，眼珠快速转动，四下打量着房里的褪色红沙发、两把造型古怪的椅子、地上的小方毯和一张男士书桌。书桌上面还摆放了几本绝版杂志。

她身着一件褐色斑点宽领花呢衣，一件男士衬衫，打着领带，脚穿一双精致的鞋子，头戴一顶黑帽，据我所知，这帽子可能要二十美元，但看上去就好像用一只手蘸上墨水就能制作出来一样。

“很好，你还是赶来了，”她说道，“看到你这样勤劳真开心，我不禁开始认为或许你所有的工作都是在床上完成的。”

“啧，啧，”我说道，“进来我办公室吧。”

我直接打开办公室和接待室的连通门，比起毫不费力地用脚踢开门锁，虽然开门效果都一样，但这样显然看起来体面多了。我们走进办公室，房间地上铺有一块锈红色地毯，上面留有大量墨迹，地上立着五个档案，其中三个满满都是加州风土人情等方面的记载资料。一个广告台历，上面刊登了迪翁五胞胎（人类记录中首例在诞生后活过数小时的五胞胎，曾受到国际瞩目）在天蓝色的地板上打滚的照片，广告台历旁边就是几把胡桃椅，一张有着刮痕的普通办公桌，桌后还放着一把坐上去会嘎吱作响的旋转椅。我坐在旋转椅上，把帽子放在电话上面。

我还没看清过她的长相，即便是在卡斯泰拉马莱的时候，因为光线昏暗也只能作罢。她看上去二十六岁左右，一副没睡好的样子，精致的小脸上挂着一副倦容，一头蓬乱的棕色头发，前额短小但饱满，看上去还称得上美观；鼻子小巧，爱四处嗅来嗅去；她的上嘴唇较长，嘴巴较宽。如果眼睛疲乏了，看上去就会呈湛蓝色。她看起来很是文静，但胆子可不小；看上去聪明伶俐，但不设城府。

“我在今早出的晚报上看到的，”她说道，“但是上面没什么内容。”

“这说明警方不想把事情搞大，他们一定压住了早上的新闻。”

“嗯，不管怎样，我为你做了些小功课。”她说道。

我眼睛直直地盯着她，打开桌上扁平的烟草盒，将烟斗塞满，“你犯了一个错误，”我说道，“我现在没在处理这个案子，我昨晚碰了一鼻子灰，灌了自己一整瓶酒才能入睡，这活就交给警方吧。”

“我不这样认为，”她说道，“我不完全同意你的话，反正你都要拿回你的报酬，还是说你一毛钱都没拿到？”

“五十美元，”我说道，“只要我找到退钱的人，我就会把钱退回去，连我妈都觉得这钱要不得。”

“我欣赏你，”她说道，“你就是那种差点就要摔倒、却在最后一分钟被什么东西给救下的人。你知道那条翡翠项链是谁的吗？”

我猛地直起身子，感到一阵酸痛，“什么翡翠项链？”我几乎大叫起来。我还没和她说过任何关于翡翠项链的事，报纸上应该也没提到相关的内容。

“你没必要耍小聪明，我已经和这个案子的负责人李维斯上尉谈过了，我告诉了他昨天发生的事情，我也一直在和警方合作，他觉得我有所隐瞒，于是便告诉了我一些事情。”

“好吧，那项链是谁的呢？”一片沉默以后，我问道。

“有个常住比弗利山庄，名叫菲利普·可特尼·普兰德加斯特的女士，她的丈夫是个百万富翁，患有肝疾。普兰德加斯特女士是一个黑眼珠的金发女郎，在丈夫卧病在家服药的时候，她就在外面到处乱跑。”

“金发女郎通常不喜欢金发男人，”我说道，“林德莱·保罗就和瑞士的约德尔歌手一样，是个典型的金发男人。”

“别傻了，这是电影杂志里才会出现的桥段，这个金发女人和那个金发男人互相欣赏，我会知道这些，也是《旧金山纪事报》的“社会栏”编辑告诉我的，他体重二百镑，脸上蓄着小胡子，人称吉迪·格蒂。”

“他有和你说项链的事吗？”

“没有，是布洛克斯珠宝公司的经理告诉我的，我和他说我正在为《警察宪报》写一篇关于稀世之宝的文章。因为你，我都开始学会说俏皮话了。”

我点了三次火，终于在最后一次点着烟斗。我把椅子朝后倾斜，椅子发出吱吱的声响，我差点后仰翻了过去。

“李维斯知道这一切吗？”我问道，并试着看她而不被她发现。

“他没和我说过，但对他来说发现这一切轻而易举，这点我毋庸置疑，谁也别想糊弄他。”

“但你还是把他糊弄住了，”我说道，“他有和你说卢里德和那个墨西哥人芬提的事吗？”

“没有，他们是谁？”

我把他们的事告诉了她。“为什么，这太糟糕了。”她说道，然后冲我微微一笑。

“你家老头儿不会碰巧是个条子吧？”我怀疑地问道。

“他在波莫纳市当警察局长约有十五年之久了。”

我没做回应。我记得波莫纳市的警长约翰·普莱德在四年前被两个年轻匪徒给枪杀了。

过了一会儿，我说道："我早该想到的，好吧，接下来呢？"

"我敢和你打赌，普兰德加斯特女士没有拿回项链，她那坏脾气的丈夫则有足够的手段隐瞒实情，并让他们的名字不见诸报端，因此她需要一名优秀的侦探来帮她把事情理顺——且不带任何丑闻。"

"什么丑闻？"

"噢，我不清楚，她是那种有着一篮子秘密的人。"

"我猜你和她共进过早餐了，"我说道，"你什么时候起床的？"

"没有，我直到两点才看到她。六点起床的。"

"老天，"我说道，边从桌子抽屉深处取出一瓶酒，"我的头时常疼得厉害。"

"一杯就好，"卡罗尔·普莱德直截了当地说道，"头疼只是因为你被人打了，但我敢说这对你来说算家常便饭了。"

我灌下酒，稍微塞紧酒瓶瓶塞，长吁一口气。

她把手伸进褐色袋子里摸索着什么，然后说道："还有一件事，也许你应该亲自处理。"

"知道我还能派上用场真好。"

她把三根俄产香烟放桌上朝我滚过来，板着个脸。

"看看烟嘴里面，"她说道，"再来谈谈你的看法。这是我昨晚从那个中式盒子里偷来的，里面有些东西会让你大吃一惊。"

"真不愧是警察的女儿。"我说道。

她站起身，用袋子拭了拭桌边的些许烟灰，然后朝门口走去。

"我也是个女人。现在我该去见另一位"社会栏"编辑了，找出更多关于菲利普·可特尼·普兰德加斯特女士的信息，并探索她的感情生活。真是趣味无穷，对吗？"

随后，办公室门关上了，与此同时，我也合上了嘴。

我拾起其中一根俄产香烟，夹在指间，眯眼看向烟嘴，里面好像卷了什么东西，类似一张纸或卡片，还不至于改变烟嘴的形状。我想尽办法终于用折叠小刀的指甲锉刀把它从里面抠出来了。

原来是一张象牙色男士薄卡片，上面只印了几个大字。

“灵媒索克宣。”

我又看了看其他的烟嘴，发现每个都放有名片，但这对我来说毫无意义，我从未听说过此人。隔了一会儿，我在电话簿里找他的联系方式，在西第七大街有一个名叫索克宣的男人，这名字听上去像是亚美比亚人，于是我在分类栏东方地毯商里找他的名字，果然被我找到了，但这也说明不了什么，人没必要为了卖东方地毯而去当什么灵媒，灵媒化身买家去购买地毯就好了。而且我有一种感觉，名片上的这个索克宣和东方地毯生意没有任何关系。

对于他的行当和他的客户类型，我已经有了一个粗略的想法。他生意做得越大，就越不需要做广告，只要给他足够的时间和酬金，他能解决任何事，上至蝗虫鼠疫，下至体力不支的丈夫。面对失意女性，复杂棘手的风流韵事，和与家人失联的流浪男孩，他是专家，他也擅长处理类似是即时卖掉财产还是延期一年，某种做法会损害还是提升公众形象等这样的问题。甚至男人也会找上门来——他们在办公室里暴跳如雷，但内心却冷若冰霜。然而他的主要客户还是女性——腰缠万贯的女人，穿金戴银的女人，像瘦削亚洲人手里的丝线一样被玩弄于股掌间的女人。

我又往烟斗里塞了点烟草，微微晃了晃脑袋，想要缕清思绪，找出一个男人会随身携带那个烟盒的原因。烟盒里装了三支烟，却都不是用来吸食的，每支烟的吸口里还塞了印有其他男子姓名的卡片。这是给谁的呢？

我把酒瓶搁置一边，咧嘴一笑。任何仔细搜查过林德莱·保罗口袋的人，都会发现这些卡片。可谁会这样做呢？自然是警察了。但要是林德莱·保罗离奇死亡或是身负重伤的话，什么时候才能发现这些卡片呢?

我把电话上的帽子拿开，给一个叫威利·皮特斯的人打电话，如他所说，他是一名保险业务员，副业是倒卖从仆人和司机那里搞来的未登记入册的电话号码，他向我收取五美元的费用，我想林德莱·保罗不会介意从他那五十美元里扣除这五美元吧。

威利·皮特斯手上有我要的东西，那便是布伦特伍德山庄的电话号码。

我给总部的李维斯打了通电话，他告诉我一切都很顺利，只是他忙得无暇睡觉，而我要做的就是守口如瓶，放宽心就好了，他还埋怨我之前没和他说卡罗尔·普莱德的事。我点头承认，并问他是否膝下有一女，才没有咬住她不放。他告诉我他的确有一个女儿，而这个案子虽然让我显得有点狼狈不堪，但这件事很有可能发生在任何人身上，除此以外，他还和我说了一大通话。

我又打了个电话给“紫罗兰”米克吉，约他某天共进午餐，他当时正洗完牙，口腔溃疡，还在范杜拉县运送一名囚犯。之后，我拨打了布伦特伍德山庄的灵媒索克宣的电话。

过了一会儿，一个外国女人小声说道:“哈喽。”

“我找索克宣先生。”

“我——很——抱——歉，索克宣先生从不接电话，我是他的秘书，需要我为您传话吗?”

“好的，有笔吗?”

“当然有了，麻烦说一下你的相关信息。”我先是告诉了她我的姓名、住址、职业和电话。我得确定她没有把它们填错。

然后我说道:“是关于一个名叫林德莱·保罗的男人的谋杀案，事发昨晚，就在圣莫妮卡旁边的帕利塞德市。我有事想要咨询索克宣先生。”

“他一定会很乐意的。”她的声音就像沉默寡言的人一样冷静，

“不过，今天我无法为你安排见面，索克宣先生总是很忙，或许他明天……”

“下周就不错，”我严肃地说道，“调查谋杀案可急不得，就转告他，在我去警察局交代相关事情之前，他只有两个小时的时间。”

电话那头顿时一阵沉默，传来很明显的喘息声，也有可能是电话线路的噪声。接着这个外国口音缓缓说道：“我会转达给他的，但我不明白……”

“尽快安排吧，宝贝，我会在我的办公室里等消息。”

说罢，我挂断电话，摸了一把后脑勺，然后把那三张卡片收好放进钱包里。这时，我感觉自己想吃点熟食，于是便出门去买了。

4. 瑟肯德·哈维斯特

这个印度人身上有股味道，当我听到外面的门被打开，起身去察看是谁的时候，整个接待室里都充斥着他的体味。这个印度人就像铜像一样站在门后，上半身很是强壮，胸肌十分发达。

撇去身材这一点，他看起来就像一个流浪汉，身上的棕色外衣对他来说实在太小了，帽子也至少小了两个尺码，上面满是别人留下的汗渍，那个人戴起来一定比他适合，他戴起来就像房子装上了风向标一样。他那深棕色的衣领就和马颈圈一样贴身，领带松垮地落在系上扣子的衣服外面，上面还别了一对钳子，打成一个豌豆大的结，衣领看上去就像在光溜溜的脖子上挂了一条黑丝带。

他的脸扁平宽大，鼻梁高挺，鼻头丰圆有肉，整张脸看上去就像巡洋舰的舰首一样强硬，眼睛没有眼睑，下颌松弛，肩膀像铁匠的一样厚实。只要他稍加打理，再换上一件白色睡袍，看起来就和满腹心计的罗马议员一模一样。

他身上的味道闻起来就和原始人类身上的泥土气息一样肮脏，却又不同于城市里的乌烟瘴气。“哈，”他说道，“快来吧，就现在。”

我在里间办公室动了动大拇指，然后又回去了。他缓慢地跟在我身后，发出和苍蝇振动翅膀一般大的声响，我在桌子后面坐下，朝他指了指对面的椅子，但他没落座，黑色的小眼睛里满是敌意。

“你来自哪里？”我好奇地问。

“哈，我是瑟肯德·哈维斯特，好莱坞电影里典型的印第安人。”

“请坐吧，哈维斯特先生。”

他哼了哼鼻子，鼻孔跟着变大，他的鼻孔之前就大得像老鼠洞了。

“我叫瑟肯德·哈维斯特，不是什么哈维斯特先生，浑蛋。”

“你想怎样？”

“他说快来，高大的白人父亲说现在就来……”

“别再给我扯什么听不懂的狗屁拉丁语，”我说道，“我可不是你那里跳蛇舞的女教师。”

“浑蛋。”他回复道。

说完他略带厌恶地摘下帽子，把它翻过来，拨动手指，露出吸汗额带。他摘掉帽子皮革边上的一根回形针，身子向前倾，往桌上狠狠地摔了一沓脏兮兮的薄纸，并用手怒气冲冲地指着。他那一头稀疏，油腻的黑发因为长时间被过紧的帽子挤压，而高高竖起。

我解开那一沓薄纸，发现里面有一张卡片，上面写着：灵媒索克宣，字体娟秀，印刷精美，就和我钱包里的那三张卡片一模一样。

我把玩着手上的空烟斗，紧盯这个印第安人，试图用眼神镇住他，“好吧，他想要什么？”

“他希望你现在就过去，要快。”

“浑蛋。”我说道，印第安人很喜欢这样说，兄弟之间常会这样称呼。他听了，笑得牙齿几乎都快要露出来了。“他得预付一百美元。”我继续说道。

“啊？”

“一百美元，朋友，一百，没钱我就不去，懂了吗？”我张开又握紧拳头，数了数。

这个印第安人又扔了一沓纸在桌上，我拆开看，发现里面包着崭新的百元大钞。

“灵媒猜对了，”我说道，“这家伙聪明到让我害怕，但无论如何，我还是会去的。”

这个印第安人也懒得去叠好吸汗额带，就直接把帽子戴上，看起来滑稽极了。

我从腋下取出手枪，只可惜不是前天晚上那把——丢枪真令人不爽。我将枪上好弹膛，扣上保险栓，接着又收回枪套里。

但这一切在印第安人眼里，和我用手挠了挠脖子没什么两样。

“我有车，”他说道，“大车，浑蛋。”

“可惜，”我说道，“我一点儿也不喜欢大车，但是管他呢，我们走吧。”

我锁上办公室的门，便同他出去了。在电梯里的时候，这个印第安人的体味格外浓烈，就连电梯操作员都注意到了。

那是一台棕褐色林肯房车，车子并非全新但车型美观，后车窗还装了吉普赛窗帘。车子驶过一个绿油油的马球场，朝远处直行，车上一位外国面孔的黑人司机将车溜进了一条白色水泥小路，路面就和林德莱·保罗家门口的台阶一样陡峭，不同的是比较弯曲。如今我们已经远离城镇，出了韦斯特伍德，到达布伦特伍德山庄。

我们沿途经过两个橙园，遇见几只富豪养的宠物，山脚下还坐落着几幢平房，看上去就像浮雕一样。

接着就见不着房屋了，只看见被火烧过的丘陵山麓和水泥路，左侧有一个陡坡，进去便是一个不知名的凉爽山谷，右侧有热气从烧焦黏土里涌出，边上几株生命力顽强的野花垂摆着，就像一个不肯入睡的调皮小孩儿。

前方有两个身影，一个身材苗条紧实，棕颈黑发，头戴一顶鸭舌帽；另一个身材魁梧，不修边幅，身着老式棕色西装，粗颈大头，头上还戴着一顶过时油腻的帽子，里面的吸汗带还露了出来。

再往前开，就是U形道路，汽车大轮胎驶在松散的石头上。这台棕褐色林肯房车穿过敞开的大门，开上陡峭的车道，路边粉色天竺葵盛放，道路尽头有一个鹰巢，还有一幢镶有玻璃和铬的白色山顶房，看起来就像荧光屏一样具有现代感，又像灯塔一样相隔遥远。

汽车到达道路尽头，转弯，然后在一面空白墙前停下，墙上有一扇黑色的门，那个印第安人下了车，瞪着我，我也跟着下车，把枪往左臂内侧推了推。

黑色房门慢慢打开，然后停住，露出一条狭长小道，屋内天花板上一个灯泡在闪闪发光。

那个印第安人说："哈，进去吧，大腕儿。"

"你先请，哈维斯特先生。"

他皱眉进了屋，我跟在后面，那扇黑色大门在我们身后默默地自行关上了，屋里一堆迷信的崇拜物，小道尽头是一部电梯，我只能跟着那个印第安人走了进去，随着小马达发出微弱的咕噜声，电梯缓缓上升，之后又停住了，没有一点声响，门就打开了，日光射了进来。

我走出电梯，那个印第安人独自乘着电梯又下去了。眼前是一个塔楼房，四周几乎都是玻璃窗，部分窗帘被拉下，用来遮挡晌午时分的太阳。房间地上铺设陈旧的浅色波斯地毯，上面立着一张看起来像是教堂才有的镶有雕刻嵌板的桌子。桌后有一位女人朝我微微一笑，笑容枯槁、不自然，好像稍微触碰一下就会化为灰烬。

她有着一头光滑柔顺的黑色鬈发，皮肤黝黑，一副亚洲面孔，耳朵上还戴着耳环，手戴廉价的大戒指，上面镶有月长石和方形绿宝石，看上去就像小杂货店卖的脚镯赝品一样制作低劣，她的小手肤色黝黑，皮肤老化，看起来并不适合戴这些戒指。

“啊，达玛斯先生大驾光临，真是非常荣幸，索克宣一定会欣喜的。”

“多谢。”我说道，然后从钱包里取出那张崭新的百元钞票，放在桌上她那黝黑的双手前面，她手上的戒指亮铮铮的。她没去拿，甚至连看都没看一眼，“我的一点心意，”我说道，“谢谢你的好意。”

她缓慢起身绕过桌子，脸上依然挂着笑容，身上的紧身连衣裙看上去十分修身，就像美人鱼的外皮一样，如果你喜欢肥臀女人的话，这衣服则将其优美的身形展露无遗。

“我带你过去。”她说道。

她走在我前面，朝一面装有护壁板的墙面走去，这儿的房间里除了窗户，就只剩一个微型升降梯。她打开升降梯小门，上方露出一线柔光，看起来并非日光。她的笑容依然挂在脸上，看起来比埃及的历史都要悠久了。我再次推了推手枪枪套，然后步入升降梯。

我身后的小门悄无声息地关上了。我来到一个八角形房间，墙上悬挂黑色丝绒帘幕，无窗，黑色天花板高高挂起，地上铺设黑色地毯，中间摆着一张白色八角形桌子，每侧都有一把桌子的小号翻版凳子，黑色帘幕对面也摆有这样一把椅子，桌子上有一个黑色底座，上面立着一个乳白色的大圆球，之前看到的那线柔光，便来源于这里。此外，房里别无他物。

我在原地站定了快十五秒钟的时间，隐约有一种正在被人监视的感觉。接着，黑色丝绒帘幕打开了，一个男人进了屋，径直走到桌子另一侧坐下，之后便盯着我看。

他说道：“麻烦坐我对面，不要抽烟，尽量不要随意走动或坐立不安，有什么可以帮你的吗？”

5. 灵媒索克宣

他身材高大，腰板挺直，我从未见过像他这般黑溜溜的眼珠，和那般金灿灿的秀发。他看上去三十岁至六十岁，一点都不比我长得像亚美尼亚人，头发直直地梳在脑后，看上去就和约翰·巴里摩尔二十八岁的侧颜一模一样，一副深受女性喜爱的男演员的样子，而我之前还以为他会是一个爱揉搓双手、皮肤黝黑、全身油腻的怪人。

他身着一件剪裁讲究的双排扣黑色西装，里面一件白色衬衫，系一条黑色领带，瞧上去就和包装精美的礼品盒一样整洁。

我吸了一大口气，说道："我可不希望照本宣科，这类事情我统统知道。"

"是吗？"他委婉地说道，"你都知道些什么呢？"

"算了吧，"我说道，"我能看透你的那位秘书，她就是用来唬住你那些顾客的，那个印第安人让我感到有点为难，但不管怎样这都不关我的事，我又不是负责诈骗案警察，我来这儿是为了一起谋杀案。"

"印第安人恰好是天然的灵媒，"索克宣温和地说道，"他们比钻石还要珍稀，并且就像钻石一样，有时出现在肮脏的地方，不过这一点也许你也不感兴趣。至于那起谋杀案，你可能要把情况告诉我，因为我从不看报纸的。"

"好家伙，"我说道，"都不看看是谁在前台收钱的？好吧，事情是这样。"

我把整个该死的故事情节说给他听，包括我在何处发现了他的名片一事。

他纹丝不动。我的意思不是说他没有尖叫、挥舞手臂或趴在地上咬手指甲，而是他完全没有移动，甚至连眼睛都没眨一下，就坐在那里看着我，像公共图书馆门口的石狮一样一动不动。

等我说完，他用指头敲了敲桌面，“为什么不把那些卡片交给警方？”

“你说呢，我就是这样做了。”

“很明显我给你的百元钞票还远远不够。”

“你也可以这样想，”我说道，“但我真的没空花这钱。”

他双臂交叉放在胸前，黑色的眼睛就像餐厅的餐盘一样一目了然，又像瓷器口一样深不见底，随便你怎么看，但不管怎样，他两只眼睛都没有透露出任何信息。

他说道：“如果我说我和这个男人交情不深，只有生意上的往来，你是不会相信的，对吗？”

“我会考虑看看。”我说道。

“我就当你没有多信我好了，或许保罗先生信任我。那些卡片上除了我的名字，还有别的东西吗？”

“是的，”我说道，“不过你不会喜欢的。”这是个小孩伎俩，就和广播电台中犯罪故事里的警察惯用伎俩一样，他没多加理会。

“就是在这个满是骗子的乐土里，我也同样保持着职业敏感性，”他说道，“拿一张卡片让我看看。”

“刚才是玩笑话，”我说道，“卡片上只有你的名字而已。”我拿出钱包，取出一张卡片放在他面前，然后收好钱包。他用一个手指甲把卡片翻了过来。

“你知道我在想什么吗？”我诚心地说道，“我猜林德莱·保罗以为就算警方无法找出真凶，你也能帮他抓住陷害他的人，这表明他在害怕什么人。”

索克宣放下手臂，换了个姿势又交叉在一起，这动作对他来说也许就和爬上照明灯具处换下灯泡一样费力。

“你才不这样想，”他说道，“在通知警方之前，搜尸体上的卡片和签署声明花了你多长时间？”

“没多久，”我说道，“对于一个兄弟是做毛毯生意的人来说，花不了多久。”

他温柔一笑，笑容里满是美好。“那些毛毯商里也有诚实的，”他说道，“不过阿瑞兹米亚·索克宣并非我的兄弟，我们的名字在亚美尼亚很常见。”

我点点头。

“当然了，你觉得我只是一个骗子罢了。”他补充说道。

“继续说，向我证明你不是骗子。”

“或许你想要的根本就不是钱。”他谨慎地说道。

“或许吧。”

我没看到他动脚，但他一定是碰到了地上的一个按钮，黑色丝绒帘幕打开了，那个印第安人走了进来，他看上去已没有了之前的肮脏和滑稽。

他身着一件宽松的白裤和一件有着黑色绣花的白色长袍，腰部别着黑色饰带，头戴一个黑色束发带，黑色的眼眸里满是困乏。他拖着脚步来到帘幕旁的凳子上坐下，交叉双臂置于胸前，耷拉着脑袋，看起来比以往都要臃肿，好像衣服里面还包着其他衣服。

索克宣把手放在我们中间白桌上的乳白色球体上，球体发出的光亮散在远处黑色天花板上，形成各种奇怪的形状和图案，在黑色天花板的映衬下，光线显得十分黯淡。那个印第安人把头低低地埋进胸膛，眼睛却缓缓朝上翻，盯着索克宣来回移动的双手看。

索克宣迅速移动双手，动作优雅复杂，神奇得很，令人眼花缭乱，摸不着头脑，就像女青年在跳希腊舞蹈，又像扔在地上的圣诞彩带的线圈。

那个印第安人的下巴完全耷拉在胸前，眼睛就像蟾蜍的眼睛一样缓缓闭上。

“不用这个我也能对他施催眠术，”索克宣幽幽地说道，“这只是表演的一部分而已。”

“是啊。”我看着他那瘦弱结实的喉咙。

“现在，需要一些林德莱·保罗接触过的东西，”他说道，“那些卡片就不错。”

他安静地站起身，走到那个印第安人面前，把卡片放进印第安人额上的束发带里，然后坐在印第安人的膝盖上。

他喃喃自语，说着我听不懂的话，我眼睛紧盯着他的喉咙。

那个印第安人也开了口，慢吞吞地说着，他双唇不动，语气沉重，就好像是在炎炎烈日下，把笨重的石头搬上山一样。

“林德莱·保罗那个歹人，和长官的妻子苟且，长官因此勃然大怒，长官的项链被偷了，林德莱·保罗不得不去把项链找回来。哎呀，那个歹人被杀了。”

索克宣突然拍了拍手，那个印第安人的头也猛然一动，睁开黑色的小眼睛。索克宣就这样一直看着我，面如冠玉，表情却冷若冰霜。

“很好，”我说道，“一点也不花哨。”我向那个印第安人竖起了大拇指，“他坐在你的膝盖上，有点沉不是吗？自从歌舞女郎不再穿紧身衣以后，我就再也没见过优秀的口技表演艺术家了。”

索克宣淡淡一笑。

“我观察了一下你的喉部肌肉，”我说道，“不管怎样，我猜我懂了你的意思。保罗和人妻有一腿，有人心生嫉恨把他杀掉了，这有理有据。那条翡翠项链的女主人并不经常佩戴那条项链，而抢劫案发生当晚，一定是有人知道她那晚就佩戴了翡翠项链。这事儿只有丈夫才清楚。”

“这很有可能，”索克宣说道，“鉴于你还活着，看来杀掉林德莱·保罗并非他们的目的，他们只是想给他一顿教训罢了。”

“没错，”我说道，“还有一种可能，我早该想到的。如果林德莱·保罗真的心悸于某人，而想要留下什么信息的话，那么这些卡片上应该会用隐形墨水在上面写着什么。”

我的这段话显然深得他心，他的脸上依然挂着笑容，但嘴角比起之前多了几条皱纹。时间不多，我无法揣摩他的意味。

突然，乳白色球体里的灯光熄灭了，屋子立刻陷入一片漆黑，伸手不见五指。我把凳子往后踢，猛地举起手枪，身子后退。

这时，房里涌入一股强烈的泥土气息，荒诞得很。即便是在如此漆黑的环境下，那个印第安人分毫不差，正好地从后面撞我，固定住我的手臂，然后把我举起。我本可以抬起一只手，在黑暗中对这个房间进行扫射，但我没有这样做，这样做没有任何意义。

那个印第安人就像汽力起重机一样，抓住我的手臂将我举起，又把我放下，我的手腕被他扭到身后，他用像基石一样的膝盖顶着我的背，我本想大声叫喊，但我大声喘气，却发不出声音。

那个印第安人把我推到一边，在我们都要倒地的时候，连忙用脚钩住我的脚，把我当作肉垫使。我重重地倒在地上，他的身体也压在我的身上。

我的手里依然握着手枪，但那个印第安人好像并不知情，至少看上去如此。我们两个人就这样僵持躺在地上，我开始翻动身体。

房里白色球体里的灯光啪的一声又开了。

索克宣就站在白色桌子后面，倚身靠着，看上去比之前要苍老得多，他的脸上有一种神情我很不喜欢，看上去一副很不情愿，但又不得不去做某事的样子。

“那么，”他轻声说道，“隐形文字又是怎么回事？”

帘幕又打开了，那个身材高挑的黑皮肤女人冲进房间，手里拿一块散发着臭气的白布。她将白布扔到我脸上，弯腰冲我怒目而视。

那个印第安人在我身后轻微地哼了几句，死死抓着我的手臂不放。

我被迫吸入三氯甲烷，感觉喉咙一阵压迫感，它那股浓郁还带点甜味的臭气快要将我吞噬。

我当场昏了过去。

就在我倒下之前，有人开了两枪，但枪声似乎与我无关。

等我醒来，我发现自己就像前天晚上一样，再次躺在室外。不过这次已是白天，太阳炙烤着我右腿上的伤口。我看见天空蔚蓝放晴，山峦层层起伏，矮栎，丝兰花盛放在山脉一侧，天气变得越发炎热。

我坐起身子，左腿像被小针头扎过一样开始隐隐刺痛，我用手揉擦，抚摸凹陷的腹部，鼻子里充斥着三氯甲烷的臭气，我就像废旧的油桶一样闻起来恶臭，又饥肠辘辘。

我站了起来，但没坚持多久，呕吐得比昨晚还厉害。我浑身颤抖，打了个寒噤，胃疼得更加厉害。我又努力站了起来。

山坡上有海风刮来，给我注入了一丝微弱的生命力。我步履蹒跚，看着红黏土地上的轮胎痕，接着又看镀锌铁皮制成的大十字架，十字架之前是白色的，只是后来掉漆严重，上面满是灯泡空心插座，底座上的混凝土已经破裂，咧开的口子里露出铜锈开关。

混凝土底座后面，我看见了一双脚。

那双脚不经意地从灌木丛下探出，两只脚都穿上了过去男大学生在战争前夕常穿的硬头皮鞋，我已经很多年没有见过这样的鞋子了，只有一次例外。

我走了过去，拨开灌木丛，低头看着那个印第安人。

他那宽大笨拙的双手毫无气力地瘫在身体两侧，油腻的黑发上面都是散落的泥土，枯叶和婆罗门参的种子。太阳光洒在他那棕色的面颊上，他的腹部有一只苍蝇停在一块被血迹浸湿的地方，他的眼睛就像我看过的多数人眼睛一样——半睁，清澈，但了无生气。

他依旧穿着那身滑稽的衣服，旁边就是那顶满是油污的帽子，吸汗额带也斜斜地露了出来，他看起来已经不再那么滑稽，强硬和令人讨厌了，现在他只是一个不明所以、死不瞑目的可怜人。

当然，人是我杀的，我听到的枪声就是我的手枪发出来的。

我搜遍全身也没找到枪，另外两张索克宣的名片也不见了踪影，其他便没什么了。我顺着轮胎痕迹来到一个留有很深的车辙印的马路，一路走到山脚下。阳光射在汽车的挡风玻璃和车头灯的曲面处，大老远就看见车子闪闪发光。旁边还有一个加油站和几幢房子，后面就是湛蓝的海水，码头和面向珀因特费明的绵长的海岸线。海上薄雾蒙蒙，让我无法看清卡特琳娜岛。

同我打交道的人好像都喜欢在那里工作。

我花了半个小时才到达加油站，之后我打电话叫了一台出租车，车子只能从圣莫妮卡赶来，我一路开回我贝格伦德的家，那里离我办公室三个街区的距离，我换好衣服，把最后一把手枪收进枪套里，便坐下打电话。

索克宣不在家，无人响应电话，卡罗尔·普莱德也没接电话，我并不指望她会接，她或许正和菲利普·可特尼·普兰德加斯特喝着茶呢。警察总部接了电话，李维斯还在着手此案，但他听起来接到我的电话并不开心。

“林德莱·保罗凶杀案有任何新进展吗？”我问道。

“我以为我已经和你说过不要再插手此事了，我就是这个意思。”他的态度很不友好。

“你告诉我一切都好，但我依然忍不住担心，我喜欢事情做得干脆利落。我觉得是她的丈夫干的。”

他沉默了一会儿，说道：“机灵鬼，你说谁的丈夫？”

“自然是那位丢失翡翠项链的少妇的丈夫。”

“你要打探出她的消息才行。”

“这事儿不知道怎么找上我了，”我说道，“我没办法只好接手。”他再次陷入了沉默，时间之长，以至我都听到了他那边墙上的喇叭播放盗车警务公告的声音。

他用平稳又清晰的声音说道："侦探先生，我这倒有一个让人感到安心的点子，也许你会喜欢。警局给你发了执照，警长也曾给你颁发过特别勋章，但任何对你有怨气的代理队长都可以在一夜之间将之从你身上夺走，甚至就连我这样的中尉也能办到。说说当你拿到执照和勋章的时候，你都得到了什么吧？不要说话，让我告诉你，你会像小强一样四处找活儿做，在世上你唯一能做的就是花掉身上最后的一百块，付清租金和办公室的家具费用，然后坐等别人给你介绍社会名流的生意，这样你才能'羊入虎口'，看会不会被咬，如果不小心被咬了耳朵，你反而会因制造骚乱之罪被起诉，你现在懂了吗？"

"说得好，"我说道，"我几年前就这么说了，所以你都不想侦破此案吗？"

"如果你值得信任的话，我愿意告诉你我们想要端掉一个十分狡猾的珠宝犯罪团伙，但我无法相信你。你现在在哪儿？彩票投注站吗？"

"我还在床上，"我说道，"狂打电话呢。"

"好吧，你只需要装个温度适宜的热水袋敷在脸上，像个乖孩子一样去睡觉，好吗？"

"不好，我宁愿出去，枪杀一名印第安人，就当作练练手。"

"好吧，一位印第安人就好，年轻人。"

"别忘了我受过的伤！"我叫喊道，当即挂断电话。

6. 醉酒女人

去林荫大道的路上，我在熟人店里喝了一杯掺了白兰地的黑咖啡，感到胃里舒服极了，但头还是昏昏沉沉的，我依然可以嗅到胡子上三氯甲烷的气味。

我来到办公室，走进小接待室，里面有两个人，卡罗尔·普莱德和一个金发女郎。那位金发女郎有着一双黑溜溜的大眼睛，美貌让主教都忍不住在彩色玻璃窗踢出一个洞。

见我来了，卡罗尔·普莱德站起身，板着脸对我说道："这是菲利普·可特尼·普兰德加斯特夫人，她已经等候良久了，她可不常等人的。她想要雇用你。"

那个金发女郎对我微微一笑，然后脱下一只手套，同我握了握手。她看上去大概三十五岁的样子，眼睛大而深邃，一副悠然神往的表情，好像你需要什么，你是谁，她都一清二楚。我没太注意她的衣着，看起来像是男生帮她披上的，他应该知道很多事情，不然她也不会去找他。

我打开我办公室的门，招呼她们进去。

在我的书桌一角，摆着半瓶烈酒。

"抱歉让你久等了，普兰德加斯特夫人，"我开口说道，"我必须要出门办点小事情。"

"我倒不明白你为什么非得出门，"卡罗尔·普莱德冷冰冰地说道，"看上去，你要用的东西这儿都有。"

我帮她们摆好椅子，之后便坐在自己座位上，伸手去拿那瓶酒。这时，我左手边的电话铃响了。

一个陌生人的声音缓缓说道："是达玛斯吗？好的，我们拿到了你的枪，我猜你想把它要回去，对吗？"

"两把都要，我是个穷小子。"

"我们只有一把，"那个声音平静地说道，"警方也会想要的那一把。之后我会再打来，你好好考虑一下。"

"多谢。"我挂断电话，把酒瓶放在地上，微笑地看着普兰德加斯特夫人。

"就由我来说吧，"卡罗尔·普莱德说道，"普兰德加斯特夫人有点小感冒，她必须少开口说话。”

她给普兰德加斯特夫人使了个眼神，那种女人以为男人看不懂的眼神，感觉就像牙医的钻头一样神秘。

“嗯……”普兰德加斯特夫人说道，她往旁边挪了挪，这样她才能看到桌角地毯上，我放威士忌酒瓶的地方。

“普兰德加斯特夫人完全信赖我，”卡罗尔·普莱德说道，“若不是我教她如何避免败坏名声，我也不知道为什么。”

我皱起了眉，“事情不会发展成那样的，我不久刚前和李维斯谈过，他对此事保持缄默，这让炸药爆炸的声音听起来像当铺老板看廉价手表一样小。”

“这对那些爱耍机灵的人来说，可真有趣，”卡罗尔·普莱德说道，“但普兰德加斯特夫人只是想要拿回她的翡翠项链——且不让普兰德加斯特先生发现项链被盗一事。目前看来，他还不知情。”

“这是两码事。”

普兰德加斯特夫人冲我莞尔一笑，我不禁收紧了臀部肌肉。“我就爱喝黑麦威士忌，”她温柔地说道，“我们能来点儿吗？”

我拿出几个小酒杯，把酒瓶重新放到桌上。卡罗尔·普莱德靠在椅子上，轻蔑地点上一支烟，看着天花板。盯着她看久一点，也不会让人感到炫目，但扫一眼普兰德加斯特夫人，便会叫人眩晕。

我给两位女士倒了几杯酒，卡罗尔·普莱德却连碰都没碰一下。

“怕你不知道，”她漠然地说道，“普兰德加斯特夫人住的比弗利山庄，从某种程度上来说算比较特别的，因为比弗利山庄的治安保护耗资巨大，在他们一小块领土上地毯式覆盖着双向无线电车。更高级的住户甚至能通过无法被切断的线路系统，和警方总部取得直接联系。”

普兰德加斯特夫人一口气干掉杯中的酒，然后看向酒瓶，我再次帮她斟满。

“这没什么，”她神采奕奕地说道，“我们甚至有光电连接系统保护我们的保险箱和毛皮壁橱。在我们的家园里，只要仆人一接近某些地方，三十秒左右的时间警察就会赶来，不可思议，对吗？”

“是的，了不起。”卡罗尔·普莱德说道，“但这只是比弗利山庄的盛景，你不可能一辈子都待在比弗利山庄，而一旦出去了，除非你是只蚂蚁，不然你的珠宝就不安全了，所以普兰德加斯特夫人有一个用皂石做的翡翠项链仿制品。”

我将身子坐直，林德莱·保罗以前好像故意遗漏了什么没说，还告诉我即使在材料都可用的情况下，仿制翡翠珠工艺品也需要花费终生的时间。

普兰德加斯特夫人摆弄了一下酒杯，脸上的笑容越来越温暖。

“所以当她去参加比弗利山庄外面的派对的时候，普兰德加斯特夫人应该戴上仿制品的，可那也正是她想要佩戴真翡翠的时刻，然而普兰德加斯特先生对此很是苛刻。”

“而且他脾气也糟透了。”普兰德加斯特夫人说道。

我又给她倒了些黑麦威士忌，卡罗尔·普莱德看着我这样做，几乎都要朝我咆哮起来：“但就在抢劫案发生当晚，她犯了个错误，戴上了真正的翡翠项链。”

我斜眼看她。

“我知道你在想什么，”她厉声说道，“谁会知道她弄错了呢？刚好保罗先生知道，就在他们出门不久之后，他是她的保镖。”

“他……呃……接触过那条项链，”普兰德加斯特夫人叹了口气，“他只要摸一摸，就能判断翡翠真假，我以前就听说有些人能够办到，在珠宝方面，他也算个行家。”

我再次身子向后靠在椅子上，椅子嘎吱作响。“见鬼，”我厌恶地说道，“我早该怀疑那家伙的，那帮团伙一定有内应，要不然他们怎么会知道有宝贝被带出来了？保罗一定和他们交过手，而那群人也借此机会把他干掉了。”

“天妒英才啊，你觉得呢？”卡罗尔·普莱德轻声说道，一只手指把小酒杯推到桌边。“我对此并不在意，普兰德加斯特夫人，如果你喜欢其他的……”

“你的貂皮大衣里上有飞蛾。”普兰德加斯特夫人边说边把它拍掉。

“抢劫在何地，且是如何发生的呢？”我大声问道。

“嗯，那看上去有点滑稽，”卡罗尔·普莱德抢在普兰德加斯特夫人之前说道，“布伦特伍德山庄的派对结束后，保罗先生想顺道去特罗卡德罗看看，大家都坐在他的车上，如果你还有印象的话，当时日落大道的扩建道正好直通乡道。他们在特罗卡德罗消磨了一些时间后……”

“我们还小酌了几杯。”普兰德加斯特夫人咯咯地笑着说，她边伸手去拿酒瓶，并将一个酒杯倒满威士忌酒。

“保罗先生便沿圣莫妮卡大道一路开回家了。”

“走那条路是很正常的，”我说道，“除非想要染上一身灰，不然那几乎是唯一可选的路线了。”

“是的，但因此他们也不得不经过一个叫特里梅因的旅馆，旅馆破败老旧，街对面还有一个啤酒店。普兰德加斯特夫人注意到有台车从啤酒店前开走，并一直跟着他们。她十分确定那就是后来把他们挤到路边的那台车，抢劫犯很清楚自己要的是什么，这一切普兰德加斯特夫人都记得清楚得很。”

“嗯，很正常，”普兰德加斯特夫人说道，“我希望你的意思不是说我喝醉了就好。这孩子自己带了酒来。也没人会每天晚上都掉一串项链。”

说罢，她饮下第五杯酒。

“我一点都不知道那群家伙长什……什么样，”她声音含混不清地对我说道，“林……也就是保罗先生……我叫他林，你知道，他对此感到抱歉，这也是为什么他愿意去冒险。”

“那一万美元赎金是你的钱吗？”我问道。

“那可不是他的钱，亲爱的。我想要在科特发现之前把项链给拿回来。我们去那个啤酒店看看如何？”

她把手伸进黑白花包里摸索一番后，掏出一堆钞票扔在桌上，我将钱弄平整，开始数数，共计四百六十七美元，还算丰厚，我把钱放下。

“普兰德加斯特先生，”卡罗尔·普莱德继续轻声说道，“普兰德加斯特夫人管他叫‘科特’，他以为被抢走的项链是仿制品，看起来他并不会区分珠宝真假。那晚的事，他除了知道林德莱·保罗被几个强盗杀害以外，其他一概不知。”

“他竟然不知情。”我尖刻地大声说道，我将桌上的钱推了回去，“我相信你认为自己是被人勒索了，普兰德加斯特夫人，但你错了，我认为这件事之所以还未见诸报端，是因为有人向警方施压，不然警方是非常愿意公布出去的，因为他们想要抓住这个珠宝犯罪团伙，那几个杀害保罗的家伙早就死了。”

普兰德加斯特夫人用一种微醺、坚定又炯炯有神的目光看着我，“我丝毫没有觉得自己被勒索了，”她开始口齿不清地说道，“我想要拿回我的项链，速度要快，钱不是问题，一点都不成问题，再给我来一杯。”

“你面前就有。”我说道，我只关心她会不会喝醉瘫倒在桌下。

卡罗尔·普莱德说道：“你不觉得你应该去那家啤酒店，看看能找到什么吗？”

“一片椒盐卷饼，”我说道，“多么疯狂的想法啊。”

金发女郎拿着酒瓶在两个酒杯上方挥动，终于又给自己倒上一杯，饮下，然后随意地推动桌上几张钞票，就像把玩沙子的小孩。

我把钞票从她手中拿开，全部合在一起，然后绕过桌子塞回她的包里。

“如果我有任何举动，我都会告诉你，”我对她说道，“我不需要你给我预付费用，普兰德加斯特夫人。”

她看上去很满意我说的话，几乎又喝掉了一杯酒，认真考虑了一下她该想的事，然后站起身，朝门口走去。

我及时赶过去，才没让她把鼻子撞到门上，我扶住她的胳膊，帮她开了门。外面的墙上靠着一个未穿制服的司机。

“好了，”他无精打采地说道，然后将香烟掐灭弹到远处，把她扶住，“宝贝儿，我们走，我该在你身后提醒你的，真是该死。”

她咯咯地笑了，抱着他，二人一起走下楼梯，转过一个拐角就不见了踪影。我回到办公室，坐在桌子后面看着卡罗尔·普莱德，她正在用一块防尘布擦拭桌子一角。

“看看你，还有办公室里的酒瓶。”她嫌弃地说道，眼神里充满了厌恶。

“去她的，”我怒气冲冲地说道，“我信她的话就有鬼了，我希望她在回去的路上就被人打劫，去她的那一套啤酒店说辞。”

“约翰尼·达玛斯先生，她的品行无关紧要，关键是她有的是钱，而且为人慷慨。我见过她的丈夫，他除了有发不完的支票簿以外，什么都不是，如果要办什么事情，她都要亲力亲为。她曾经和我说过她有段时间就怀疑保罗是个骗子，但只要他不干扰到她，她就没放在心上。”

“这个普兰德加斯特是个傻瓜吗？没错，他当然是。”

“他是一个身材高挑、身板瘦削的金发男人，看上去好像很不友善的感觉。”

“保罗没偷她的项链。”

“没有？”

“是的，并且她根本没有任何仿制品。”

听完我说的话，她眯起了眼睛，眼神变得黯淡起来，“我猜这些都是灵媒索克宣告诉你的。”

“他是谁？”

她向前探了一会儿身子，然后又后靠了下去，手紧紧抓住身边的包。

“我知道了，”她缓缓说道，“你不喜欢我，抱歉我插手进来，我以为我多少能帮到你。”

“我早就和你说过了，这不关我的事，回家给自己写篇专文吧，我不需要任何帮助。”

“我还以为我们是朋友，”她说道，“我还以为你喜欢我。”她冷冷地看着我，眼里满是疲惫。

“我还要谋生呢，我可不想和警察对着干。”

她站起身，一言不发盯着我看了许久，然后走到门口，直接出去了。我听见她的脚步声消失在走廊上的马赛克拼花地板上。

我一动不动原地坐定了约十分钟到十五分钟，一直琢磨着为什么索克宣要留我活口，这完全没有道理。之后我也下了楼，来到停车场，钻进我的车内。

7. 酒馆逃生

特里梅因旅馆位于圣莫妮卡外很远的地方，附近就是垃圾场，通行的电车将街道一分为二。我按照之前查找到的门牌号，来到这个街区，一辆两节车厢的列车从我身旁驶过，时速约四十五英里，它发出的噪声就和运输机起飞时一样。我踩下油门从它旁边加速驶过街区，把车停在一个已经停业的市场前面的水泥地上。我下了车，从墙角回头望去。

在两栋二层商铺的前门之间有一道窄门，上面挂着特里梅因旅馆的招牌，商铺空荡老旧，楼梯的木头散发出一股煤油味。我猜旅馆里的百叶窗一定是坏的，窗帘一定是低劣的棉布，床垫里的弹簧一定会戳到你的背。我对像特里梅因这样的旅馆实在是再清楚不过了。我在这种旅馆睡过，蹲过点，和难缠的女房东争吵过，甚至在那里被枪击过，说不定有一天我的尸体也会从那里被抬出来。在那里，到处都是吸食大麻的小鬼，他们会连招呼都不打，就朝你开枪。

酒馆在我所站街道一侧。我回到车内，把手枪别在了裤腰上，然后沿着路边走。

酒馆上方有一个写着“啤酒”二字的霓虹灯招牌，前面的窗户被百叶窗给挡住了，看不见里面的状况，这种行为显然是违法的。这是一个改装而成的酒馆，我开门走了进去。

酒保在拿店里的钱玩赌博游戏，凳子上一个头戴棕色帽子的男人正在读一封信。吧台后面的镜子上用白色粉笔歪歪扭扭地标示着价目表。

吧台就是一个普通的木质柜台，柜台两头各挂着一把口径0.44英寸的手枪，装枪的枪套是个劣质的便宜货，没有哪个枪手会愿意佩戴这种东西。酒吧的墙上挂着一些印制卡片，上面写着恕不赊账，还有一些介绍醒酒和清新口气的方法，这些卡片里还画着衣着暴露的姑娘。

这家酒馆看起来糟糕的就像它的经营者不用投入任何成本一样。

酒保结束了赌博游戏，回到吧台后面。他看起来五十多岁，整个人闷闷不乐的。他的裤脚也磨烂了，走路的样子像是脚底长了鸡眼。坐在凳子上的那个男人则对着他那封用绿墨水书写的粉色信纸，咯咯发笑。

酒保把他那脏兮兮的双手摊在吧台上，就像面无表情的喜剧演员一样看着我。我说道："一杯啤酒。"他缓缓倒上一杯，用旧餐刀在里面搅拌了一下。

我抿了一口，左手拖住酒杯。过了一会儿，我问道："最近有没有看到卢里德？"这听上去没什么不妥，因为我读过的所有报纸里，没有一份提到过卢里德和墨西哥人芬提。

酒保茫然地看着我，他眼睛上面的皮肤褶皱得就像蜥蜴的一样。他终于用沙哑的声音小声说道："我不认识他。"

他的脖子上有一个很粗的白色伤疤，是被刀子割伤的，这也就解释了为什么他说话的声音既沙哑又低沉。

这时，读信的男人突然大笑起来，拍打着自己的大腿。"我必须把这个告诉穆斯，"他喊道，"这还是从桶子底下找到的。"

他从凳子上下来，缓慢地从后面走了出去。他是一个苍老黝黑的普通男人，门在他身后关了。

老板用沙哑的声音说道："你刚才说卢里德是吗？有趣的名字，我这里每天都来好多人，我不知道他们的名字，你是警察？"

"私事罢了，"我说道，"不用太在意，我就是来喝点酒的。这个卢里德是个肤色浅黄的年轻人。"

"哦，我可能见过他吧，不记得了。"

"穆斯是谁？"

"穆斯？他是这儿的老板，名叫穆斯·蒙格。"

他把厚毛巾浸在水桶里，拎出来拧了一下，就在吧台上擦了起来。他抓着毛巾两头拉直，看起来就像一根两英尺宽、十八英尺长的棒子。如果你知道怎么拧出这么个"棒子"的话，你就能用它一棒把人打到旁边的县去了。

拿着粉红信纸的男人从后门回来了，还是咯咯笑个不停，他把信塞进侧兜，慢步走到赌博游戏机旁边，就站在我后面。我开始有些紧张了。

我赶紧喝完啤酒，从凳子上下来。酒吧老板还没收我啤酒钱，他拿着圈好的毛巾，在桌上来回慢慢地擦着。

“啤酒不错，”我说道，“还是很感谢你。”

“下次再来。”他轻声说道，碰翻了我的酒杯。

我诧异地望了一眼，当我转过头的时候，发现门开了。一个大个子男人站在那里，手里拿着一把大枪。

他什么也没说，就站在那里，枪口对着我。他看上去身材魁梧，皮肤黝黑，就像一个能打的摔跤手，看不出他的名字就叫“蒙格”。

谁也没有说话。酒保和这个持枪男人就这么死死地瞪着我。这时，我听到有列车从铁轨上驶过的动静，声音很大，速度很快。这正是下手的好时机。百叶窗一旦放下来，把窗户全部挡住，没人能看清屋子里面的状况。列车的轰鸣声也会把几声枪响给盖住。

列车逐渐靠近，发出的噪声也越来越大，我必须要在噪声变得足够大之前行动才行。

于是我一个鲤鱼打挺，翻进了吧台的后边。

在列车的轰鸣声中，我隐约听见了撞击声，也不知道是什么东西“嗖”的一声从我头顶擦过，好像打在了墙上。我到现在也不知道那是什么东西。列车加速轰鸣驶过。

我撞到酒保腿上，几乎也在同一时间摔在了地板上。酒保摔倒跌坐在我的脖子上。

这一突出其来的动作让我把鼻子贴在了一摊难闻的啤酒里，一只耳朵挤在坚硬的水泥地上。因为疼痛，我感到脑袋一阵眩晕。我沿着吧台的一排木板歪躺着，身体一侧贴着地面。我从腰带上掏出手枪。不知为什么，枪没有打响，沿着我裤腿的方向哑火了。

酒保怒吼了一声，我感到自己被一个发烫的东西灼了一下，再没有听到其他枪响。我虽没打中酒保，但把枪指在了他的要害，我知道他此刻一定有所顾忌了。

他像一只苍蝇一样从我身上挪开，站了起来。他不敢再胡来了。“给我老实点！”我冲他喊道，“我没打算把事情搞大。”

又响起两声枪响，尽管列车已经走远了，但仍有人肆无忌惮地开枪。子弹打在了木头上。这个破旧的酒馆虽然坚固，但还没到可以抵挡 0.45 英寸口径的弹头的地步。酒保在我上方叹了口气，我感到热热的液体淌在了我的脸上。“你们打中我了。”他小声说完，就倒在了我的身上。

我赶紧从他身下钻了出来，跑到吧台一边的啤酒桶附近，四周张望。我看到一个戴着棕色帽子的脑袋探了出来，就在距离我九英尺远的地方，我们的脸在同一个水平面上，相互对视了一秒，这一刻好像漫长到足以让一棵树苗长成参天大树，但又是那么的短，短到我似乎能感受到身后中弹的酒保在慢慢死去。这是我最后一支枪了，没有人能夺走它。趁着面前的那个男人还没来得及反应之前，我快速拾起手枪。他什么也做不了，他只是滑到了一边，嘴里喷出一口鲜血。

我听到了这声枪响，声音之大，就像世界末日来临一样，我差点儿没听到有人从后门跑出去的声响。我往前爬过吧台，把地上谁的枪踢了出去，又把帽子举过吧台，没有人再朝这儿开枪，我露出一只眼，把半边脸探了出去。

后门上面满是弹痕，但门前没有其他人。我跪坐起来，竖起耳朵仔细聆听。另一扇门关上了，传来汽车发动机的轰响。

我抓狂似的冲出那扇门。可那是个陷阱。他们啪的一声关上门，又把汽车发动起来，就为要引我出来。我看见有人手里挥舞着一个酒瓶。

接着我就进入了今天二十四小时之内的第三次昏迷。

这次我是大叫着从昏迷中苏醒过来的，鼻子里满是氨水的刺激气味。我朝面前的人影挥去，但手中并没有任何可以拿来挥打的东西。我的四肢就像几个四吨的船锚一样沉重。我挣扎、呻吟着。

我眼前这个人的面孔开始变得清晰，他长着一张看似烦闷却又认真的饼铛脸，是个穿白大褂的急救医生。

“喜欢这个味道吗？”他冷笑道，“以前还经常有人喝这种东西呢，和葡萄酒混在一起喝。”

他把我整个人提起来，拿什么东西在我肩膀上擦了擦，又在那里打了一针。

“药剂不重，”他说道，“但你的脑袋现在不清醒，你还不能出去乱走。”

他把头扭到一边。我开始四处打量，但周围一片模糊。突然我看到了一个女孩的面孔，看上去文静、尖刻，又专注。原来是卡罗尔·普莱德。

“是你呀，”我说道，“我就知道你会跟踪我。”

她微微一笑，走到我身边，用手指拍打我的脸颊，可我还是看不清她的样子。

“巡逻的小伙们及时发现了你，”她说道，“跟你交火的那些人渣把你裹在一床毯子里，想把你装在卡车里运走。”

我看不清楚，隐约见到一个身穿蓝色衣服的红脸大汉来到我面前，手里拿着一把枪。附近有人呻吟了一下。

她继续说道，“他们还另外绑了两个人，但都死了，唉！”

“你快回家吧，”我吃力地喘息道，“回去写一部有意思的小说吧。”

“你又开始说这种话了，”她继续拍打我的脸，“我还以为这些东西全是你自己编造出来的呢。困吗？”

“都处理好了，”一个尖厉的声音传来，“把这个中枪的家伙抬到一个你可以为他医治的地方吧，我想要他活着。”

李维斯在昏暗中朝我走来，他的脸开始变得既苍白又认真，看起来冷酷极了。他低下头，像是坐在了我的旁边。

“你最好放聪明点，”他冷冷说道，“好吧，说吧。我才不管你脑袋现在清不清醒。这些全部都是你自找的。”

“给我点酒喝。”

我隐约感觉面前有人在动，一道亮光闪过，然后酒瓶的瓶口就放在了我的嘴巴上。酒水顺着我的喉咙灌了进去，还有一些洒在我的下巴上，我喝了一会儿就把头扭开了。

“谢了，你们捉到蒙格了吗，那个幕后黑手？”

“他中了好几枪，但还是跑了，现在可能正往城里跑呢。”

“那个印第安人呢？”

“什么？”他诧异地问道。

“在帕利塞德十字架下面的灌木丛里，我打中了他。可我并不是有心的。”

“我去……”

李维斯又走开了，女孩的手指继续有节奏地在我脸颊上拍打着。

李维斯回来的时候，又在我身边坐了下来，“那个印第安人是谁？”他喊道。

“是那个灵媒索克宣的左右手。他是……”

“我们知道他，”李维斯把我的话打断，“大侦探，你已经昏迷了足足一个小时。这位小姐告诉了我们卡片的事。她说这是她的错，但我不这么想。”

“我当时就在那里，”我说道，“在他的家，他知道一些事情，但我不知道是什么。他很害怕见到我——但他没有把我放倒，是不是很有趣。”

“他不是专业杀手，”他说道，“于是他找了穆斯·蒙格。他可是个难对付的家伙，一直都是，从这里到匹兹堡，他可是大名鼎鼎的。不过别担心。干了这口悔过酒。现在对你来说正合适。”

那个酒瓶又伸到了我的嘴边。

“听着，”我认真地说道，“这是一伙抢劫暴徒，索克宣就是他们的策划者，林德莱·保罗是内应。印第安小哥一定是发现了他们的什么蛛丝马迹……”

李维斯说道：“我呸。”然后电话铃就响了，有个人声说道：“警官，找你的。”

李维斯走开去接电话。当他回来的时候，没有再坐下来。

“也许你说的是对的，”他细声说道，“也许你当时确实在现场，在布伦特伍德山庄的房子里，一个金发家伙死在了那儿的椅子上，一个妇人趴在他身上大哭呢。是自杀。死者身旁的桌子上有一串翡翠项链。”

“已经死了太多人了。”我说完就又晕了过去。

当我再次醒来的时候，我发现自己躺在救护车里。起先我还以为是自己一个人在这儿。

直到我摸到了熟悉的女人的手，我就知道她也在。我现在什么也看不到，连光也看不到。头上缠满了绷带。

“医生和司机在前面的驾驶室里，”姑娘说道，“你抓着我的手就好，需要我亲吻一下你吗？”

“如果不要我负责的话，我倒是蛮乐意的呢。”

她温柔地笑道：“我觉得你会好起来的。”说完就吻了我。

“你的头发闻起来有股威士忌的味道，你喜欢用酒洗澡吗？医生说你还不能说话。”

“那帮浑蛋一个酒瓶子就打我脑袋上了。我跟李维斯说了那个印第安人的事吗？”

“说了。”

“我有没有和他说过普兰德加斯特夫人认为保罗也牵扯其中……”

“你压根儿就没提起普兰德加斯特夫人。”她赶紧说道。

我没有吱声，过了一会儿，她问道：“这个叫索克宣的家伙长得像正经人吗？”

“医生不是说过我现在还不能说话吗？”我回复道。

8. 金发蛇蝎

几周后，我驱车前往圣莫妮卡，自费在医院待了十天，治疗我那严重的脑震荡，与此同时，穆斯·蒙格也躺在县医院监狱病房里，医生从他身上取出了七八颗子弹，但最后还是抢救无效，入土为安了。

案子到这里也差不多快了结了，照常履行公文手续，一切都有序地进行着。说到底，这就是一桩珠宝抢窃案，只不过中间一波三折出了很多状况。最后警方公告，他们没有再缴获到更多的珠宝，而他们也没有预想到会有其他收获。他们认为这帮劫匪一次只做一桩案子，而且找的是一些苦力帮手作案，得手后就分钱让这些人跑路去。这样一来，就只有三个人知道整个作案计划。他们分别是穆斯·蒙格，他是个亚美尼亚人；索克宣，他通过自己的人脉关系搞清楚了谁会有自己想要的珠宝；然后就是林德莱·保罗，作为内应，是他告诉了那伙乡巴佬什么时候动手的。反正警察是持这样的观点。

这是一个温暖舒适的午后。卡罗尔·普莱德住在第二十五大街的一幢小红砖房子里。房子上有些白漆点缀，房前还有一个篱笆。

她的房间铺着一张烧制成型的地毯，上面摆有白色和玫瑰色的椅子，黑色的大理石壁炉里放着铜质炭架，高耸的书橱镶嵌在墙上，奶油色的窗帘盖在奶油色的百叶窗上。

若不是一面全身镜和一尘不染的地板，几乎看不出这是一个女人的房间。

我在一个柔软的椅子上坐下，思考着留在脑海中的记忆。我喝下一口威士忌混苏打水，盯着她那蓬乱的棕色头发和高领连衣裙，这件衣服让她的脸显得很小，像小孩子似的。

“我敢打赌你没办法把这个写成故事。”

“我的父亲做警察时也没贪污过。”她厉声说道，“如果你一定要知道的话，我们在普拉亚德雷有一些家产。”

“一点油田，”我说道，“不错，不过我没必要知道这些，不要再冲我叫喊了。”

“你还拿着驾照吗？”

“是呀，”我说道，“嗯，这个威士忌味道不错，你不喜欢坐旧汽车，对吧？”

“我有什么资格嫌弃旧汽车呢？”她说道，“我洗的衣服一定让你脖子上沾满了漂白粉。”

我看着她蹙起的眉头，笑了起来。

“我在救护车上亲了你，”她说道，“要是你还记得的话，请不要介意，我只是觉得你被人用酒瓶砸了，觉得很可怜。”

我回道：“我是一个有职业操守的人，不会往心里去。我们开车去兜风吧，我要去比弗利山庄见一个金发女人。我得向她汇报情况。”

她站起身，瞪着我。“哦，那个叫普兰德加斯特的女人是吧，”她不高兴地说道，“那个有着空心木头做的腿的女人。”

“那些木头可能真是空心的呢。”我说道。

她的脸一下子红了，她跑出房间，过了大概三秒又回来了，出现的时候头戴一顶滑稽的八角形小帽子，上边有颗红色纽扣，身披一件格子外套，上边是毛绒领子和袖子。“我们出发吧。”她喘着气说。

普兰德加斯特夫妇一家住在一条弯曲的街道上，街道上的房屋排列得十分拥挤，与富有的屋主的身份不大相称。一位园丁正在修剪一片几亩大的绿草地，脸上挂着园丁常有的轻蔑的表情。这间房子有着英式斜面屋顶和一个门廊，旁边种植进口树木，另外还有一个爬满了九重葛的花架。这可真是个漂亮的地方，也不喧闹。但毕竟是比弗利山庄，这儿的管家都打着翼领，操着艾伦布雷式口音。

他招呼我们进门，穿过安静的走廊，来到一间空屋子里。屋里壁炉旁边摆着大型长沙发，和门厅椅，上面都铺着浅黄色的皮革，壁炉前是一片充满光泽但不滑脚的地板，地上铺着一条像丝绸一样的薄毯，毯子看起来像伊索的姨妈一样年代久远。屋子角落摆着一束花，另有一束摆在矮桌上。墙面包着羊皮纸，显得寂静又舒适，宽敞又温馨，有一股现代感，又带一股历史感。这房间很有韵味。

但卡罗尔・普莱德一脸不屑的样子。

管家推开一半皮革包裹的房门，普兰德加斯特夫人走了进来。身着淡蓝色衣服，手戴淡蓝色手套，头上一顶帽子搭配一个手袋，她正准备外出，双手轻轻拍打大腿，脸上挂着浅浅的微笑，黑色的双眸里似乎别有深意。

她双手一挥向我们招呼。卡罗尔・普莱德当作没看见的样子，我挤出了一个微笑。

“你们能来这里真是太好了，”她说道，“很开心再次见到你们，我还记得你办公室里那股威士忌的味道，真糟糕，不是吗？”

我们都坐了下来。

我开口说道：“我其实不必亲自来打扰你的。普兰德加斯特夫人，案子进展得很顺利，你能拿回自己的项链了。”

“是呀，那个奇怪的男人，没想到竟然是他呢。我还认得他呢，你知道吗？”

“您说的是索克宣吗？我觉得您可能是认识他的。”我说道。

“嗯，是的，还很熟络呢，我这次一定要好好地酬劳您，您的脑袋还受了伤呢。现在怎么样了？”

卡罗尔・普莱德就坐在我身边。

她喃喃地说道：“装好人，假惺惺。”她的声音从牙齿间发出，很小声，像是自言自语。

我对着普兰德加斯特夫人笑了笑，她也回了我一个慈祥的笑容。

“您丝毫不欠我的，”我说道，“只是还有一件事……”

“不行，我必须得好好谢谢您。在这之前我们还是先喝上一点威士忌如何？”她把手袋放在膝盖上，在椅子下面按了一下，说道，“弗农，拿一些威士忌和苏打水来。”她笑着说，“很有趣不是吗？你们甚至看不到哪里装了麦克风，这间房子到处都有这种小机关。我丈夫很喜欢这些家伙。这个小话筒可以直接通到管家的储物间。”

卡罗尔·普莱德说道：“我敢肯定那个通到司机床下的小机关也很有趣。”

普兰德加斯特夫人没听到她说的话。这时管家进来了，手里端着一个盘子和一些饮料，他把东西分给我们就走了出去。

普兰德加斯特夫人边喝边说，“您真是太好了，居然没有跟警方说我曾怀疑过林德莱·保罗，也没有说您之所以去了那家酒馆是因为我。能说说您为什么这么做吗？”

“这太容易理解了，我跟警方说是保罗自己告诉我的。他当时和您在一起，还记得吗？”

“但是他并没有，不是吗？”我看出她的眼神里露出一丝狡黠。

“他基本上没跟我说过什么，就是这样，当然他也没有跟我提起他一直在敲诈您的事。”

我注意到卡罗尔·普莱德已经屏住了呼吸。普兰德加斯特夫人仍旧一边喝酒一边看着我。她的表情有些狼狈，也有些诧异。然后她放下杯子，打开腿上的手袋，拿出手帕擦了擦嘴巴。当场顿时陷入一阵沉寂。

“我这么做，”她小声说道，“简直不可思议，对吗？”

我冷冷地看着她，笑道：“警察和报纸上讲的差不多，夫人，他们因为某些原因，并不能动用所有的资源，但这并不意味着他们愚蠢。李维斯一点都不蠢，他和我一样并不认为那个索克宣是珠宝抢劫团伙的头目，他甚至无法控制像穆斯·蒙格这样的人五分钟的时间，他们不会听命于他。但索克宣确实有那条项链，这就很值得推敲了，我认为那是他买来的，从穆斯·蒙格那里，而买项链的巨款却是你提供的，很有可能是你提前把钱给了他，让他实施这个计划。”

普兰德加斯特夫人把帽檐压得很低，直到看不见她的眼睛，然后她又抬头，笑了起来，笑声瘆人，卡罗尔·普莱德在我身边一动不动。

“有人想要林德莱·保罗死，”我说道，“这太明显了。不过由于无法掌握出击力度，你很有可能不小心就一个棍棒将人打死。但你不想就这么要了他的命。如果你打他一顿只是想教训一下他，那你根本不会打他的脑袋。因为那样，他脑子坏了，就根本不知道被打得有多痛了，那不是你想要的结果，你就是要让他尝尝你的厉害而已。”

“什么？我不知道你在说什么，这和我有什么关系？”

她的脸就像一张面具一样僵硬，眼里满是痛苦，就像喝了有毒的蜂蜜。她一只手在手袋里摸来摸去，突然没了声音。

“穆斯·蒙格愿意干这种活儿，”我继续说道，“只要有人肯付钱，他愿意接任何活儿。而且穆斯是个亚美尼亚人，所以索克宣可能会知道怎么接触到他。重要的是索克宣甘愿听命于自己喜欢的女人，他愿意为她做任何事，甚至是杀人，尤其当那个人是自己的情敌时，尤其情敌是那种在地板上滚来滚去、亲热时偷拍自己女朋友的照片人时。这不难理解，是吗，夫人？”

“喝口水吧，”卡罗尔·普莱德说道，“你都流口水了，你不用告诉这位女士她其实是个荡妇。她自己明白。但他妈的怎么会有人敲诈她呢？你必须有一个容易被敲诈的名声在外边。”

“闭嘴，”我厉声说道，“你拥有的越少，为了获得所付出的也就越多。”我看到这个金发女人把手伸进手袋里，“别想着去拔枪了，”我告诉她，“他们不会判你死刑的，我就是想让你知道你骗不了任何人，酒馆那里的埋伏就是你设计用来除掉我的，你知道索克宣会抓狂，正好把我支过去，让我去送死。只是你的计划没有成功。”

然而她此刻已经拔出手枪，用手握着放在淡蓝色膝盖上，冲我微笑。

卡罗尔·普莱德朝她扔了一个酒杯。她躲过的同时，开了枪。

一颗子弹打进羊皮纸包裹的墙壁里，打在高处，发出的声响比手指进入手套时的声音还要小。

门突然开了，一个高瘦的男人缓慢走了进来。

“打死我吧，”他说道，“反正我只是你的丈夫而已。”

金发女人望着他。在一刹那，我真的以为她可能会开枪。

然而她笑了一下，把枪收回手袋，拿起自己的酒杯。“又在偷听吗？”她冷冷地说道，“你会听到一些人说一些你不喜欢的事情的。”

这个高瘦的男人从兜里拿出一个皮革套支票本，冲着我挑了一下眉，“你要多少钱才肯永远闭嘴？”

我愣住：“你听见我刚才所说的话了吗？”

“是的，我听得很清楚。我觉得你是在指控我的夫人跟某人的死有关，是吗？”

我继续愣愣地望着他。

“好吧，你要多少钱？”他突然说道，“我不还价，我很清楚如何与敲诈者谈判。”

“那就一百万吧，”我说道，“而且她刚才朝我们开了枪，就多收你四个点吧。”

金发女人狂笑起来，笑声越来越尖锐，最后变成了嘶喊，然后她开始在地上打滚，边喊叫，边胡乱踢腿。

男子跑过去，跪倒在她身旁，用手掌拍打她的脸，即使在一英里外也能听见拍击声。等他重新站起来的时候，脸色涨得通红，金发女人还是躺在地上抽泣。

“我带你们出门，”他说，“你明天可以打电话到我的办公室。”

“为什么呢，”我问道，拿上了我的帽子，“你就算在办公室，还不是一样要任人摆布。”

我拽着卡罗尔·普莱德的胳膊走出屋子，悄声地离开了。那个花匠正把一棵野草从花丛里拔了出来，他攥在手里，冲着它微笑。

我们驱车离开，朝山脚驶去。比弗利山庄老旅馆旁的红色探照灯让我停下车子。我坐在车里手握方向盘，我身旁的姑娘也没有动。她什么也没有说，眼睛直直地盯着前方。

“我没有那种预期中会有的畅快感，”我说道，“我没扳倒任何人，事儿也没办好。”

“她也许并没有那么冷血，去计划这些事情。”姑娘小声说道，“她只是生气和痛恨，别人给她出了个主意。男人对于她这样的女人来说，招之则来；厌烦的时候，挥之则去。这些被抛弃的男人抓狂似的要把她夺回来。这也许就是两个情敌间的矛盾——保罗和索克宣。但蒙格却把事情搞大了。”

“她引诱我去那间酒馆，”我说道，“那就是要干掉我。保罗也想解决索克宣，我知道她就算有枪，也打不中的。”

我抓住卡罗尔·普莱德的胳膊，她在发抖。

一辆车跟在我们后面，司机按响喇叭，我听了一会儿后，放开她，下车察看了一番，又回到了车上。司机是一个大块头。

“你不能在这里堵住行车道，”他直截了当地说道，“情侣幽会的地方要再往山里走。在我揍你之前，赶紧给我让开。”

“请再按一次喇叭，”我请求道，“一次就好。然后他妈的告诉我，你哪边的脸想要一个黑眼圈。”

他从背心口袋里取出警长徽章，然后咧嘴一笑，我也跟着笑了，今天我的运气可不太好。

我回到跑车里将车掉头，启程返回圣莫妮卡，“我们回家再喝些苏格兰威士忌吧，”我说道，“喝你的。”

自作聪明的杀手

1

基尔马诺克酒店的门童身长约六尺二，身着浅蓝色制服，戴着一双白色手套，显得他的手无比巨大。他轻轻地打开黄色出租车的车门，动作柔和，如同老太太抚摸猫咪一般。

约翰尼·达玛斯下了车，转过身对满头红发的出租车司机说："乔伊，你最好还是在拐角处等我。"

司机点了点头，将叼着的牙签往嘴里送了送，方向盘一转，便娴熟地将车驶离了白色标记的装卸区。达玛斯穿过向阳的人行道，走进宽敞凉爽的基尔马诺克大厅。大厅地毯十分厚实，踩在上面悄无声息。行李员们交叉双臂站立着，大理石服务台后的两位职员，也是一脸严肃。

达玛斯径直来到电梯大堂，走进一部镶板电梯，对电梯服务员说道："麻烦按一下顶楼。"

顶楼有一个安静的小休息室，三面墙上各一扇门。达玛斯走向其中一扇，按了按门铃。

开门的是德里克·华登。他看上去四五十岁左右，或许要更老一些，头发花白，面容英俊，一副沉迷于酒色的样子，皮肤也开始有松弛的迹象。他身披印有字母的睡袍，手举满满一杯威士忌，面带醉意。

他愁眉苦脸地嘟哝道："噢，是你呀。进来吧，达玛斯。"

说完他便回了房，达玛斯关上大门，跟着他进房。这间房高大宽敞，房间一端设有阳台，房子左侧是一排落地窗，窗外还有一个露台。

德里克·华登在靠墙的金黄色椅子上坐了下来，沿着脚凳将双腿舒展开。他晃了晃杯中的威士忌，低头往下看。

"你在想什么呢？"他问道。

达玛斯冷冷地盯着他，顿了一会儿，才说："我就是来通知你一声，你交代我的事，我不干了。"

华登将威士忌一饮而尽，把酒杯放在茶几角上。他到处摸索着找香烟，摸出一支烟叼在嘴里，却忘了点火。

"是吗？"他的声音含混不清，态度十分冷漠。

达玛斯转过身背对他，朝一扇窗户走去。窗户是开着的，窗外立着一个遮阳篷。马路上的交通噪声，在这里变得十分微弱。

他回过头来，说："调查工作之所以一筹莫展，是因为你根本不希望它有所进展。你清楚自己被人勒索的理由，可是我却毫不知情。而日食影视公司会感兴趣，也是因为他们在你的电影里投入了大笔资金。"

"让日食影视见鬼去吧。"华登几乎不动声色地说。

达玛斯听了，摇摇头，转过身来。"我并不这样认为。如果你遇到了大麻烦，他们肯定会亏损的。你会雇用我，也是依他们的要求。这一切完全是浪费时间。你根本就不配合。"

华登不快地反驳道："我在用我自己的方式处理此事，而且我也根本没有陷入任何麻烦。我自己的事情，我自己会处理。你要做的，就是让日食影视的那帮人认为事情都得到了妥善处理。明白吗？"

达玛斯从房间那头往回走了几步后站定，一只手搭在桌子上，旁边的烟灰缸里，散落着数枚沾上深红色口红印的烟蒂。他低下头看着这些烟蒂，一副心不在焉的样子。

"华登，这个解释对我来说行不通。"他冷淡回应道。

"我还以为，凭你的聪明才智足以弄明白呢。"华登冷笑着，身体往一侧斜倾，朝酒杯里倒入了更多的威士忌。"来一杯？"

"不用了，谢谢。"达玛斯回绝道。

华登注意到自己嘴上还叼着烟，于是把烟扔到地上，然后喝了口酒。"搞什么鬼！"他愤愤地哼了一下鼻子，"你是个私家侦探，我付了钱，只要求你去做这些无关紧要的小事。照你们行内的说法，这就是个便宜活。”

达玛斯淡淡地回应道：“这个笑话，我头一次听。”

华登不禁勃然大怒，目光炯炯，嘴角也跟着垂了下来，一脸愠怒。他躲开了达玛斯的注视。

达玛斯对他说：“我并非反对你，但我也绝不会支持你。你从来就不是我喜欢的那类人。如果你早有所行动，我也会竭力去完成我力所能及的部分。我以后也还是会如此，但这绝不是为了你。我不要你的钱，你随时可召回那些跟踪我的小喽啰们。”

华登听完，把脚从踏脚凳上放下来，小心翼翼地把玻璃酒杯放在手边的桌子上。整个人神色大改。

“跟踪？我没明白你的意思。”他默默地咽了口口水，“我并没有派人来跟踪你。”

达玛斯瞪着他，片刻后，只好无奈地点了点头说：“那好，下次我会对那个人进行反跟踪，看能否让他说出自己在为谁卖命，我会将这事查个水落石出。”

华登听了，非常平静地说：“如果我是你，我就不会那样做。你这就是在胡闹，事情可能会变得很难看的……我很清楚自己在说些什么。”

“这种事可吓不到我。”达玛斯不紧不慢地回应道，“换作那些勒索你的人，他们早就使出卑鄙龌龊的手段了。”

华登摘下帽子，放在面前并开始端详起来。此时汗水已经浸湿了他的脸庞，双眼黯淡无神，一副病恹恹的样子。他张开嘴巴刚要说些什么。

突然，门铃响了。

华登的脸立马沉了下来，整个人骂骂咧咧的，眼睛朝地面看，身体却纹丝不动。

"那日本小伙子今天不上班，他妈的就有这么多不速之客。"他低声咆哮道。

门铃再次响起，华登无奈正准备起身，达玛斯拦住他说："我去看看是谁在敲门，反正我也准备要走了。"

他对华登点头示意了一下，然后就朝房门方向走去，打开了房门。

门刚打开，两个男人就闯了进来，手里都握着枪，其中一把迅速抵向达玛斯的肋骨，那个持枪的男人急促地叫喊道："后退！都给我利索点儿！打劫！听说过吗？！"

他看起来肤色黝黑，面容俊俏，神情激动。他的脸就像浮雕宝石一样干净，一点儿也不硬朗，嘴角还挂着一丝微笑。

他身后的男人则是个目光凶狠的黄发小矮个儿。黑皮肤的男人对着这个小矮个儿说："诺迪，这个就是华登的私家侦探。带他过来，搜出他身上的枪。"

于是这个黄发男人诺迪，将一把短管左轮手枪顶着达玛斯的腹部，而他的搭档则一脚把门关上，然后大步流星地朝华登走去。

诺迪从达玛斯的腋下搜出一把口径 0.38 英寸的柯尔特手枪，又绕着达玛斯走了一圈，拍了拍他身上的口袋，接着把自己的枪给收了起来，顺手换上了达玛斯的柯尔特手枪。

"好了，瑞池奥，这人我检查完了。"他满腹牢骚地抱怨道。于是达玛斯放下双臂，转身回了房间，他若有所思地看着华登。只见华登身体前倾，张着嘴，面部表情僵硬，精神高度紧张。达玛斯看着这位黑皮肤的劫匪，小声地说了句："瑞池奥？"

黑皮肤男人立马瞥了达玛斯一眼，向他呵斥道："到桌子那里去！伙计，只允许你们听我说话，没让你们说！"

华登的喉咙突然发出嘶哑的声音，瑞池奥站到他面前，饶有兴致地看着华登，将一根手指放在手枪的扳机上，把枪来回摆弄。

"华登，你付钱太拖沓，太他妈的慢了，所以我们前来提醒你一句，还是跟着你的私家侦探才找到这儿的，是不是很聪明？”

达玛斯一脸严肃，低声说道：“华登，这小子叫瑞池奥，如果我没猜错的话，他曾经是你的保镖。”

华登默默地点了点头，舔了舔干燥起皮的嘴唇。瑞池奥对达玛斯怒吼道：“混账东西，我再次警告你，别给我玩什么花样！”他的眼睛都瞪得充血变红了，然后他又回头看一眼华登和他手腕上的表，说：

“华登，现在时间是三点零八分。我想就算以你的龟速计算，也都能在银行关门前把钱从银行里取出来。我们现在给你一个小时去筹齐一万块钱。记住，就一个小时的时间。我们会带着你的私家侦探一起来安排交付事宜。”

华登再次点了点头，但仍然一言不发。他把双手放在膝盖上，紧紧握着，直至指关节都发青了。

瑞池奥继续放话：“我们会光明正大地行动，否则我们的生意难以为继。但你也别给我玩阴的，不然就等着给你的好侦探收尸吧，听清楚了吗？”

达玛斯轻蔑地说道：“如果他付清了钱，我想你就会放开我，好让我去指证你，对吗？”

瑞池奥看都没看达玛斯一眼，慢条斯理地说道：“这主意听起来也不错……华登，今天我们要一万块，除非遇到了麻烦，否则下个星期我们要看到另外一万块。但如果我们真遇上什么麻烦，我们会让你为此付出沉重代价的。”

华登双手摊开，连忙摆了一个挫败的手势，紧张地说道：“我想我可以安排好的。”

“很好，那我们走了。”

瑞池奥快速地点了点头，然后收好枪。他从口袋里取出一只棕色羊皮手套，将它戴在右手上，然后走到黄发男人那里拿走了达玛斯的柯尔特手枪，一番打量后，塞进了侧面口袋里，用戴着手套的右手揣着。

“走人。”瑞池奥甩甩头，说道。

说罢他们便出了门。德里克·华登望着他们的背影，神情有些怅然若失。

电梯里只有电梯服务员一人，他们在夹层下了电梯，径直走向安静的书房，路过一扇彩色玻璃窗，在窗后灯光的照射下显得五彩斑斓。瑞池奥慢半步跟在达玛斯的左侧身后，黄发男人则在其右侧，两人紧紧包围着达玛斯。

他们踩着铺有地毯的台阶往前走，来到一个卖奢侈品的商场，穿过商场从侧门走出酒店。街对面停着一台棕色小轿车，黄发男人迅速溜进驾驶室，将枪别在大腿处，踩下离合器发动车辆。瑞池奥和达玛斯则从后门上车。“诺迪，去东大街，我得好好计划一番。”瑞池奥慵懒地说道。

诺迪抱怨说：“你这是在开天大的玩笑，”他背对着瑞池奥吼叫道，“光天化日之下，载着人质上威尔希尔大道？”

“开你的车吧，笨蛋！”

黄发男人嘴里又咕哝了一声，然后将小轿车驶离路边，过了一会儿，就看见林荫大道停车标志，于是他慢慢放缓了车速。一台空的黄色出租车也随着从马路西侧驶了出来，在街区中心来了个急转弯，之后便紧跟在他们车身后面。诺迪停了车，然后将车向右拐弯，接着继续往前开。黄色出租车也按照相同轨迹行进。瑞池奥漠不关心地回头瞅了一眼。毕竟威尔希尔大道一直以来都堵得很。

达玛斯向后靠在衬垫上，思忖地说道：“为什么在我们下楼以后，华登也不打电话报警？”

瑞池奥会心一笑，摘下帽子放在大腿上，然后把右手从口袋里伸出来，托住帽子，帽子里藏有一把手枪。

“那是因为他不希望我们冲他发火，侦探先生。”

“所以就任由两个浑球儿载着我上路了是吗？”

瑞池奥冷漠地回复道：“这可不是普通的兜风，我们需要你帮助我们完成交易……我们也并非你口中的小混混，懂吗？”

达玛斯用手指来回蹭了蹭下巴，嘴角掠过一丝笑容，猛然问道：“是要直接开去罗伯逊大道吗？”

“不错，我还在考虑当中。”瑞池奥说道。

“什么鬼头脑！”黄发男人讥笑道。

瑞池奥听了咧着嘴冷笑，露出洁白整齐的牙齿。半个街区前方的红色交通信号灯亮了，诺迪于是将车提速，第一个到达十字路口。那台空的黄色出租车也迅速停在诺迪左侧，两辆车差一点点就撞上。黄色出租车司机一头红发，帽子斜扣在脑袋上，嘴里叼着牙签欢快地吹着口哨。

达玛斯把腿缩回到座位上，并将身体的全部重量都压在腿上，背也紧紧倚靠垫子。前方交通信号灯变绿以后，诺迪驾驶着小轿车继续往前开，随后一辆车超车并突然左拐，诺迪只好减速暂停了一会儿。左侧的黄色出租车也加速朝前开，红发司机将身子俯在方向盘上，突然向右猛打方向盘，随后传来一阵刺耳的摩擦声。出租车上牢固的挡泥板重重地撞到了棕色轿车低悬的挡泥板，将它的前轮锁住，两辆车都猛地停了下来。

被堵在车子后的司机们很是焦躁，不耐烦地狂按喇叭。

达玛斯趁机使出右拳狠狠地击向瑞池奥的下巴，左手朝着瑞池奥膝盖上的手枪靠近。在瑞池奥被揍得跌坐在车角落里的时候，猛地搬开了瑞池奥的大腿。瑞池奥被这一拳揍得头昏眼花，双眼直冒金星。达玛斯也迅速从座位上抽身出来，夺走柯尔特手枪，夹在腋下。

诺迪则被吓得瘫坐在前座上一动不动，右手颤抖而又缓慢地移到大腿处想去取枪。达玛斯打开车门，夺门而出，随后关上车门，走了两步，又打开出租车的车门。他站在出租车旁，盯着黄发男人看。

后方汽车喇叭声震耳欲聋。黄色出租车司机从车里出来，上下摆动着嘴里的牙签，费尽吃奶的力气想要拖动这两台车，但都无济于事。这时，一位戴着琥珀色眼镜的交警来到现场，疲惫不堪地观察了一下局势，猛地将头甩向出租车司机。

“你可以回到车里倒下车，”他建议道，“要理论就去别处理论，这个十字路口不是你们家的。”

出租车司机苦笑了一声，绕过车头，爬进车内并点火发动车子，因为担心撞上后方车辆，便不停地按喇叭和挥手向后方示意。不久路口就清空了。黄发男人坐在轿车里木讷地望着这一切。达玛斯也上了出租车，随手关了车门。

交警拿出一个口哨，使劲吹了两声，将手臂从东边方向伸展至西边。棕色轿车驶过十字路口，就像一只被警犬追赶的小猫。

黄色出租车也紧跟了上去。半条街过去了，达玛斯探了探身子，敲了几下玻璃窗。

“让他们走吧，乔伊。你追不上他们的，我也不想逮住他们……不过之前那一仗，干得实在漂亮。”

红发司机将下巴靠在仪表盘上，咧嘴一笑，说：“小事一桩，头儿。下次给我安排个更难一点儿的活吧。”

2

四点四十分的时候，电话铃响了。此刻，达玛斯正在梅里韦尔旅馆自己的房内，背倚在床头上休憩。他连看都没看一眼，便伸手去接电话，说道：“喂，你好。”

电话那头传来好听的女声，她略带紧张地回应道：“我是梅恩·克莱尔，你还记得我吗？”

达玛斯取下嘴里叼着的香烟，说道：“当然记得了，克莱尔小姐。”

“听着，请您务必去看看德里克·华登。他因为某些事而一直感到坐立不安，心急如焚，并且时常买醉，不喝到天昏地暗不罢休。我们得做些什么。”

达玛斯盯着天花板，看出了神，握着香烟的手不断地敲打床边，娓娓说道：“克莱尔小姐，他不接我电话，我已经尝试给他打过一两次电话了。”

电话那头传来短暂的沉默，然后又听见女声说道：“我把钥匙留在门垫下面。你最好还是进去看看吧。”

达玛斯的眼睛眯了起来，右手手指一动不动。他慢条斯理地说道：“我马上就赶来，克莱尔小姐，我怎么联络你呢？”

“我也不能确定……可能在约翰·苏特罗这里吧。我们本来是打算去那儿的。”

达玛斯回复道：“好的，就这样。”等到电话那头传来嘟的一声，他便挂了电话，并把电话放回床头柜上。他坐在床边，盯着墙上阳光照射留下的斑驳的投影，足足发呆了有一两分钟。随后他耸了耸肩，从床边站了起来，将电话机旁边的饮料一饮而尽，戴上帽子，便出门搭乘电梯下楼了，之后上了旅馆外等候队伍中的第二台车。

“乔伊，这次依然去基尔马诺克酒店。加大油门开。”

十五分钟后他们到达了基尔马诺克酒店。

此刻正值下午茶舞会结束。大伙都抢着从酒店三个入口处出来，街道交通因此变得拥堵不堪。达玛斯在半条街区外就下了车，路过一群参加舞会的羞答答的名媛小姐，身边跟着护送她们至入口的护卫队。达玛斯走进酒店，走上楼梯来到夹层，经过书房，然后又进了一部几乎满员的电梯。最后只剩达玛斯一人去顶楼，其他人都在这之前下了电梯。

达玛斯按了两下华登的门铃，然后弯腰趴在地上从门缝里往里面看，里面被什么东西挡住了只透出一丝光线。他回头看了眼电梯指示灯，然后俯下身子，用小刀从门缝里挑出个什么东西来。竟然是一把钥匙。他用钥匙打开了门，却突然停住，吓得目瞪口呆。

房内躺着一具尸体。他缓缓地朝尸体走去，轻轻靠近，仔细聆听周围的动静。死者灰色的眼睛里闪过一道冷光，他的下颌骨紧绷成一条直线，在黄褐色面颊的映衬下，显得苍白如纸。

德里克·华登瘫倒在金黄色椅子上，嘴巴微微张开。在他右太阳穴上有一个小黑洞，一股血顺着他的侧脸淌了下来，一直流到了脖子和衣领处，在脸上留下了一个类似花边的图案。他的右手无力地垂到地毯厚厚的绒毛上，手指还扣着一把小型黑色自动手枪。

房内光线开始逐渐减弱，达玛斯一动不动地站着，目不转睛地盯着德里克·华登良久。落地窗外的遮阳蓬也静静地矗立着，周围一阵死寂，一丝风也没有。

达玛斯从左裤口袋里取出一双细羊皮手套戴上，然后在华登身边的地毯上跪了下来，轻轻地松开了华登僵硬的手指，取出被他紧紧扣住的手枪。这是一把口径为 0.32 英寸，经过黑色抛光处理的胡桃木柄手枪。他把手枪放在手里掂量片刻，看了一眼枪柄，抿了抿嘴。枪柄上的编号已被磨掉，残留的色斑在黯淡的黑色抛光的反衬下显得隐约发亮。他把枪放在地毯上，然后站起身来，缓慢地朝着插花花瓶旁，书桌边上的电话方向走去。

他的手伸向电话，却不触碰，而是任由手自然垂落在身体侧边。在原地站了一会儿后，他转过身，迅速地往回走，再次捡起地毯上的手枪，卸下弹夹，取出后膛里的子弹，然后将子弹捡起来装进弹夹内，左手的两根手指叉在枪管上，将扳机往回扣，扭转枪栓，再拆开手枪。他拿起枪托，来到窗边。

他发现，枪柄内侧复制的编码没有遭受磨损。

于是他快速地将枪组装好，往枪膛里塞进一枚空壳，将弹夹推回原位，将枪上膛，然后，把枪又放回了德里克·华登他那已经失去知觉的手里，跟着脱下了手上的羊皮手套，在一个小笔记本上写下了手枪上的编码。

接着他就走出了房间，乘着电梯下楼，离开了酒店。这时已经五点半了，天色渐晚，街道上的一些车辆也打开了车灯。

3

达玛斯来到苏特罗家，开门的是一个金发男人，他极其用力地推开门，房门砰的一声撞在墙上，金发男子一屁股跌坐在地上，手里还攥着门把手，愤愤地说道："好家伙！地震啊！"

达玛斯毫无表情地低头望着他，问道：

"请问梅恩·克莱尔小姐在吗，或者你认识她吗？"

金发男子从地上爬起来，狠狠地反踹了门一脚。砰的一声，门又重重地关上了。他提高嗓门说道："除了该来还没来的人，其他的都在这里了。"

达玛斯点点头，说："那你们的宴会应该还不错。"

说罢，他走过金发男人，沿着大厅，在一个拱顶下转进了一个装有嵌入式中式壁橱，和很多旧家具的老式大房间。房内约有七八个人，全都红着脸，喝得醉醺醺的。

一个身着绿色保罗衫和短裤的女孩，和一位着装正式的男子正在地上掷色子玩。一个戴着架梁眼镜的胖子也在对着一个玩具电话一本正经地交谈着，他说道："爱荷华州苏市——长途啊，快点说完挂电话吧，姐姐！"

房间里的收音机正在播放《甜蜜的疯狂》。

两对夫妇围绕着收音机漫不经心地跳着舞，一不留神就碰到对方或考撞到家具。一个长得像阿尔史密斯的男子也在独自跳舞，手里举着一杯酒，神情有些恍惚。一位身材高挑、脸色苍白的金发女郎扭着屁股走向达玛斯，杯里的酒洒了一地，她惊声尖叫道：“亲爱的！怎么会在这里遇见你？”

达玛斯绕开了她，朝一个刚进门的黄皮肤女人走去。她的两只手里各端着一杯杜松子酒，然后把酒放在钢琴架上，身子倚着钢琴，看起来百无聊赖。于是达玛斯上前，向她询问克莱尔小姐的下落。

这个黄皮肤女人从钢琴上敞开的烟盒里取出一支烟，沉闷地说道：“院子外面。”

达玛斯回复道：“谢谢你，苏特罗夫人。”

黄皮肤女人依然面无表情。随后他走到另一个拱顶下方，进了一个昏暗的房间，里面的家具都是柳条编的，一扇门通往一个玻璃装饰的门廊，而另一扇门则连着台阶，往下就是一条通径小道，从幽深的小树林中径直穿过。达玛斯沿着小道往前走，来到悬崖边，眺望过去就是好莱坞灯火通明的部分景致。崖边立着一块大石头，一个女人背对房子坐在上面，点燃的烟头在黑暗中发出微弱星光。女孩缓缓地转过头，站起身来。她看上去小巧玲珑，皮肤黝黑，唇部涂抹着深色口红，眼睛也化着眼影，但光线太暗，无法看清她的脸。

达玛斯说道：“克莱尔小姐，我停了一辆出租车在外面。请问你开了车来吗？”

“没开车。我们走吧，这里又糟又臭的，而且我也不爱喝杜松子酒。”

他们沿着小道往回走，从房子侧旁经过，穿过棚顶门来到人行道上，沿着围栏走到出租车等候的地方。出租车司机一只脚放在踏板上，身子斜靠车身，见他们来了，立即打开车门，两人便上了车。

达玛斯说道：“乔伊，找家杂货铺，我要买点烟。”

“没问题。”

乔伊溜进车里，发动车辆，来到一座蜿蜒曲折、挺拔险峻的山坡脚下，沥青路面有点湿滑，轮胎与地面摩擦发出的沙沙声，在商店门前回响。

过了一会儿，达玛斯问道：“你是什么时候离开华登的呢？”

女孩也不看达玛斯，回复道：“大概三点的样子吧。”

“要比这还晚一些，克莱尔小姐。三点钟的时候他还活着——当时他的身边另有其人。”

女孩发出微弱而痛苦的声音，听起来就像是在哽咽啜泣。她低声说道：“我知道……他死了。”然后抬起她那戴着手套的双手，分别按住自己的太阳穴。

达玛斯回道：“是的，除非万不得已，我们还是别把事情复杂化了……也许我们不得不如此——但差不多就得了。”

女孩一字一顿，低声说道：“我到的时候，他就已经死了。”

达玛斯点点头，眼睛望向别处。出租车依然行驶着，一会儿工夫，就停在了巷口的杂货店前。司机转过身回头看，达玛斯也看向他，却对女孩说道：

“电话里头你应该说得更清楚一些。我可能会进监狱的，也许我现在就已经在牢房里了。”

女孩身子向前一晃，差点倒下。达玛斯急忙伸出胳膊抓住她，将她扶回靠垫。她的脑袋不停地倒向肩膀两侧，脸色惨白，嘴唇发黑。达玛斯迅速稳住她的肩膀，空出一只手替她号脉。然后他用尖锐而又严肃的声音说道：“乔伊，马上去卡里！别管烟的事了……这个派对够我们喝一壶的了，快走。”

于是乔伊快速放下手刹，猛地一脚踩下油门。

4

卡里是一个小型俱乐部，位于体育用品店和流通图书馆通道的尽头。俱乐部有一扇格栅门，门后站着一名守卫，一副毫不关心天下事，任何人进入俱乐部也无关紧要的样子。

达玛斯和女孩坐在一个小卡座的硬座上，身旁就是被打环卷起的绿色窗帘。卡座分别由高隔板隔开。俱乐部的另一侧是一个长长的吧台，吧台末端摆放着一台投币自动电唱机。偶尔，酒保觉得俱乐部里气氛不够热烈的时候，就会往电唱机里投个五分钱硬币。

服务员将两小杯白兰地端上桌，梅恩·克莱尔一口喝下，深邃的眼睛里透出一道微弱的亮光。她取下右手的黑白手套，坐在那里把玩空的手套指头，双眼直直地盯着桌子，看得出神。过了一会儿，等到服务员带着两打白兰地鸡尾酒回来，又再次离开时，梅恩·克莱尔才开始头也不抬，一字一句低沉地说道："他的女人有几十个那么多，我不会是第一个，也绝不可能是最后一个。尽管如此，他也有可取的一面，不管你信不信，他从未付过我房钱。"

达玛斯听了，默然点头。女孩继续头也不抬，说道："他在很多方面都是个无赖。清醒的时候，他总是黯然神伤，闷闷不乐，可等他来了兴致，却又变得面目可憎。待稍稍有点儿喝醉了，他就会变成一个好男人和好莱坞的最佳情色导演。海斯办公室（原美国电影协会，因主管人海斯而得名）里任意三个人加起来，拍的情色片都没他多，也不及他的精良。"

达玛斯面无表情地说道："他心里有数，自己已经过气了，情色行业也好景不长。"

女孩略略瞟了达玛斯一眼，又再次垂下眼帘，抿了一小口鸡尾酒，然后从运动衫里掏出一块小手帕，擦拭了一下嘴角。

隔板另一头的人，依然大声喧哗，吵个不停。

梅恩·克莱尔继续说道：“今天我们在阳台上共进午餐。德里克已经醉了，却还一杯接着一杯。他有心事，整个人显得焦虑不安。”

达玛斯淡淡一笑：“也许是因为被人勒索的那两万块钱——还是你压根儿不知道这事？”

“可能吧。德里克最近手头儿有点紧。”

“他在酒上花了太多钱，”达玛斯冷漠地说，“还有那台他爱玩的摩托游艇，就停在边界上的那个——都太费钱了。”

女孩猛地抬头，深邃的眼眸里闪出痛苦的凛凛寒光。她缓缓说道：“他的酒都是自己亲自去墨西哥买的。因为是自己要的，所以不得不小心一些。”

达玛斯点点头，嘴角掠过一丝狡黠的冷笑。他喝完酒，叼起一支烟，四处摸索口袋找火柴，桌上的火柴盒早就空了。

“克莱尔小姐，您继续。”他说道。

“吃完饭后我们回家，他外带了两瓶新酒，嘴里还不停嚷嚷着要去喝个痛快……于是我们就吵了起来……我终于忍无可忍，独自走了。可我一到家，就开始担心他，给他打电话也不接，最后不放心还是回去找了他……我用放在自己这儿的另一把钥匙打开了他家门……那时他就已经死在椅子上了。”

达玛斯听了，顿了一会儿才说：“这些事为什么电话里不告诉我？”

她双手紧握，小声说道：“我害怕得不得了……感觉有什么地方……不对劲。”达玛斯头靠在隔板上，半眯着眼睛盯着女孩。“这真是个笑话，”她说，“我也羞于启齿。但德里克是个左撇子这件事，我会不知道吗？”

达玛斯轻声说道：“一定很多人知道这一点，但也总有一些粗心大意的。”

说罢，他便看向梅恩·克莱尔的空手套，她的手指不停地在上面扭转。

“华登是个左撇子，”他不紧不慢地说道，“那就说明他不是自杀，因为手枪在他的右手。现场并没有打斗的痕迹，太阳穴上的伤口也是火药灼伤留下的，看起来像是从右侧射击出去的，这说明无论是谁开的枪，那个人一定可以进门，而且和他靠得很近。要不然就是他已经喝得酩酊大醉，神志不清了，但若是这种情况，凶手一定有他家的钥匙。”

梅恩·克莱尔推开手套，紧紧攥住双拳。“不用再说了，”她急促打断，“我知道警察一定会认为是我干的。可是我没有，因为我爱这个可怜又可恨的傻瓜，你说呢？”

达玛斯无动于衷地说道：“你有犯罪的嫌疑，克莱尔小姐，警察会这样想的，不是吗？也许你足够机智，会像现在这样为自己开脱，他们同样会想到这一点。”

“那算不上什么机智，”她苦涩地说，“只是自作聪明罢了。”

“自作聪明的杀手！”达玛斯冷冷一笑，“还不赖嘛。”说罢用手捋了捋鬈发，“不过，我认为事情不会怪罪到你头上——也许那些条子不知道他是左撇子……直到其他人有机会弄清事情的真相。”

他将身子往桌前靠了靠，双手杵在桌边好像要站起来，眯着双眼，一副若有所思的样子。

“市中心有个男人，兴许可以搭把手。他是个警察，但已经是老油条了，毫不在乎自己的名声。也许你可以和我一起找到他，让他瞧瞧你，再听听你的故事。他能将这个案子缓上几小时，让报纸上的新闻再压一压。”

他带着询问的眼光看着梅恩·克莱尔。她戴上手套，平静地说道：“我们走吧。”

5

梅里韦尔酒店的电梯门关上了。一个大块头放下手里的报纸，打了个哈欠。他从角落的长沙发上缓缓起身，穿过小而安静的酒店大厅，路过一排酒店内线电话机，好不容易将自己庞大的身躯挤进末端的电话亭，往狭槽里投了一枚硬币，肥硕的食指按下一串号码，嘴唇也一动一动跟着默读。

他顿了顿，脸贴近话筒，说道："我是丹尼，我现在在梅里韦尔酒店。我们的人刚进来，我在外面把他跟丢了，之后便在这里等他回来。"

他的声音粗犷低沉，仔细聆听了电话那头的声音后，他点点头，二话没说，便挂断电话。他走出电话亭，横穿大厅，径直来到电梯口，途中将雪茄烟头扔到一个装满白沙的釉面烟灰缸里。

进了电梯，他朝电梯服务员说了声："去十楼。"便脱下了帽子。只见他一头黑色直发，全都汗湿了，宽大的脸上满是横肉，眼睛也小小的。衣服一看就没熨过，但也算不上衣衫褴褛。他是电影公司的私家侦探，而雇用他的大东家正是日食影视。

到了十楼后，他便出了电梯，沿着昏暗的走廊往前走，然后在拐弯处停了下来，敲了敲门。门内传来脚步声，随后就被人打开了。开门的竟是达玛斯。

大块头进了门，随意地将帽子扔在床上，不待别人开口便一屁股坐在窗边的靠椅上。

他说："嘿，伙计，听说你需要帮助。"

达玛斯默默地看了他一会儿，然后微微地蹙了下眉，缓缓说道："也许吧——是关于跟踪的事。我已经向柯林斯求助了，我觉得你目标太大，太容易暴露了。”

说罢他转身走进浴室，端了两杯酒出来，在橱柜上自行调和了一番后，递了一杯给大块头。大块头接过酒一饮而尽，喝完还意犹未尽地咂咂嘴，然后把杯子搁在开着窗的窗台上，从背心口袋里翻出一支又短又粗的雪茄。

“柯林斯不在，”大块头说道，“我又闲来无事，所以上头就把任务安排给我了。怎样，是个跑腿的活儿吗？”

“我不知道，或许吧。”达玛斯心不在焉地说。

“如果是坐在车里跟踪，那敢情不错，我把我的小跑车开来了。”

达玛斯端起自己的那杯酒，沿床边坐下。他看着大块头，嘴角露出一丝微笑。大块头将雪茄末端一口咬下，随口吐在地上。

接着，他又俯下身子，捡起来瞅了一眼，顺手扔出窗外，说道：“瞧这夜色多美，都年末了天气还这么暖和。”

达玛斯娓娓问道：“丹尼，你对德里克·华登了解多少？”

丹尼望向窗外。天上雾蒙蒙的一片，附近一幢大楼背后霓虹标语的红色投影，看上去就像一团熊熊烈火。

他回复道：“我不知道你口中的了解指的是什么。我倒是见过他，知道他是个有钱人。”

“那么如果我告诉你他死了，你也不会大吃一惊了。”达玛斯不温不火地说道。

丹尼慢慢转头，雪茄依然未点火，叼在他的嘴里上下摆动，看上去来了点儿兴趣。

达玛斯继续说道：“说来有趣，丹尼，有一帮勒索团伙盯上他了，这似乎令他非常恼火。如今他却死了——头上留了个枪眼，手里握着枪。还就是今天下午发生的事。”

丹尼略微瞪大了他的小眼睛，达玛斯呷了一口酒，把酒杯放在大腿上。

“他的马子发现的。那个女人有他在基尔马诺克酒店房间的钥匙。门童日本小伙今天没上班，他也束手无策。女孩谁也没告诉，跑开后给我打了电话，我就去了……我也没告诉任何人。”

大块头一字一顿地说道：“天啊，警察会抓住你不放，然后就此结案的，老兄。你逃不掉了。”

达玛斯盯着他，然后转过头看墙上的一幅画，冷冷地说：“我正在着手处理此事——你要助我一臂之力。咱俩有活儿干了，我们要面对的是一个非常有权势的组织，这次任务危机重重，生死攸关，但也获益不浅。”

“那你怎么打算？”丹尼严肃地问道，看起来有点不乐意。

“这个女孩认为华登并非自杀。丹尼，我也这样想。我已经有了思路，但我们动作要快，要赶在警察前面。我并不指望马上就能查实一切，但我们已经有了突破。”

丹尼回复道：“啊哈，别说得太复杂，我可不善于思考。”

说罢划了根火柴点燃雪茄，又微微甩手扑灭火焰。

达玛斯说道：“这并不复杂，反而有点愚蠢。射杀华登的手枪被锉去了编码。可是我拆开手枪，发现里面的数字还在，没有被锉去。总部有这个号码，这是经过了特别许可的。”

“所以你就去了总部，问他们号码，然后他们便告诉你了。”丹尼冷淡地说道，喉咙里发出刺耳的怪音，“等警察发现华登的遗体，也去打听枪的来历，他们就会发现你早就捷足先登了。”

达玛斯说道：“放轻松，伙计。就那帮家伙的办事效率，无须操心。”

“不担心就有鬼了！像华登那样的人干吗用一把没有编码的手枪啊？这可是重罪！”

达玛斯一口把酒干掉，将空酒杯放在橱柜上，又拿出一瓶威士忌，摇了摇头，一脸的不耐烦。

“如果他是手枪持有者，那么也许他对此一无所知，丹尼。也有可能这根本就不是他的枪。如果这是凶手的枪，那么这名凶手就是个外行，行家可不会做这种蠢事。”

大块头慢悠悠地说：“好吧，告诉我你打听到了什么。”

达玛斯坐回床边，从口袋里掏出一包烟，点上一支，然后俯身向前，将用完的火柴棒扔向窗外，说道：“枪支许可证是一年前派发给《纪事报》的新闻特派员达特·柏万德先生的，但柏万德这个人呢，去年四月在拱廊车站的匝道上被撞死了。离开城镇的工作，都已准备妥当，可他最终还是没走成。警察一直没能破案，但我的直觉告诉我，柏万德和什么非法勾当扯上了关系——就如同芝加哥的林格尔命案那样——死者当时想要摆脱一位老大哥，反而引火上身招来命案。柏万德也就这样死翘翘了。”

大块头听完，深深地吸了一口气，任由雪茄燃烧熄灭。达玛斯边说，边郑重其事地看着他。

“我是从《纪事报》的韦斯特弗斯那儿打听来的。”达玛斯继续说道，“韦斯特弗斯是我的朋友，他告诉我的还不止这些：这把枪当时就归还到了柏万德的妻子手里——大概如此。她现在依然住在肯莫尔北部，也许她会告诉我拿枪去做了什么……也可能她自己就和非法勾当脱不了干系，丹尼，如果是这样的话，她会守口如瓶。不过待我和她谈一谈，她也许就会露出一些蛛丝马迹，明白了吗？”

丹尼又划了根火柴，点燃雪茄，口齿不清地问道：“那我该做些什么呢？在你和她谈论有关枪的事情以后，跟踪这婆娘吗？”

“没错。”

大块头站起身，佯装打了个哈欠。“做是能做，”他喃喃道，“但为什么有关华登的事都要这样秘而不宣呢？为什么不直接交给警察就好了？我们这是自找麻烦，在总部留下更多案底罢了。”

达玛斯慢条斯理地说：“那样做有风险。我们不知道那群勒索团伙究竟抓住了华登什么把柄，如果真相因为警方调查而浮出水面，成为全国的头版新闻，那么日食影视一定会损失惨重的。”

丹尼回道：“你说得好像华登是什么明星大腕儿一样，见鬼，这家伙就一破导演。他们要做的就是将华登的名字从几部未发行的电影中撤下罢了。”

“他们不同，”达玛斯说道，“不过也有可能是因为他们没和你聊过。”

丹尼没好气地说：“好吧。但是，我会让那个华登的马子他妈的认罪的！警方想要的无非是个替罪羊。”

说完他便绕到床边去拿帽子，艰难地塞在头上。

“很好，”他酸溜溜地说，“我们要在条子们发现华登的死讯之前就查出真相。”然后一只手在空中比画了一下，又苦笑地说道，“就像电影里演的那样。”

达玛斯把威士忌酒放回橱柜抽屉，戴上帽子，打开房门，站在一边让丹尼过去，然后关掉了房间的灯。

此时已是晚上八点五十分。

6

一个身材高挑的金发女郎，微张淡绿色的瞳孔盯着达玛斯。达玛斯快速走过金发女郎，闪进房里，然后停下，用手肘把门推上。

他说：“柏万德夫人，你好，我是一名私家侦探，想要挖掘一些你可能了解的消息。”

金发女郎回道：“我叫道尔顿，海伦·道尔顿。别再提什么柏万德了。”

达玛斯会心一笑，说道：“不好意思，我早该注意的。”金发女人听了耸耸肩，不慌不忙地走开了。她坐在椅子边缘，椅子的扶手上有烟头烫过的痕迹。房子客厅是精装公寓式的，屋内到处都是百货公司卖的小摆设，客厅的两盏落地灯都坏了，其中一盏的灯座上躺了一个法国产的洋娃娃，地板上也零星散落着几个荷叶边抱枕，煤气炉上方的壁炉架上还摆着一排俗艳的小说。

达玛斯挥舞了一下帽子，彬彬有礼地说道："是关于达特·柏万德曾持有的手枪的事。这把枪出现在我现在手头的案子里，我正在设法追查它的信息——就从它到你的手里开始查起。"

海伦·道尔顿挠了一下上臂，她的指甲足有半寸长，然后敷衍地说道："我不知道你在说什么。"

达玛斯看着她，身子斜靠在墙上，声音变得尖锐起来。

"或许你还记得自己曾经嫁给了达特·柏万德，而那个男人在去年四月被撞死了……还是说，这一切对你来说已经过于久远了？"

金发女郎咬了咬手指，说道："呵，是个聪明人啊。"

"除非万不得已。不过你也别掉以轻心了。"

海伦·道尔顿突然直起身，脸上的表情令人捉摸不透，她牙关紧锁，然后问道：

"枪有什么问题吗？"

"有人因它而死，就这样。"达玛斯漫不经心地回道。

金发女郎盯着他，过了一会儿，说道："我当时身无分文，就把它给当了，也没能赎回来。我有个前夫一星期能挣六十块，但一毛钱都舍不得花在我头上。我根本就是一无所有。"

达玛斯点点头，"还记得是哪家典当行吗？"他问道，"或者你现在还留有存根吗？"

"不记得了。它原来在商业街，街上到处可见的。如今存根也没有了。"

达玛斯说："担心的事情还是发生了。"

说罢便不疾不徐地穿过房间，看了看壁炉架上几本书的书名，然后又踱了几步，站在一个小的折叠桌前。桌上立着一个银色相框，达玛斯盯着照片看了良久，然后缓缓转过身来。

“这真是太可惜了，海伦。就在今天下午，这把枪夺去了一个举足轻重的人的性命。枪外面的编码被人锉去了，如果你确实当掉了它，我想应该是有哪个杀手从当铺老板那儿又买了回来，不过杀手可不会这样锉掉手枪编码，他一定清楚枪内还有其他号码。所以买走它的一定不是杀手——而被发现握着此枪的男人，也绝不是会去当铺买枪的类型。”

金发女郎缓缓起身，面颊上泛起两片红晕。她的手臂僵硬地垂在身体两侧，一阵轻喘后，不自然地说道：“你不能拿我怎样的，侦探先生。我不想和警察扯上任何关系——我有一些关系好的朋友会照顾好我的，你最好还是滚吧。”

达玛斯回头瞅了一眼桌上的相框，漫不经心地说道：“约翰·苏特罗真不该把自己的照片就这样乱放在一个女人家里的，不然别人可能会以为他在偷吃。”

金发女人僵硬地穿过房间，砰的一声把照片扔进桌子抽屉，然后关上，臀部靠着桌子站着。

“你完全搞错了，侦探先生。根本没有苏特罗这个人。老天，行行好，你赶紧走吧。”

达玛斯狡黠地笑道：“今天下午我在苏特罗家看见你了。你当时喝得烂醉如泥，所以不记得了。”

金发女郎动了动，仿佛要跳起来扑向达玛斯，然后她又停了下来，直挺挺地站着。这时，有把钥匙在锁孔里转动。门开了，走进来一个男人，他就站在门内，非常轻柔地关上了门。他的右手放在浅色粗花呢大衣的口袋里，皮肤黝黑，肩膀高耸，鼻子和下巴尖尖的，看上去瘦骨嶙峋。

达玛斯安静地看着他，然后说道："晚上好，苏特罗议员。"

男子略过达玛斯看向金发女郎，并没理睬他。金发女郎颤抖着说："这个自称侦探的家伙，说我曾持有一把手枪，一直逼问我那把枪的下落。轰他出去，好吗？"

苏特罗说道："是个侦探啊？"

然后连看都没看达玛斯一眼，就从达玛斯身旁走过了，金发女郎躲着他后退了几步，跌倒在椅子上，看起来脸色苍白，眼神流露出一丝惊慌。苏特罗低头看了她几眼，然后转身，从衣服口袋里掏出一把自动手枪。他把手枪松松地握在手里，枪口对着地板。

他说道："我可没时间跟你瞎耗。"

达玛斯说："我正打算走了。"然后走到门边。苏特罗直截了当地说："让我们先把话说清楚。"

达玛斯回答："当然了。"

说罢他轻盈地移动，敞开房门。看见苏特罗直起手枪，连忙说道："你可别犯傻。你的事业正在起步，你心里清楚。"

两个男人就这样面面相觑。片刻后，苏特罗把枪收回口袋，舔了舔他的薄唇。达玛斯说道："道尔顿小姐曾经持有的一把手枪在不久以前引发了一场命案。但她的持有时间并不长，这就是我想要了解的事。"

苏特罗慢慢地点点头，用一种古怪的表情看着达玛斯，然后冷冷地说："道尔顿小姐是我妻子的朋友，我不希望她受到打扰。"

"是的，我不会打扰她的。"达玛斯回答，"只是作为一名合法侦探，我有权去问合理的问题，我也并非破门而入，硬闯进来。"

苏特罗用眼神上下打量了他一番，说："好吧，但是对我的朋友客气点。在这个镇里我说了算，对付你轻而易举。"

达玛斯点点头，然后默默走出屋子，关上房门。他站在门外竖起耳朵，偷听了一会儿，房内悄无声息。他耸耸肩，沿着公寓大厅往前走，下了三步台阶，路过一个连电话总机都没有的小休息室。这一片都是公寓楼，街道上停满了车。他径直走向一台亮着灯的出租车，车子一直在这儿等他。

乔伊，那个红发司机，就站在出租车前的路边吞云吐雾，眼睛盯着街对面，显然是在看停在路边右侧的一台大型黑色跑车。等到达玛斯出现，他便马上扔掉香烟，上前迎接。

他迫不及待地说道："听我说，头儿。我看了眼那个车上的家伙——"

突然，跑车车门上方溅出白色火星，街道上两幢大楼之间枪声响起，乔伊瞬间倒在达玛斯怀里。跑车又突然发动了，达玛斯抱着乔伊斜方向在地上翻滚，然后单膝跪地，想要伸手去拿枪，但却无能为力。跑车在拐角处猛地转弯，轮胎与地面摩擦发生刺耳的声音，乔伊倒在达玛斯身旁，翻了个仰面朝天。他来来回回地拍打水泥路面，喉咙深处发出痛苦又嘶哑的声音。

轮胎摩擦地面的尖锐声再次响起。达玛斯猛地站起身，把手挥向左侧腋下取枪。直到看到一辆小车停下，才松了一口气。丹尼下了车，朝他飞奔过来。

达玛斯俯身看着乔伊，公寓楼入口旁的灯笼照着他身前卡其布夹克衫上的斑斑血迹，鲜血浸湿了整块布料，乔伊就像一只奄奄一息的小鸟，眼睛张开又闭上。

丹尼说："跟着那辆车也于事无补，车开得实在太快了。"

"打电话叫救护车，"达玛斯急切地说道，"这孩子腹部中了一枪……还有，给我好好跟踪那个金发女人。"

大块头立即原路返回，跃进车内，在拐角处瞬间就消失不见了。不知道哪户人家开了窗，一个男人冲着楼下大声叫喊。

达玛斯弯腰伏在乔伊身边，轻声低语道："别害怕，老伙计……放轻松，来，放轻松。"

7

维恩·卡塞尔中尉是这场枪击案的警方负责人。他有着一头金黄的卷发，一双冰蓝色的眼睛和一脸痘印。他坐在旋转椅上，双脚搁在被拉出来的抽屉边，胳膊肘里夹着一部电话机。办公室里弥漫着灰尘和香烟的气味。

一个叫作尼根的侦探走到敞开的窗边，大腹便便，长着一头银发和灰色胡子，阴郁地望向窗外。

维恩·卡塞尔叼着一根火柴棒，看着桌对面的达玛斯，说道："你最好开口说点什么。那个出租车司机已经没法说话了。在镇上的时候你是运气好，你也不想事情变得一塌糊涂吧。"

尼根说道："他嘴硬得很，什么也不会说的。"说这话的时候，他连身都没转。

"少说废话才能走得更远，小尼。"维恩·卡塞尔低沉地说道。

达玛斯微微一笑，靠在桌边摩搓手掌，掌心发出吱吱的声音。

"我还要说些什么呢？"他问道，"当时天色已晚，我压根儿没看见开枪者。只看见凯迪拉克跑车，车子也没开灯。我已经和您说过一遍了，长官。"

"不用听就知道，"维恩·卡塞尔说，"事情有所蹊跷。关于行凶者是谁，相信你一定有点头绪了，很明显，枪击案是冲着你去的。"

达玛斯回道："何以见得呢？中弹的是出租车司机又不是我。那些小伙子总在街上乱晃，指不定哪一个就惹上了其他恶棍。"

"就像你一样。"尼根插话道，然后继续望着窗外。

维恩·卡塞尔瞅了眼尼根的背影，微微地蹙了下眉，耐心地解释道："你还在公寓里的时候，出租车就已经停在外面了，司机就站在车外，如果那帮凶手想要对付的是他，不等你从公寓出来，他早就一命呜呼了。”

达玛斯无奈地双手一摊，耸耸肩，说道：“所以你们认为我知道谁是凶手咯？”

“不完全是，不过我们认为你可以提供一些嫌疑犯的名字给我们去查证。你去那幢公寓是去见谁呢？”

达玛斯沉默不语。这时，尼根转过身来，坐在桌子上，摆动着双腿，轻蔑地笑了一声，一副看好戏的样子。

“招了吧，兄弟。”他欢快地说道。

达玛斯把椅子往后斜了斜，双手插袋。

他若有所思地盯着维恩·卡塞尔，完全忽视了眼前这个银发侦探，就好像他不存在一样。

他从容不迫地说道：“因公出差而已，其他的恕不奉告。”

维恩·卡塞尔听了，耸了耸肩，冷冷地看着他，然后取下嘴里的火柴棒，瞧了一眼火柴扁头，随手扔了。

“我的直觉告诉我，你的业务与枪击案有关，”他神情严肃，“这样的话，业务秘密就会暴露了，难道不是吗？”

“可能吧，”达玛斯回道，“如果事情的发展方向是这样的话。但我应该有个机会和我的客户谈一谈。”

维恩·卡塞尔说道：“没问题。天亮以前，你可以找客户谈谈。然后，你再把报告放在桌上，如何？”

达玛斯点点头，站起身来，说：“非常好，中尉先生。”

“对一名侦探来说，保密就是一切。”尼根粗声粗气地说道。

达玛斯向维恩·卡塞尔点头示意，接着走出办公室。他沿着昏暗的走廊，匆忙来到大厅。走出市政大厅后，下了一条长长的阶梯，穿过春日街，来到一台蓝色帕卡德跑车前，车子并不是全新的，就停在那里。达玛斯上了车，然后开车驶过拐角，通过第二大街隧道，在一个街区口减速后朝西边开去。他边开车边看着后视镜。

到了阿瓦拉多路，他停车走进一家杂货店，给酒店打电话。酒店职员让他拨打一个号码，电话刚打过去就听见丹尼低沉的嗓音，他急切地问道："你到哪里去了？那个婆娘现在在我这儿，烂醉如泥。快回来，咱俩要撬开她的嘴，让她说出你想要的东西。"

达玛斯透过杂货店公用电话间的玻璃向外环视，并没发现任何异常。他顿了一会儿，缓缓说道："那个金发女郎？怎么回事？"

"说来话长了，哥们儿。快来吧，我等会儿告诉你。南利弗塞大道 1454 号，你知道在哪儿吗？"

"我有地图，我会找到的。"达玛斯语调不改。

丹尼还是详尽细致地告诉了达玛斯如何找到这个地点，最后还补了句："动作要快。她现在睡着了，但随时会醒，醒了就要喊'谋杀'了。"

达玛斯说："就你住的这个地方，她应该怎样喊叫都无妨吧。丹尼，我马上就到。"

说罢他挂了电话，走出杂货铺回到车里，从车子储物盒里取出一瓶容量为一品脱的波旁威士忌酒，喝了一大口。然后他发动车辆，朝福克斯山的方向开去，沿途停了两次车，每次都是坐在车里一动不动，冥思苦想一番后又再次上路。

8

驶过皮克大道，就看到住宅楼，沿着绵延的山丘零星散布，两侧是高尔夫球场，房子一直建到了球场的尽头，高大的铁丝网将住宅楼和高尔夫球场给隔开了，在山坡上还坐落着几幢小别墅。开着开着，车子驶进了一个山谷，里面孤零零地立着一间小平房，朝街对面望去，就是高尔夫球场。

达玛斯驶过平房，在一棵大桉树下停车，在月光的沐浴下，桉树在地面上洒下斑驳的投影。他下了车往回走，来到通向平房的水泥路。平房宽大低矮，房子正面设有农舍窗户，窗前灌木丛生，遮住了一半的窗子。房内光线暗淡，从敞开的窗子里，传来悠扬的收音机声。

只见窗户里一个黑影移动，然后前门就开了。达玛斯进了房，来到客厅。屋内亮着一盏小灯，收音机的夜光表盘闪闪发亮。夜空中的一弯银钩的光，正淡淡地穿过窗户，静静地泻在房内。

丹尼早已脱下外套，衬衫袖子也卷到了他粗壮的胳膊上。

他说："这个婆娘还在酣睡。待我和你说完事情的来龙去脉以后，就把她叫醒。"

达玛斯问道："你确定自己没被跟踪吗？"

之后便一屁股瘫坐在角落的藤椅上，两侧分别是收音机和窗户。他将帽子随手放在地上，取出一瓶波本威士忌，十分不快地盯着它看。

"去买点正宗的酒来吧，丹尼。我现在累得要命，连一顿像样的晚饭都还没吃。"

丹尼回道："我去买些三星的马爹利，马上就回来。"

说罢便走出了房间，房子后面的灯也亮了。达玛斯把酒搁在帽子旁，两根手指来回不断摩搓着脑门。他头疼得厉害。没过多久，房子后面的灯灭了，丹尼端着两个高脚杯回到房内。他带回来的白兰地纯净透明，尝起来醇馥幽郁。丹尼坐在另一把藤椅上，房内朦胧的光线，显得他看起来又大又黑。他操着粗哑的嗓音，缓缓说道：

"这听起来很蠢，但却真的奏效。等到条子们巡逻完以后，我就把车停在巷子里，然后从后门溜走了。我知道那个婆娘住哪幢公寓，可我没见过她。我就琢磨着说些搪塞的话，看她如何反应。于是我敲了敲她家房门，但她没响应。我能听见她在房内来回踱步，片刻工夫，又听见她拨打电话的声音。我只好沿着大厅往回走，想试试服务门。

服务门竟是开着的，我便进去了。服务门本有门闩闩着的，但那时却没上门闩。”

达玛斯点点头，说：“我懂你的意思，丹尼。”

大块头喝了一大口酒，下唇上下摩擦杯子边缘，继续说道：

“她在给一个叫盖伊·多纳的家伙打电话，你认识他吗？”

“有所耳闻，”达玛斯说道，“看来她人脉挺广啊。”

“她在电话里直呼他的名字，听起来很是愤怒，”丹尼说，“我就是这样知道的。多纳在蝴蝶谷大道上有一家蝴蝶俱乐部，你在广播里听说过他们的乐队——汉克·穆恩和他的乐手们。”

达玛斯回答道：“是的，丹尼。”

“好了，她刚挂断电话，我就进了门，和她迎面撞上。她吓得呆若木鸡，身体很滑稽地颤抖，看上去好像还没反应过来发生了什么。我环视了一下四周，看见桌子上约翰·苏特罗议员的照片，于是便拿来当借口，我对她说苏特罗让她出去避避风声，我是他的手下，让她跟着我走。她果然信以为真，还说想喝点酒，我告诉她车里有酒，她便拿了顶小帽子和外套跟我走了。”

达玛斯幽幽地说道：“简直是手到擒来吧？”

“没错。”丹尼回道。他将杯里的酒一饮而尽，然后把杯子随手放在某处，“我整瓶整瓶地灌她酒让她保持安静，之后我们便来了这里，她也昏睡过去了，事情就是这样。你有什么想法吗？市中心那边是不是很棘手？”

“棘手得很，”达玛斯说，“那帮家伙不好糊弄。”

“有没有谈到华登被杀的事？”

达玛斯慢慢地摇了摇头。

“我猜那个门童日本小伙还没到家，丹尼。”

“要不要和那个女人谈谈？”

房间里的收音机正在演奏华尔兹舞曲，达玛斯侧耳聆听了一会儿，然后用疲乏的声音说道："这就是我来这儿的目的。"

丹尼突然站起身，朝门走去。外面传来开门的声音，还有人在窃窃私语。

达玛斯从腋下取出手枪，放在腿边椅子上。

金发女郎踉踉跄跄地走了进来。她环顾四周，咯咯地笑了一声，纤长的双手做着奇怪的动作，然后对着达玛斯眨了眨眼睛，摇摇晃晃地站了一会儿后便跌倒在丹尼之前坐的椅子上。大块头靠近她，身子斜靠在墙边的书桌上。

她醉醺醺地说："我的老朋友，侦探先生，我们又见面了。嘿，嘿，那个谁！请眼前这位女士喝一杯如何？"

达玛斯面无表情地看着她，不紧不慢地说："关于那把枪，有没有什么新的想法？你知道的，当约翰·苏特罗闯进来的时候，我们正在谈论的那把枪……就被锉去编码的那把……杀死了德里克·华登。"

丹尼听了，紧绷着脸，臀部突然抽动了一下。达玛斯迅速举起他的柯尔特手枪，站了起来，丹尼看着，一动不动，然后又放松了下来。金发女郎也吓得纹丝不动，脸上流露一副醉态，仿佛一片枯叶，神情也突然跟着紧张和痛苦了起来。

达玛斯平静地说道："把手放在前面，丹尼，这样大家都相安无事……现在你们两个卑鄙的小人该告诉我，为什么把我引来这儿了吧？"

大块头含含糊糊地说："天啊！你发什么神经？当听你对那个婆娘说'华登'的时候，我被吓到了。"

达玛斯咧嘴一笑，说："好了，丹尼。也许她从未听说过华登。咱们现在就把话摆明了吧，我知道我来这里会有麻烦的。"

"你他妈一定是疯了！"大块头咆哮道。

达玛斯略微挪了挪枪，背靠房间后墙，俯身用左手关掉了收音机，然后沉痛地说道："你被收买了，丹尼。很简单，因为你块头太大太容易暴露了，我发现你最近跟踪了我好几次。其实在你今晚突然插手这门生意的时候，我就已经知道了……等你告诉我你是如何带她来到这里的有趣故事以后，我他妈的就更加确定了……老天，你觉得像我这样活了这么久的人会相信这种鬼话吗？好了，丹尼，看在咱俩交情的分儿上，告诉我谁是幕后主使……我也许会让你离开这儿的……幕后主使到底是谁？是多纳？苏特罗？还是我不认识的人？叫我来这儿到底有何居心？”

金发女郎突然朝地上开了一枪，然后猛地扑向达玛斯。达玛斯用左手甩开她，她便跌倒在地上，大声喊叫道：“抓住他，你是个废物吗？抓住他！”

丹尼纹丝不动，“闭嘴，臭婆娘！”达玛斯厉声喝道，“谁也不要轻举妄动，现在就是朋友之间谈话。你给我站起来，别再动什么歪脑筋。”

金发女郎缓缓站起身来。

房间光线昏暗，隐约可见丹尼脸上冷漠又坚定的表情。他声音沙哑地说道：“我的确被人收买了。我承认这样很差劲，好吗？但事已至此。我受够了看着一群临时女演员钩心斗角……只要你想，你完全可以一枪崩了我。”

他依然一动不动。达玛斯缓缓地点了点头，再次问道：“到底是谁，丹尼？你在替谁卖命？”

丹尼回道：“我不知道。我仅在电话里接受指令，也在电话里进行汇报。报酬也是通过邮寄方式给我的。我试过扭转局面，只可惜并不走运……我以为你不在现场，我对发生在街上的枪击案也根本毫不知情。”

达玛斯盯着他，慢悠悠地说：“你不会在拖延时间想要把我留在这儿吧——是这样吗，丹尼？”

大块头缓缓抬起头，房子里似乎一切都突然静止了。这时，一辆车停在了房外，传来熄火的嗒嗒声。

红色的聚光灯照在房子窗户上方。

刺眼的灯光令人炫目，达玛斯单膝跪地，默默地朝侧方迅速移动，丹尼刺耳的叫声划破了屋内的寂静，他喊道："要命！是警察！"

红色聚光灯透过窗户铁丝网在房子里形成玫瑰色的光辉，给经过涂油处理的屋内墙壁增添了一抹光彩。金发女郎咳嗽了一声，还未等到红色光辉笼罩，她的脸立马涨得通红。达玛斯把头压低靠在窗台，朝灯光方向朝窗外眺望，灌木丛的叶子在红色灯光的照耀下，犹如一把把锋利的黑色长矛。

这时，地上传来脚步声。

一个粗嗓门厉声喝道："里面的人都给我出来！把手举起来！"

屋子里发出声响。达玛斯挥动手里的枪——但已徒劳无益。有谁按了开关，门廊灯亮了。一会儿工夫，人还来不及往后躲闪，两个身着蓝色警服的男人就出现在门廊灯下。其中一个手里握着轻型自动枪，另一个举着一把装有特殊弹匣的鲁格尔手枪。

丹尼来到门边，鞋子踩在地板上吱吱作响。他打开猫眼盖，朝外开了一枪。

外面有什么东西重重地落在了水泥地上。一个男人捂着肚子，身子前后摇晃，头上的鸭舌帽也掉了下来，在地上打了几个滚。

外面机关枪连续射击，达玛斯扑倒在地，身子靠着护壁板。他把脸埋在木质地板上，金发女郎在他身后吓得惊声尖叫。

机关枪快速地朝屋内扫射，扬起大量灰泥和碎片。屋内的墙面镜也被击碎了，空气中弥漫着一股恶臭的火药味和泥尘的酸味。这一切似乎还要持续好久。有什么东西掉到了达玛斯的腿上，只见他紧闭双眼，脸也紧紧地贴着地板。

机关枪射击的喧嚣声止住了，但屋内墙上的灰泥依然在掉落。只听见一个声音喊道："哥们儿，味道如何？"

远处另一个人怒气冲冲地说道："好了——我们撤！"

地上再次传来脚步声。不同的是，这次人更多了，还伴随着在地上拖拽的声音。外面汽车引擎又一次怒吼了起来，车门砰的一声重重关上了，汽车轮胎与铺满砾石的路面摩擦，发出尖锐刺耳的噪声。汽车引擎发出一阵轰鸣后，声音又戛然而止了。

达玛斯站起身，感觉一阵耳鸣，鼻子也干燥得很。他从地上拾起手枪，从内兜里掏出一个小手电筒，摁亮，微弱的光线照在灰尘弥漫的空气中，只见金发女郎仰身躺在地上，睁大双眼，咧着扭曲的嘴笑，然后开始抽泣起来。达玛斯也睁大双眼朝她弯下腰，并没在她的身上发现伤痕。

接着他在房子里走动，发现椅子的靠背早已被枪射下一半，但自己的帽子却依然原封未动，和那一瓶波旁酒一起静静地待在椅子上。那个端着机关枪的男人来回地对房子进行扫射，房间齐腰处枪眼无数。达玛斯继续向前走，来到门前。

丹尼就跪在门边，身子来回摇摆，一只手抓着另一只手，鲜血顺着粗壮的手指流了下来。

达玛斯打开房门出去，外面人行道上有一摊血迹，还有散落的子弹壳，除此之外空无一人。他站在原地，脸上还吧嗒吧嗒地淌着血，就像一个小铁锤敲打在脸上，鼻子周围的肌肤也感觉到一阵刺痛。

他举起酒瓶喝了一大口威士忌，然后转身回了屋。这时，丹尼已经站起来了，拿着一块手帕试图擦拭掉手上的血迹。他晕头转向，一副醉醺醺的样子，连站都站不稳。达玛斯拿手电筒照他的脸，问道："伤得重吗？"

"没事。就伤到了手。"大块头含混不清地说道，用手帕包住他那拙笨的手指。

"那个金发女人吓傻了，"达玛斯说，"他们是特地前来欢迎你的啊，伙计，你的同伙可真不错。他们本来想抓走咱仨的，但你从猫眼往外射击，让他们乱了阵脚。这件事算我欠你的，丹尼……话说那个枪手真是不怎么样。”

丹尼问道：“你要去哪儿？”

“你说呢？”

丹尼看着达玛斯，“苏特罗就是你要的人，”他缓缓说道，“我算是放弃了……一点奔头儿也没有了。让他们都见鬼去吧。”

达玛斯再次穿过大门，来到通往大街的小路，然后上了车，连车灯都没打开就一溜烟儿地开走了。等他转过拐角，驶过一段距离以后，终于打开车灯下了车，随手掸了掸身上的灰尘。

9

在一团香烟和雪茄的雾气中，一副黑色和银色交融的窗帘呈倒“V”形展开，伴舞乐队的铜管乐器在这朦胧雾气中发出彩色的闪光，空气中还弥漫着食物、酒水、香水和脂粉的香气。琥珀色的灯光打在舞池上，舞台看起来只比电影明星的浴室防滑垫稍大一些。

不久乐队开始演奏，灯光暗下来了，一个服务生领班站在铺设地毯的台阶上，手拿一支金色铅笔轻轻拍打自己的条纹裤子，他的眼睛很小，眼里毫无生机，骨感的脑门上顶着一头浅色的金发，全都向后梳得油光可鉴。

达玛斯对他说道：“我想见一见多纳先生。”

这个服务生领班用手里的金色铅笔轻轻地磕了磕牙齿，说道：“我担心他没空见你。请问您贵姓？”

“达玛斯。你就告诉他，我是约翰·苏特罗特别的朋友。”

服务员领班回道：“我试试看。”

他来到一个镶板旁，板上有一排按钮还有一个一体式电话，他拿起话筒放在耳边，就像一个毛绒玩具一样，透过酒杯冷冷地看着达玛斯。

达玛斯说："我就在大厅等。"

他穿过窗帘往回走，在男盥洗室里来回徘徊，然后又取出一瓶波旁威士忌酒，将剩余的酒一饮而尽。他把头后倾，弓着腿站在瓷砖中间。一个身着白夹克的干瘦的黑人拍了拍他的肩膀，焦急地说道："老板，这里不允许喝酒。"

于是达玛斯把空酒瓶扔进纸巾篓里，又从玻璃架上抽了一张干净的纸巾，擦了擦嘴，在水池边放了一枚一角硬币后，便走出盥洗室。

盥洗室的内外门之间有一个空位，他将身子倚在外门上，从背心口袋里掏出一个四英寸长的小型自动手枪，把它放进帽子里用三根手指顶着，然后继续往外走，边走边轻轻地挥动手里的帽子。

隔了一会儿，一个身材高挑、有着一头柔顺黑发的菲律宾人来到大厅，四下张望。达玛斯见了，朝他走去。那个服务员领班就透过窗帘朝这张望，并点头向这个菲律宾人示意。

菲律宾人对达玛斯说："老板，请跟我来。"

他们来到一个安静的长走廊，身后伴舞乐队的声音渐渐消失。在一个敞开的门里，可以看见好些废弃的绿色桌子。与走廊走向垂直的是另一条走廊，在这条走廊的尽头，有些许光线从门框里透出来。

这个菲律宾人路走到一半，突然停了下来，做了一个优雅又复杂的动作，谁知手里突然出现一把黑色的大型自动手枪。他斯文地用手枪抵住达玛斯的肋骨。

"搜身，老板，老规矩。"

达玛斯静静地站着，伸出双臂。菲律宾人将他身上的柯尔特手枪搜走了，装进自己的口袋里，接着又拍了拍达玛斯身上其他的口袋，然后后退一步，把枪收进手枪皮套里。

达玛斯放下双臂，任由帽子掉落在地上，帽里藏有的小型自动手枪这时已经瞄准了菲律宾人的腹部，动作干净利索。菲律宾人低头一看，吓得目瞪口呆。

达玛斯说道：“真有趣，西班牙佬，让我也来玩玩吧。”

他把自己的柯尔特手枪收回口袋，又从菲律宾人的腋下拿走大型自动手枪，将弹匣和子弹取出，然后将空枪还给菲律宾人。

“你还是可以拿它来吓吓蠢蛋的。如果你站在我前面，你的老板就不会知道这一切，这是为了你好。”

菲律宾人舔了舔自己干燥起皮的嘴唇，达玛斯又从他身上搜出另一把枪。然后二人就这样沿着走廊继续往前走，来到一个半敞开的门前。菲律宾人先走了进去。

房间很大，墙上嵌了斜纹木条，地上铺有中国产的黄色地毯，房内各种优质家具陈设，房门也配有隔音装置，但并没有看见窗户，房间高处的金色栅板和内置的排风扇发出微弱舒缓的嗡嗡声。房内有四个男人，大家都沉默不语。

其中一个是瑞池奥，就是那个曾挟持他从华登公寓里出来的白净小伙。达玛斯在一个皮制沙发椅上坐了下来，盯着他看。他被反手绑在一个扶手转椅上，手腕被紧紧捆住，脸上都是血迹和瘀青，虎目圆睁，一脸愤怒，一看就是被人用枪柄给打了。那个曾和他一起出现在基尔马诺克酒店的黄头发男人诺迪，则坐在角落里一个凳子上，口吐青烟。

只见约翰·苏特罗坐在摇椅上慢悠悠地荡着，低头凝视地板。达玛斯进门他也不曾抬头。

而这最后一个男人就坐在一张看似昂贵的桌子后面，一头柔顺的褐色头发中分并往后梳齐，一口薄唇和红棕色的眼睛显得格外显眼。他环顾四周，瞥了眼瑞池奥，然后说道：

“这废物有点恣意妄为啊，我们一直都在告诫他这点，我猜你也不介意吧。”

达玛斯听了皮笑肉不笑，说道：“目前看还好啦，多纳。那另外一个呢？怎么不见他身上有伤？”

“诺迪倒没什么，他一直听命行事。”多纳平淡地说道，然后拿起一个长柄指甲剪，开始修剪指甲，“你和我有些事情要谈谈，这就是为什么你会在这儿。你要是不去插手太多事的话，我对你也没什么意见。”

达玛斯眼睛微睁，回答道：“我洗耳恭听，多纳。”

苏特罗抬眼看着多纳的后脑勺，只听见他用柔和的嗓音懒声怠气地继续说道：

“关于德里克·华登家发生的闹剧，还有肯莫尔枪击案这类事情我统统都知道。但如果我早知道瑞池奥会如此失控的话，之前我就会让他停止任务了。但事已至此，我想只好由我来摆平……待我们这边谈妥，瑞池奥先生就会去市区自首。”

“事情是这样：好莱坞那帮家伙曾经一度流行私人保镖，于是瑞池奥就变成了华登的手下。据我所知，华登一直以来都是自己亲自去墨西哥买酒，谁也干涉不了。但瑞池奥有一次偷偷夹带了一些毒品，被华登抓了个正着，但他不希望丑闻缠身，便炒了瑞池奥鱿鱼。按道理来说，瑞池奥因为留有案底无法完成联邦政府的工作，但他利用华登怕惹麻烦这一点，趁机对华登进行敲诈勒索。然而，事情的发展并不全如他所愿，于是他变得更加丧心病狂，决定来点硬的，给华登点颜色看看。谁知道你和你的司机全把这个局给搅和了，所以瑞池奥只好将目标转向你。”

说罢，多尼放下指甲剪，微微一笑。达玛斯耸了耸肩，瞥了一眼那个菲律宾人，他就靠墙站在沙发边上。

达玛斯说道：“我不像你一样有组织，多纳，但我也会自己四处走动。这个故事严谨流畅，好像只要再多那么一点点的配合，事情就会成了一样。但这根本和现在的实际情况不符。”

多纳听了眉峰一皱，苏特罗也跷起了二郎腿，一上一下地抖着被擦得锃亮的鞋尖。

达玛斯又问道："那苏特罗先生是如何卷进来的呢？"

苏特罗盯着他看，停止了晃动，脸上闪过一副不耐烦的神情。多纳笑着说："他是华登的朋友，华登有跟他聊过一些，他也知道瑞池奥在为我卖命。但市会议员的身份，使他无法把所有知道的事情都事无巨细地告诉华登。"

达玛斯冷冷地说道："多纳，让我来告诉你，你这故事有什么地方不对——是恐惧感不够。就算我当时是在为华登工作，但因为他太害怕了，都不肯配合我……今天下午，还有人因为害怕把他给杀了。"

多纳身子前倾，眯起了眼睛，握紧双拳放在桌上。

"华登死……死了？"他几乎像耳语般轻声说道。

达玛斯点了点头，说："被口径 0.32 英寸的手枪在太阳穴上开了一枪。看起来像自杀，其实不然。"

苏特罗听了立刻双手掩面，那个坐在角落凳子上的黄头发男人，身子也变得僵硬起来。

达玛斯继续说道："想听听我内心的真实猜测吗，多纳？我们暂且把它称为猜测……华登其实自己就在从事毒品走私活动，但他绝不是孤零零的一个人，只不过在废除禁酒法颁布以后，他想金盆洗手不干了。海岸警卫不必再花大把的时间来监视运酒的船只，而海上毒品走私也不再那么风生水起。此外，华登还喜欢上了一个好眼光的大美人，所以他想从毒品圈中脱身而出。"

多纳润了润嘴唇，问道："什么毒品圈？"

达玛斯用怀疑的眼神看着他，说："关于这种事你是一概不知的，对吗，多纳？当然啦，这是一群坏小子玩的游戏，他们并不接受华登想要退出的想法。他总是喝得酩酊大醉——也许哪天一不小心就说漏了嘴，让他女朋友知道了。于是他们就为他想了一个退出的方式——死在枪口之下。"

多纳缓缓转过头，盯着被绑在扶手转椅上的男人，低声叫道：“瑞池奥。”

然后站起身，绕过桌子朝他的位置走去。苏特罗也把手放了下来，望着这一切，嘴唇有些发抖。

多纳就站在瑞池奥面前，伸出一只手使劲按在瑞池奥的头上，又猛地往椅背上撞，瑞池奥痛苦地呻吟了几声，多纳却面带笑意地低头看着他。

“我真是后知直觉，是你杀死了华登，你这个浑蛋！你后来回公寓把他弄死了，可你却忘记告知我们一声了，兄弟。”

瑞池奥张开嘴，朝多纳手上和手腕上吐了一口血。多纳的脸顿时抽搐了一下，急忙后退躲开，被喷了血的手僵硬地伸直在瑞池奥面前，他拿出一块手帕，将血迹擦拭干净，然后随手扔在地上。

“枪借我一下，诺迪。”他平静地说道，然后朝黄发男人走去。

苏特罗的身体突然猛地抽动，他吃惊地张大了嘴，眼神看上去很痛苦。那个高挑的菲律宾人用手掸了掸自动手枪的灰，好像已经忘记手枪是空壳的了。诺迪从右手腋下取出一把老旧的左轮手枪，递给多纳。

多纳接过手枪，转身走向瑞池奥，举起手枪。

达玛斯突然说道：“杀死华登的并不是瑞池奥。”

菲律宾人听罢，快速向前迈了一步，将手中的大型自动手枪狠狠地朝达玛斯扔去，打中了他的肩页。达玛斯顿时感觉肩膀一阵剧痛，他滚到一边，迅速拔出柯尔特手枪。菲律宾人又用力地把手枪挥向他，但没打中。

达玛斯快速站起身，横跨一步，拿起枪管用尽全力砸向菲律宾人。菲律宾人哼了一声，便跌坐在地上，眼睛翻出眼白，之后又缓缓倒下，双手抓着长椅沙发。

多纳面无表情，举着手里的旧左轮手枪，仍一动不动地站着，上嘴唇挂着滴滴汗珠。

达玛斯说道："瑞池奥并没有杀害华登，杀死他的是一把被锉去编码的手枪，并且杀人凶器就握在他自己手里。瑞池奥是不会带这样一把手枪入室作案的。"

苏特罗听了，脸色苍白如纸，黄发男人也从凳子上起身，垂着右手站立。

"你继续。"多纳平和地说。

"凭这把枪，我们找到了一个叫海伦·道尔顿还是什么柏万德的婆娘。"达玛斯说道，"这是她的枪，她告诉我很久以前就把它给当掉了，但我并不吃她这套。她是苏特罗的好朋友，苏特罗也为我找上她这事大动干戈，甚至不惜拿枪对着我。多纳，你觉得为什么苏特罗会如此上心，他又是怎么知道我要去见那个婆娘的呢？"

多纳说道："那就继续告诉我吧。"说着他悄悄地瞅了眼苏特罗。

达玛斯向多纳走近一步，然后将柯尔特手枪垂在身体一侧，没有任何威胁的架势。

"好，我分析给你听。自从我在华登手下工作以后，我就被人跟踪了，跟踪我的还是一个壮汉侦探，他是影视公司的人，笨手笨脚的，大老远就被我发现了。然而他被人收买了，多纳，收买他的正是杀害华登的凶手，那个人一定是认为这个侦探有机会接近我，我便也顺水推舟——最后将他一军。收买他的幕后黑手其实是苏特罗，是苏特罗亲手杀死了华登。怎么形容好呢，就好像一个业余玩家一样——他就是一个自作聪明的杀手。他自作聪明的点就在他把凶器给落下了——并营造出自杀的假象，他无论如何也想不到那把被锉去编码的手枪竟然也能被追查到，因为他不知道大部分手枪里面都是有号码的。"

多纳听闻，不停地晃着他那老旧的左轮手枪，直到它指到了黄发男人和苏特罗中间，他沉默不语，一副若有所思、饶有兴致的样子。

达玛斯稍微扭了扭身子，身体重心移至脚掌上。瘫在地上的菲律宾人依然一手抓着长椅沙发，沙发皮套上留下了深深的指甲抓痕。

“事情远不止这些，多纳，但管他妈的呢！苏特罗可是华登的哥们儿啊，他可以轻而易举地接近华登，两个人亲近到他可以很容易就拿把枪对着华登，因为公寓在基尔马诺克酒店顶楼位置，一把口径为 0.32 的小手枪，根本听不见任何枪响。所以苏特罗把枪放在华登手里，便放心地离开了。可他显然忘记华登是个左撇子，也不知道这把手枪可以被追查到。等到他收买的男人告诉了他这一切，并且知道我找上了那个金发女郎以后，他便雇了一帮杀手，指望在加州的一个小房子里将我们三个人一网打尽，以为这样，事情就永远都不会败露了……只可惜他雇的杀手，就像这场闹剧中的其他所有人一样，皆是功败垂成。”

多纳默默地点了点头，用枪瞄准苏特罗腹部的中间位置。

“招了吧，约翰。”他轻声说道，“告诉我们你是如何在这个岁数，还不忘耍小聪明的。”

黄发男人突然一动，躲闪到桌子后面，右手摸出自己的另一把枪。桌后传来一声枪响，子弹穿过桌下容膝处，咻的一声射到了墙上镶板的金属块上，发出巨响。

达玛斯瞬间举起他的柯尔特手枪，朝桌子开了两枪，扫下些许木片。黄发男人在桌后怒吼了一声，边开枪边迅速从桌后站起身。多纳踉踉跄跄，迅速开了两枪，黄发男人再次吼叫了起来，脸颊上鲜血直流，又再次跌倒在桌后，一声不吭地待着。

多纳摇摇晃晃，终于走了过去，背靠墙边。苏特罗站起身，双手捂着腹部，试图尖叫。

只听见多纳说道：“好的，约翰，该轮到你了。”

这时他突然咳嗽了起来，衣服摩擦墙壁发出枯燥的沙沙声，整个人顺着墙面滑落在地上。他身子前屈，扔下枪，双手撑在地上咳个不停，面色枯槁。

苏特罗见状，呆若木鸡地站着，手还捂着肚子，手指像爪子一样呈弯曲状。他的眼神黯淡无光，眼里一丝生机也没有。过了一会儿，他的膝盖猛地内扣，然后仰面朝天地倒在地板上。

多纳依旧喘个不停。

达玛斯迅速走到房间门口，竖耳聆听了一会儿，然后开门朝外小心地察看了一番，又快速地关上了门。

“设有防音装置的，当然喽！”他轻声低语道。

他来到桌旁，拿起电话机，放下手中的柯尔特手枪，拨了一串号码，等了一会儿，然后对着话筒说道：“麻烦连线一下凯斯卡上尉……有事要和他禀告……当然了，是要事……非常重要。”

他驻足等待，手指不停地敲打桌面，目光尖锐地环视房间，等到电话那头传来一个慵懒的声音，他立马抽动了一下。

“头儿，我是达玛斯，我现在在蝴蝶谷，盖伊·多纳的私人办公室里。现在遇上一点小麻烦，不过无人受重伤……我已经找到杀死华登的凶手了……是约翰·苏特罗所为……是的，就是那个市会议员……动作要快，头儿……你知道的，我可不想抢功劳。”

说罢，他挂了电话，拿起桌上的柯尔特手枪，握在手掌里，直直地盯着苏特罗。

“给我从地上起来，约翰。”他不耐烦地说道，“起来，和我这个可怜的蠢蛋侦探说说，这次如何才能掩盖真相呢——自作聪明的家伙！”

10

总部大橡木桌上的台灯亮得直晃眼睛，达玛斯一根手指划在木头上，盯着看了一会儿，然后用自己的衣袖擦了擦留下的痕迹。他用瘦劲的双手托着下巴，望着桌子后面写字台上方的墙壁发呆。办公室里只有他一人。

墙上的喇叭响起："呼叫汽车支援72街区71W……贝伦多第三大道……在一家杂货店里……看见一个男人……"

办公室门突然打开，凯斯卡上尉走了进来，小心地关上了身后的门。他身材高大魁梧，饱经风霜的脸上满是汗珠，胡须微翘，双手粗糙、布满老茧。

他坐在橡木桌和写字台中间，手指摸着放在烟灰缸上的已经冷却了的烟斗。

达玛斯缓缓抬头，凯斯卡说道："苏特罗死了。"

达玛斯看着他，一言不发。

"他的老婆干的。他要求回家一趟，我们的人把他看得好好的，但却忘记看住他老婆，在他们还未来得及行动之前，她就给他注射了一剂药物。"

"她一个字都没提，买了一把小手枪藏在身后，对着他的背就是三枪。一枪，两枪，三枪，就这样达到了目的。然后她用一种你如何也想象不到的手法，娴熟地在手上旋转着手枪，把它交给了我们的人……他妈的她究竟为何这样做？"

达玛斯问道："拿到认罪状了吗？"

凯斯卡盯着他，将烟斗含在嘴里，大声吮吸。"他的认罪状？拿到了，不过不是纸质版的就是了……你说她究竟是为什么要这样做呢？"

"她知道了那个金发女郎的事情。"达玛斯说道，"她觉得这是自己最后一次机会了。或许她清楚苏特罗在搞什么名堂。"

上尉听了，缓缓点头，"没错。"他说道，"就是如此，她意识到这是最后机会了。可她为什么不直接杀了这个浑球儿呢？如果地区检察官足够聪明的话，他会给她判过失杀人罪，那也就是在特哈查比关上大约十五个月而已，就当去静养。"

达玛斯在椅子上挪了挪，眉头紧锁。

凯斯卡继续说道："这对我们所有人来说倒是松了一口气，你和政府的手上都没沾上血。如果她没这么做的话，事情将变得阻碍重重。她理所应当得到抚恤金。"

"她真应该和日食影视签约。"达玛斯说道，"当我查到苏特罗身上的时候，我感到十分兴奋，因为他是公众人物。我想，要不是他如此胆怯，并且不是市会议员的话，我早就亲手结果了他。"

"好了，兄弟，其他的就交给法律吧。"凯斯卡低沉说道，"现在的情况是这样，我不认为我们能得到白纸黑字证明华登为自杀，那把被锉去编码的手枪就出卖了这点，我们必须等到验尸报告和枪支报告出来，而他手上进行的石蜡劲头探伤实验也证明了他根本没有开枪。另外，这个案子牵扯到苏特罗议员，不应该把影响扩及太大，我说得对吗？"

达玛斯取出一支烟，两指翻转，然后幽幽地点火，在烧完之前甩了甩火柴棒。

"华登也不是什么好东西。"他说道，"但凡与毒品沾染的最后都步入了地狱之门——然而这却被人遗忘了。我觉得我们是好样的，只是还有些漏网之鱼罢了。"

"让他们见鬼去吧。"凯斯卡咧嘴笑着说，"我还没见过有谁能逃出我的手掌心。你的那个侦探朋友丹尼，我能让他立刻就消失，如果我抓到了那个少妇道尔顿，我就会把她送去曼多西诺坐牢。我们也许会抓住多纳什么把柄——不过要等医院给他做完检查。为了给这次抢劫案和被卷入的出租车司机一个交代，无论是谁干的，我们都要好好盘问那些混混，但他们都不会开口说什么的，他们还要为自己的未来考虑，好在出租车司机伤势也不是太重，现在就剩下那帮杀手了。"凯斯卡打了个哈欠，又继续说道，"那帮家伙一定是旧金山人，我们这儿的杀手可没那么多。"

达玛斯瘫坐在椅子上，没精打采地说道："就不想喝一杯吗，头儿？"

凯斯卡看着他，神情严肃地说道："就只剩一件事要说，我希望你听清楚了。只要你没破坏指纹，拆开手枪是没问题的，而且考虑到你目前的处境，你没告诉我这事我也不计较；但如果让你钻了我们的空子，比我们捷足先登，那就是我该死了。"

达玛斯若有所思地笑了，谦恭地说道："头儿，你说得都对。这就是工作的一部分——我也只能这么说了。"

凯斯卡用力地搓了搓脸颊，紧锁的眉头缓缓舒展开，咧嘴一笑。他弯腰打开抽屉，取出一小瓶黑麦威士忌，放在桌上，然后按下蜂鸣器，一个身材魁梧的制服男进了办公室。

"嘿，蒂尼！"凯斯卡大声说道，"把你从我桌上理走的开瓶器给我一下。"制服男就出去了，带了开瓶器回来。

"我们要为何举杯呢？"几分钟后，上尉问道。

达玛斯回答："就这样喝吧。"

海湾城蓝调

Mo 推理馆·经典

雷蒙德·钱德勒

/ 街道上尽是比夜晚还要黑暗的东西。/

“一身都是烟头烧的洞，永远宿醉难醒”的

私人侦探马洛系列

THE BIG SLEEP | 长眠不醒

放得下万贯家财，放得下两个千金女儿，
却唯一放不下那个失踪的女婿……

FAREWELL,MY LOVELY | 再见，吾爱

越是漂亮的女人，越危险……

THE LADY IN THE LAKE | 湖底女人

深埋心底的暗暗杀机，
柔情满载也是骗局……

THE LONG GOODBYE | 漫长的告别

道别，等于死去一点点……

Mo 推理馆·经典

雷蒙德·钱德勒

/ 街道上尽是比夜晚还要黑暗的东西。/

“一身都是烟头烧的洞，永远宿醉难醒”的

私人侦探马洛系列

THE HIGH WINDOW | 高窗

两枚金币，引出三具尸体。
关键证人，一出场就被干掉。

THE LITTLE SISTER | 小妹妹

很慢，很悲伤，
仿佛她正在淹死一只心爱的小猫。

PLAY BACK | 重播

以为今天一如平常，
谁知道人生就此谢幕。

Mo 推理馆·经典

约瑟芬·铁伊

The Man In The Queue | 排队的人

在剧院门口排队买票的男子死在队伍中，
却没有人知道他是谁，何时被插入了匕首？

A Shilling For Candles | 一先令蜡烛

当红明星的尸体出现在清晨的海滩上，
是溺水？还是情杀？

Miss PYM Disposes | 萍小姐的主意

女子学校里一位女孩的意外死亡，
让研究心理学的萍小姐陷入两难，
是选择理智？还是情感？

The Franchise Affair | 法兰柴思事件

失踪近一个月的 16 岁女生，
指控有人诱拐她，
漂亮女人的话，能不能相信？

Mo 推理馆 · 经典

约瑟芬 • 铁伊

To Love And Be Wise | 一张俊美的脸

俊美的她打乱了小镇的宁静，
而后的离奇失踪，更掀起轩然大波……

The Daughter Of Time | 时间的女儿

能不能躺在病床上，
就推翻流传四百年之久的历史定论？

The Singing Sands | 歌唱的沙

“醉”死在火车车厢里的年轻人，
为何要留下一首诗？

Brat Farrar | 布拉特 · 法拉

失踪八年的第一继承人，
突然出现了……

图书在版编目（C I P）数据

海湾城蓝调 /（美）雷蒙德·钱德勒著；董丽雯，高千云译．—北京：现代出版社，2017.5
ISBN 978-7-5143-5706-6

Ⅰ．①海… Ⅱ．①雷… ②董… ③高… Ⅲ．①侦探小说－小说集－美国－现代 Ⅳ．①I712.45

中国版本图书馆 CIP 数据核字（2017）第 053633 号

海湾城蓝调

作　　者　【美】雷蒙德·钱德勒
译　　者　董丽雯　高千云
责任编辑　赵海燕
出版发行　现代出版社
通信地址　北京市安定门外安华里 504 号
邮政编码　100011
电　　话　010-64267325　64245264（传真）
网　　址　www.1980xd.com
电子邮箱　xiandai@vip.sina.com
印　　刷　北京美图印务有限公司
开　　本　890mm × 1240mm　1/32
印　　张　13
版　　次　2017 年 5 月第 1 版　2017 年 5 月第 1 次印刷
书　　号　ISBN 978-7-5143-5706-6
定　　价　45.00 元

BAY
CITY
BLUES

寻找唯一的真相